周 明　王宗仁＼主编

北京工业大学出版社

图书在版编目（CIP）数据

2018中国散文排行榜/周明，王宗仁主编．—北京：北京工业大学出版社, 2019.9

ISBN 978-7-5639-6807-7

Ⅰ．①2… Ⅱ．①周…②王… Ⅲ．①散文集—中国—当代 Ⅳ．① I267

中国版本图书馆 CIP 数据核字（2019）第 104457 号

2018中国散文排行榜

策　　划：	文　欢
主　　编：	周　明　王宗仁
责任编辑：	李周辉
封面设计：	齐物秋水
出版发行：	北京工业大学出版社
	（北京市朝阳区平乐园 100 号　邮编：100124）
	010-67391722（传真）　bgdcbs@sina.com
经　　销：	全国各地新华书店
印　　刷：	河北鸿祥信彩印刷有限公司
开　　本：	720 毫米 ×1030 毫米　1/16
印　　张：	21.25
字　　数：	280 千字
版　　次：	2019 年 9 月第 1 版
印　　次：	2019 年 9 月第 1 次印刷
书　　号：	ISBN 978-7-5639-6807-7
定　　价：	58.00 元

版权所有　翻印必究

（如发现印装质量问题，请寄本社发行部调换　010-67391106）

目 录

我所认识的伊蕾 .... 铁　凝　001
巍巍太行有你的传说 .... 徐怀中　005
28岁上北大 .... 陈建功　009
《山本》后记 .... 贾平凹　011
也是冬天，也是春天 .... 迟子建　015
记忆中的一些碎片 .... 叶兆言　022
习主席送我两本书 .... 翁亚尼　027
回周至 .... 叶广芩　030
我从不敢夸耀幸福 .... 苏　童　033
湘潭看莲 .... 王巨才　035
我的京剧缘 .... 石　英　040
那年港澳行 .... 周　明　045
我和喜儿 .... 彭丽媛　049
巢湖岸边的李家大院 .... 刘业勇　061
野的草 .... 邵　丽　066
穹苍之下——武隆天坑前的意绪 .... 马　力　069
唐柳姑娘 .... 王宗仁　076

母亲的挂历	红　孩	079
盛大的告别	蒋　殊	082
误入热地	宁新路	090
女连长李雪梅	郭宪辉	093
在故乡的草原仰望苍穹	兰宁远	101
荷花雨	乔秀清	104
幽默的"邓大人"	朱佩君	107
海南岛上花正开	王子君	111
风马风马	辛　茜	114
名士与历城	侯健飞	122
以梦为马，不负韶华	任晓璐	126
行走桑植	谢德才	130
鼓乐	杨俊文	136
听懂戏曲时，已是戏中人	王　洁	144
珠峰卫士	朱金平	146
灯火已黄昏	吴佳骏	150
八月黍成	宁　雨	159
八十年代的文学青年	郭　伟	166
补白	陈丹玲	171
风流的豆腐	黄艳秋	182
母亲进城	魏丽饶	189
防空洞前紫藤开	侯炳茂	191
粗月亮，粗月饼	赵日超	194
响堂山的回声	刘亚荣	197
家住浦东	陈　晨	203
父亲的草烟	荆淑敏	210

母爱的孤独	王　宁	212
寻找长城脚下的乡亲	王贤根	215
一帘刘海儿	王小丫	220
海上日出	孙晶岩	223
初恋，没有约会	王　韵	225
站在姚李的地图前	黄圣凤	228
授勋在大年初一	万兴坤	232
远方的武隆	苗　莉	238
爱的寂寞与荒凉	梅雨墨	241
珍惜苦难的馈赠	顾伯冲	248
娘从老家来看我	张国领	251
风雨瓦合	若　荷	254
坚守6号哨位	王　昆	259
理发师何海航	汪　彤	266
第一读者	王惠明	270
冷叔不冷	杨勤良	274
粥的记忆	吴光辉	276
从笔架山到井冈山	支　贤	280
外婆对我的文学影响	黄长江	284
繁星点点	仇秀莉	287
路上的它们	简　默	294
谁的手机	唐　明	302
岁月中的一件事	李志亮	306
缝补的时光	温　洁	308
红绳结	章熙建	313
敦煌，我虔诚地走进你	李玉真	317

危房里的贫困户	申瑞瑾	320
一季荷风醉心香	卢慧君	322
你的浩然正气	唐志强	324
在眉山，仰望一个灵魂	徐祯霞	326
司马懿的隐忍大戏	汪清龙	330

我所认识的伊蕾

铁　凝

选择特卡乔夫兄弟的这张草图，并不是因为这兄弟二人曾获苏联"人民艺术家"称号，是当今俄罗斯在世的顶级艺术家之一。更直接的原因是这件作品现在的主人是中国一个名叫伊蕾的女诗人。

我和伊蕾认识很久了，大约在1977年，我们同赴河北省的一个业余作者创作座谈会，我们被分配在一个房间。那时我还在河北农村插队，刚写过两三篇小说，伊蕾在河北一家具有保密性质的兵工厂当工人，已经是河北诗坛引人注目的新星了。回忆当初，第一次见面的伊蕾给我留下了极其鲜明的印象：苗条的身材，烫过辫梢的两条过肩辫子，兔毛高领毛衣……这个组合系列在那个尚未开放的时代算得上是"先锋"了。开会之余，我们就在房间聊天。伊蕾长我几岁，她显得格外见多识广。她为我背诵海涅和普希金的诗，哼唱舒伯特的小夜曲，并告诉我她的爱的秘密。她是那么热情奔放、坦诚透亮，那么相信我这个与她初次谋面的人。她当然是满怀诗人的浪漫，却又不是那种不着边际的缥缈。她的浪漫是以可靠的朴素做底的；她的奔放也不是虚张出来的，你领受到更多的是诚恳。

后来，在20世纪80年代，她写出了著名的长诗《独身女人的卧室》。这首影响了当时一批女作家精神领地的长诗，我认为它至今仍旧是伊蕾无可争辩的最好的诗，也是她给20世纪80年代的中国文坛无可替代的最明澄的贡献。有时候，我会读一读这首诗的某个段落，我被她内心的勇气所打动，被她那焦灼而又彻底的哲思，她那干净而又诙谐的嘲讽，她那豪迈而又柔软、成熟而又稚嫩的青春激情所打动。这就是伊蕾，这是一个太纯粹而因此会永远不安的女人。

多年之后，伊蕾回到她出生的城市天津，当她作为《天津文学》的编辑认真向我约稿时，她的约稿信是短而富有诗意的，其中有这样的句子："我像爱我自己一样地爱你……"她鼓动我把小说给她，我还是让她失望了。后来，她去了俄罗斯，在莫斯科生活了几年又回到中国。这中间,我们的联系一直不太多,我只是猜想,伊蕾出国最初的动机可能想赚些钱回来。以前听她说起过她幻想着拥有自己的一所大房子,她在房前种许多玫瑰,然后不受生活所累尽情写诗。几年之中,她和朋友通过做工艺品生意赚了一些钱,她对我说那实在是太辛苦的赚钱——而且正遇卢布贬值,她又无法将手中的卢布及时兑成美元。我见过一些她在莫斯科的照片,很多是她在房东家拍的。有一张是莫斯科的严冬,她站在房东门口,她身穿羽绒服,肩挎"双肩背包",头戴花色艳丽的大围巾正准备出门去"办货"。她的脸红扑扑的,真是飒爽英姿,和她另外一些略显凄然和惆怅的表情判若两人。我就在这张照片里看见了伊蕾骨子里的倔强和执拗,还有她的许多不为人知的艰辛。

那么,伊蕾就要过上住在大房子里、种着玫瑰花、尽情写诗的理想日子了。可是她忽然把赚来的钱都买了俄罗斯油画。对油画并不内行的这位诗人在一些莫斯科的朋友陪同下,几年之内乘火车、汽车——也许还有船,前往列宾住过、列维坦画过的红松林里的优美的"画家村"一趟趟地拜访画家、"联络感情"。为了买画,和那些大牌画家讨价还价。一定是她的诚恳打动了他们,她的纯正的诗人气质是容易和人沟通的。

2000年夏天,我在莫斯科时,见到好几位伊蕾的朋友,比方俄罗斯爱乐乐团团长左贞观先生,俄罗斯美术家协会第一书记、画家萨罗明先生……他们告诉我,他们很喜欢伊蕾,喜欢她待人的友善和天真。所以她的运气真不错,几年当中,她买到了像特卡乔夫兄弟这样的俄罗斯顶级画家的画作,并和这两个老头结下很深的友谊。当钱不够时,她就向国内的家人去借,弟弟妹妹的钱她都借过。不能简单地把伊蕾这举动解释成自幼对俄罗斯艺术的热爱,比方说我也是热爱俄罗斯艺术的,可我从来没有想过要把所有积蓄都拿出来买他们的画。我不能不想,这个伊蕾,到底她还是个诗人,她的理智绝对服从着她的灵魂,甚至灵魂里凸现的一朵火花,然后就是不顾一切。于是也才有了以后的一个属于她自己的美术馆——位于中国天津的卡秋莎美术馆。

今年(2002年)5月,伊蕾打来电话,告诉我,由她亲自设计并监工的卡秋莎美术馆已经开馆了,很希望我能去天津看看。我为此专门去了天津,在南开区一条新建的文化街上,伊蕾站在她那小小的美术馆门前迎着我。这是朋友慷慨借她的一套临街住房,她布置了两层展厅,约有二百平方米的面积。做旧的木地板,故意粗笨的仿橡木楼梯,厚重的窗幔,枝形吊灯,茶炊和织锦缎卧榻……一切都透着女馆长伊蕾所造就的俄罗斯氛围。最重要的当然还是属于她的宝贵财富——一些当代俄罗斯画家的油画原作，包括特卡乔夫兄弟、梅尔尼科夫、法明、科尔日夫等人的作品。

这张《打草时节》的草图赫然悬挂在卡秋莎美术馆二楼展厅一个惹眼的位置，和后来画成的成品相比，它更多一些自然的激情和生命的真实状态，劳动着的人和大自然亲密接触时那种无顾忌的奔放，被兄弟两人表现得自由而又充满诗情。成品之后的《打草时节》构图也许更严谨，人物的细部刻画也许更到位，但在整体上失掉了草图里洋溢着的画家有感而发的才情——它变得像一篇"命题作文"了。画中人物被"摆"的痕迹也十分突出，几个劳动妇女好像知道自己被画，都有些"作态"。这就是有时候成品代替不了草图的一个最好说明。为什么观众和收藏者不愿漏过名家的草图呢？在草图上，我们往往能够更准确地捕捉到画家最率真的感情和最无功利之心的自由笔触。

特卡乔夫兄弟是严格继承了俄罗斯现实主义油画传统的一代画家，由于获得国家奖金，他们去过意大利和法国写生。他们在颜色上谨慎地受到法国印象派的影响，但他们的可贵在于他们那纯朴而真挚的俄罗斯情感，对土地、母亲、劳动和家乡饱满的爱。苏维埃时期，他们的某些作品受到过指责，他们塑造的一些母亲形象被认为过于沉重，缺乏昂扬的笑脸。我想兄弟二人还是有着自己的主意，他们尊重内心的感受，基本上做到了艺术上的诚实。很多人好奇他们如何共同作画？因为一个人不可能完全变成另外一个人。原因也就在此吧，他们沟通和相融的能力，加上他们的不同，一定使他们能够互相激发或互相"打倒"，再从中获得双倍于常人的力量，尽管最终他们没有找到独属于自己的形式。

以当今世界艺坛对艺术家的定位，俄罗斯绘画并没有很高的地位，我在有些文字里试着表述了造成这些并不都是偏见的原因，俄罗斯绘画绝不像俄罗斯文学对世界文坛那般重要。中国画家包括中国作家喜欢他们，或许有着十分复杂的历史缘由。我没有和伊蕾探讨过她对俄罗斯以外的画家的看法。也许这对今天的卡秋莎美术馆不是最重要的，伊蕾靠了自己的浪漫激情和孤注一掷的艰苦努力，实现了她童年的一个梦想，实现了她亲近俄罗斯艺术的愿望，这就是一个最确凿的事实。这世上的人能够在有生之年实现童年梦想的毕竟还是少数吧，伊蕾你说呢？

伊蕾说："我要把俄罗斯油画的展览和收藏进行到底，让我的亲人、好友，让每一个陌生的爱好者分享。我想常年举办俄罗斯画家展览，让更多的俄罗斯画家来到天津，让天津成为他们知道和想来的地方。"

当夜晚来临，卡秋莎美术馆闭馆之后，伊蕾和我在馆内的小客厅喝着红茶聊天。她很疲惫，却两眼放光，使我又一次想起她在莫斯科房东家门口那张出发前的照片。这时就听见她说，她已经开始学习画油画了，看画看得她不过瘾了，她要亲自画，并且动员家里的亲人学油画。因为是朋友，所以我几乎要用最民间的一个形容来说伊蕾了，她简直是"想起一出是一出啊"。油画是那么好学的吗？那得有科班出身的基本功啊。我说出了我的怀疑，伊蕾说："所以我才要学啊。"我不得不再次感叹：这就是伊蕾了。这个看上去有些疲惫的瘦弱的诗人、艺术品收藏家，你坐在她的奋斗许久好不容易刚开张的画廊里，你实在不知道她又会有些什么新想法。唯一使你不怀疑的是，这个人她会不听劝告地去实践她的新梦想。住在自己的大房子里种着玫瑰花写诗，在今天的伊蕾看来，可能已经是一个太小的、太微不足道的愿望了。

  我们从卡秋莎美术馆里出来时已经很晚，我独自站在门外，看伊蕾在门里逐一关灯并认真操作墙上的报警器，格外想起她在今后诸多的不容易。我祝福伊蕾，并愿意相信，幸福和活力就在这诸多的不容易里吧。

（选自2018年第9期《散文海外版》）

巍巍太行有你的传说

徐怀中

编者按：4月底的一天，编辑部突然接到一位"中国老兵"的电话。他说："最近为家乡革命前辈写了篇纪念文章，希望能在贵刊发表。"这位老兵就是89岁高龄的著名作家徐怀中。他16岁离开家乡参军入伍，17岁加入中国共产党，曾跟随刘邓大军转战太行山、挺进大别山；他的《西线轶事》荣获全国优秀短篇小说奖；他领军的解放军艺术学院文学系，曾培养出一大批至今仍享誉文坛的优秀军旅作家。无论走多远，都不能忘记来时的路。徐怀中的纪念文章，是对家乡的思念回望，是对英雄的崇尚敬仰。

记忆不确，应该是1963年初或许稍后，我订下一个采访计划，打算拜访家乡河北磁县全国第一个抗日民主政府首任县长田裕民。希望我的一支秃笔，能够为这位受人们敬仰的传奇英雄，留下一部真实而又鲜活的传记。

当我向田裕民老县长正式提出要采访他时，他却笑吟吟地说："不急，以后看情况再考虑。"我懂了，老县长从内心不愿意张扬自己。直到1975年2月13日，老县长病逝，我再也没有采访他的机会了。

我自幼崇拜田裕民县长，高仰而观之。

田裕民是1901年生人，抗战前已经从学校走向社会，在黑暗中探索着他的人生路径。1932年初春，由李巨川、王维纲做介绍人，磁县县委书记刘大风带领田裕民宣誓加入中国共产党。那时，正受到"左"倾路线严重影响，出身地主家庭的田裕民能够加入党组织，实在是一个特例。

常见有文章写道，某某人背叛了他原属的剥削阶级，毅然离家出走，成为一名立场坚定的革命战士。田裕民则有所不同，他彻底背叛了地主阶级家庭，却未离家出走，而是利用家庭关系及社会地位，广交政界要员和有识之士，以利开展工作。

田家先后接待了直南特委派来的巡视员李振山等多人，提供职业掩护，安排食宿起居。他常常分派妻子和岳母站岗巡风，以保障安全。他在岳父家里和前妻的娘家也都办起了联络站与接待中心。1932年，河北省委发动磁县小车社工人武装起义，指挥机构就设在田家后院。

开展工作需要大量开支，田裕民主动承担了为组织筹款的重任。他利用亲友关系，在县城开办了"震亚实业社"，在乡镇开办了布店、瓷器店，以作筹集经费的主要来源。但几个商铺远远不够，他先是打起了自己家里的主意，再三恳求父亲一次次满足他的需求，随即开始变卖财产，到后来只得忍痛卖地，一出手就是几十亩。

日军进抵磁县前夕，田裕民将"震亚实业社"的枪支物资转移到山区抗日根据地。又征得父亲及家人同意，将财产悉数处理，一部分存粮分给本村贫苦群众，一部分运往山区充作军粮。卖棉花的钱，留下一小部分维持家用，其余全部交给组织用于抗日军饷。这说明，在田裕民矢志不渝确立了无产阶级世界观人生观的同时，其本人及一家老小也都成了真正意义上的无产者。

又何止于此。田裕民家族及亲属中出了几位革命烈士，胞弟田静渊、堂侄婿侯振东、内侄李修身、堂侄田宜之，都是面临生死考验，毫不犹豫地奉献了自己年轻的生命。

田静渊也是一个有抱负有作为的人，田裕民每一项任务的完成，都少不了他的热心参与，顺理成章，他成了兄长的一个得力助手，一个生死与共的亲密战友。1942年5月，日军对太行山根据地施行大扫荡，田静渊时任磁武县抗日高级小学校长，为掩护躲藏在山洞里的全体同学，他故意暴露自己，以吸引敌人注意力。敌人追逼急迫，他纵身跳下悬崖，被日军连刺十数刀，流尽了最后一滴血。

1937年11月，田裕民在全县各界代表协调会议上获得通过，正式就任全国第一个抗日民主政府首任县长。

时下人们很难想象当年的华北地区社会动乱达到了何等地步。日军疯狂进攻，国军溃败南逃，一路任意为害地方。加之盗匪四起山头林立，种种恶势力及会道门兴风作浪花样百出，社会矛盾高度敏感，投出一个火星，便会引发一场霹雳闪电。

田裕民这个县长，就是在如此纷繁复杂混乱不堪的特定社会条件下走马上任的！对敌斗争形势要求他，必须具有足够的胆识与气魄，以自己的身体撑起一方天地！

田裕民宏观意识很强，善于从全局出发，把握事态发展，做事则谨慎细密，具有全方位的组织领导才干，面对敌人强势高压，总是能够积小胜为大胜。

这位父母官颁发的第一道政令，就鲜明地体现了抗日民主政府宗旨。规定了统筹统办粮草办法，严禁向民众乱征乱要，先向大户富户筹借粮款，20亩地以下的农户不出负担。不是宣传标语，不是空喊口号，而是县长署名的政府文告，极大鼓舞了民众抗日救国的决心与信念。

磁县小车社工人武装起义失败后，党内同志充分认识到：没有自己的一支军事力量，终成不了大事。田裕民便将他的工作侧重点转移到创建抗日武装这个方向上。

他奔走各地，说服地主富商以及亲戚朋友家，把他们的枪支弹药捐献出来，同时派出大批人员，收集国军南逃时丢弃的武器装备。至1937年下半年，部队已达千人，组建了统战性质的"磁县抗日保卫总团"。此后数年中，武装力量先后进行多次整编，依次组成了"磁县人民抗日游击总队""八路军129师先遣支队一大队""冀豫抗日义勇军"，均由田裕民兼任司令，即所谓"军政一肩挑"。

日军投降后，田裕民任太行第五专署专员。原由他呕心沥血创建的"冀豫抗日义勇军"，奉命改编为晋冀鲁豫军区第六纵队十八旅五十四团；磁县独立营编为晋冀鲁豫军区第六纵队十六旅四十八团。由磁县地方输送出的这两个主力团，跟随刘邓大军转战南北屡建奇功，为磁县乡亲父老赢得了很大荣誉。

田裕民自幼入私塾，读过诸子百家，从不曾学过怎样拉起一支队伍，怎样亲临前线指挥作战。但他并不怵头，军事指挥艺术说到底是血性的结晶。一个指挥员只要做到与士兵共生死，冲锋在前，退却在后，学到手的军事知识才能发挥巨大作用。田裕民带兵打仗的诀窍就在于此。

1938年农历大年初一，为保障部队过节安全，田裕民率小分队执行营地巡逻任务，意外遭受日军袭击。一发迫击炮弹在他身旁爆炸，腹部受重伤，血流不止。不说止血带，连一包药棉都没有，只得用毛巾捂住伤口，继续指挥部队退出战斗。事后，夫人发现他随身携带的一个牛皮挎包里，军用地图和日记本都被弹片穿透了，用作部队给养的几块银圆也穿透了一个月牙洞。幸亏有这几块银圆，不然命就难保了。

新中国成立后，田裕民先后任郑州铁路局副局长、党委书记，唐山铁道学院党委副书记，铁道部参事室副主任等职。1959年，组织上安排他到中国科学院北京植物园任副主任、党总支书记。中央统战部还交给他一项特殊任务，即帮助末代皇帝爱新觉罗·溥仪在植物园一边劳动，一边进行思想改造。一天，他提醒说："天要下雪了，溥仪先生可要注意添加衣服。"不想第二天果真飘起了雪花。溥仪大为惊异，问道："田主任怎么会未卜先知的呢？"田裕民仰天大笑："我身上有'晴雨表'哟!"他撩起衣襟,露出腹部近半尺长隆起的伤痕。溥仪这才明白,原来人的伤口可以准确预报气象。

其实,田裕民不必宣讲许多大道理,只消把他的革命经历如实讲述给这位皇帝听,就足以使他大受感动。

人老思故乡。我今年89岁了,写过不少文学作品,却没能完成为家乡革命前辈作传的心愿,这是我此生深深的遗憾。每念及此,不禁怆然泪下……

(选自2018年第6期《党建》)

28岁上北大

陈建功

1977年恢复高考时,我已经28岁了。如果不是"文化大革命",我也该和今天的高中生们一样,18岁就进考场了。18岁那年,我卷起铺盖,到京西的木城涧煤矿当了一名岩石掘进工。那时候的我又瘦又小,体重不过百十斤,扛起和我一般沉的风锤,晃晃悠悠,龇牙咧嘴。我最拿手的活儿是跟车——叼着哨子,在飞驰的矿车间蹿上蹿下,摘钩、挂钩、甩车、追车……我时而指挥若定,时而欢实得像一只出溜出溜四处乱钻的老鼠。一干就是10年。28岁了,居然又回到了考场。

说实在的,那10年里,我做过大学之梦,1973年,我满以为自己会成为南京大学中文系的"工农兵学员"。因为班组里的师傅们认定我这个人"实在、义气、不惜力",一致推荐我去上大学,而我又即将在《北京文艺》上发表我的处女作——那是一首歌颂"工农兵上大学"这一"新生事物"的诗歌……但我没想到,无论是实实在在地干活儿,还是不实实在在地拍"文化大革命"的马屁,都帮不了我——因为我有一个"臭老九"加"特嫌"的父亲,也因为我有所谓的"反动言论"。最终我被拒之门外。

1977年下半年,说是高考要恢复了。风传日盛。我对此却有些麻木,或者是因为我的自负——因为已有文字发表,就自以为已经迈出了当作家的第一步。当作家一定要上大学吗?高尔基、杰克·伦敦、马克·吐温……我一边挖煤,一边读这些人的书,虽说是"文革"时期,除了《毛选》和马列著作,几乎无书可读,可我还是读了不少——其中的大多数,就是我妈利用她负责北大附中教师资料室之便,偷偷拿来给我读的。就这样,我读了10年,算起来上两个大学都毕业了!自以为已经读了不少书的我,认为自己的当务之急是写小说、当作家,让那些当年把我拒之门外的人目瞪口呆。

母亲不是一个望子成龙的人,她只希望她的儿子活得明白、自信、充实。而要如此，她认定了非得送我去读大学不可。"五世业儒书有种，一生任运仕无媒"，我妈受陆放翁之毒颇深。她说我家是书香门第，能不能当官，那是命，甚至于能不能找一份好工作，她都无所谓——可绝了"书种"，她会愧对先人，死不瞑目。我妈还说，"四人帮"时代，她绝不逼我，谁让咱家不是"工农兵"呢，现在党又让咱考了，咱还不考？我妈啰唆得很，我怕她啰唆，只得从命。

我是在山脚下筛沙子的时候，听说自己被北大文学专业录取的。大约三年前，我在掌子面上被矿车撞断了腰。伤好以后，我就在那个井巷口，天天率领着四个老太太筛沙子。更确切地说，那位工友兴冲冲地跑来报信的时候，我正仰面朝天，躺在沙子堆上晒太阳。我记得，听到他气喘吁吁的报告，当时我似乎只是淡淡一笑，然后又翻了个身。我想晒晒后背。当后背也被晒得热烘烘之后，我爬起来，去领我的录取通知书。

回想起来，有点儿后怕——我的心，已经像岩石一样粗糙了。

28岁，已经不是激情澎湃的年龄。

也许，回味那个年代，更值得叙说的，是思想解放的大潮如何涌入沉寂多年的未名湖，引起隆隆的回响，规模浩大的"五四"学术讨论会，日益开放、日益大胆的讲坛，活跃的学生社团，广泛的社会交流。熄灯后的宿舍，关于"凡是派"和"实践派"的喁喁低语。大礼堂里，倾听新学科讲座的一幕幕……

我知道，这种兴奋并不只属于我一个人。我曾经听着对门水房的"靡靡之音"，反省自己18岁到28岁的时光：你可曾有过一次酣畅淋漓的歌唱？当你被怀疑为"反革命集团成员"而接受"审查"的同时，你还接受了审查你的那位书记的吩咐，为他拟定了学习"九大"文件的辅导报告。当你被取消当"工农兵学员"资格的同时，你发表了你的"处女作"，那恰恰是一首讴歌"工农兵上大学"的诗篇。其实，严格地说，你的"处女作"早在这之前已经发表了，不过那署的是别人的名字——那位"劳动模范"器宇轩昂地在劳动人民文化宫朗读了"他的"诗作《煤矿工人这双手》，然后他到北京饭店吃庆功宴；第二天，"他的"诗作就登在了《北京日报》上。而你，老老实实地回到岩洞里开你的风钻……你可料到，会有这样一个时代到来？可曾知道，还有这样一种富于魅力的人生值得认同？

（选自2018年5月6日《今晚报》）

《山本》后记

贾平凹

这本书是写秦岭的,原定名就是《秦岭》,后因嫌与曾经的《秦腔》混淆,变成《秦岭志》,再后来又改了,一是觉得还是两个字的名字适合于我,二是起名以张口音最好,而"志"字一念出来牙齿就咬紧了,于是就有了《山本》。山本,山的本来,写山的一本书,哈,"本"字出口,上下嘴唇一碰就打开了,如同婴儿才会说话就叫爸爸妈妈一样(即便爷爷奶奶、舅呀姨呀的,血缘关系稍远些,都是收口音),这是生命的初声啊。

关于秦岭,我在题记中写过,一道龙脉,横亘在那里,提携着黄河长江,统领了北方南方,它是中国最伟大的一座山,当然它更是最中国的一座山。

一

我就是秦岭里的人,生在那里,长在那里,至今在西安城里工作和写作了四十多年,西安城仍然是在秦岭下。话说:生在哪儿,就决定了你。所以,我的模样便这样,我的脾性便这样,今生也必然要写《山本》这样的书了。

以前的作品,我总是在写商洛,其实商洛仅仅是秦岭的一个点,因为秦岭实在是太大了,大得如神,你可以感受与之相会,却无法清晰和把握。曾经企图能把秦岭走一遍,即便写不了类似的《山海经》,也可以整理出一本秦岭的草木记、一本秦岭的动物记吧。

已经是不少的地方了,却只为秦岭的九牛一毛,我深深体会到一只鸟飞进树林子是什么状态,一棵草长在沟壑里是什么状况。关于整理秦岭的草木记、动物记,终因能力和体力未能完成,没料在这期间收集到秦岭在二十世纪二三十年代的许许多多传奇。去种麦子,麦子没结穗,割回来了一大堆麦草,这使我改变了初衷,从此对那个年代的传说有了兴趣,于是对那方面的资料、涉及的人和事,以及发生地,像筷子一样啥都要尝,像尘一样到处乱钻,太有些饥饿感了,做梦都是一条吃桑叶的蚕。

那年月是战乱着,如果中国是瓷器,是一地瓷的碎片年代。大的战争在秦岭之北之南错综复杂地爆发,各种硝烟都吹进了秦岭,秦岭里就有了那么多的飞禽奔兽,那么多的魑魅魍魉,一尽着中国人的世事,完全着中国文化的表演。

巨大的灾难,一场荒唐,秦岭什么也没改变,依然山高水长、苍苍莽莽,没改变的还有情感,无论在山头或河畔,即使是在石头缝里和牛粪堆上,爱的花朵仍然在开,不禁慨叹万千。

二

《山本》是在2015年开始的构思,那是极其纠结的一年,面对着庞杂混乱的素材,我不知怎样处理。首先是它的内容,和我在课本里学的、在影视上见的,是那样不同,这里就有了太多的疑惑和忌讳。再就是,这些素材如何进入小说,历史又怎样成为文学?我想我那时就像一头狮子在追捕兔子,兔子钻进偌大的荆棘藤蔓里,狮子没了办法,又不忍离开,就趴在那里,气喘吁吁,鼻脸上尽落些苍蝇。

我还是试图着先写吧,意识形态有意识形态的规范和要求,写作有写作的责任和智慧,至于写得好写得不好,是建了一座庙还是盖个农家院,那是下一步的事,鸡有蛋了就要下,不下那也憋得慌嘛。初稿完成到2016年底,修改已是2017年。2017年是西安百年间最热的夏天啊,见到的狗都伸着长舌,长舌鲜红,像在生火,但我不怕热,凡是不开会(会是那么多呀!)就在屋里写作。写作会发现身体上许多秘密,比如总是失眠,而胃口大开;比如握笔手上用劲了,脚指头却疼;比如写那么几个小时了,去洗手间,往镜子上一看,头发竟如茅草一样凌乱,明明我写作前洗了脸梳过头的,几小时内并没有风,也不曾走动,怎么头发像风怀其中?

漫长的写作从来都是一种修行和觉悟的过程,在这前后三年里,我提醒自己最多的,是写作的背景和来源,也就是说,追问是从哪里来的,要往哪里去。如果背景和来源是大海,就可能风起云涌、波澜壮阔;而背景和来源狭窄,只能是小河小溪或一摊死水。

就像一头牛,长出了龙角,长出了狮尾,长出了豹纹,这四不像的是中国的兽,称之为麒麟。最初我在写我所熟悉的生活,写出的是一个贾平凹,写到一定程度,重新审视我熟悉的生活,有了新的发现和思考,在谋图写作对于社会的意义、对于时代的意义。这样一来,就不是我在生活中寻找题材,而似乎是题材在寻找我，我不再是我的贾平凹，好像成了这个社会的、时代的，是一个集体的意识。再往后，我要做的就是在社会的、时代的集体意识里又还原一个贾平凹，这个贾平凹就是贾平凹，不是李平凹或张平凹。站在此岸，泅入河中，达到彼岸，这该是古人讲的人得金木水火土五行之内，出得金木水火土五行之外，也该是古人还讲的看山是山看水是水，看山不是山看水不是水，看山还是山看水还是水吧。

三

说实情话，几十年了，我是常翻老子和庄子的书，是疑惑过老庄本是一脉的，怎么《道德经》和《逍遥游》是那样的不同，但并没有究竟过它们的原因。一日远眺于秦岭，秦岭上空是一条长带似的浓云，想着云都是带水的，云也该是水，那一长带的云从秦岭西往秦岭东快速而去，岂不是秦岭上正过一条河？河在千山万山之下流过是自然的河，河在千山万山之上流过是我感觉的河，这两条河是怎样的意义呢？突然醒开了老子是天人合一的，天人合一是哲学；庄子是天我合一的，天我合一是文学。这就对了，我面对的是秦岭二十世纪二三十年代的一堆历史，那一堆历史不也是面对了我吗？我与历史神遇而迹化，《山本》该从那一堆历史中翻出另一个历史来啊。

过去了的历史，有的如纸被糨糊死死贴在墙上，无法扒下，扒下就连墙皮一块全碎了；有的如古墓前的石碑，上边爬满了虫子和苔藓，搞不清哪是碑上的文字哪是虫子和苔藓。这一切还留给了我们什么，是中国人的强悍还是懦弱，是善良还是凶残，是智慧还是奸诈？无论那时曾是多么认真和肃然、虔诚和庄严，却都是佛经上所说的，有了挂碍，有了恐怖，有了颠倒梦想。秦岭的山川沟壑大起大落，以我的能力来写那个年代只着眼于林中一花、河中一沙，何况大的战争从来只有记载没有故事，小的争斗却往往细节丰富、人物生动、趣味横生。

四

在构思和写作的日子里，我仍是一有空就进秦岭的，除了保持手和笔的亲切感外，我必须和秦岭维系一种新鲜感。在秦岭深处的一座高山顶上，我见到了一个老人，他讲的是他父亲传给他的话，说是，那时候，山中军行不得鼓角，鼓角则疾风雨至。这或许就是《山本》要弥漫的气息。

一次去了一个寨子，那里久旱，男人们竟然还去龙王庙祈雨，先是祭猪头，烧高香，再是用刀自伤，后来干脆就把龙王像抬出庙，在烈日下用鞭子抽打，而女人们在家里也竟然还能把门前屋后的石崖、松柏、泉水，封为××神、××公、××

君,一一磕过头了,嘴里念叨着祈雨歌:"天爷爷,地大大,不为大人为娃娃,下些下些下大些,风调雨顺长庄稼。"

在秦岭里,可以把那些峰认作是挺拔英伟之气所结,可以把那些潭认作是阴凉润泽之气所聚,而那山坡上或洼地里出现的一片片的树林子,最能让我成晌地注视着。每棵树都是一个建筑,各种枝股的形态那是为了平衡,树与树的交错节奏,以及它们与周遭环境的呼应,使我知道了这个地方的生命气理,更使我懂得了时间的表情。这或许又是《山本》的布局。

五

随便进入秦岭走走,或深或浅,永远会惊喜从未见过的云、草木和动物,仍然能看到像《山海经》一样,一些兽长着似乎是人的某一部位,而不同于《山海经》的,也能看到一些人还长着似乎是兽的某一部位。这些我都写进了《山本》。另一种让我好奇的是房子,不论是耳房或是草屋,绝对都有天窗,不在房屋顶,装在门上端,问过那里的老少,全在说平日通风走烟,人死时神鬼要进来、灵魂要出去。《山本》里,我是一腾出手来就想开这样的天窗。

作为历史的后人,我承认我的身上有着历史的荣光也有着历史的龌龊,这如同我的孩子的毛病都是我做父亲的毛病,我对于他人他事的认可或失望,也都是对自己的认可和失望。《山本》里没有包装,也没有面具,一只手表的背面故意暴露着那些转动的齿轮,我写的不管是非功过,只是我知道,我骨子里的胆怯、慌张、恐惧、无奈和一颗脆弱的心。我需要书中那个铜镜,需要那个瞎了眼的郎中陈先生,需要那个庙里的地藏菩萨。

我觉得我在进文门,门上贴着两个门神,一个是红脸,一个是黑脸。

终于改写完了《山本》,我得去告慰秦岭,去时经过一个峪口前的梁上,那里有一个小庙,门外蹲着一些石狮,全是砂岩质的,风化严重,有的已成碎石残沙,而还有的,眉目差不多难分,但仍是石狮。

(《山本》系贾平凹第十六部长篇小说,本书将由作家出版社出版,作者系第十三届全国人大代表)

(选自2018年3月13日《中国文化报》)

也是冬天，也是春天

迟子建

在我这样的外地人眼中，上海是中国城市历史中最具沧桑美感的一册旧书，蕴藏着万千风云和无限心事。这里的每一处老弄堂，都是一句可以不停注释的名言，注脚层叠，于我来讲是陌生的。但有一处地方，在记忆中仿佛是熟知的，就是四川北路。这条路留下了许多历史名人的足迹，而其中最难抹去的，当属鲁迅先生了。鲁迅曾在致萧军、萧红的信中提到这条路："知道已经搬了房子，好极好极，但搬来搬去，不出拉都路，正如我总在北四川路兜圈子一样"；而萧红于1936年在日本写给萧军的一封信中，也提到它——"在电影上我看到了北四川路"，她也因之想到了鲁迅先生。

2017年岁尾，在《收获》杂志六十周年庆典上，在太热闹的时刻，很想独自出去走走，有天上午得空，我吃过早饭，叫了一辆的士，奔向四川北路。

我先去拜谒原虹口公园的鲁迅先生墓，这座墓从当年的万国公墓迁葬于此，已经一个甲子了。天气晴好，又逢周末，园里晨练的人极多。入园处有个水果摊，苹果、橘子、草莓等勾织的芳香流苏，连缀着世界文豪广场。红男绿女穿梭其间，不为膜拜文豪，而是踏着热烈的节拍，跳整齐划一的舞。他们运动许久了吧，身上热了，大多将外套脱掉，只穿绒衣。广场边一棵粗大的悬铃木，此刻成了衣架，被拦腰系了一圈白带子，穿着吊钩，紫白红黄的外套挂在其上。我努力避让舞者，走进广场。文豪们的铜雕均是全身像，或坐或站。可怜的托尔斯泰，他右手所持的手杖，挂着一个健身者的挎包，一副苍凉出走的模样，可惜我不吸烟，不然会在他左手托着的烟斗上，献一缕烟丝，安抚一下他。与他一样不幸的，是手握鹅毛笔的莎士比亚和狄更斯，鹅毛笔成了天然挂钩，挂着色彩艳丽的超轻羽绒衣。最幸运当属巴尔扎克，他袖着手，深藏不露，难以附着，这尊雕像也就成了一首流畅的诗作。

出了世界文豪广场，再向前是个卖早点的食肆，等候的人，从屋里一直排到门外。想着多年前萧红在这一带,有一天买早点,发现包油条的纸居然是鲁迅先生一篇译作的原稿。萧红愕然地告知鲁迅,先生却淡然,复信调侃道:"我是满足的,居然还可以包油条,可见还有一些用处。"也不知这里的早点铺,如今用什么包油条?还能包裹出这拨云见日般的绮丽文事吗?

绕过食肆向前,更是人潮汹涌。我望见了推着童车散步的中年妇女,玩滑板的疾驰而过的少年,聚集在电动车上打牌的老人,立于树间吊嗓子的小生,以及在路中央手持毛刷、蘸着水写下"江山如此多娇"的歪戴帽子的男人。当然更多的是占据着每一处空地,跳广场舞的人。尽管立在路旁的音频显示器,提示分贝不超,但各路音乐汇聚起来,还是无比喧嚣,将自然的鸟语湮没了。只见鸟儿一波一波飞过,却听不到它们的叫声。

这幅世俗生活的长轴画卷,在渐次打开的时候,我也领略了背景上的植物风光。槭树正在最美时节,吊着一树树红红黄黄的彩叶,被阳光照得晶莹剔透,看上去激情饱满,像要与旧时代决裂的起义者。除了槭树呈现壮丽之色,也有耐寒的杜鹃绽放,那红的粉的花朵,在我这个刚经历了哈尔滨12月飞雪的北方人眼里,无疑是日历牌上被漏撕的春日,零零散散,却透着春的消息。

鲁迅墓很好寻,无论哪条甬道都有通往那里的指示牌。赏过如火的槭树,直行约三百米左转,绕过一群咿呀唱戏的人,再右转北上,在公园的西北角就是鲁迅先生的墓地了。

墓前广场比较开阔,最先看到的是长方形草坪上矗立着的鲁迅塑像(这块草坪是不是一册《野草》呢),他坐在藤椅上,左手握书,右手搭着扶手,默然望着往来的人。由于塑像有高大的基座,再加上草地四围,有密实的冬青做了天然藩篱,肃穆庄严。不过基座过高了,感觉鲁迅是坐在一个逼仄的楼台看戏,让人担忧他的安危。

墓地两侧的石板路旁,种植着樟树、广玉兰和松柏,树高枝稠,长青的叶片在阳光下如翻飞的翠鸟,绿意荡漾。我随手摘下一片广玉兰的叶子,拈着它走向鲁迅先生长眠之所,将它轻轻摆在墓栏上,想着烘托了一季热闹花事的叶片,是从花海中荡出的一叶扁舟,心房还存有花儿的芳香吧,权当鲜花。何况在我的阅读印象中,鲁迅是不怎么写花儿的,《从百草园到三味书屋》和《秋夜》中,提到蜡梅一类的花儿,要么一笔带过,要么对所描述的花儿,连名字也叫不出来。他最浓墨重彩的写花,是在《药》中,结尾处瑜儿坟头的那圈红白的花儿(也是无名之花)。可见他笔下的花儿,是死之精魂。

鲁迅墓由上好的花岗石对接镶嵌，其形态很像一册灰白的旧书，半是掩埋半是出土的样子。因为是园中独墓，看上去显赫，却也孤独。其实无论是鲁迅的原配夫人、为他寂寞空守了四十年的朱安，还是无比崇敬鲁迅的萧红，都曾在遗言中表达了想葬在鲁迅身旁的想法，可惜都未能如愿——怎么可能如愿。鲁迅曾在文章中交代过后事："赶快收殓，埋掉，拉倒。"也在《病后杂谈》中表达过，他不喜欢被追悼，不喜欢挽联，倘有购买纸墨白布的闲钱，不如选几部明清野史来印印，这些表述绝非是故作超拔，这像他的脾气，这像一个目光如炬的人穿行于无边的黑暗后，留给自己的大解脱——最后的光明。可鲁迅的一生是雷电的一生，身后必将带来风雨，不会是寂寞。

鲁迅墓前并不安静，左右两侧的石杆花廊下，一侧是两个男人在练习格斗，互为拳脚；另一侧是三位大妈，在热聊什么。我脱帽向着这座冷清的墓，深深三鞠躬，静默良久，之后转身，眺望鲁迅长眠之所面对的风景，有树，有花，有草，有路，也算旖旎，也算开阔，只是那尊端坐于藤椅上的雕像，阻碍着视线。也就是说，不管鲁迅是否愿意，他每天要面对自己高高在上的背影。

墓前甬道尽头相连的路，人流不息，向右望去，可见虹口足球场的一角穹顶，像一团铅灰的云压在那里。健身和娱乐的各路音乐，此起彼落，让我有置身农贸市场的感觉。我想鲁迅被葬在这闹市的园子中，纵有绿树青草点缀，春花秋月相映，风雨雷电做永恒的日历，但终归少了一个人去后最该拥有的宁静清寂，所以我不知道他是否真的安息了。

当我怅然离开墓地的时候，忽然间狂风大作，搅起地面的落叶和尘土，在半空飞舞。公园所有的树，这时都成了鼓手，和着风声，发出海潮般的轰鸣。我回身一望，我献给鲁迅先生的那片玉兰叶，已不见踪影，我似乎听到了他略含嘲讽的笑声："敬仰和怀念，不过是一场风，让它去吧！"

离开鲁迅墓地，迎着风中被撕扯下来的艳丽的槭树叶，我去参观鲁迅纪念馆。馆藏丰富，我留意的是那些曾与鲁迅相依相伴的实物，他戴过的硬硬的礼帽，这礼帽是再也不能为他挡风了；他穿过的棉袍以及蓝紫色的带花纹的毛背心，这样的衣物也再也不能为他御寒了；他用过的白瓷茶碗依然好看，但它再也不能为他送去茶香了；他用过的吸痰器，不能再为他排解胸中郁积之物了（真正的郁积，靠它也是排解不了的吧）；而那一支支笔，也再也不能随他在纸上叱咤风云了。展厅里还陈列着鲁迅逝世后，送殡者的登记册。我俯身辨识那上面的名字时，有面对星空的感觉，因为那里登记着的都是些灼灼闪光的名字。

离开纪念馆，风小了一些，我出了公园，一路打听，步行去鲁迅在大陆新村的最后寓所——山阴路一百三十二弄九号。

大陆新村是一带红砖的三层小楼，木格高窗，旧时住的多是日本侨民，鲁迅故居在九号最深处。一走进去，先看见一家紧闭的店门外挂着一个牌子，上写"老板出去流浪了，月末回来"，而有烟火气的地方，窗前和檐下多摆着盆栽的花草。我走进鲁迅故居售票处时，已是正午，只有一个保安坐在里面，他告诉我参观要等到五十分钟后，因为故居开放是分时段的。见我沮丧，他说你不也得吃午饭吗，出去吃点东西，回来后时间就到了。我接受了他的建议，走出九号院，去了对面的万寿斋。这家小吃店是上海的老字号吧，店面不大，食客甚众，无一闲位。我排队买了一屉蟹粉小笼，打包出来，又回到鲁迅故居售票处，问保安可否容我坐下，边吃边等开馆时间？保安同意了。一屉汁水浓厚的蟹粉小笼包落肚，卖票的回来了，她身后跟着四位要参观的游客，一对母女，还有两个中年男人。我们买了票，由保安带领，出了售票处。

一壁之隔的鲁迅故居门前，已有一个纤细的女孩迎候在那里，她是鲁迅故居的志愿者讲解员。保安像个大管家，掏出钥匙，打开黑漆的铸铁门，将我们带进去。由于屋内没有开灯，加之房间格局紧促，虽是坐北向南的房子，一进去还是给人阴冷的感觉。讲解员介绍着一楼会客室的陈设，餐台餐椅，墙上的画等等，而我的目光聚焦在了瞿秋白寄存此处的那张著名的书桌上了。只三两分钟吧，就被保安吆喝着去二楼。二楼是鲁迅的书房兼卧室，不很宽敞，南窗和西墙摆放着书桌、藤椅、镜台、茶几、台灯等旧物。最让人触目惊心的是进门处东墙边的那张黑色铁床，上面还摆放着棉被和枕头，鲁迅先生就是在这张床上，吐出最后一口气的。而那最后一口气是真的散了，还是附着在了室内的台灯上，做夜的眼？或是附着在了南窗的窗棂上，做曙光的播撒器？

保安又催促着上三楼了，海婴的住屋以及客房都在此。看着小小的客房，想着瞿秋白曾在此避难，也曾在此奋笔疾书，无比伤怀。这时，参观者中最年轻的初中生模样的女孩发现了问题，她问讲解员，二楼有鲁迅的床，三楼有海婴的，许广平睡在哪里呀？讲解员一时被问住了，女孩的母亲赶紧说，许广平要么和鲁迅睡一张床，要么就是海婴。我加了一句，海婴有保姆的。女孩依然很不满地嘟囔道："许广平为什么没有自己的床啊！"

保安已下到一楼，他在下面大声呼唤讲解员，让她赶快带游人出来，说是时间到了，其实我们进来不过一刻钟。下楼时，我走到最后，又在二楼鲁迅卧室门前驻足片刻。等我下去，保安在训斥讲解员，说她不该把游人留在最后，说这是重点文物保护区，好像我走在最后，似有不轨意图。

我郁郁出了鲁迅故居。其实我很想看看灶房的陈设，萧红不是在这儿为鲁迅烙过东北特色的韭菜合子和油饼吗？

我回到山阴路上，风又起来了，这条路成了风匣，回荡着风声。我去寻访不远处的瞿秋白故居。走到近前，见黑漆大门紧闭，按了门铃，无人应答。铁门中央留有的菱形贴纸印痕，分明昭示着"福"字曾居其上，想来这里还住着人家吧。而这扇门，却也是瞿秋白生命中难得的一扇福门，因为在此期间他与鲁迅交往频繁，纵有时时被捕的危险，但有倾心长谈的挚友，仍是人生的黄金时光吧。

鲁迅先生与很多青年人结下了深厚的友谊，萧军、萧红、台静农、瞿秋白等等。读鲁迅书信时，发现他最喜欢与两个人谈病情（当然他们也深切关心着他的身体），一个是母亲，一个是小他二十几岁的台静农。谈病如同谈隐私，多半是对亲人才讲的话题。而同样比鲁迅年轻许多的瞿秋白，更是深得他欣赏，有鲁迅赠予瞿秋白的手书"人生得一知己足矣，斯世当以同怀视之"为证。瞿秋白就义后，鲁迅抱病为他编校《海上述林》。我读瞿秋白的《多余的话》时，感觉他在生命的最后时刻，流露的还是对做一个文人的万般不舍。

在瞿秋白故居吃了闭门羹，我赶紧折回，因为午后《收获》杂志有作品朗诵会，我怕迟到，所以赶紧打车，想回到酒店稍事休整。可是往来的出租车，基本载客；显示空载的车辆，停下的一瞬，总问我是约车的人吗？我这才明白，因为我不用手机上网，不能随时网上预订出租车，空驶的出租车与我这个不与时俱进的人来说，多半无关了。也就是说，我在漂泊的河流上，看见灯塔闪亮，那也不是引我上岸的。

这倒让我淡定起来，轻松起来，想着万一迟到，那是为着鲁迅先生而迟到，不无美好。我迎着风，在山阴路上徘徊。

相比鲁迅的杂文，我更偏爱他的小说，尤其喜欢《故事新编》，尽管他在致捷克汉学家普实克的信中，说这本用神话和传说做材料的书并不是好作品（我以为那是自谦的说法）。其中的《铸剑》，惊心动魄，我是把这个短篇当史书来看的。鲁迅是个高超的人物雕塑家，他小说的人物像是青铜锻造的，叩击时会有深沉的回声。而且这些人物身上洋溢着一股动人的光芒——悲凉的诗意之光，像《孔乙己》《阿Q正传》《祝福》《风波》《药》《伤逝》《在酒楼上》《明天》等堪称经典的篇章，那些栩栩如生的人物，是一个人以笔蘸着自己的生命之血，化解心中块垒时，播撒于春日晚雾中的纯美幽灵。因为他们充满了有筋骨的象征性和寓言性，成了精了，因而太阳出来也不会被照散。我想鲁迅公园中世界文豪广场的雕塑，如果换成阿Q、祥林嫂、孔乙己、单四嫂子、九斤老太、闰土、眉间尺、吕纬甫，也是极相宜的——这些人哪个不是负重的高手呢。

我还喜欢鲁迅与许广平在厦门广州间的一封通信，鲁迅说那里的点心很好，但不敢多买，因为有小而红的蚂蚁，无处不在，啃噬点心，害得他常把附着蚂蚁的点心丢掉；许广平给他回复，让他在点心周围用石灰粉画一个圈，就可以防蚁，他的点心就不会被蚂蚁糟蹋了。记得当时我读这段时，会心一笑，因为我想起了幼时，祖父怕小孩子去偷他菜园的瓜果，常给熟了的瓜果拦腰拴上线绳做记号。我去偷摘他的柿子吃时，得先把那"护身符"小心解下。对待如我这般偷吃的孩子和蚂蚁来说，许先生所言的石灰粉，祖父的那圈"绳索"，多半是不顶用的，但从中可以看出他们感情的美好。

走在山阴路上，我浮想联翩，鲁迅在厦门所钟爱的点心，还在年复一年地出炉吧？那样的红蚂蚁也还在妖娆地匍匐吧？可当年为蚂蚁所烦恼的人，是另一个世界的星辰了，教他趋避蚂蚁之法的"小鬼"（许广平与鲁迅通信时常用的自称）也与高天为伍了。在鲁迅的各种纪念日上，有多少人是真心地怀念，视他为奇迹和爝火？

从鲁迅谢世之所到他长眠之地并不遥远，但这条路在我眼里很长很长，它仿佛记录着一个人半个多世纪的跋涉。走在异乡的街头，只觉得这里的冬天与我故乡相比，更像春天，因为闪烁的花朵像黑夜的笑声，从苍绿中挣扎而出。这样的花朵也就格外明亮和湿润，就像感动的泪。我想起了看过的一个报道，对东方音乐很感兴趣的俄裔音乐家齐尔品，曾托贺绿汀带信给鲁迅，想请他写歌剧《红楼梦》的剧本，而鲁迅也答应了，可他不久就告别了世界。

鲁迅曾在文章中几次提到《红楼梦》，他对最终"披大红猩猩毡斗篷和尚"的宝玉有个评价，说是和尚多矣，但披这样阔斗篷的能有几个；他在《言论自由的界限》中，说贾府是言论颇不自由的地方，而仗着酒醉骂主子的焦大——"实在是贾府的屈原"。我想鲁迅若写歌剧的《红楼梦》，最华彩的乐章会出现在焦大、刘姥姥这类人物身上吧？因为那是鲁迅熟谙的人物，也是照映繁华终归是虚妄一梦的最透彻的镜子。

神化鲁迅，将他符号化；矮化鲁迅，将他妖魔化；强化鲁迅作品无人能及的思想性，视他作品的艺术创造性而不见，都不是客观评价。作为一个读者和文学后来人，我更认同一个文学上的鲁迅，一个也彷徨也呐喊的鲁迅，一个也会面对人生很多无言以对时刻的鲁迅，一个在《社戏》和《故事新编》等篇章中洋溢着动人的浪漫主义情怀的鲁迅。

快走出山阴路时，我终于打到一辆车。这辆车虽然破旧，但司机健谈而随和。我一上去，他就说听你口音，是东北人吧？我说是。他又问你知道有一个歌手叫李健吗？我说知道。司机说你听过他的《贝加尔湖畔》吗？我说当然，非常好听。这时我才反应过来，他是因为一首歌的地名，才对来自东北的我格外热情——觉得贝加尔湖离东北比较近吧。司机放慢车速，放出《贝加尔湖畔》。那舒缓忧伤的旋律，让我在异乡有了特别的感动。我惆怅地对司机说，我去过贝加尔湖，爱极了它，要是它还在我们手里就好了。司机惊讶地说：它什么时候是我们的，不可能吧？我不知该怎样对他讲贝加尔湖的前世今生，那不是三言两语能解释清楚的。

司机见我无语，又放了一遍歌曲。我将目光放在窗外，往来的车辆都急匆匆的，车辆侧面，是缩着脖子仄身而行的人，是摇晃着的树和招幌，一种呜呜的声音，让《贝加尔湖畔》的独唱变成了合唱。

风很大——很大很大的风。

（2018年2月7日《文汇报·笔会》）

记忆中的一些碎片

叶兆言

一

记不清楚哪一年,应该是20世纪80年代末,在北京,何立伟带着我们一起去见史铁生。为什么会是他率领,为什么我们要去,真有些忘记了。伟哥曾在文章中说过这事,因此也可以算有文字为证。

反正这是第一次见到铁生,心仪已久,一见如故,好像早就认识。铁生的那个家很小,在胡同里,老屋,一个乱糟糟的小院。隔着时间窗纱,一切都变得十分模糊。那时候的陈希米很年轻,完全还是个小丫头,大家有说有笑,她似乎什么也没参与,说不上话。后来肚子饿了,铁生说下些面条吧,有挂面,然后就有了一大锅热乎乎的汤面。我们吃得很香,吃得稀里哗啦,动静很大,都一个劲地喊好吃,好吃。

完全忘记当时说过什么,显然是无主题乱说,能记住的,让人念念不忘,是铁生特有的阳光,说不说话,都让人如沐春风。铁生的一生一直被病魔折磨,可是他天生就有佛相,光明磊落,恒常清静,是我一生中见过心智最健康的一位。说他能够自带光环并不为过,与熟悉的朋友追忆铁生,很多人都有差不多的体会。

我和铁生都是很早就开始用电脑写作的,有一段时间,十分认真地切磋过打印机字体。我们都是使用九针打印机,他的打印机打出的字体不好看,我建议可以尝试一下我的软盘。结果这事好像也不了了之,毕竟我们都不懂计算机技术,使用的机型都很原始,讨论来讨论去,只能在纸上谈兵。他承认我的打印机打出来的字体更好看,确实比他的强。我也给他寄过一份软盘,能不能用,也不知道。九针打印机太古老,很快就淘汰了。

二

到了1996年，我们有一次很好的机会，又在杭州相遇，当时有余华、苏童、格非，还有马原。大家一空下来，都跑到铁生房间聊天。仍然记不清说些什么，天南海北瞎说，东方西方胡诌。与铁生在一起，不会觉得没话说，说啥都不重要。他坐在床上，过一会儿就换个姿势。突然，铁生的眼睛发亮，说是不是地震了。我们都一怔，经他提醒，似乎也有些感觉，意识到大楼在晃动，感觉越来越明显。

服务员在走道里惊恐地喊起来。地震消息立刻被证实了，我们都感到非常震惊。不是为了发生地震而震惊，地震并没有什么了不起，是感叹最先能感觉到地震的，竟然是高位截瘫的铁生。为什么他会比我们更敏感呢？记得那一年在杭州，除了这场不太大的地震，还有霍里菲尔德与泰森的拳击世纪大战。当时舆论一致认为泰森必胜，解说员使用的词汇是猜测在第几个回合可以击倒霍里菲尔德。

我们却希望霍里菲尔德能赢，能够绝处逢生，能够以弱胜强。巅峰时期的泰森人挡杀人，佛挡杀佛，不可一世，结果还真是霍里菲尔德获得了胜利。马原像小孩子一样跳起来欢呼，他的个子大，跳起来动静也大。这是一次非常值得纪念的聚会，我们很高兴地看着铁生领奖，看他荣获大奖，正是因为这个奖，大家才聚集在了一起。铁生坐在轮椅上，红光满面。他行动不方便，出门很不容易，大家都发自内心地为他高兴。

我们并没有聚在一起过多地谈文学，文学这个东西，有时候完全没什么好唠叨，根本也聊不起来。仔细回想过去，好像从来也没跟铁生认真地聊过什么文学。事实上，不只是与铁生，与其他志同道合的作家朋友，一样很少一本正经地谈文学。文学这玩意说不清楚，从来就不是用来夸夸其谈的，向作家表示致敬，莫过于认真地读他的作品。作家之间的交往，更多还是应该通过阅读，通过阅读对方的作品。铁生的文字中，总是会有一种少有的安静，这种安静足以让我们无限地敬重他。

和铁生联系并不多，甚至可以说是很少。在铁生的印象中，我和苏童，还有余华和格非，这几位都是差不多时期冒出来的一茬庄稼，都有着相同的江南生长背景。那时候，恐怕不只是铁生心里这么想，很多读者都会这么认为。我们经常被放在一起议论，记得朱伟曾想在《人民文学》上凑热闹，发个专号，约了我们四个人。他们三位的小说都准时到达，偏偏我的那篇小说在邮路上耽误了，结果没能一起发表。此后不久，朱伟便因为这个那个不再管事，很快又离开了《人民文学》。

铁生给我写信，结尾常会附加上一句向苏童问好。现在回忆起来，也是一种典型的时代痕迹，一种可有可无的客套。当时很多作家朋友与我通信，都会有这么一笔。还是那句话，也许在铁生看来，你们几位经常形迹可疑地被放在一起谈，虽然不曾梁山结义，差不多也应该是拜过把子的同伙，应该三天两头相聚。那些年，我确实经常与苏童在一起，两人都在南京，后来干脆在一个单位，只要有活动，无论在哪儿，都会被安排在同一个房间。可是这种代为问好，有很多都会被忽视，因为真跟苏童在一起的时候，很可能就把这事给忘了。

还是那句话，作家之间交往，能够心心相印，通常都是借助作品相识，因为作品认同而结交。当然也有例外，譬如我跟苏童，或许都生活在南京的缘故，不知道怎么就先成了熟人。与马原见面也是莫名其妙，早在20世纪70年代末，我们居然就认识了。那时候我们都还是大学生，有点小野心的文学青年，都是恢复高考才上大学。在此之前，我当过四年工人，马原年龄比我大，工作年限也更长。

跟余华和格非的初次见面，则属于相见恨晚。因为很熟悉他们的作品，人还没见面，好像早就该认识。譬如第一次见余华，仿佛地下党接头。当时约好了在上海火车站相见，我和苏童从南京出发，余华从浙江嘉兴过来。说好了大致时间，那年头也没手机，写信约好时间，对方有没有收到信，不清楚。没高铁，也没动车，弄不清楚具体哪一班，就站在出站口死等。火车站人山人海，大包小包乱哄哄，一浪接一浪的人流涌出来。苏童此前跟余华有过一面之缘，此时也吃不准余华模样，一会儿说这个像，一会儿说那个可能就是，于是我们不停地乱喊，反正人家不答应，就肯定不是。我们等余华的样子实在太傻，最后只好灰溜溜放弃，执行第二方案，直接去另一个接头地点，去与台湾过来的两位编辑见面。刚到酒店门口，迎面碰上余华，他正从另一个方向走过来，笑容可掬。

与格非初次见面是在济南，这次我和苏童没有再傻乎乎地在火车站等他。我们直接被当地人接走了，格非到济南的时间不太好，好像是大清早。结果呢，他在车站广场的草地上先睡了一觉，等到大家正式见面，他给人的感觉，是还没睡醒。

三

跟铁生最后一次相聚，也还是在北京，在北京饭店。那天有个相当重要的会议，有人要讲话，说好了不准请假。然而铁生突然过来了，铁生同志过来看望大家。我们立刻觉得铁生才是更重要的人物，不约而同逃会，不去人民大会堂了。

仍然记不清楚当时还有谁，有林白，有陈村。写此文时，正好是新概念作文大赛期间，与陈村同住上海青松城，天天晚上一起聊天。说起那天聚会，问他还有谁。他记性好，说余华在，苏童也在，并说有照片为证。我是真的记不住还有谁了，印象中根本没有苏童和余华。与铁生在一起，铁生就是天然的中心，在他的光环下，别人很容易被忽略。实际上，我甚至连陈村当时不在场，都有些怀疑。陈村说我回去查照片，这很容易。

陈希米也在，她当然应该在，从头到尾一直很安静。铁生有一辆很高级的电动残疾人车，起码在我看来是相当高级。大家都在房间里操纵这车，像小孩玩玩具车，只是那车太大了，马力很足，在房间里运行，基本上就是美国佬的"悍马"。一个很大的房间，不知道是谁的，也不知道为什么我们这些人会在这么一个巨大的空间里。规格有些特殊，肯定是哪位参会领导的房间。他一定跟我们一样，对铁生充满敬重，自己遵纪守法开会去了，把他的豪华房间让给了我们。

能够记住林白，是因为她坐在那辆残疾人车上，又瘦又小，显得非常无助，完全像个孩子，一惊一乍，根本驾驭不了那辆车。玩得最潇洒的还是铁生，行动自如，感觉他甚至都可以为我们表演漂移。那天印象最深的就是高兴，大家都很高兴，难得这么高兴。一个个岁数都老大不小，可是我们突然都变得年轻起来，都有了些孩子气。

为什么铁生在场的时候，大家的心情都会变得特别好，为什么铁生会让别人变得年轻？铁生让我们远离了俗世，为我们屏蔽了尘嚣。与铁生在一起，你能感觉到身心的健康，你会不知不觉地放松。你会羡慕他的开朗，认同他的平静，欣赏他的爱情，似乎也只有他，才配得上天使一般的陈希米。马原曾经很认真地说，陈希米是上天派来照顾铁生的，有了她，大家都觉得我们可以放心了。

铁生过世的时候，我们心里都很难过，生死有命，富贵在天，早知道这一日是躲不过的。说起铁生，就好像回首20世纪80年代和90年代的文学，我们看到的都是阳光，都是春天。这当然不是文学的真相。事实上，我们内心深处很清楚，世界上哪有那么多的阳光和春天。铁生的日常生活肯定充满了阴影，一个被病魔选中的人，他的生活质量一定会大打折扣，一定是非常不容易。铁生身体状况不太好的消息，一直在朋友之间流传。大家都在为他担心，为他祈祷，心里都明白，这一天他躲不过，谁也躲不过。

有了网络，大家几乎都在第一时间，知道铁生已经离开。落花流水春去也，接受也好，不接受也好，有些事谁也改变不了。转眼又过去八年，想起一句我们这一代人都熟悉的样板戏台词：

"八年了,别提他了!"

可是又怎么能够不提呢,怎么能?五四时期有一首著名的流行歌曲叫《我如何不想她》,刘半农作词,赵元任谱曲,此时此刻,这首歌仿佛正在我耳边回响。枯树在冷风里摇,野火在暮色中烧,铁生是当代文学很重要的一个符号,一把可以测量上一个世纪八九十年代文学水准的很好标尺。没有人说得清楚,铁生留下的文字已经达到了什么样的高度。是非任凭别人去说,然而在当代作家中,他无疑是我们最敬重的一位。他在我们心目中的位置,其他人永远无法替代。当代文坛并不缺乏优秀作家,像铁生这样遗世独立,这样让人众口一词,可以说绝无仅有。

最后补充一句,与铁生在北京饭店相聚,以陈村回家找到的照片为证,没有苏童和余华,有孙甘露,有查建英,还有邓一光。这充分说明铁生的光环下,别人在不在现场,不重要。

(选自2018年第3期《收获》)

习主席送我两本书

翁亚尼

2018年5月15日,我收到了习近平主席送的两本书:《习近平谈治国理政》第一、二卷。两本厚厚的书用精美的红玫瑰色纸包装,大红色缎带捆好,多出的缎带巧妙地扎成一朵红花,喜庆而热烈。手捧这沉甸甸的礼物,我激动不已、惊喜万分,心里暖洋洋的,半天无法平静。许多往事也一一浮现,渐渐清晰。

2014年10月15日,习近平主席在人民大会堂主持召开文艺工作座谈会并发表重要讲话。习主席在讲到第三个问题——"坚持以人民为中心的创作导向"时说,他1982年到河北正定县去工作前夕,一些熟人来为他送行,其中就有八一厂的作家、编剧王愿坚。王愿坚对他说,你到农村去,要像柳青那样,深入到农民群众中去,同农民群众打成一片。柳青为了深入农民生活,1952年曾经任陕西长安县县委副书记,后来辞去了县委副书记职务、保留常委职务,并定居在那儿的皇甫村,蹲点14年,集中精力创作《创业史》。因为他对陕西关中农民生活有深入了解,所以笔下的人物才那样栩栩如生。柳青熟知乡亲们的喜怒哀乐,中央出台一项涉及农村农民的政策,他脑子里立即就能想象出农民群众是高兴还是不高兴。会上习主席谈到,王愿坚给他讲过很多红军长征的故事,还讲了很多老将军的故事,令他很有感触,要求大家不忘初心,不能忘了打天下时的艰苦岁月,永远不能脱离人民群众。

愿坚当年为习近平同志送行话别,虽然时间过去30多年,但那天的情景至今我仍能记起。作为王愿坚的妻子,我了解愿坚的性格,他内向,一脸的严肃,不苟言笑,更不轻易无原则地夸奖一个人,他嘴里的褒义词是很吝啬的。但那天一回到家,愿坚就满怀喜悦地对我说:"如今很多人喜欢向上走,他却选择了下基层农村。"

我问:"谁呀?"

愿坚说:"习近平。"愿坚接着对我说:"近平的工作要调动,作为习仲勋同志的儿子、耿飚同志的秘书,他完全可以去一个条件好的地区和岗位,却去了河北正定县，而且还是他自己要求去的。他已经在陕北偏僻的农村梁家河插队7年了，难道还没干够呀！现在有些人削尖脑袋往大城市、大机关、大公司钻，他却偏偏要去艰苦的地区继续磨炼自己。也好，天将降大任于斯人也，必先苦其心志、劳其筋骨……好样的，近平离开北京，会在更广阔的天地飞得更高更远。"

"那你们俩都聊了些什么？"我问。

"近平是个很谦虚的人，主要是我讲，他听。我给他讲了些革命传统故事，很多是我当年写《星火燎原》时采访老红军、老八路时的素材，还讲了柳青等优秀作家深入基层一线体验生活与人民群众打成一片的事。他一边听一边记，十分认真，令人感动。近平是个不可多得的人才，他的未来绝对能成大气候！"

其实，在这之前，愿坚与习近平同志已有交往，也多次在我面前说起习近平同志。记得有一次，他说起习近平同志热爱学习的事。因为愿坚是部队作家、编剧，所以他和习近平同志在一起谈论的大多是战争年代的故事和文学。那天，愿坚对我说："真没想到，近平的阅读量这么大，仅文学这一项，古今中外名著他读了很多，有的还不止读过一遍，让我大吃一惊！许多故事情节他能很详细地随口讲出来，有些段落甚至能完整背诵！不仅能讲能背，他还能准确说出作品主题思想、社会背景、创作风格、写作特点和作家的基本情况。除文学之外，中外的政治、军事、经济、文化、自然科学等方面的著述他也读了很多。"

1988年底，中国作协安排愿坚和我去深圳"创作之家"度假，愿坚说："近平在福建厦门担任市领导，从北京到深圳，我们中途绕道在厦门停一下，看看近平，顺便给他带几本书。"我连声说："好。"

我们满怀希望来到厦门，方知习近平同志刚刚从厦门调到宁德地区工作。没见到他，愿坚感到十分遗憾，说："我满肚子的话儿，没法对他说了！"接着又竖起大拇指对我说："从繁华的特区到贫困地区，他又下去为民造福了！老伴，近平爱书如命，如果今后有机会出版我的作品集时，一定送他一套，他用得着，也表示我对他的敬意！"我连忙点头，记在心上。

愿坚去世后，我开始着手联系出版他的文集，同时，按照他的交代，整理他生前一些未刊发的作品。我们在整理时，特别选择那些体现以人民为中心创作导向的作品，交由报刊发表。2017年6月13日，《解放军报》以一个整版的篇幅刊发了愿坚的遗作《人民的乳汁》，引起反响，《新华文摘》等许多报刊媒体全文转载，并荣登2017年《中国散文排行榜》。随后，多家出版社联系我，商讨出版《王愿坚文集》事宜。今年上半年，《王愿坚文集》（七卷本）由春风文艺出版社出版。当散发着墨香的《王愿坚文集》一拿到手，我就着手给习主席寄书，通常送书是要作者签名的，但愿坚去世了，无法由作者签，但这是作者的作品和遗愿呀。我想了想，就在扉页写上了"王愿坚赠"，下面写上"翁亚尼代笔"，附上信，顺手用出版社包书的旧牛皮纸包起来，寄给了习主席。习主席日理万机，工作那么忙，能不能收到，有没有时间看？这些都没多想……

5月14日，家里电话响了，是中央办公厅的一位同志打过来的。他在电话中对我说："习总书记收到了您的来信。总书记表示，谢谢您赠送《王愿坚文集》，看到他的作品，就想起当年与他交往时的情景，至今都很怀念他。习总书记祝您身体健康，晚年幸福。"中办的同志接着说："习总书记要回赠您两本他自己的书《习近平谈治国理政》第一、二卷，共两册，您看怎样交给您，是派人送去还是从邮局寄您？"我一听，惊喜万分！我说："太谢谢习主席了。怎么样都行，看你们方便吧！"中办的同志说："那就从邮局寄吧。"此后，我一直处于期盼的喜悦中，两次去传达室询问有没有我的邮件，担心被别人拿走或丢失了。

5月15日，邮局的同志给我送来了《习近平谈治国理政》第一、二卷。接到书，一股暖流涌上心头。习主席日理万机，各方面事务繁忙，还惦记着我给他写信这件事，专门赠书给故交的家属。高兴之余，我也陷入深深的自责：我送给习主席的书是用粗糙破旧的牛皮纸包装从邮局寄的，而习主席送我的书是用红玫瑰色的纸精心包好的，用大红色缎带捆好，还扎了一朵红花，可见习主席想得多么细、多么周到、多么温馨呀。这其中饱含的深情实在难以用语言表达。我想，这两本书不仅仅是送给我的，也不仅仅是送给愿坚的慰藉，更是对全体部队文艺工作者和他们亲人的关怀，是他心系人民群众的真实体现。我要把这一切都告诉黄土之下的愿坚，我还要把习主席率领全党全军全国人民初心不变、牢记使命、在新时代大展宏图的一个个精彩中国故事告诉愿坚。他如果在天有灵，一定会高兴的。

谢谢您，敬爱的习主席。

（选自2018年7月9日《解放军报》）

回 周 至

叶广芩

汽车从涝峪口下高速,开上了沿山公路,秦岭如同一幅优美的画卷,依次在眼前展开。山川依旧,山路依旧,山风依旧,这条走了八九年的路,我对它永远充满憧憬,充满激情,充满无限的依恋。

从2000年到2008年,我在周至工作了整整八个年头。八年,于一生来说是个不短的时光,人的一辈子能有几个八年呢?我把周至看成是承载我生命历程、存留人生记忆的重要地方。俗话说,人有双重父母、两处家乡,对外人言说故乡的时候,我常常说是北京和周至。我活了多少年,在周至我才学会了如何理解脚下的这片土地,理解了容纳接收我的西安。周至洗净了我的心肺,让我以平和的、生活的、包容的视角贴近生活、审视人生,这份恩情无以为报。

现在离开周至已经快十年了,这次周至的朋友让我回去看看,这是必须的。我怀念他们的每一份友情,怀念那些豆架瓜棚,怀念那些清风明月,怀念那简陋略显苍白的街道。

天下着小雨,窗外的景物湿润清爽。车在108国道上行驶,道路两边已是绿树成荫,花草摇曳,宽敞的六车道一马平川地畅快,一改往日的憋屈坑洼,现在我已经认不出它了。这条路曾经是中国的战略命脉,为了修建它,周至人付出了血汗和代价,问及五十岁以上的周至人,哪个没在这条路上抡过锹、推过土、拉过石头?这条连接着厚畛子、老县城,连接着秦岭腹地的必经之路,凝结了周至人在那个时代几乎全部的苦力和心劲儿。20世纪80年代从周至南关出城到马召镇进山,关中平原南部由此而终结。沙石的路面,巨坑相连,猪狗相逐,尘土飞扬,实实让人怵头极了。一年又一年,周至人一遍遍地改造它,我也一次次地走过它,这条繁忙的进山之路常常不尽如人意。曾几何时,它彻底变了模样,如今它的美丽整齐是空前的,一排六车道,中间有花栏,两旁有街灯,那些装饰、那些造型、那些休憩之地，无不透出现代气息，考究、大方、从容、别致，透出了周至人在关中地域特殊的性情——豪爽、坦诚、坚韧、不俗。

周至人将这条道路自豪地称为"全周大道"。

路边有大片的水面，碧波荡漾，绿柳依依，细雨中别有风韵。我问这片美水来自何方，有人回答说来自骆峪水库，叫沙河，目前他们正在建造沙河水街，建成后这里将列入中国最长水街之一。

我知道脚下这片水域的过去，那是一条平时永远干涸、大雨时必定发水的臭河沟。壅塞的垃圾臭气熏天，汽车过此要关上车窗，行人过此要掩鼻奔跑……谁也拿它没办法。

我指着清波涟漪的湖水问，那些垃圾哪儿去了，建设者说都用大卡车运到垃圾填埋场去了，他们日夜不停，整整运了两个月。

我很想过去拉拉这位建设者的手，周山至水的县城拒绝垃圾堆，骆峪清水给人嚣尘囂的县城带来了恬静和安宁，水街是令人留给人间的信物，一湖清水，贮藏了周至人的信念、激情、梦想、愿望。凭借沙河之水的改造，点化了一个又一个人回归自然的天性，随着绿水青山，我们走向天堂。

离开周至才几年，街道的变化也让我目不暇接。我在周至期间是县里经济发展的窘迫时节，一年财政收入三千万元，干部发不出工资，一月月地欠着。记得我到老县城和青木川周边去作调查，一行三人，当时给了五千元，包括汽车油钱在内的所有花销。就这五千元还是打了书面报告经过县财政局特批、破了天荒的。捉襟见肘的费用，让我们一分一分地抠着花，连复印资料也是将小块的拼凑成一张一并复印，省钱。吃饭自掏腰包，没有补贴；住宿基本贴熟人，能蹭就蹭，我曾经在青木川镇书记宿办合一的办公室睡过几个晚上，至于书记本人，到外头去挤吧，他在这里比我有本事。真所谓"穷并快乐着"。

收入三千万元的县委会议室没有暖气，一溜儿平房，常委会每周晚上政治学习一次，会议也多安排在晚上。不知多少个冬日的深夜，我跟他们坐在四面透风的会议室里，脚冻得生疼，吸着鼻涕，讨论着周至县的一二三四。小干事不断地给大家的杯子里倒开水，我多用它来暖手，因为手已经麻木。看着日光灯下围桌而坐的一张张年轻的、不年轻的脸，我常常地跑神。我想人生中这样的时刻大概不多，我应该记住他们，他们是我周至的同事。在这寒冷的冬夜，在秦岭的北麓，这间简陋的会议室，老鼠咚咚地从头顶跑过，硬风将窗外的树梢压得很低……

问及周至现在的收入，说已经达到每年2.1亿。我惊奇得说不出话来，这是几年前想也不敢想的数字。老旧的会议室已经不复存在，取而代之的是正在建设的高楼。问及我曾经的办公室，说是顶棚塌了，成了危房，也在新楼的囊括之中。我还记得无数个秋日的月光下，我推开办公室的南窗，望着月光下南墙穿来绕去的藤蔓想起了白居易。元和年间，白居易在周至做县尉，三十一岁尚是单身的他大概和我一样无从打发这寂寞的后衙时光，于是他从山野挖来一丛野蔷薇，种在南墙下，并为之作诗一首："移根易地莫憔悴，野外庭前一种春。少府无妻春寂寞，花开将尔当夫人。"

这首诗在白居易众多诗篇中或许常被忽略，但是此情此景，此时此刻，我的心和白居易沟通了，白居易将千年前的文化气息留在了这里。这是地域的财富，是周至文化人的得天独厚。我常常与外地人招摇说，在文学造诣上，我无法和白居易攀比，但是在周至为官的链条上，一环环扒上去，我们会碰撞在一起，这绝对是我们的缘分。后来我和文学朋友在山野里也挖了许多野蔷薇，种在我的小院内。春天来了，满墙一片锦绣，那些花朵瀑布一样高高垂落下来，人们纷纷来照相。有人问我是什么花这样精彩，我自豪地回答：周至的白居易花。

办公室、会议室都不在了，只有那些树还在，树下明代正统十四年立的官训碑还在。历史倏忽隐去让我的心掠过一丝悸动，有些隐隐的痛，这痛只属于我自己。我的身边站着文友冷梦，她理解我的失落心境，默默地挽起了我的胳膊。是的，在与情境的交替辉映中，我们学会了沉默，这沉默就是力量，它教会了我们支撑和避让，教会了我们用微笑展望。周至在大步朝前行进。我对年轻的县长杨向喜说，2.1亿，我们那时要是有这笔钱该多好！向喜向我笑笑，下边的话我没有说，那时若是很富足，若有充足的腰包，恐怕很多感觉大概没有那般细腻，没有今天的厚重。走过的人永远会守着心中一份涩涩的苦味，一座县城，一代人的驿站，云在动，水在流……我指着明英宗的碑对向喜说，什么都可以推倒重来，唯有它不能动！它在这个院里已经站立了六百年，是我们行为道德的底线。碑文被人用红漆重重描过：尔俸尔禄，民膏民脂。下民易虐，上苍难欺。

向喜说他会守着它。我觉着欣慰。

情感在延伸，它是充实的，有质地的，涵盖了过去，涵盖了未来，与我携手同行的周至人和身后赶上的年轻周至人，大家相约、相知、相融、相依，一群人的凝结使这里的福气不散。我心里明白，对这片土地充满敬畏和感恩的我，在今后的日子里将以生命和文字相许，永远地不离不弃。

天地大美，祝福周至！

（选自2018年9月13日《中国文化报》）

我从不敢夸耀幸福

苏 童

那年,我离开了9岁的病榻,从此自以为比别人更懂得健康的意义,也不再敢轻易夸耀幸福。

那天,父亲推着自行车,我坐在自行车后座上,母亲在后面默默扶着我。我知道我生病了,我似乎有理由向父母要点什么,于是在一家糖果铺里,父亲为我买了一只做成蜜橘形状的软糖。橘子做得很逼真,更逼真的是嵌在上方的两片绿叶,我记得那是我生病后得到的第一件礼物。生病是好玩的,生了病可以吃到以前吃不到的食物,可以受到家人更多的呵护,可以自豪地向邻居小伙伴宣布:"我生病了,明天我不上学!"但这只是最初的感觉,很快,生病造成的痛苦因素挤走了所有的幸福。

生病后端到床前的并非是美食。医生对我说:"你这病忌盐,不能吃盐,千万别偷吃。"起初,我也确实漠视了自己对盐的需要。母亲从药店买回一种似盐非盐的东西放在我的菜里,有点咸味,但咸得古怪;还有一种酱油,是红的,但红也红得古怪。我开始与这些特殊的食物打交道,没几天就对它们产生了恐惧之心。生了病并非就是睡觉和自由。休学半年的建议是医生提出来的,我记得当时心花怒放的心情,唯恐父母对此提出异议。于是后来,我便有了那段大喝草药汁、炖破3个药锅的惨痛记忆。9岁的病榻前,时光变得异常滞重冗长,我恨煤炉上那只飘着苦腥味的药锅,也恨身子底下"咯吱咯吱"乱响的藤条躺椅。生病的感觉就这样一天比一天坏。

有一天,班上的几个同学相约着一起来我家探病,我看见他们活蹦乱跳的模样心里竟然是一种近似嫉妒的酸楚。我把他们晾在一边,跑进内室把门插上。面对他们,我突然尝到了无以言表的痛苦。我这才真正意识到我是多么想念我的学校,我真正明白了生病是件很不好玩的事情。病榻上辗转数月,我后来独自在家熬药喝药,凡事严守医嘱。邻居和亲戚们都说,这孩子乖。我想,他们都不明白我的想法,我的想法其实归纳起来只有两条:一是怕死,二是想返回学校和不生病的同学在一起。这是我的全部的精神支柱。

半年后,我病愈回到学校。我在操场上跳绳,不知疲倦地跳,我想通过这种方式告诉大家,我的病已经好了,现在我又跟你们一模一样了。我离开了9岁的病榻,从此自以为比别人更懂得健康的意义,也从来不敢轻易夸耀幸福。

(选自2018年5月3日《快乐老人报》)

湘潭看莲

王巨才

湘潭产莲，冠于湖湘。

当年诵读毛主席"芙蓉国里尽朝晖"，以为那只是浪漫主义的畅想，并非实指。及至这次去湘潭，才知道湖南自战国起就培植莲花，有近三千年历史。南朝江淹的"著缥菱兮出波，揽湘莲兮映渚"，五代谭用之的"秋风万里芙蓉国，暮雨千家薜荔村"，都印证了湘莲在南北朝以迄唐宋就相当有名，已成为文人学士倾心吟咏的对象。"芙蓉国"之称，非自当代。

湘莲品种多，以湘潭"寸三莲"品质最好。平常所说的湘莲，多指这种莲子。其特点是粒大饱满，洁白圆润，三粒排列一起长可一寸，故名。又因质地细腻，营养价值高，有健胃、安神、润肺、清心等显著功效，战国以降，例为朝廷贡品。清道光年间，宣宗皇帝"圣德恭俭，悉罢四方土贡，湘莲贡亦罢"（《湘潭志》）。宣宗在位时，清朝统治已现颓势，他虽无力回天，但能看到这种"四方土贡"对官风民风的危害而禁止，也算一桩革除积弊的英明之举。新中国成立后，湘潭被定为国家湘莲出口基地。1987年全国首届食品博览会，湘潭"寸三莲"获头奖，被专家誉为"中国第一莲子"。1995年，湘潭被命名为"中国湘莲之乡"。时移势易，"湘莲甲天下，潭莲冠湖湘"的地位从未动摇。

今年天气异常，无论北方南方持续高温。我们是农历六月底去湘潭的。出发前，北海公园第二十一届荷花展刚刚举办。北海赏荷是北京人的老传统，大清早四面八方的游众便蜂拥而至。多数是胸前挂着老年卡的银发一族，也有趁孩子假期从外地来京游览的。北海以荷花繁育经验丰富见称，今年除粉、白两色外，又增加了黄、绿、橙等新品种。从岸边放眼，但见从琼岛到公园南门一百多亩湖面上，菡萏竞发，暗香浮动，画舫轻驶，琴音低回，比往年又多了几许诗意。只是由于人挤嘈杂，也为避开大晌午的天气蒸烤，多数人只是抓紧时间跑前蹿后地找一理想位置照几张相便匆匆离去，这与古人"当轩对樽酒，四面芙蓉开"（王维）的观荷，"牵花怜共蒂，折藕共丝丝"（王勃）的羡荷，"细嗅深看暗断肠，从今无意爱红芳"（皮日休）的恋荷，"向日但疑酥滴水，含风浑讶雪生香"（皮日休）的闻荷，"从今有雨君须记，来听潇潇打叶声"（韩愈）的听荷，以及"墨海灵光散紫气，大千世界一莲花"（齐白石）的品荷，意趣不同，但也是各得其乐，难分轩轾。

到湘潭，入住高新区接待宾馆，一进客房便觉满目喜意。房间的整洁自不待言，最招人的，是果盘里那三枝绿莹莹、水灵灵、籽实鼓鼓、乳钉突现的莲蓬，在这炎热的天气，用这种刚采摘的当地时鲜待客，既朴实又真诚亲切，且让人一下子想到朱自清笔下莲叶田田、清风习习的月夜，身心顿觉凉爽下来。在县委宣传部白云部长指点下，掰开蓬松的莲室，取出碧绿的莲子，剥去莲壳莲衣，便是象牙色的籽肉了。呀！说真的，倘非亲自品尝，真不敢相信世上会有如此鲜美的果实。一粒入口，轻轻一咬，那脆生生、甜丝丝爽嫩清香的滋味立马扩散开来，让人澈心澈肺，通身舒畅，仔细咂摸回味，不舍得下咽。这种奇妙的感觉，是平生从未体验过的，以致馋欲难禁，顾不得体面，将三只莲蓬一股脑剥食殆尽。过后自己也觉好笑：年老如我尚且若此，则稼轩笔下那个"溪头卧剥莲蓬"的"无赖"小儿，就不只是贪玩，也是馋嘴了。白部长说，这样新鲜的莲子也就吃个时令，过早过迟都不行，你们来得正是时候。

第二天早餐后，趁天凉，抓紧时间赶往花石镇。那里是寸三莲主产区，又是全国最大的湘莲交易市场。从县城到花石四十千米车程中，凭窗眺望，但见公路两旁从路边到遥远的山根下，视野所及，全是高高低低、迤逦无尽的莲田。晨风吹拂中，起起伏伏、相拥相接的莲叶犹如波光潋滟的湖水，而隐隐约约、依稀可见的莲朵则像黎明时分跌落湖中的星斗。这无远弗届的景象，自然是久困都市的人无法想象的，车厢里于是不时响起惊喜的赞叹，但无论司机还是白部长，都没停下车来让大家下去观赏的意思。这或许正如我儿时面对满山满谷金黄的糜谷和开遍川塬的洋芋花常常无动于衷，在古元、力群、修军的眼里和版画作品中却是那样色彩浓烈、明艳动人一样。美感，常缘于陌生与距离。

花石镇出面接待的是位二十多岁的女副镇长，农大毕业，活泼干练，按白部长的称呼，我们也叫她小谭。因时近中午，阳光正烈，此行中又有几位最怕晒怕热的女同胞，小谭领我们沿万亩莲田观光大道取取景拍拍照，又到附近花石溪上的汉代古桥和旁边的十八罗汉山匆匆浏览一过，便回到政府会议室喝茶休息。小谭的父母都是莲农，见我们说到这一路几乎没看见下地干活的老乡，解释说，乡村六月无闲人，这会儿都在家里忙着呢。据她讲，作务莲田是一项费时费力、十分辛苦的活路。从整地、选藕、移栽到施肥、锄草、防治病虫害直至疏叶增蓬、分时采摘，一年四季连轴转，每个环节都不能耽搁。像现在这样的大热天，莲农都是黎明四点左右下地，蹚着泥水，忍着蚊虫叮咬和莲杆倒刺的划伤一直忙到九点收工，回到家里，全家老少立刻围在一起，剥莲蓬，取莲子，去莲壳，捅莲心，而后还要拿到太阳底下摊开晾晒。下午四五点钟，太阳偏西，忙罢室内活计的男女劳力又得下地作业，到晚上八点以后才擦黑回家。像这样紧张劳碌的一个夏天下来，莲农无论男女几乎都要脱掉一层皮。说句实话，他们的劳动，可不像诗歌里、舞台上、绘画中表现得那样惬意、浪漫。可能意识到我们也都是一帮舞文弄墨的人，小谭不着痕迹地找补一句："当然，那也是对劳动的诗意升华与赞美，是对美好生活的热切向往与呼唤，源于生活，高于生活，老百姓当然爱看。"

这显然是一位有良好文化修养的年轻人。但除过她说的那些唯美作品，不还有李绅的"谁知盘中餐，粒粒皆辛苦"，有张籍的"白练束腰袖半卷，不插玉钗妆梳浅""试牵绿茎下寻藕，断处丝多刺伤手"和白居易的"我来一长叹，知是东溪莲。下有青污泥，馨香无复全。上有红尘扑，颜色不得鲜。物性犹如此，人事亦宜然"，还有那么多深入生活、关注现实、反映人民心声愿望有道德、有温度、有筋骨的优秀作品吗？唯美或写实，歌颂和讽喻，只要使人受到教育和启迪，激励和愉悦，不都能受到欢迎吗？小谭几句并不经意的话，引发我如许与座谈主题并不相干的思绪，连自己也莫名其妙。她说得全对。我只是为在这偏远的基层，尚有人关注和谈论文艺而如遇知音，兴奋不已。

关于莲农的生活，小谭讲，还可以。特别是通过推广莲稻轮作和莲田养鱼，单位面积收益增加，加上这几年国家扶贫攻坚力度加大，各项补贴和惠农政策落实到位，多数家庭生活显著改善，家电应有尽有，摩托、小车也不算稀奇。但莲业生产的效益主要体现在加工流通环节。湘潭是全国最大的湘莲集散中心，从事湘莲加工的企业一百六十多家，从业人数十多万，莲产品年销售收入十多亿元。别处不敢说，单花石镇一百多家湘莲经营户，年收入都在百万元以上。

有人问，那么多企业和加工量，莲田面积只有五六万亩，原材料缺口从哪来？小谭笑笑，说这就要讲到我们湖南人勇闯天下的传统了。由于湘莲品质好，价值高，不止湖南，周围的湖北、江西等省也都大面积引种。此外，每年都有大批湘潭莲农携带莲种、资金、技术，北上洞庭、洪湖、鄱阳湖承包水田种植湘莲，到深秋又把自产和收购的莲子源源运回湘潭，这既是一批技术能手，也是一支庞大的运销队伍。小谭强调,现在的问题不在原材料,而是如何通过深加工使它进一步增值。湘莲通身是宝,除食用外,莲子、莲心、莲茎、莲叶、莲藕、莲壳都可以加工成医药、食品、饲料等精细产品,市场前途十分广阔。好在这两年已有不少实力雄厚的大型企业和科研单位陆续前来考察投资,作为全县的支柱产业,莲业生产正在迈上新的起点,面临一个大提升、大发展的局面,说来真让人高兴、振奋。

小谭的介绍在热烈的掌声中结束。这不只是一席莲业生产及"三农"信息的演讲。大家用这样的方式表达对她的称赞,也庆幸从这场"接地气"的采访中得到的鼓舞与启示。

来湘潭,彭德怀故居是一定要去的。好在距离不远,从县城到乌石镇也就一个多小时车程。故居在镇西北高耸的乌石峰下,是一座面宽三间、砖木结构的普通农舍。院子大门上有彭德怀撰书的对联:"为善最乐;见恶必除。"其爱憎分明、疾恶如仇的秉性一望而知。1961年10月30日至12月25日,彭德怀第二次回乡调研,就在这里接待过两千多名干部群众。他写给党中央、毛主席的八万言书稿,也曾由亲属埋藏在西侧厨房灶台底下。故居院子不算大,院内栽有棕树、柚子、紫藤等花草树木。其中一棵柑子树长势旺盛,老乡说也是彭德怀手植,1959年彭总蒙冤后,此树无端枯死;1978年平反后,又生枝发芽,开花结果。此说是否可靠,未便详问,其反映的天理民心倒颇令人感动。这所故居,原叫三华堂,是彭德怀任湘军营长期间寄钱改建老屋时所起。彭总兄弟三人,原名分别为得华、金华、荣华。1937年10月,时任八路军副总司令的彭德怀写信给弟弟,让金华来延安抗大学习,毕业后派回家乡,宣传革命,发展党的组织。彭金华先是吸收弟弟荣华和俩妯娌入党,创建乌石乡第一个地下党支部,而后发动群众,不断壮大党团队伍和各种抗日组织,引起反动派的仇恨和恐慌,终于在1940年第一次反共高潮中将金华、荣华秘密杀害。舍身报国,一门忠烈。但这些情况,彭总和亲属很少提及,因而也鲜为人知。

出故居大门,眼前是一片开阔平展的田畴。盛开的荷花迎风摇曳,青翠的稻秧如绸缎般摆动,水泥小道通往四围村寨,白墙灰瓦的民居掩映在竹林果树间。这赏心悦目的田园风光,在渲染着故居的平民身段。从这里往前不到半华里,便是卧虎山上的铜像广场和旁边的彭德怀纪念馆。纪念馆序厅背景为血战罗霄、百团大战、抗美援朝三组浮雕,四个展厅以投身革命、军事统帅、人民公仆、巍巍丰碑为主题,以丰富翔实的图文和实物,再现了这位被毛泽东称作"彭大将军"的伟人横刀跃马、叱咤风云又波澜跌宕的一生,瞻顾之际,不禁油然起敬,心潮澎湃。此外,让一行人啧啧称赞的,是这个纪念馆包括附属景区朴素新颖的设计与精心细致的管理。单就服务而言，就连老弱观众用餐的食堂和休息的客房都考虑到了，这在别的地方是很少见到的。一打听，该馆在文博界早有"全国一流"之誉，多次荣获各种奖励。白部长补充说，彭德怀、毛泽东、刘少奇三人的故居相距都只三五十千米，现在各家都在争创5A级红色景区，管理不断升级，观众满意度越来越高。

这让我大感意外。三位伟人家乡在湖南早就知道，相距如此之近却是没想到的。"地灵人杰"，此之谓耶？这三位湖南老乡，出身有别，性情各异，为了共同的理想走到一起，几十年风雨同舟的奋斗中，不同认识、不同意见的分歧与争论在所难免，但有一点是共同的：他们任何情况下都是把党和人民的利益放在最高位置的，为坚持原则、捍卫真理、赴汤蹈火，在所不惜。他们毫无自私自利之心，是毛泽东所说的那种高尚的人、纯粹的人、脱离了低级趣味的人，大有益于人民的人。他们的身上有着中华民族最高贵的品质，也有湖南人的倔强，刚毅，血性！

"若道中华国果亡，除非湖南人尽死。"我想到了湘潭人的这句话。

想到周敦颐的爱莲说："水陆草木之花，可爱者甚蕃。余独爱莲之出淤泥而不染，濯清涟而不妖，中通外直，不蔓不枝，香远益清，亭亭净植，可远观而不可亵玩焉。"

周敦颐当年讲学授徒的濂溪书堂就在乌石峰背后的黄荆坪。这位濂溪先生不仅是著名文学家，也是宋明理学的开山之祖，"其功在孔孟之间"。盖因"孔孟之后汉儒止有传经之学，性道微言之绝久矣。元公（敦颐谥号）崛起，二程（程颢、程颐）嗣之，又复横渠（张载）诸大儒辈出，圣学大昌"（黄宗羲《宋儒公案》）。清人杨凯运那副"吾道南来，原是濂溪一脉；大江东去，无非湘水余波"的对联，即是对周敦颐及其理学贡献推崇备至的颂扬。因为《爱莲说》，对濂溪书堂自然心向往之。但白云部长说，那里也是南宋名儒胡安国、胡宏父子潜沉学问的隐居处，被称为"湖湘文化的源头"，明朝正德皇帝朱厚照曾亲题"天下隐山"，古迹甚多，要看至少也得一整天，要不以后专门安排时间来凭吊、踏访？

日头西斜，晚霞飞红，只好"留点遗憾"。

岂止遗憾。在我的心目中，生活在湘潭是有福的。这地方遍地莲花，名人辈出，存正脉，播清风，元气沛然，催人奋发，足堪引以为自豪，也令世人仰视、追慕。

（选自2018年第4期《海外文摘》）

我的京剧缘

石　英

　　说起来，我的京剧缘开始于幼年时期。记得在刚懂事时，爱看"大戏"（当地乡间对京剧的俗称）的母亲和二姨就带我去城乡戏楼和野台子去"听戏"（乡间平时多称"听"而少说"看"）。对京剧剧情与程式随年龄增长而开窍和了解。稍大，村里春节期间举办"同乐会"，由村里的京剧爱好者和京城回乡探亲的票友搭台唱戏，至少能唱到正月十五，个别情况下还能唱到二月二"龙抬头"。我自觉不自觉地成为这个活动的小"积极分子"，开始仅是欣赏、着迷，渐次还会跟大人票友学唱几句或一段。由于我的叔伯二舅（我母亲娘家叔叔的儿子）走南闯北，会戏不少，不仅是京剧，也会唱落子（评剧）、梆子和昆曲，他是我开始学唱的启蒙老师。后来又经回乡探亲的北平票友孙老师的悉心指点，我始而学老生。随后，孙老师说我的嗓子更适合唱旦角，便改唱青衣。在我九岁到十一岁的三年中，学会了《女起解》和《霸王别姬》中的几乎所有唱段，以及《凤还巢》《打渔杀家》中的几段，而且在二舅和孙老师的支持鼓励下，我还登台彩唱了两次，留下的两张黑白剧照一直被我大姐所收藏。前些年，我几次向她索要，她都不愿给我，说是"看不见你看你小时候的模样也好"，却不料大姐突然去世，这两张仅有的剧照也不知去向。

　　故乡的京剧"同乐会"活动，在解放战争正炽时自行终止。不久，我参加了中国人民解放军，做的又是极度繁忙而紧张的机要密码电报工作，根本不可能顾及对京剧的爱好之类。所以可以说它在我大脑中息影息声达数年之久，直到20世纪50年代（1954年、1955年间吧），我因在抗美援朝、镇反和土改三大运动中日夜工作连轴转累得吐血休养了一段后，组织上安排我转做相对轻松些的密码调配和整理战争年代电报档案工作，业余有了空闲时间，偶尔去司令部大院的文娱室，惊喜地听到工作人员在留声机上放送我所熟悉的唱段，有时还情不自禁地小声哼唱，仿佛又复萌了儿时在故乡中那淳朴而珍贵的情景。再以后，我们机要处档案室爱好京剧和二胡的朱同志叫上我和业务科爱唱老生的老马，由老朱操琴，我和老马合唱一场《打渔杀家》，似乎胸中对京剧的热情又在复燃。后来一个时期，我又看了一些军区京剧团的演出，并个人购票在济南北洋大戏院和天庆戏院等看过来自北京和上海戏班的名角演出，由此中断了数年的京剧情又渐次贴近。但这一时段直至1956年我考入天津南开大学中文系的数年间，对京剧的接触大都停留在看戏和欣赏京剧艺术，反而少了童年时期亲身学唱的机会。"文革"风暴来临，传统京剧与京剧人陷入一场"史无前例"的浩劫之中。当然，几个样板戏的先后登场，在当时的工厂、农村乃至街道，也掀起了大唱大演样板戏的热潮。那时我因在"文革"前出版的中篇小说《文明地狱》被批为全国六十株特大毒草之一，批斗、关押后又下放至天津郊区工厂劳动改造。这个厂的现代戏积极分子们也日夜赶排样板戏，向"文化大革命"爆发三周年献礼。因我当时仍是被半专政之身，只有低头干活，而没有参与观赏更不必说演样板戏的权力。对于京剧样板戏，在此我不想作什么全面评价，只想讲出一个有趣的现象：就是可能因为性格和气质的原因，我并不太适应样板戏的唱法与表演方式，因此便对当时厂里在演戏和看戏上对我的排斥并不甚在意，更没在内心里感到十分痛苦。对样板戏的这种态度至今如此。对其唱腔和表演程式，我也提出过一些自认为值得商榷的看法。但对传统京剧唱腔和道白中深涵的韵味，始终是赞赏有加的。这里牵涉到一个艺术本质和艺术作品相互关系的问题。"韵味"，不仅对京剧，其实对于一切文学作品，应该都是一种妙不可言的魅力所在。

"文革"后，传统京剧大多开禁，经过多年的沉寂后，我又经受了人生第二阶段国粹艺术的精神洗礼，年岁大了，艺术修养的提高，对于京剧艺术自然有了较之少时更深的体味。20世纪80年代后，文学界出现了一个活跃期，笔会、研讨会等交流活动空前频繁。我在工作岗位上不可能对过去所学的唱段进行复习，而在去外地参加文学活动的余暇中得以实现。许多地区的文友原来就知道我的这一业余爱好，也多有鼓励。记得20世纪90年代去苏州参加散文研讨会，那里文联的领导、女作家吕锦华本来就是我在天津主编《散文》月刊的重点作者，她和文联的秘书长都很热情，会间举行了非止两次的与会作家们自娱自乐的晚会，不只是京剧，还有黄梅戏和越剧等，而我自然成为文友们拥推的主角。在这当中，我得以回忆起当年学过但已有些忘记的唱段，如梅兰芳先生借鉴汉剧名家陈伯华的《宇宙锋》，其中有的西皮和二黄唱段我在20世纪50年代中期从唱片中学过，这次笔会中我又将其中赵高女儿赵艳蓉的一段"西皮原板""老爹爹发恩德将本修上"重新捋了一遍，觉得这唱段颇有新味，虽同为西皮原板，与别的许多梅派剧目均有所不同。这次笔会在古镇周庄夜晚泛舟时，船娘摇橹时的欸乃声伴着我的唱段，以及道白"云敛晴空，冰轮乍涌，好一派清秋光景"与那夜的星月天空氛围十分吻合。文友中济空创作室的一位作家很懂京剧，他半开玩笑地说："假如石英老师早生二十年，带领一个戏班唱遍大江南北说不定比走码字儿的道路更火。最主要的是，他能唱还有文化，可以自编剧本嘛。"他这当然是一种调侃，但今天回忆，那时毕竟相对年轻，嗓音仍然处于一个较好阶段，嘹亮而圆润。咳，时光不饶人，深以为然。

不过，虽为业余爱好，我仍以京剧唱腔中体会到此种国粹确乎有一般艺术品类难以企及的精妙。换言之，如认真品味京剧行腔之细微之处与精髓极致，将其引用至其他文学艺术品类之中，毫不夸张地说可收以一当十之效。同样是近二十年前在山东青州的一次采风活动中，当时的潍坊音乐学校（估计现在已是音乐学院了）的一位女老师听了我在席间唱的一段《霸王别姬》中的"西皮南梆子"，因她以前读过我的诗和散文等作品，以她训练有素的音乐人的敏感，说我"在驾驭音律方面的功力绝不逊于驾驭文字"，甚至说"二者之间有相通相融的感觉"。为了表达得具体，她举出我唱过的那两句"适听得众兵丁闲谈议论，口声声露出了离散之情"，说我在处理"适听得"和"闲谈议论"这几个字时，如见其人，如入其境，皆由声韵之细处表达，而没有拘泥原唱片的唱法，足见虽为业余爱好亦不绝对循规蹈矩刻板模拟。内行人的这番评语我并未当作溢美之词，因我确是根据个人对人物和情境的体验加以微小的"再创作"，能够为行家听出足堪安慰。

另外，在出国访问期间，曾有两次因唱京剧而留下了较深的记忆。一次是1992年去英国访问，在利兹大学戏剧系的座谈会上，我在发言中说到京剧故事与真实历史的关系时涉及《凤还巢》中的"镐京"所指，便随口唱了那段"本应当随母亲镐京避难"中之首句，没料想在场的竟有一位留学生是上海的一位旦角名家的女儿。她可能是脱口而出："有味儿！"她提出要我把整段唱完，我却有些不好意思了。这时，他们系汉语说得极好的英国教授黎明暾先生也真诚地敦促我："唱吧，我们大伙爱听。"他用了一个"大伙"，使我觉得亲切，便不再犹豫，接唱了"原板"的几句和两句"散板"："思前想后柔肠百转，前生造定此姻缘。"接着，在座的李女士又用英语向大家介绍了《凤还巢》的剧情，并特别指出"镐京就是今天的西安"（其实只能说是附近）。在座的一些当地人都兴奋起来："哦，西安！知道，知道，兵马俑！"我估计这当中有人去过西安。还有一次是1994年去日本访问，在北海道札幌，《北海道新闻》驻北京的记者给我们当翻译，他的几家邻居挺爱听京剧，盛情难却，我也只好唱了两段。其中有一位邻居过年春节，还用中文给我写了一封信，中间特别提到唱京剧的事。她先生的日本名字中有一个"石"字，于是，她在信中幽默地说："按照中国的说法，我们还算是'本家'呢。"

这些事一晃二十多年过去，但留下的印象是很深的。在外国唱京剧，给我的启示至少有一点：国粹京剧较之唱一般歌曲啥的，对于增进感情与文化交流应该说是更有意义。

本世纪伊始，我在报刊陆续发表了一些有关京剧内容的随笔性文字，如《国粹京剧》《忆当年故乡那片京剧热土》《京剧与散文》等。有些好心的京剧爱好者和新闻出版业的票友看了，热情鼓励我多写一些。有的这方面文章初次发表了以后，我被非止一家报刊转载，这些无疑会促使我又写得更多，内容也更广阔了些，一直写了四十多篇才暂告一段落。恰巧，有的这类文章也被我过去的老同事，当时天津百花文艺出版社的总编辑薛炎文和发行部主任马志鹏看到了，在他们的推动与关怀下，2012年1月由百花文艺出版社出版了一本《石英京剧艺术散文》（之后的几年，我又陆续写了几篇更长些的探讨京剧艺术的文章，零散地收入别的集子中）。

这本书，在偶然机会下被京城一家出版社的一位资深编辑看到了以后，对其封面设计和书的内容相当欣赏，问我与原出版社的版权期限多长，颇有想重新整理再版的良好意愿。对此，我至为感谢，但我素来有一个生性中的毛病，不愿"再嚼旧馍"。当年焦裕禄同志有句名言叫"嚼别人嚼过的馍没味道"，我又进一步说"嚼自己嚼过的馍也没味道"，而且把它写进我新出的一本诗集的序诗里。不过，那位职业风范和艺术敏感俱佳的资深编辑同志还是启发了我：即我对京剧艺术的积累和熟谙还是应以相应形式进一步挖掘与生发，否则是非常可惜的。于是，我决定另辟蹊径，以小说的形式融入京剧的内容，主要是京剧的意蕴与京剧人的命运，在尝试性的创作中初获成果。2017年中，我创作发表了依据当年故乡一位美男名旦的坎坷命运和扑朔迷离结局写成的《寻觅失落的声音》（中篇）；状写故乡解放区村镇"同乐会"盛况、种种趣事与龃龉的《乡村大戏》；对已经发表的中篇《他也曾有过幻想》的结尾部分改写——男女主人公都投入南山八路军根据地，组建了半岛地区第一个京剧团并成为台柱主角，以京剧进行抗日宣传活动。另外两个写当代现实生活篇幅较长的短篇小说，一个囊括了京剧票友的艺术展现，另一个后半部的一位重要人物是京剧音乐艺术家京胡与月琴的高手。五篇小说之后还附录了京剧内容的四篇散文随笔文字。所有的小说和散文都是绝对的原创，拟编成一本体裁新颖别致、幅制精干厚重较有可读性的小说。但愿有志者事竟成。

　　至此，我的京剧缘已历七十年。当年启我开窍、滋我以艺术营养的前辈均已辞世。但我内心的感慰之情始终依然。对我而言，京剧是文学创作之外唯一的终生爱好。其实早年我还爱好过绘画。少时，解放区物资供应匮乏，春节窗花集市上都已绝迹，我便自己动手为自家和邻居们自画自剪窗花，内容多为三国、水浒人物集锦。但参军后，绘画的兴趣中断。大学时期还爱好过作曲并曾在地方报纸上发表过两首歌曲，后因各种原因，亦未持续下来。最后唯余京剧一种，正是：梨园回眸一千载，声韵终成三生缘。

（选自2018年第9期《散文百家》）

那年港澳行

周 明

那是一次难忘的访问。

1987年4月，以80岁高龄德高望重的老作家萧军为团长的中国作家代表团应邀访问香港和澳门。此事，在港澳曾经轰动一时。轰动的缘由有三：一是这个团是内地首次派往港澳访问的作家团。二是代表团的成员乃当时活跃在文坛的老中青三代作家。这很引人注目。三是萧军作为团长带队出访，这在当时本身就是一个大新闻。萧团长在出访前夕幽默地说："本人系'出土文物'。这可是有生以来头一回当团长，各位多帮衬点。"

一路上，萧团长纪律严明，带头执行。代表团既团结又活跃，个个心情舒畅。萧团长时不时指令女儿萧耘为大家清唱陕北民歌，活跃气氛。有时，他一高兴也独唱一曲，他说他对陕北一生难忘。后来，在访问行程中，我们常常遇到对方有赠送团队和团员礼物的事情，哪些礼物可以接受、哪些不方便收，他都作出明示。对于赠书，他则照收不误。可其他的礼品呢？他却要分门别类了。

代表团成员共15人：铁凝、何晓鲁、张一弓、李国文、邓友梅、从维熙、叶君健、韶华、郑江萍、张锲、吴泰昌、关木琴、范宝慈、萧耘和我。

当我们一行飞抵香港启德机场，便被一群早已等候的香港媒体的记者热情包围。他们一个个和我们对号认人，抓紧时间采访。那种敬业精神令人钦佩。

这次出访是应香港著名实业家霍英东和澳门著名实业家马万祺两位先生的盛情邀请。两位先生在港澳两地都指派了他们的助手热情接待我们，负责安排代表团每天的行程和交流活动项目，丰富而周到，使我们天天都有收获。

4月28日晚，由香港大公报和新晚报做东，在花树成荫别具特色的"乡村俱乐部"招待了作家团。出席者均系香港文化界、新闻界和企业界的知名人士，诸如霍英东、徐四民、金庸、胡菊人、赵令扬、安子介、文楼，还有新华社香港分社社长张峻生等。在这里我第一次见到久已仰慕的金庸先生,他谈吐平和、温文尔雅。还有一个意外就是来宾中有国际友人韩素音。她说,非常感谢晚宴的主持人、大公报社长费彝民先生给了她这样一个得以与老友相聚的机缘。在座的李宗瀛和叶君健先生都是她的老朋友了。1933年,她和李先生同在燕京大学读书,当时两人还商量过毕业后去当医生,没想到由于时局的变化医生没当成,却走上了写作的道路。后来,在英国,她又有幸结识了叶君健先生。那时她还是个刚刚20岁的姑娘呢!想不到,几十年的朋友今天在香港又相遇了。

宴会中,气氛极为热烈温馨,人们争相发言。此时,突然有人提议,请萧团长讲话。萧军先生立马站起来风趣地说:"今天,本团长就不发表'演说'了,我想请女儿萧耘高歌一曲代为发言好不好?"大家同声说:"好呀好!"他抢先为萧耘报幕说:"诸位嘉宾,下面我们请萧老的女公子唱一曲草原情歌《在那遥远的地方》。"当萧耘唱到"我愿她拿着细细的皮鞭,不断轻轻打在我身上"时,费社长猛一声喝彩,说:"好哇!"引得全场哄笑。萧老大声说:"不行不行,这歌词得改两个字,皮鞭细细的不得,得要粗粗的,还要重重地打喽!"全场又是一阵欢笑。

在香港出访期间,萧军团长常常被友好地询问起萧红的情况。当我们应邀参观庄士集团、访问香港工商界的领军人物庄重文董事长时,庄先生一见萧老就神秘地说:"我早想见你。你的许多事儿我都知道,就连你爱人的事我也知道。"萧老反问道:"那我考考你,我爱人是谁?""你爱人是萧红啊,是有名的女作家。""哈哈……"这是真的,庄先生与文学还真有历史渊源呢!早在20世纪30年代,他年轻的时候,在厦门老家曾有一次偶然的机会,用滑板送鲁迅先生去集美学校讲课,这件事他一生都保持着珍贵的记忆。因此在祖国改革开放后,他于1987年出巨资由中华文学基金会发起并主办"庄重文文学奖",以奖励在文学创作上卓有成就的青年作家。这项奖项陆续举办了14届,几乎当前活跃在文坛的主力军知名作家大多是"庄奖"的获得者。这项奖扶持了一大批有才华、有实力、有潜力的青年作家。为此,也圆了庄先生的文学梦。

本来进出庄士集团大厦,按规定是要着西服、戴领带的,陪同代表团的一位工作人员到了庄士大厦才知道有这个规矩,赶紧跑到楼下商场里买了一款漂亮的领带戴上进入大厦。但从不喜欢穿西装,而今却是身着民族式的灯笼裤的萧军破例进入庄氏宴会,说明庄先生的善解人意。

访问结束要离开的头两天,萧团长突然说:"你们几个年轻人不老问我萧红的事吗?萧红当年在香港生活了两年多,最后不幸英年早逝病故于香港。我今天领你们去寻访当年萧红的墓葬地,就在浅水湾海滩的一处。萧红的遗骨,新中国成立后已经移葬在广州烈士陵园。现在我们去看看当年的墓葬地。"我们一边走一边听萧老讲他和萧红的故事。

找到了,找到了!按照萧老回忆的地方,已是海滩的一片树林子里。我们在这里沉思良久,虔诚地向萧红的墓地三鞠躬。此刻,我看到萧军老人已经泪眼蒙眬。

这是我们在海滩难忘的一幕。

在香港、澳门,我们除了和文化界、新闻界、企业界有较多接触和交流外,同时,还重点访问了港澳的几所著名的大学。和这些大学的交流,大都在该校的图书馆进行。在港澳地区,大学的图书馆在人们心目中的地位很高。和香港中文大学图书馆馆长颜达威博士一见面,他抱歉地说他普通话讲得很不好,不能和大家畅所欲言,遗憾得很。果然他十几分钟的开场白,竟用了广东话、英语和听不明白的普通话三种语言。他的意思是很高兴见到内地这么多作家来访中文大学,他们和内地的大学也建立了友谊,相互增进了解,互相都不断有提升。他热情带领我们到图书馆和校园进行了参观。

这年的五一国际劳动节,我们正好在香港。这一天,安排了在香港大学校园里,举行一次内地作家代表团向香港大学的赠书仪式。由内地百多位著名作家诸如冰心、巴金、丁玲、艾青、萧军、杨沫、王蒙、从维熙、邓友梅等亲笔签名、制作精美的一套优秀而珍贵的丛书,萧军团长和叶君健副团长亲手捐赠给王庚武校长。王校长激动地紧握萧军、叶君健两位团长的手说:"这对于我们学校图书馆来说是珍贵的宝藏。对青年学生来说,是特大的喜事,他们有了这些经典著作阅读,会大大丰富他们的文学修养,也增进了香港和内地文学界的相互了解。"为此,港大图书馆还专门设置了展书台,方便读者翻阅。

这套丛书,代表团在澳门东亚大学(现更名为澳门大学)同样举行了隆重的赠书仪式。该校图书馆馆长林佐瀚先生是位中年学者。这一天,他在座谈会上首先代表澳门东亚大学欢迎作家团访问该校。听说林先生在公众场合和在家里从来不敢讲"国语",而今天为了欢迎北京来的作家,他决意要用"国语"致辞。他一开口,便幽默地说:"虽然有人说天不怕、地不怕,就怕广东人讲官话,我今天高兴啊!见到了自己从小就仰慕的心仪已久的老作家、老前辈,同时又得到了这样一套由著名作家亲笔签名的名著,真是我们东亚大学的福气!无价之宝啊!"他的讲话,由于讲的是费劲的"国语",掌声和笑声不断。随后,他主持了作家团和该校学生及文学爱好者的交流座谈会,萧军团长以他通俗生动的语言讲授了他的创作经历和经验,受到学生们的热烈欢迎。

在澳门,由年过八旬的澳门笔会会长梁雪予主持的座谈会上,双方作家畅谈了各自的创作情况。萧军团长首先义正词严地说:"有人说香港和澳门是文化沙漠,这个说法不准确。任何沙漠上都有生物存在的啊。沙漠有时候是会变良田的。相反,如果良田你不很好地耕耘,一样会变成沙漠,何况港澳街头书店林立,文化界有这么多精英人才,有那么多好作品面世,怎么说是文化沙漠呢!"

让萧老意外的是,有天代表团在澳门参观,有位中年人尾随我们好长一段路,一问才知道,他"发现"了萧军。他觉得这位老人家眼熟,身着灯笼裤,小压发帽,大手杖……和照片上看到的差不多。原来他没有认错人,是萧老。这人正是《八月的乡村》的忠实读者。澳门的几位长辈作家也是萧老《八月的乡村》的粉丝呢。这使萧军老人很感欣慰。

结束了半个多月难忘的港澳行,我们每个人都有不同的收获,满载而归。

(选自2018年8月13日《中国艺术报》)

我 和 喜 儿

彭丽媛

我是个小女孩时，就与喜儿结了缘。那时，我家在山东省郓城县影剧院家属院内，这也是郓城县剧团所在地。剧团的大人们练身段，吊嗓子，排练剧目，日复一日，日子平静。我喜欢逢年过节，特别是春节，还有县里召开"两会"。那些日子，剧院内外车水马龙，声腔缭绕，热闹非凡。热闹并非我所中意，高兴的是一天有两场大戏，如《穆桂英挂帅》《花木兰》等。"文革"时期上演现代戏，如《白毛女》《沙家浜》《红嫂》等。

第一次看《白毛女》演出时，我也就五六岁，山东梆子的移植版，由我母亲李秀英主演。她时年二十五六岁，曾是地区远近闻名的旦角，主演过《穆桂英挂帅》《花木兰》等古装戏。长辈们说她扮相好，特别棒，可那是我出生前的事了。一场场看下去，从喜儿盼过年，扎红头绳，到地主逼债，顶租到黄世仁家，再到逃往深山，变成白毛仙姑，报仇雪恨……印象最深的是白毛仙姑那一场，看到黄世仁来庙里供奉，我母亲从两米高的供台上，一个跟头翻下来，追赶黄世仁，台下幼小的我被吓得哇哇大哭起来。两个小时的演出，剧情跌宕起伏，情感大起大落，给我留下了深刻印象。同时，在我幼小的心灵中留下了许多解不开的谜团：为什么顶租子？为什么遭强暴？为什么逃跑？为什么头发变白？等等。时变物迁，不可预知，命中注定这些谜团要以我自己的亲身实践来解答。小时候看母亲演过的一出戏，竟然为我20岁出头时寻求答案埋下了伏笔，成为日后我演好喜儿的内驱力，也成为把自己的心与喜儿的心贴在一起进而感染观众的"第一阶梯"。艺术的传承方式有"家族传承、师徒传承、学堂传承"，三种方式竟然奇特地凝结到我对喜儿角色的塑造中。"家族传承"的深远影响只是到了蓦然回首艺术体验的初始阶梯，才领会其启蒙意义。连自己也没想到，冥冥之中，母亲的艺术实践，竟与我的未来之路交织得如此之深。

第一个亮相与第一声咏唱

　　大部分人了解接触喜儿，都是从《白毛女》中那首著名的主题歌《北风吹》开始的，我也不例外。在那首朗朗上口、妇孺皆知的旋律中，红袄绿裤，扎了一根大辫子的农家少女形象油然浮现。起初，我对角色的认识很不充分，总以为把天真活泼的形象呈现出来就是喜儿了。其实，《白毛女》中的喜儿是旧中国农村的喜儿，穿的是打着补丁的粗布裤袄，梳一根大辫子，连红头绳都没有，用一根破布条扎着辫子，一年到头吃糠咽菜，肚子都吃不饱。所以，表面上天真活泼，心里面却苦涩，这其中隐伏了另一个喜儿——下半场登场、面目全非的喜儿！只有通过前一个喜儿和后一个喜儿的强烈对比和戏剧张力，才能彰显前者的单纯美丽。

　　生活虽苦，依然挡不住生命初放的灿烂。爹爹因为租借了地主粮食，年关还不起账，到外面以卖豆腐为生，名为挣钱，实为躲账。按照旧时传统，无论欠什么债，到了年关都暂时搁下。所以，大年三十前一天，喜儿知道爹爹要回来了，到大婶（大春哥的娘）家借了两斤白面。这两斤白面虽非黄金，但与生命相连。

　　"北风吹，雪花飘"，前奏一响，喜儿迎着风雪出场。初一亮相，光彩照人。这是喜儿在全剧中的第一个亮相，观众心目中的形象，定格于此。这个喜儿是不是他们心目中的形象？是不是可爱的喜儿、真实的喜儿？关键就在亮相。这个亮相是集农村女孩的喜悦、羞涩（刚在大婶家见到了心上人——大春哥）、单纯、朴实于一体的造型。对于这个亮相，我琢磨了许久，反复把握，务求完美。

　　看过田华老师在电影《白毛女》中剪窗花的剧照，天真、美丽、纯朴，一个纯洁无瑕、略含羞涩、真实的农村少女。第一个亮相，我以此为据。内心装着一个活喜儿，定型就有了着落。我也以此定型第一幕的基调。

　　接下来的一系列动作就此展开。先看天上飘落的雪，一股大风吹来，本能地用手挡住风雪，脸往后扭；又看到斗里的白面（因为20世纪初的北方农村是用斗或白布盛面）。这么金贵的白面，可不能被风吹走了，要是吹走，就包不成饺子了。赶紧用胳膊加手护住斗。喜儿来到自家门，把门打开、进门、关门，门被风吹开，再回头关门……几个动作，在间奏中完成。

　　"北风吹，雪花飘，年来到"一句，是喜儿看到村前村后、各家各户张贴春联、挂红灯笼景象的感触。手脚轻盈，表情灵动。"年来到"三字，旋律从上至下，断连相间，透着欣喜。整部歌剧的第一首主题歌，在这一组动作之中完成，构成动作的是戏曲的程式化表演。

我虽生长于县城机关家属院，但每年寒暑假，父亲总让我到其老家——郓城县"大老人公社前彭庄"住上十多天。在老家过年，才知道农村生活不易。每年三十，我和堂哥、堂姐、堂弟们一起吃团圆饺子。因为家境穷，孩子多，大伯家总是用黑面粉掺和白面粉包饺子，馅儿是胡萝卜稍加几粒羊肉沫。我不喜欢羊肉和胡萝卜味，饺子皮又厚又硬，难以下咽。所以，我常含着跑出来偷偷吐到树底下，用脚扒拉上土，再饿也不吃。我把这种心情转借到对喜儿的体会上。她竟然借了两斤白面包饺子，不管什么馅，只要是白面的，一定好吃。这个心情，我一下子找到了。

这让我体会到农村孩子的喜悦心情。不是漂亮衣服，更不是玩具，而是只有年根儿才能吃到的白面饺子。儿时的乡村生活，让我找到了体验喜儿感觉的途径。

整部歌剧的核心旋律，乃至广大观众认同《白毛女》的标志性符号，是改编自民歌的风格明快的主题歌。《北风吹》被几代艺术家阐释过，不用说王昆、郭兰英等老一代歌唱家，就是新中国成立后无数个移植版、普及版的喜儿，几乎把这首千人琢磨、万人打磨的主题歌挖掘到再也难辟新境的高度。然而，我还是渴望让观众品到别样之声，因为这是我的青春之歌。"随人作计终后人，自成一家始逼真"（黄庭坚语），能不能赋予一首耳熟能详、有口皆碑的旋律以时代的脉动感，就是艺术家独辟蹊径、捕捉艺术之魂的关键。我务求做到字字真切，声声入耳，让人"虽观旧剧，如阅新篇"（李渔语）。

每次演出，"北风吹"一开口，全场寂然。一曲唱罢，观众往往报以热烈掌声。我知道，这是观众对喜儿的感情，也是对我所呈现的人物的认可，更是对我苦思冥想、潜心琢磨唱好主题歌的回报。

端详喜儿与审视角色

喜儿是旧中国千千万万个受苦受难百姓中的一个，是沧海一粟，又是代表人物。塑造人物要有时代特征，脱离时代就不能让观众感受到生活于旧中国底层的女孩子的苦难，对阶级压迫也就不会有深切理解和真实触动。艺术形象不脱离实际，才真实可信。我试图从不同角度观察这个角色。

杨白劳看喜儿是什么感觉？老来得女，少小失母，杨白劳又当爹又当娘，一口水一口饭将喜儿拉扯大，疼爱如宝。放在地上怕丢了，含在口里怕化了，捧在手里方才安稳。在他眼里，喜儿是任何东西也不能替换的心肝宝贝。

在大婶（大春娘）及大春眼里，喜儿是俊俏、聪明的好女孩，大婶未来的儿媳妇,大春心中的好妻子。

在地主黄世仁和狗腿子穆仁智眼里,喜儿不过是一个花样年华的丫头,可以用租子来顶替的廉价农家女孩,想要就必须得到,如同一个物件。

在观众眼里,喜儿是活泼可爱、无忧无虑的花季少女,充满青春美好和懵懂爱情。然而,她突遭命运转折,从无奈无助,到被糟蹋蹂躏,继而反抗出逃。

我从各个侧面审视喜儿,挑选她每个阶段最具特色、最活跃的因素,以此确定性格基调。基调是关键。关键确立了,并不等于表达清楚了,还要一层层揭示她的演变轨迹。关键像一颗杏子,仁是包在里面的,外面需要音乐、表演、舞美等综合元素配合,进行立体塑造。

我把喜儿的形象分成三个时段:一、少女、纯真;二、绝望、求生;三、复仇的刚烈与希望中成长。

把三个时段归于一个总体判断,源于戏剧底本。三个喜儿,三改其颜。无论是少女纯真的喜儿,绝望求生的喜儿,还是复仇刚烈的白毛女,都以歌剧的核心音乐基调为依托。也就是说,必须把三种形象依托于几首最重要的唱段上。

第一个是少女阶段。企盼幸福,渴望爱情,盼望"年来到"。表现主调是活泼。眼睛是发光明亮的,看东西是跳跃快速的,肢体语言是轻盈雀跃的,音乐语言是欢快流畅的。从"北风吹"的音乐进门,先快速把白面斗放在锅台上,马上转身把门关上,门闩还没有闩好,头已经快速扭转到白面上。一系列动作都集中于包好饺子、等待爹爹回来一起过年的单纯目的上。

白面饺子成为主要载体,也是推动喜儿行为的主要想象物。以此穿针引线,把一系列事件串联在一起。爹爹回来要吃饺子,大婶、大春哥要来吃饺子,大伯要来吃饺子。正在一家人将要团圆吃饺子之时,穆仁智打着灯笼追上门来逼租。拿喜儿顶租的阴谋出现,摧毁了饺子寓意的团圆,团圆寓意的年,年寓意的家。饺子没吃上,杨白劳悲痛欲绝,趁着喜儿睡着的空当,喝下了点豆腐的卤水,悲愤而死。所以,白面饺子要从歌唱、眼睛、动作、语言上尽其所能,加以突出,让观众时刻感受其多重寓意。

喜儿"哭爹爹"是第一个高潮。在这个转折点上,爹爹死去,梦想破碎,观众情绪一下跌至谷底。

第二个阶段是绝望、求生。喜儿被迫顶租子,到黄家当丫鬟。每天给黄母熬药、捶背,稍打个盹就被黄母扎针、辱骂,受尽欺辱。恶毒的黄世仁不安好心,在烧香的白虎堂糟蹋了喜儿。

当喜儿挣脱黄世仁从屏风背后出来时，已不是观众之前认识的那个秀丽干净、眼睛发亮的喜儿，而是衣衫凌乱、头发蓬松、眼神混浊不清、手拿麻绳准备上吊——绝望的喜儿。

《刀杀我斧砍我》是音乐的第二个高潮。音乐前奏，悲痛凄婉，如同柴可夫斯基第六交响乐《悲怆》那个短小动机，如同贝多芬第五交响乐《命运》的敲门声。这是一个女孩子的命运挣扎，是哭诉、是觉醒、是无助、是绝望……双腿沉重跪地，双手拍打地面，内心愤懑，化为第一声呐喊"天哪"！声音由弱到强，张力由内到外，气息拖得尽可能长些、再长些。控制声音，释放生命并保持恒定能量，把怨气尽最大可能喊出来。对天说，对地说，对命运说，对观众说！

"刀杀我斧砍我，你不该这样糟蹋我"这句是"曲首冠音"。音乐采用戏曲垛板。演唱者必须具备戏曲基本功，把几个字，特别是"糟蹋我"三个字，用"喷口"喷出来，如此才能感染观众。我童年时演唱过山东梆子、河南豫剧，这些基本功派上了用场。采用演唱梆子的方法，把字咬住，用气息推出，效果极佳，很有感染力。

接下来，要把悲愤一句句诉说出来。"自从我进了这黄家门，想不到今天啊"，两句是无颜面世的哭诉。

大婶进入，手拿包袱，悄悄劝喜儿："一定要活命，等到大春哥（已参军）回来替你报仇，快从后门逃出去。"

绝望激发本能。弱小生命面临死亡威胁、尚存一线生机，也要抗争。为大春哥而活，为父母而活，为报仇而活！逃出黄家才能活。

泥泞河塘旁，崎岖山坡上，喜儿摔跟头，在漆黑一片的夜色中逃亡……圆场、碎步，不能颠，既稳且匀，像一串珠子不断线。戏曲演员练碎步，两膝之间夹一条手绢不能掉下来，头顶一碗水不能洒出来，方能过关。

猛摔在地，迅速爬起，展现对活的渴望与命运抗争的坚强。右手指向前方，喊唱："他们要杀我，他们要害我，我逃出虎口，我逃出狼窝。""娘生我、爹养我，生我养我，我要活，我要活"，与白虎堂《刀杀我斧砍我》作回应。喜儿的抗争，给观众留下抗击命运的鼓舞。

喜儿从小河流水声判断方向，顺河水奔向前方。生的欲望，逃的急切，前面无路、后有追兵的慌张，使她成为在黑暗中漫无目的、张皇无措的逃亡者。父亲、大婶、大伯、大春哥呵护中无忧无虑的少女，被残酷命运一击而醒。

喜儿命运的转折，也是台下观众心理的转折。演员要有能力通过手、眼、身、法、步,把观众带人情境。戏剧性转变需要表演者的深厚功力,把心情交代出来,而非仅仅顺从剧情。此时的表演,既借鉴了斯坦尼斯拉夫斯基表演体系的要义,又继承了中国戏剧的表演传统。斯坦尼体系强调真实体验,中国戏曲强调虚拟程式。故事是真,表演是虚;既有现实的真实体验,又有艺术的虚拟空间。表情要真实,紧张急切;身段要虚拟,美丽舒张。这就是既要融入角色,又要保持距离的中国歌剧的特殊的表演方式。

音乐家走进喜儿的途径

我体验喜儿,也大致分为三个阶段:音乐、舞蹈、电影。

第一步熟悉音乐。先从歌词理解人物,初步定位。我能够通过儿时农村过年的情境体会喜儿的喜悦,但对于还未成家的我,要体验"白毛女"的感受(当时我22岁,在读大学本科二年级),就要费一番周折了。这就要从书籍、报刊、录音、电影中寻找。我听了郭兰英老师的实况录音(因各种原因和技术限制,她一生演出了众多歌剧,却未能留下一部影像),从中寻找和感受喜儿。学习郭老师的歌唱风格,再转化成自己的风格。

第二步从芭蕾舞剧《白毛女》中寻找感受。我们这代人没看过原始版的歌剧《白毛女》,常看的是"文革"时期拍成电影的舞剧《白毛女》。我从"白毛仙姑"演员身上(上下场由两人扮演)找到了对生的渴望的强烈表达。在充满张力的舞蹈动作中,找到了挣脱枷锁、奋起反抗的"内力"。特别是从服装和肢体语言上,感受到女性之怒与女性之美的平衡,进而理解到"艺术源于生活又高于生活"的真谛。

第三步到电影故事片《白毛女》中找寻感觉。田华老师是故事主角的同代人,把从喜儿到白毛仙姑的转变表现得淋漓尽致,如同真实再现。田华老师是河北人,故事也发生在河北境内。她从小生活贫困,后来参加革命,对人物的理解和表达贴近真实,影响了几代人。

然而,电影人物要生活化才可信,舞台人物则因空间不同而需采用不同方式。电影拍摄于实景,如同生活再现,越自然逼真越令人信服。舞台则是虚拟场景,服装、化妆、造型都不同。电影角色可以用不同场景的蒙太奇剪辑等后期制作塑造人物,两个小时如同看一部中长篇小说。虽然歌剧也在两个小时内完成,却由歌唱、表演、台词、舞蹈等元素合力完成。这就需要我自己寻找其他途径,获得进入角色的门禁卡。当我扎上喜儿的辫子,系上红头绳,穿上打着补丁的衣服,不免对着镜子寻找心中的喜儿,脑海里不断闪现出电影、舞剧、小说等各艺术品种中的喜儿。

我必须找到自己心中的歌剧舞台上的喜儿！

我心中的喜儿是个什么样子？人物必须在三段剧情中塑造为三种形象：第一个是无忧无虑、渴望幸福、天真多于理性的少女；第二个是爹爹服毒自杀、如闻晴天霹雳，再到被糟蹋，内心绝望到逃亡求生的姑娘；第三个是不屈不挠与命运抗争到底的白毛女。

我从音乐中揣摩喜儿的内心。《北风吹》的纯真与质朴，《刀杀我斧砍我》的质问与觉悟，《恨是高山仇是海》的遽变与刚烈。音乐脉络让我捕捉到这个人物的性格伏线，获得了情感基调。这就是歌剧《白毛女》之所以不同于芭蕾舞剧《白毛女》、不同于电影《白毛女》的地方，也是歌剧舞台上"长歌当哭""托诗以怨"熠熠生辉的地方。我坚信，《北风吹》的力量倾城倾国，《恨是高山仇是海》的力量撼天动地，是千千万万观众理解、喜爱、定位喜儿的"魂"。

与其他艺术品种的对比，使我逐渐把握到歌剧喜儿角色的构成要素。三个阶段的三种音乐基调，是歌剧舞台上的喜儿不同于其他艺术品种的关键。执此一脉，大势可夺！观摩琢磨，苦思砥砺，我清醒地感受到，一个具体的歌剧艺术中的喜儿，开始进驻我心，占据心灵。这可能就是一个表演者探索人物并享受创作过程，准确定位的辛劳与快乐。

打动人心的另一半

喜儿的第三阶段，是该剧之所以称为《白毛女》的重头戏。中场休息后，观众渴望见到另一个喜儿——白毛女。这是新起点，是轴心。造型变化，音乐基调，都与轴心一一呼应，浑然天成。下半场开幕，必须把观众的目光集中到白毛仙姑上来。她是喜儿，又不是原来的喜儿，是个曾是喜儿的白毛女。生活于深山老林，庙里躲风避雨，偷吃乡亲给菩萨上供的瓜果充饥，致使没有盐吃的喜儿头发变白，衣服蜕霜。虽然衣衫褴褛，但她已经变成一个坚强的人，一个令千千万万观众难以置信又感动钦佩的人。所以，下半场第一个亮相不亚于开场第一场亮相，也要在视觉上给观众以再一次冲击。

这一幕，除了《恨是高山仇是海》的十分钟咏叹调，再一个支持人物之魂的就是白色服装和长发造型。斯坦尼斯拉夫斯基的体验体系把舞台元素分为两类，一类是内在的、心里的、体验的，一类是外在的、形体的、体现的。喜儿与白毛女的区别体现在两套造型上：红袄绿裤与黑色长辫，白衫褴褛与白色长发。

装扮从外到内，唱腔从内到外，相互应和，牵人入戏。有了外在依托，再通过歌唱功力把主人翁的独特造型及辛酸内心表现出来，使之成为有血有肉、有躯有魂的"白毛女"。表现出来，使之成为有血有肉、有躯有魂的"白毛女"。

长达十分钟的唱段《恨是高山仇是海》音乐体裁上属于西方式的咏叹调，但融合了一闻便知的戏曲板腔体元素。有散板，有垛板，更有歌唱性极强的"一道道彩虹"。作曲家的唱腔设计，需要演唱者至少具备两三种以上的戏曲演唱经验才行，没有积淀，难于应付。表演者要熟悉河北梆子、河南梆子、山西梆子，还有曲艺和说唱艺术，如京腔大鼓、河南坠子等，更要有西洋唱法的气息连贯，把胸腔共鸣、头腔共鸣、鼻腔共鸣融为一体，才能完整诠释这首核心唱段。

唱段与西洋歌剧咏叹调有共同处，也有不同处。共同处在于人物从宣叙调到咏叹调，有快有慢，自由抒发，不同处则是西洋咏叹调大部分由三部曲式构成，A、B、A，每段有高潮、有高音，最后往往结束在一个高音上。中国歌剧唱段可能没有最后高音，却于每段中出现高音。开头便是"曲首冠音"，一下子就到G，用以表现情绪的高度激愤。

风高月黑，白毛女到庙里寻找供果，遇到前来敬拜白毛仙姑的黄世仁。当满头白发、浑身素衣、怒目相视的白毛女出现于供桌，黄世仁、穆仁智，魂飞魄散，仓皇奔逃。喜儿追赶不及，却听到他们嘴里喊的："鬼、鬼、鬼。"理着银发，瞅着白衫，喜儿在月光下自忖，可不是，自己已在不知不觉中变成了"鬼"。与世隔绝，苦等苦熬，祈求老天爷睁眼："我，我，我……浑身发了白……问天问地，为什么把我逼成鬼？"

第二乐段是第一乐段的再现。喜儿坚定道："好吧，我是鬼。我是屈死的鬼，我是冤死的鬼，我是不死的鬼！"

这是歌剧后半场分量最重的唱腔，作曲家成功地融合了中外两种音乐元素，强化了戏剧冲突。咏叹调加宣叙调，秦腔散板加道情滚板，唱念间插，歌中加戏，戏中有歌，"柔可荡魂，烈足开胸"。整场歌剧的主题"旧社会把人变成鬼，新社会把鬼变成人"，此时此刻在唱腔中盎然托出。无数次演唱这段唱腔，让我明白，音乐的生命力绝非只是初听时的那样浅白，无尽的深度只待有心人不断发掘。

捕捉时代感

我多次回忆年轻时看的电影《白毛女》（1985年还没有DVD），再找来当年田华老师扮演的剧照，哪怕一点也不放过。对照曲谱，反复聆听郭兰英老师80年代演出《白毛女》剧时的录音。我多么渴望能亲眼见到仰慕已久的郭兰英老师，但她在

"文革"中受迫害致使腰部重伤，当时旧伤发作，躺在医院，无法到排练现场，所以，只能听郭老师的开盘带实况录音，从音乐中捕捉喜怒哀乐。对每首唱段，特别是重点唱段、精彩唱段、难度大的唱段，反复听，反复唱。如开场《北风吹》和《哭爹爹》，第三幕《刀杀我斧砍我》《逃跑》唱段，下半场《恨是高山仇是海》，十遍、三十遍、八十遍、一百遍，直听到磁带破损为止。

听录音，模唱腔，接下来重新处理，融入自己的感觉，根据个人声音特点和特长再创作。《白毛女》在新中国成立之初就已家喻户晓，特别是以王昆、郭兰英等老一辈艺术家为代表的演唱和表演早已深入人心，定型定式。如何在继承和发扬基础上提高与转型，这是当时摆在我面前的最大难题。唐代书法家李邕说："似我者俗，学我者死。"韩愈说："能自树立不因循"（《韩昌黎集·答刘正夫书》）。我要在传承经典的基础上，不动声色地融进我在中国音乐学院学到的东西，力求呈现一个独具时代风貌的喜儿。

歌剧的核心是音乐，是托举喜儿、白毛女性格的灵魂，更是不同于其他艺术的根本。没有音乐的呈现，歌剧的喜儿就不成立。所以，音乐是点石成金的关键。我年富力强，气息充沛，音域宽广，勤心实践。生在戏曲院团环境中，从小会唱戏，童年的耳濡目染成为塑造角色的天赐条件。数年专业院校的系统学习，为我添翼，为我鼓帆，更有初生牛犊不畏虎的一腔热情，所以在舞台上从没有畏葸不前。

对人的第一印象来自外形。一进排演场，我便穿上那套衣服，打着补丁的破棉布衣裤，一双旧黑布鞋，把头发梳成一根辫子。破旧衣服加上这根长辫子可以使我立刻找到感觉。白毛仙姑应该是个充满野性、不畏野狼虎豹、不惧惊雷闪电、不怕狂风雨暴的人，与天地抗争，练就了刚强性格的人，不怕死、心中抱着为父报仇、充满希望的人。穿上白色服装，白色长发披到肩上，我就立刻找到了这种感觉。在舞台上，一定要尊重服装、化妆呈现的造型，不能仅为自己漂亮。

外形是否美，取决于内心。没有对人物内心的揣摩和认同，穿什么服装都不会让观众接受。当我做到了这些，心里确定，我就是喜儿、喜儿就是我，我就是白毛女、白毛女就是我了。如同斯坦尼斯拉夫斯基所说，演员的"第一自我"被摆脱了，我就是角色。与角色融为一体，从里到外与表演人物相一致，是我作为一个歌剧表演者探索歌剧艺术境界的途径之一。

通过他人的眼睛看自己

排练过程中，在喜儿形象的初次呈现上，总让我觉得不尽如人意。在家中姊妹排行我是老大,家中诸事由我做主,苦活累活都是我干,因而形成了坚强的性格。刚刚出场的喜儿,却是一个可爱而不能展示坚强外表的形象。我的性格自然表露出来,与喜儿应有的造型不相一致。对于这一点,同事们给我指了出来。他们告诉我,人们喜欢的喜儿,是个可爱、单纯、柔弱、纯朴的姑娘,特别是在爹爹死去、要去黄家顶租时,无望无奈,无援无助,可怜地望着大叔、大婶、大春哥……所以,我要调整自己,尽快把自己变成一个大家认同的喜儿。

"哭爹爹"也不能一直哭,否则会让观众感到吵闹。哭声阵阵,不但不能感动人,还容易让人烦。看到爹爹躺在雪地上身体僵硬,一个大快步向前,跪在地上,晴天霹雳般喊一声"爹",用北方人特有的长腔去喊,腔中带悲、带苦、带惊、带怨……这一跪一喊,一定要让观众情不自禁地落泪。表演拿捏好度很关键,既不能欠缺,也不能过火。切忌演员台上泪如泉涌,观众台下无动于衷。为什么?感情不能自制,只剩下自己在感动自己,没能打动观众,白费工夫。一个合格的表演者,不但要善于把自己化为人物,还要善于建立人物与观众的联系,这样观众才能真受感动。就是一句话:"要让观众流泪而你不流泪"。若自己流泪观众不留泪,能是一个高素养的表演者吗?

白虎堂一场,喜儿被黄世仁侮辱后,唱段虽短,但内涵丰富,若理解不透,一是情绪平平,绝望得不到渲染;二是演过火,戏过火就不是喜儿。唱到"娘生我,爹养我,生我养我为什么?"悲愤伤痛,无奈无助,羞耻交织,形体上一边对天说,一边因悲伤而跪瘫在地,双手握拳捶打自己的腿,再而伸双掌交换击地,表达遭受蹂躏的无辜少女的惨痛。这一动作是我想到电影《地道战》《苦菜花》中失去亲人和儿女的女人们,坐地双掌拍地表达愤怒的样子而得到的启发。

第一次彩排,我过于强调此点,张嘴朝天,双眼紧闭,一直保持这种状态。侧幕旁,扮演穆仁智的导演之一、老艺术家方元老师看在眼里。等台上下来,他告诉我:舞台上的女演员要呈现美感,无论高兴还是悲伤,不要忘记这是升华的艺术,不仅仅是生活再现,否则就会跑偏,真实度减退。观众希望看到的是一个值得同情的喜儿,不是一个过火的怨妇……

一句善意提醒,如醍醐灌顶,金针度人,让我懂得了过犹不及的含义。我很感激,也非常认同。舞台上的表演家如同在生活中做人,要掌握分寸、恰如其分,过了就如同"水满则溢"。

我开始琢磨,收敛表情,以唱腔打动人。有的动作要夸张,如跪地时要猛,这一跪要能让观众流出同情的泪水,但嘴不要夸张,眼睛里闪现悲愤无助的光。如此调整，让我与观众的距离拉近了，美感增加了。我体会到，表演者的投入不能过火，在充分表达内心的同时，要让人感受艺术之美。当然，不温不火太中性，既要有能力将剧情推向高潮，又要尽量表演适度不过火。

我感谢老艺术家和同行及观众给我的直接的意见指导。离开他们，如同鱼儿离开了水。"胜我者我师之，类我者我友之。"一桩桩幕后往事，渗透着老一代艺术家薪传后人的温暖。

丰满人物就是丰满我的艺术人生

艺术理论，论述了人物内心与表情之间的联系。一位表演者如果不能深刻体验角色的内心世界，就不可能将角色应有的表情转化为自己的表情。"他山之石"对于拓深我的表演空间起到了关键性作用，不仅激活了思考、获得开阔的艺术视域，而且也深化了我的艺术观。没有哲思的引领，就无法理解艺术语境中特定人物表情背后的底蕴。这些理论循序渐进地指引我不断发现艺术家的使命。

钱钟书谈道："遥体人情，悬想事势，设身局中，潜心腔内，忖心度之，以揣以摩，庶几人情合理。盖与小说、院本之臆造人物、虚构境地，不尽同而可相通。"

舞台上喜儿的生命，内在于一个艺术原型的真实生命，也内在于我一个表演者的艺术使命，作为表演者，她的生命与我的生命连接起来，构成一段可以连接、可以感知的统一体。一幕幕戏剧，一段段音乐，如同一个个接点，让我走近人物并把其活灵活现地展现于舞台。"变死音为活曲，化歌者为文人"（李渔语），舞台上，喜儿的表情就是我的表情，白毛女的声音就是我的声音。换句话说，我的表情就是喜儿的表情，我的声音就是白毛女的声音。因此，忠实再现表情，就是我的使命。

1985年，经过近半个月排练、合乐、彩排，终于在歌剧《白毛女》首演40周年之际，在北京天桥剧场上演全剧（20世纪80年代的天桥剧场是北京最优秀的剧场之一），后来又赴哈尔滨参加"哈尔滨之夏"音乐会演出，在北方剧场一演就是十几场。在观众强烈要求下，经常还要加场。有时我下午演下半场，晚上演整场。时任中国歌剧舞剧院院长、著名剧作家、词作家乔羽先生曾对我说："别人不信任你能挑起这个大梁，当时我就拍板说，小彭肯定行。现在你用实践证明了我的判断。我与原创贺敬之、陈紫等同志见面，他们也一致认为，你是《白毛女》诞生以来最好的喜儿之一，可以称为第三代喜儿的代表。"

我感恩中国歌剧舞剧院和老一辈艺术家让我与喜儿结缘，在我初出茅庐之际

（1985年7月还不满23岁）就担任了这部历史经典剧作的主角，这是何等的机缘和幸运！作为一名歌唱演员，一辈子能有机会出演歌剧是一种幸福，能出演一部经典歌剧更是一种荣幸，能出演一部经典歌剧中的主角更是幸中之幸！有哪个女演员能拒绝歌剧舞台上光彩夺目的喜儿角色？用我的声音塑造、我的身法扮演我爱戴的喜儿，真是难得的享受。殊为不易的平台，给了我体验歌剧艺术魅力的机会，也给了我总结中国歌剧表演艺术理论的机会。无数场舞台的实践和体验，使我渐渐悟出许多道理，也懂得了把握艺术形象必须强化理论学习的重要性。"看似寻常最奇崛，成如容易却艰辛"（王安石《题张司业诗》）。

2015年，《白毛女》迎来首演70周年的日子，年轻一代的演员复排此剧。年轻人手拿IPAD翻看不同历史时期、不同艺术家扮演喜儿的视频，从不同角度汲取养分。这种方式是现代的、科技的、时尚的、便捷的，但我更希望他们从内心向经典致敬。怀着对人物、对艺术、对前辈的敬畏，踏踏实实走进喜儿的内心，给观众呈现一台在原有基础上既来源于生活又高于生活，与现代观众没有隔阂的精品。不让观众失望，不让师长失望，更不能让历史失望。

（选自2018年4月号《人民音乐》）

巢湖岸边的李家大院

刘业勇

母亲从安徽巢湖市的家中打来电话说：我们家40多年前住过的旧居"李家大院"修葺一新，从市文物保护单位升级为省文物保护单位，并且是巢湖市唯一的省级民居文保单位。这个电话像电脑上被触动的按键，一下子打开我记忆的数据库，40年前的如烟往事又渐渐清晰。

1954年，25岁的父亲随南下的解放军从山东老家来到安徽，由于身负多处战伤，加上地方工作需要，怀揣一本《残废军人证》（后改为《残疾军人证》）提前转业，脱下军装，被任命为巢县（巢湖市当时是县，后撤县建市）柘皋区区长，也许是父亲有一段在南京汤山炮校当教官的经历，1964年，又调任巢县农村干部学校校长，这个学校的校址就是"李家大院"。1964年，我刚刚5岁，牵着两岁的弟弟，随父母一起往学校搬家，一辆大板车（如独轮车大小的架子车）装着一家四口的全部家当来到"李家大院"，住进这座当时巢县最著名建筑的主楼。"李家大院"坐落在今安徽省巢湖市西坝口汤家闸，1929年由木材商人李鼎新修建，由一栋三层碉堡式主楼和几个大小不等的院落组成，加之院外的附属建筑，有几百间，均为砖木混合结构。院内木雕、砖雕、石雕俱全，集江南民居及徽派建筑风格为一体，兼有北方城墙形态，造型粗犷又不失婉约。1949年后，李家人陆续搬出大院，大院收为国有。我家住在主楼的一楼。当天，我就爬上楼顶举目四顾，整个县城几乎尽收眼底，方知这栋三层楼房居然是当时巢县最高的"大厦"。楼的南边不远处是波光粼粼渔帆点点的巢湖；东边是一条河，直通长江，谓之天河，西边也是一条河，直通巢湖，叫后河。当时，"李家大院"已陆续住进一些人家，能听到楼下狗吠鸡叫，大人的呵斥，孩子的哭闹，还有戏匣子里传出的庐剧和李焕之作曲、方金扣演唱的《巢湖好》。

一楼共两间半房，外加一个楼道。父亲说："'李家大院'是全县最好的房子,要倍加爱惜。"我一看,不论楼房平房,果然很大,窗户居然都是玻璃的,玻璃在当时的巢县属奢侈品。楼板是油漆的木质地板,楼的顶层是水泥地面(水泥在建楼时叫洋灰,也是舶来品)。一间间房屋组成一个个天井,如同北京的四合院,依次连缀,曲径通幽。地面是大理石和青石铺成的图案。走廊是一排排用整根木头做成雕着图案的支柱,如同颐和园的长廊。门窗的木框也是用整块名贵木料镶嵌在灰色的墙壁上,特别是那砖缝细密足有二尺厚的外墙,令人想起长城的城垛。爸爸说:"这么坚固的房子,可以抵挡一般的枪炮,就是炸药包也很难炸开,我们住的这幢楼,也是一座炮楼。"简单粉刷之后,支上床,我们全家住进了"李家大院"。

两年后,"文革"爆发,学校全部停课。1967年夏,巢县以南的芜湖市"造反派"和"保皇派"发生武斗。"造反派"与巢县的"造反派"会合,要在巢县"破四旧、立四新",砸烂"封资修",而古色古香的"李家大院"作为资本家的老宅自然就成了"造反派"摧毁的目标。一天早上,一辆卡车和一台推土机停在了大院门口,从车上跳下十几名全副武装的"造反派",他们拿着铁镐铁锹铁锤钢钎直接冲进院子,对着我家的那块雕着"西厢记"人物图案的大门砸起来。我和弟弟吓得躲进屋里。"放肆!"爸爸闻讯喝道。"这是封资修!砸烂帝王将相、才子佳人。""造反派"回应。"这是国家财产!你们在犯罪!""你这个走资派胆敢保护这些'四旧'!打倒走资派!""造反派"们放下工具就要上来揪我父亲,突然,走在前面的几名"造反派"停住手。原来,早有准备的父亲为了阻止这些"造反派"的破坏,特地换上了军装,同时,把他在历次战场上荣获的军功章密密麻麻地挂在胸前,右手拿着一把日本枪刺。"造反派"们愣住了。父亲吼道:"你们这些兔崽子,老子打鬼子时,你们还在娘的肚子里翻跟头。今天,你们要是敢动一砖一木,让你们站着进来,躺着出去。这把刺刀是我宰了两个小鬼子缴获的!"说着,举起那把日本枪刺挥舞起来。这时,大院里当年徐海东的马夫、老红军乔伯伯,经历过"皖南事变"的新四军老战士张伯伯、柯伯伯,抗日联军老战士解伯伯,解放军老兵朱伯伯、江叔叔、徐伯伯等都举着家伙冲在前,当过儿童团员的母亲则举着一把红缨枪,还有很多当过兵和没当过兵的邻居全体男女老少也抄起家伙陆续围上来,面对带着枪的"造反派"毫无惧色,大家反复朗诵毛主席语录,晓之以理动之以情,软硬兼施,说服"造反派"停止破坏。

如此阵势,"造反派"们怕也没见过,几个头头嘀咕了一下,终于打道回府。当时,安徽的武斗惊动了中央,时任12军军长李德生奉中央之命,率军宣队亲临芜湖等地,平息了这场武斗。但由于"文革"还在继续,我父亲及大院里的几乎所有的老干部都成"走资派""三反分子",戴高帽上街游行。大人们没逃脱厄运,但"李家大院"被保护下来。这件事令我感动,平时这些邻居给我的印象并不太好,但当自己的家园和国家财产受到侵害和威胁时,他们的奋不顾身,令我刮目相看!

1969年,安徽发生洪灾,巢湖水位暴涨,"李家大院"被淹没在水中,我们全家和邻居被迫搬到地势较高的卧牛山上。两个月后,大水退下,我们又搬回来。当时,很多被淹没在水中的房屋都倒塌了,"李家大院"墙角和地基被大水冲得裸露出来。这时,一些灾民也搬进了大院闲置的房屋里。此时,"李家大院"的几十间房加上前后院几百间房屋全都住满了人。灾后重建,大家认真加固地基,清理杂物,粉刷墙壁,修补门窗,喷洒药水。二楼搬来的新邻居锁伯伯是志愿军的宣传队长,会写美术字,为了防止"造反派"再来破坏,锁伯伯、父亲及邻居们把院外的墙壁上都用油漆写上不怕日晒雨淋的毛主席语录,在每家的入门处安置一个"宝书台",把石膏制成的毛主席像和《毛主席语录》端端正正地放在中间,使"李家大院"躲过一次次劫难。

那时的巢县,四季分明,一派田园风光。春天来了,湖畔的垂柳吐蕊,天河后河的鹅鸭游弋。夏日,大院的人都搬到楼顶平台过夜,在水泥地上,一方篾席铺开,一家人躺在上面享受天伦之乐;深秋,站在楼顶,视线越过天河、后河、官圩、家塘圩,金黄色的水稻波浪滚滚,瓜果飘香;冬天,银装素裹,河面结一层薄冰,像一面映衬蓝天白云的镜子。那时,不论是两条河的河水还是巢湖水,都是可以直接饮用的,连明矾都不用放。

随着入住"李家大院"的人口的增加,大院的社会成分也变得复杂,除工农商学兵外,也有出身地主、富农、商人、小业主以及华侨和外籍人士等。人员的职业不同,文化程度和素质也参差不齐,邻里之间的纠纷、摩擦时常发生,甚至为一点针头线脑的事大打出手。每当有冲突发生,大家便主动上前苦口相劝,最后也其乐融融。我小时候,能听到各种方言在这里汇聚,也常常品尝到每家餐桌上的风味美食。大家来自全国各地,但住进一个院,就是一家人,大家除了尽力呵护来之不易的缘分,更是竭尽全力保护自己的家园——"李家大院"。以至于2011年政府确定"李家大院"为文物保护单位时,"李家大院"依然基本保持着当年的原貌,而当时的巢湖市,几座城门、十几千米的城墙、包括诞生过成语"洗耳恭听"的遗址洗耳池等几乎所有的历史遗迹都早已荡然无存。

邻居们在"李家大院"繁衍生息,有了第二代,甚至第三代,过着自给自足的和谐生活,享受着天伦之乐,好几家甚至成为"亲家"。他们用生命捍卫着自己的家园，并且把对自己家园的捍卫顺理成章地延伸到一种家国情怀、升华为一种民族精神。20世纪60年代，中印边境冲突，大院里有青年应征入伍上前线；抗美援越的队伍中，有大院子弟的身影；1969年的珍宝岛战斗，有大院的儿女冲在最前线；20世纪70年代，国家号召大西北戍边，大院的适龄青年走了4名。直至1978年3月，我与大院的姜志远、王小明、吴晓明、仟华等8人同时穿上军装来到第二炮兵和海空军部队。

20世纪90年代，巢湖市（此时巢县已撤县建市）全城开始大拆迁，"李家大院"也列入拆迁范围，邻居们得知此消息，纷纷上书政府，要求保留，专家论证后，确认"李家大院"是巢湖市保存最好、规模最大的历史文化民居。2011年，政府确定"李家大院"为市级文物保护单位，要求邻居搬出。此时，邻居们方知自己争取来的"李家大院"住不成了。虽然政府给了一定的补偿，但是，搬离几代人居住了几十年的家园，还是难舍难分的。然而，政府一声令下，深明大义的邻居们还是一步三回头地陆续撤出了"李家大院"。一个个故事在院里面封存，一段段记忆在大院中沉淀，这记录着巢县90年变迁的大院，这寄托着我们几十年情感的深宅终于又一次被保存下来，与我们共同走进新的时代、新的梦想。

大院里，有父亲和邻居们亲手用砖石垒砌的支撑立柱、修缮的一扇扇门窗，有父亲亲手更换的火表、电线、夯实的"三合土"地板，有我们全家用了几十年的灶台，有父母栽下的仙人掌、拐枣树和冬青树，有诞生了我妹妹和小弟弟的木床……父亲去世后，没有回山东安葬。他生前要求我们把他葬在一个可以看到"李家大院"的地方，妹妹和弟弟经过选择，确认巢湖东北方的鼓山寺公墓是最佳地点。我们把父亲的骨灰、连同他骨灰中的日本炮弹片和子弹头，一起放在鸽子笼大小的匣子里。沿着坐北朝南的公墓举目望去，巢湖市尽收眼底，不仅"李家大院"隐约可见，连大院镇守的湖泊、河流、田园、村庄也一览无余。而"李家大院"主楼的窗户如同眼睛，也在默默地深情看着父亲。

我离开"李家大院"后，只在1997年探亲时回过一次大院。当时，因父亲工作调动，我们家已搬到"洗耳池"公园附近的小区，邻居们也搬走了一些。失修的房屋开始破损，四周也长出了荒草。如今，成为省级文物保护单位的"李家大院"会怎样？

在巢湖市网站的照片上，我终于看到了新修建的"李家大院"雄姿，原来"李家大院"早在2012年就已是省级文物保护单位，下一个目标是申报国家级重点文物保护单位。她所走过的历史沧桑绝不仅是"文革"这段"历险记"，她经历和见证了抗日战争解放战争的炮火,其厚重的历史积淀和文化色彩凸显出她无与伦比的价值地位。凝视着这座建筑,我脑海里突然跳出两个字:"长城!"是呀,这多么像俯卧在巢湖边的一座长城呀,三层主楼是烽火台,周围蜿蜒着的屋脊酷似城墙,与巢湖市鳞次栉比的建筑连成一体,一直延伸到浩瀚无垠的巢湖和波涛滚滚的长江。从这"长城"中走出去的人,有冯玉祥、张治中、李克农等爱国将领(三人的故乡均离"李家大院"不远),更有一批批后来者,他们接过先辈的火炬,用热血和生命连接起祖国四面八方的"长城",共同护卫着自己的家园、保卫着自己的疆土。前两天,我和弟弟妹妹掐手算了一下,大院里几乎每家都是军属或烈属,或者是曾经的军属,更多的是已经离休退休复员退伍转业的老兵,当年大院邻居目前仍有30多名子弟在部队的强军路上建功立业,他们继承父辈的血性,在军旅大展宏图。他们中,有军事院校的教授,有航天领域的科研工作者,有军队的高级指挥员,有优秀士官、军医、舰长、飞行员、部队新闻工作者,也有为祖国洒尽一腔热血的烈士。"李家大院"在巢湖市首屈一指,多年来,被誉为巢湖市的"红色大院"。

"巢湖好,好风光,水接云天白茫茫……"李焕之这首悠扬粗犷的《巢湖好》又一次在我耳边响起。离开大院整整40年了,我分明感到巢湖岸边的"李家大院"在时时向我召唤。40年,当年大院里的父老乡亲都还好吗?大院养育了一代代人,并把他们送到祖国的四面八方。现在,她正深情地对远方卫国戍边的赤子们说:"孩子们,你们没有辜负大院的哺育,你们是'李家大院'的骄傲,大院以你们为荣!"

(选自2018年5月25日《解放军报》)

野 的 草

邵 丽

事情的起因是这样的：去北京学习之前，我特别交代老公，每隔两天浇一下花；除了浇水，任何地方都不要动。不要动！这句话说得好像要怎么样似的。我的那些花，是我生活里的重大事务，但凡我在，日日照拂，是不肯让别人染指的。在北方的屋子里，一年四季草木葳蕤，足以令许多朋友嫉妒。我在县上挂职时结识一个朋友，他是学林木的，中南林大的高才生，当过学生会主席，写过一本关于花木的书。只是我常常取笑他，书本里的英雄，不懂茶（茶被我视作花木的一种），且不会养花。

他每年送我一盆半开的花，色彩不同于寻常，有时是绿色的玫瑰，有时是珊瑚色的蝴蝶兰。照这个林木专家说，这花放在他的书桌上，断乎开不过一个月去，也就败了。花到了我这儿，我摸准它们的习性和需要，兰花都能开上大半年。不是实出无奈，浇水这等大事，哪能交于老公。一个多月后我回来，发现那些花活得好好的，说明他真是没动过——他喜欢折腾，不是换土把一枝花折磨得九死一生，就是把喜阴的植物搬到阳台上晒死。他的折腾劲儿遗传自我的婆婆，她更是一个喜欢让事物不断调整秩序的人，以表达对家庭事务的有效统治，而且以此为乐，一直到现在都不消停，快九十岁的人了。

看花的时候，还是让我有了惊奇：在一盆富贵子背阴的地方，竟然生出了一棵草。细碎的扁豆形的叶子，很像含羞草，但又不是，这种草到现在我也叫不出它的名字来。拍了照片问度娘，也没查到。它稳稳地从花盆里仄歪着身子垂下去，又在靠近窗户玻璃的地方，顽强地向上生长。那姿态甚是决绝，抑或是顽皮。我不禁轻轻地笑了起来，为这个卑贱而自信的生命。它是藏在泥土里来到我们家的，其实这对于专业养花者，是一次巨大的冒险——在它生长出来的那一刻，肯定就会送命了。真正爱花的人，都是以这样严酷的态度对待野草——这多像一桩庄严而忠贞的爱情，以爱的名义毫无顾忌地释放着排他的恨。

　　我常常心疼花盆里的草，它们在我的纵容里长大，长成另一道景观，寒冬里的一抹新绿，多么让人不舍得。不仅仅是为这一点野性的勃勃生机，卑贱的生命也是生命，这是它们可以活下去的充分理由。我记得小时候在我姥姥家，他们家的水缸后面生长出一棵桐树苗。从来不进厨房的姥爷，那一次不知道为什么进去了，看到这个树苗，非要砍掉不可。姥姥说，它都长那么大了，你砍它干吗？姥爷看了看确实不小了，只得作罢，后来它就活下来了，姥爷还把草房的房顶扒个窟窿，让它长成了一棵大树。这个不速之客让我格外欢喜，它来到我们家，躲在一棵并不名贵的花后面，静悄悄的，也没有妨碍谁，让人怜惜得不行。但它也让我纠结，要不要拔掉？它长得太快，根茎粗壮，恣肆地铺展身姿，很有超过那盆花的趋势。所谓"有心栽花花不发，无心栽柳柳成荫"，看来这种说法其来有之。谁说生死有命？有时候不过是一念之差。但在一念之间，终究还是没拔掉，看着它每天茁壮地生长，甚至渐渐有了暗喜，对它的关注，也远远超过了那盆富贵子。毕竟，这种欢喜，是意外的，而意外的东西我们总是觉得值得珍惜，会紧紧抓住它不放。那些计划之中的东西，那些我们可以花钱买来的东西，只要我们愿意做出计划，愿意花钱，它们都会如约而来。不过，那些东西带给我们的最多是满足，但绝对不是惊喜。我记得一个朋友这么说过，如果到年终，单位给你发一万元的奖金，你最多高兴一会儿，撮一顿就过去了；如果中了一万元的大奖，一辈子你都不会忘记，每次想起来还都会高兴得合不拢嘴。人，往往就是这么可笑。

　　草每天都在长，甚至我都记得它长出的每一片新叶。朋友们不管谁来了，我都兴冲冲地指给他们看，说，你看这野草长的！说这话的时候，我觉得自己的舌头尖都翘起来了。我觉得朋友们也跟我一样惊喜，赞叹着，抚摸着，像对待一只宠物。我在他们的惊喜里更加得意，人都需要在别人的态度里肯定自己。所以，过不了几天我就把它拍下来发朋友圈，告诉朋友们它的生长情况。总是会收获那么多的赞，他们赞美草的漂亮，赞美我的爱心，赞美我的童趣，所以我就更觉得自己做得对。

　　想想也是，在我们如此庸常而逼仄的生活里，谁会为一棵野草牵肠挂肚呢？这样的生活姿态，要有多么优雅才做得到？甚至还可以往大里说：相较于平淡无奇的日子，也许仅仅有一棵野草，就能改变我们的生活态度呢。其实，仔细想想，野草之所以只能做野草，可能跟它的习性有关系。它就是生命力顽强，在多么严酷的环境里都能够活下来。因此也就不值得我们珍惜了。这又多么像乡下人养孩子，那些孩子不是在疼爱中，而是在丢弃中长大的，他们没有暖气空调，温饱不均，但是从不会生病,像这些野草一样生命力旺盛。但是,问题到底还是来了,草的生长速度太快,不但很快遮蔽住了富贵子的大部分,而且跟它争夺养料。富贵子的叶子在逐渐发黄,还有一枝叶子整个落光了。野草露出了它的狰狞,所有的浪漫和美好倏忽之间都不见了。那天,我们楼下的花工过来帮我料理家里的花草,看到这棵草,他笑了笑,毫不迟疑,伸手就要拔它。我吃惊地叫了起来。看着我复杂的表情,他也没说什么,只是摇摇头笑了笑。花工走了之后,心里突然涌出一种莫名其妙的沮丧,也不仅仅是为了这棵草。那天,我在楼下的操场上走了很久,一直在想着这棵叫不出名字来的野草,它多像我们旁逸斜出的欲望啊,明明知道它是错的,但恰恰因为它的错,才对我们产生那么大的吸引力。也可能是,因为只有在私密空间里它才能生长,好像特意为我们而来;等到我们发现不对头,想去拔掉的时候,它已经蔚为壮观、尾大不掉了。这个尴尬的结局,不也是生活吗?对于我们庸常的生活,尽管有时候觉得它的秩序和安排未必合理,但它就是生活本身。所以,任何违逆不但会打破秩序,也会破坏生活内容,当我们发现这一点并要修正它的时候,那就必须下狠手。尽管,这一点都不浪漫。

春天来了,这株草活过了一个长长的季节。最终我会把它拔下来,恢复人类对自然界的统治秩序。

(选自2018年第2—3期《黄河文学》)

穹苍之下

——武隆天坑前的意绪

马 力

　　跑到武隆来，看天坑是例行的功课，正和到泰安必得走十八盘一样。不错，登岱宗可以"小天下"，而十八盘两旁，连峰空谷虽也绝险，天坑却是瞧不到的。中国山多，换个地儿，能不能碰上天造之坑，未能有定，故不敢妄言。我只在武隆遇着了它。凭这点识见，姑且撂下一句话："武隆山景可说冠于各处。"

　　爱水的人当然不少，喜山的人也很有一些。亦智亦仁，大自然对人类品性的鉴定，倒深藏一种神力似的。神的力量摇撼魂魄，也给山体塑形。杜诗"造化钟神秀"道出的恰是这个意思。

　　李可染画山，先看大的形势，再看大的转折，笔墨绝不零碎。渝东南一带山，体廓是丰盈的，肌质是温软的，姿媚的颜容叫人夸在口上。草木养得尤其好，丰荣、芊绵、葱倩、蓊郁，面貌不让他处。欲滴的明翠遍笼坡岭冈峦，连那山脊线也柔缓起来，落入画幅，也清美，也秀润。还是李可染的话："画山要介于方圆之间，太圆会显得软。"照此画理，武陵山，还无妨加上乌江之南的大娄山，只看那皴叠的断层，只看那溶蚀的槽谷，只看那昂仰的列嶂，只看那簇聚的崖石，宛若神巧，简直蓄足了乾坤的力量。满目嵯峨，尽览崚嶒，心神因之悠远。大笔挥运，哪里会有一丝软？

　　天坑，文字上来得响亮，名实也算相符。真是一个"坑"，深而且阔，口子朝天敞着。它的出现，是很早的。地壳的抬升与沉陷，吾生也有涯，失去见证的资格，只能把这事交给时间。

　　郁盘的崖壁直上直下，悠然不迫地环拱过来，山外的世界，隔远了。看天，看云，看山；听风，听雨，听泉。耳目所接，无非这些。日子简单却很长，世辈下来，寨子里的人跟大山相熟，熟得能叫出每一棵树的名号，熟得能学出每一只飞鸟的清唳，熟得能辨出每一块岩石的纹理。

受着年光的挤压，经过一个久远的时期，山崖成了今天这种一层叠着一层的样子，加上丛丫散叶繁密地挂在上面，衍出的画境显得凌乱了些，构图的清整是见不到的。我却喜欢它那种不事梳扮的朴野风致，眉心就一舒。眼下已进了农历八月初旬当中，团圆节再过数日也就到了。秋光渐老，而山间树色看去还是青碧的，梢头的黄也仅是初染，微微透出一点冷意。但有一件，景观不会完全无缺的，草木披覆未到的所在，跟那些不做栽植的濯濯童山并无两样，岩峦遂变了一种颜色，灰黯中杂入黝黑。这一变，绮丽的锦裳快要换作褪色的衣衫了。

羊水河峡谷的底下，溪流的潆绕、卵石的堆聚、虬柯的斜逸、藤蔓的盘曲，本也没有什么别样，山鸟的鸣啭在四壁激出的欢悦回音，消去了山中的清旷与幽寂。待到我朝高处去追那声声啼唱时，眸光蓦地凝在崖壁间裂开的矩形口子上，一条横在顶端的厚重石梁最为特出，凛凛地逼了过来，势甚恐栗，俨如一尊怒目向人的威神，早守候在那里的。打量片时，感其并无倨慢之气，犹可亲近。它劈空跃出，全无道理。若究其实，道理自然是有的。天之所生者，变异不常，这话似乎说得稍远一点，那就无须添造《山海经》一类怪诞故事，只待于地质演化有专好的人叙述一番初终原委，则可破去心中之疑。

以一石之闳而轻藐远近嶂峻，此种景状不是每看一山都有的，真占得"峥嵘"这个词。它的奇古，它的诡异，它的玄冥，别处山里虽则也能领受，却绝没有这么悼胆，绝没有这么忾魄，故其神韵可说全在壮伟。一山之中，最可引人注意的便数得着它。探索成因，绕着常识打转怕是不行的。不避自馁之嫌，此等山石在望的时辰，其超常的尺度感是怒触的急湍，我用经验垒砌的堤坝，没等回过神儿，便被冲溃。

石梁看不出弯陷，确乎不枉它的硬度，撑持这硬度的，是犹在发育的躯骨。两侧山壁劲峻拔起，挺直地支上去，抵得稳，抵得牢，那叫一个结实。巨柱似的力扛千钧，正好把石梁门楣一般托住，边框清晰而规整。粗略望去，关隘的模样也颇俨然。它以孤峭的形姿顾崿崤于大地上，在幽僻的深山扮演沉默的角色，而混沌的远古、蒙昧的洪荒，都成为飘过的一片烟。谁也无从剥夺它独立存在的权力，它毫无顾忌地显露着矜傲气度，将观者的目光撞击得狠了些，像是执意跟人类保持距离，以激起对方深深的敬畏。禀受于天的好处，大约尽于此了。

风物入壮怀，何等豪纵，何等畅神。看久了，无所觉察中，心胸会宽起来，气量会大起来，上圆下矩，莽莽荡荡。在宋人诗歌里，我读过富有襟抱的句子，那是："人得交游是风月，天开图画即江山。"目之所迎的武隆雄胜，确属"天开"。默睹陈迹,对景舒啸,正巧用得着文学语汇。可在这道石梁面前,搁管操觚,一切摹状都变得毫无价值,缤纷好词被它投下的冰冷阴影鲁莽地吞噬。"天地,亦物也。"这是列子的断定。对着宇宙物质合成的风光,语言的奴隶们呀,掩口而不能一发枢机,大块文章过眼,不下一字,曳白退场,未能给天地献上一篇颂词,我似有未了之事梗于胸次,殊觉歉然。

许是这石梁形相的大,太摄心魄,在山里人看,仿似一座石桥凌空架在头顶,沟垭因之接天。状貌与景象这般奇峭的穹石,我在唐宋以降的山水画中还未得见。"黄山最不好画的是气象,有了气象就活了。"这个心得,仍来于李可染。形巨的"石桥"矫矫不群,气势大得压得倒人,足以让自傲之情退到心外,推誉为武陵山中特别的一景,可以无愧。拈毫着色,把它画好,也是同理,正与可染先生所说相契。

我爱云峰林谷、层岩丛树的野性浑成,施诸丹青,唯用泼墨法方能气韵尽出。求细,皴法宜全用斧劈。粗重的线条、尖硬的棱角、沉着的笔致、苍老的韵味,构成了饶具象征寓意的图形表达。说句略近训谕的话:"尝试从崖谷上发现美,鉴赏最原始、最古朴的艺术形式,这就是极好的开端。"

这样的石桥,一连倒也有三座,均气宇不亏。一切都粗粝,一切都犷悍,了无差逊,堪称鼎足。叫法各异,却都嵌进一个"龙"字。"天龙""青龙""黑龙"是它们的排序。这些名字不知道是哪位起的,他可能徘徊了很长时间,从山石上只看得出欲飞的龙姿,栩栩欲活的神气也留心端量了。

桥甚巨,人力不能逮。这一来,只好归功于天。"天生三桥"之所以得名,其故在此,就不消我多言了。"天生三桥"旧写成"天生三硚"。"硚"改作了"桥",没有谁告诉我为什么要换一个偏旁。通假字吗?也不是。推想昔时用"硚",一定有番道理。入山,怪石磊磊,磐结交互,从形旁而望字生义,也说不定。我只在悄寂的涧中低回,且看它们在半空卧着。虽在白天,那怪蟒似的身子犹拖着夜的冷光。我没攀到桥上去,心里暗忖:陟临或许也同升天那样难吧。设若能够蹲踞于势状雄强的石梁之上,眼光一垂,把偃塞于幽峡的天坑收进来,方得此地风景的三昧,才不算只见它的一面。

桥顶至坑底的距离,表明视线的长度。俯览,下有百丈之溪;仰望,上有千仞之峰。俯仰之间,分出了人的位置。"低处才能看清世界"这话,是有人讲过的。可是此刻的我呀,感到坑谷的四周太清寂了些。空茫到了如此,立身蕞尔的情绪便来扰了,竟让旧戏里的一句唱词兜上心头:"叹举目将谁倚赖。"忽而,一片飘落的叶子寻伴似的,翛然进了我的眼。我的目光撑着它,生怕它太单茕、太冷清。旋动的气流中，落叶坠下一道弯斜的曲线。这曲线，载满妙想翩翩翔舞，只是隐着翅膀罢了。它的闲逸与舒徐，足够得暇来设譬。在你的眼里，它若是一片薄羽，就轻捷；它若是一只彩蝶，就蹁跹。印满纷乱履迹的地面，叶子触着了；泥土和青草熟悉的气味，叶子嗅着了。它找到归宿似的安静地伏着，水湄的芳馨芬馥，又极清润可爱，让它忘掉了憔悴，忘掉了衰残。它再也回不到崖罅的枝头上了，却能久留于湿滑的溪畔，在水光的荡漾中安稳入梦。此梦好长，长过山中日月。

　　瀑布从云端下来似的，花雨般飘散。旧诗文里，瀑布得了好些异名：匹练、玉帘、谷雷、怒泷、垂水、悬瀑……不妨去想它自山巅泻落的姿态。每扇削壁上的蛇形水渍，留下瀑水飞流的痕迹。黑亮的光缕一道深一道浅，宛似攀爬的茎蔓，垂向矮处茸茸的苔藓。年在桑榆的我，揽镜自照，衰鬓又添了几缕，抑扬天地的高情壮思，差不多散尽了。嗟嗟兮悲夫。我多次拟想，大山的皱纹里含着愁，我要轻抚岩表的瘢迹和它一同伤老。入山一看，这却不对。泉瀑使山体苍润鲜碧，熠熠放出的光彩，驱走了我那可怜的念头。韶华也为旧人留，我恍如跟当年一样青春。

　　瀑布的叫法也有地域性。乐清的大龙湫，郁达夫是写了的；永嘉的白水漈，朱自清的笔墨亦曾到过。出了浙南地界，叫出什么新名目，我就不清楚了。"湫"和"漈"，读过二位的散文，我才知道还有这两个字。武隆的岩溶瀑布，实为崖头跌落的山泉，多在黑龙桥那边。领来的嘉名很有几个：雾泉、珍珠泉、一线泉、三迭泉。因形赋名，聊得神理。"雾泉"二字，用得好！望上去，这泉叫风扯着，一刻摆向左，一刻摆向右，摇摇晃晃，全不着急的样子，未等直着落到地，便散成缕缕飞烟，去远了。风若猛些，只一吹，它便断了丝，碎珠儿似的迸溅，连挣扎的劲儿也失掉，瞬间幻作淡淡的影子，极似仙人嘴中送出的一口气，任何固执的性情都会开始软化。看雾泉，须得拢紧目光，方才捉得住它。

　　四围陷入宁谧，坐听瀑音，很能品出一种禅味。神思一偏，来时眺览的山色飘回我的忆想：苍苍的峦岭尽朝路的两旁分布，雄列的屏障似的。一排青山刚要望断，另一排又补了过来，隐隐衬在后面，不动声色地压住了阵脚。复嶂林壑间，填满乳白的雾霭，每一浮动，都证明风的存在。雾气来得浓时，山脊线断续荡在天底下，逢着云烟迷蒙，瞥去实在是很缥缈的，趋赴若奔的众峰，愈显空远了。北京没有这么干净的雾，它很纯、很润，吸一口，里外清凉。

　　一面赤幡挑在官驿的墙垣外，倚崖造起的几间老式风格的屋子，围出一个宽绰院落。浮移的林霭中，翼角翘向斜下来的危岩，对映相衬得倒有点突兀。我当时竟乱了眼，一似品得北宋燕文贵《溪山楼观图》的那个味儿：雄秀巧密。走到门的近前,我仍止不住发怔,若非差了几声清梵,真要疑心撞上一所森森的野庙了。涪州至黔州的驿路,竟从这般险厄的狭峪间伸过去,值得记载的事必可详加胪列。见于赵朴初诗里的"凿空汉使惊邛杖,已信西南道可通"之咏,平仄所向,几近此境,就不能不对古人设馆置铺的勇气拍栏长吁。"吏马驰行"的景况,引着后代把思绪溯向遥遥的秦汉,去追千载社稷的遗影。带着使命登程的驿差,携将诏旨、文书催马疾骋,途陌漫漫,关山重重,胯下鞍鞯,手上短鞭,一时间,越过多少山隈与岩阿。骤雨打湿了颈上的蓬鬓,急促的蹄音一阵一阵响在岑寂的深坞,盖住了崖根的滴沥奏出的清泠乐调。瓦檐木窗下,蜡炬透出的微光,摇闪于静夜湿翠的空山。

这座林麓深庇的官驿,为今人仿筑,取着唐朝的形制。旧日气象失掉几分,可那材质的讲究与营建的精细,却是胜过从前的。营葺完竣后,给张艺谋拍摄宫斗片《满城尽带黄金甲》用了一回。偏爱把游迹印于川岳的我,平素见到的景致为数不算少,不知怎的,这儿的几间屋、几盏灯,檐头轻摇的细草、阶前滞积的雨水,竟令我痴贪此处的寥落与幽邃,并且顿生谣诵的野心,竟至要寄情于一吟一哦了。思接流年,心已向古史靠近一步。

荒弃的驿路,蒙上了时间之埃。腾尘的飞骑早无,有的是览胜的人。他们只顾四处放眼,脚下是不忙的。忙的是抬滑竿的汉子,身子精瘦而腿脚格外有劲。山既这样深,足够滑竿杂沓来去,自由如风。当路的几乘滑竿,暂没招来主顾,很似锚定的舟子泊岸不动。等到生意找上门,汉子们赶紧挽了裤管,负客踏着迂回的山阶,一路奔去,健快而安稳,眉头都不皱一皱,打我眼前一闪,欸,过去了,嘴里的呼哧声也听得见。滑竿上的人倒是不喘的,颤颤悠悠极自在,一点不觉累的。不看他们,难懂何为逍遥。我率尔抢步,想把滑竿担在肩头,只试了几下,体力却不够了。汉子身上的功夫,真不是自己的本事,无可如何,只得耸了一耸膀子,不再显能。

游山如读诗。策杖上翠微,始知武隆诸峰养育多种动植物。我无缘逐个地见,把它们的名称抄记下来,心头就浮出活泼泼的影子:猕猴在水杉、青冈、崖柏、柞栎、乌桕和枫香间蹿跃,黄鼬、穿山甲与果子狸在草莽灌丛中爬行,身子透明的丽条鳅在溶洞深处的暗河里来去。山野清光映着的幅幅图画,很好看的。"快意当前,适观而已矣",此之谓也。

青龙桥下长着几棵树,羽状的绿叶向外拱垂,有点像桫椤。如果是,那就名贵了。水边一位侍弄花木的老人讲:"不是的。"是什么呢?老人说出了树名。偏巧他口音特重,没听清。嘿,瞧我这耳朵!

北去数里，几个天坑也在那儿凹着，互为邻接。我心里明白，可看的正多呢。我是择了另一个日子往而访之，识其天然面目的。游展甫至，抬眼，倚天的石梁是觅不到影子的。神龙首尾，遁得没了形迹。那坑却在崖下敞着，一眼见底。直观视觉提供了暗示：好像把米开朗琪罗式的圆穹屋顶倒置过来。自然界伟大的设计天资，已显露十分了。坑大，仍是前面说过的：归功于天。窃天之美，以为己力，断乎不行。转念，究天人之际，自信还是在的。刘禹锡的《天论》里有一个明白的看法："天之能，人固不能也；人之能，天亦有所不能也。"仰赖天力，人力亦未可轻。

满满的日光笔直地射下，比箭镞迅疾，如见出刀剑的锋芒，霎时占满整个空间。每个角落都亮了，你会因为拥有一个透明的心怀而全身兴奋。坑口极阔，足显方圆之广。我便这样估计：放脚在傍崖的栈阁上走，绕一个来回大概要费半日工夫。这座天坑，当地人唤作"中石院"。这是一个浸着感情的叫法。住在里头的村民，与它朝夕晤对，亲如宅院，搬不到旁处去。寨中老少从它沉静庄严的神姿上享受到安宁。此座天坑刚在眼帘里一映，我便要连呼三声："观止矣！"曾见的山景皆不足奇，喻为"沉屈下僚，名位不显"可也。这大坑的周边，是陡直的断壁，是相叠的岩层，是丛密的林木，又天然形成一个大致的圆，釜状地深陷下去，高差总在三百米还多，劈出的剖面裸在阳光下。坑底的屋舍、池塘、田塍、坡径，皆被围抱，一派荒村野舍的风味。向内倾斜的坑壁，挡去了许多嚣杂，更邀不到零星市声。纵使有狂肆的风来，也要驯服地停歇在外头，无力搅扰里面的静。前回见识的天坑，哪里比得过它？姑妄言之，推为第一总也不是无端吧。忆及我的游历，说它"目未经见"应算一句实话。

我朝一片圆圆的天空凝眸。游倦了的白云憩在我的视野里，它翳住了一团日辉，遮下的暗影恰巧覆在坑口的边缘，只一瞬，坑中原本清显的物象就黯淡了。

进了土家族的寨子，也有人去喝烈性的拦门酒，也有人去尝香糯的烤糍粑，更有人去赏吹跳的芦笙舞，更有人去聆凄婉的《哭嫁歌》。我却叫别的诱了去，只管往坑底走。我想看堆放苞谷的晒坝，想看垂挂红椒的泥墙，想看袅绕炊烟的灶屋，想看低响虫音的芜草。餍饫于此而粗晓乡俗，乃我之所愿。

夕阳布设的盛美饯筵收场了。此山若有神，我向他揖别的时刻也已迫近。最后一抹残晖被远山吞去，刚才还投映于裂谷的崖影和交叉错叶的树色隐灭了。暮光沉沉地漫过来，荫蔽了巉岩上斑驳的襞褶，仿佛嫌厌画里的勾擦。在一个地方，折往低处的斜道盘得陡了，又朝四近岔出去，似乎没有确定的延展方向，筋脉一般乱。荒旷的坑里，只剩我一人。耳边的喧嚷倏忽就被阻断，穿花的莺燕也不留半点声死的沉寂中，太古的气息紧紧缠裹我的心，隔世的记忆也唤来了。坑底的一切，晻晻的。暝色转深，泛绿的菜畦、潴水的莲塘、横斜的田埂和吊脚楼的短栏，愈微茫了，都似被一个梦境收去。窈兮冥兮，我觉得苍老的断崖竖起高大的弧面聚拢过来，如同阴森的古堡，弥散着冷寂的空气。踽踽独行的我，脑中猛地浮上一句《孟子》中的话来："是故知命者不立乎岩墙之下。"妙谛，我未必参得透，怯怯地对着挺向天际的敧突岩壁，心还是一悸。脸色有异的我，身子竟瑟缩了，想到退避，又自怨存不住一点英雄气。

铁一般严懔的天坑呀，我若微如芥子，你则大如须弥。

这个时候，想象被生硬地遏止，连四肢也受了紧厌之感的钳束。可我竭力抗拒自然的强迫压力，不肯让意志痛苦地坍毁。我把脚步放迟了些，松弛着情绪，挣脱精神的捆缚，又像一尾潜入黝黯海底的鱼，张开布满神经的鳍，感应浪的力量。一片轻云拂过铁石般峭厉的崖顶，牵去我的视线。只消瞧瞧烟霞的放逸游姿，只消瞅瞅岚岫的沉毅静影，就很对武隆苍莽的大山兴叹。我向圆状的坑口凝目的那刻，上空在旋转。

恢恢天坑，开旷、空廓，将它来比作演出的台子，还算适切；说是"取譬入妙"似嫌弱了些，以为"得其仿佛"总该不差。古罗马那个圆形剧场，是凯撒修建的；武隆的这个，是上苍筑造的。相形之下，前者是具体而微了。眼底的种种，布设出精彩的场景。喊山、对歌，放在此处再妙不过。畅远的喊声、清越的歌声，皆朝渺无限度的广宇响去。

寥落的人家被沉暗的清影轻笼着。我如有所恋，又默默自量：倘或再晚些，怕要踏着月归去了。

风化的岁月化作山岩上的褶痕，载录着峰林和洼地形成的历史，在溶洞里弓身钻行，随手捡起一块灰岩，就似掌心中的化石。不必追溯海陆变迁的年代顺序，不必驰念陵谷沧桑的玄奇衍绎，在这里，原始神话、创世史诗，跟我的河流一般的联想衔接。我渴盼从宏伟的演出中寻找到诗意的激情，拊节而唱。

（选自2018年第1期《延安文学》）

唐 柳 姑 娘

王宗仁

我最近的一次到拉萨是2000年冬。古城冬日阳光的密度甚至比夏天还要拥挤。

穿过布达拉宫广场来到拉萨河,我看见一位舀水的藏族姑娘,一瓢一瓢轻巧地舀起拉萨河水,灌进印着"八一"红五星的木桶里,水花像她的氆氇裙一样鲜丽。她的长发梳扎成一条一条小辫子,很整齐地分散在两肩,半遮半掩着那张红扑扑的脸庞,好动人!

姑娘的身后是坐落着布达拉宫的红山,她投映在河面上的倒影,被山水调理得雅韵悠柔。她像我见过的许多藏家姑娘,又不像她们中任何一个。人嘛,谁不爱江山和美人!我在河这边,她在河那边,我对着她的背影喊了一声,她没回头,背着木桶径直走向布达拉宫广场。

我想,也许她没看见我,但我的喊声掉进拉萨河里,被她舀起灌进桶里储存起来,总有一天她会听见有人在喊她。

这个舀水姑娘就这样舀进了我的记忆里。她仿佛在真实与虚幻之间,放不下又唤不来。好比水中望月,直到月落了,我什么也没看明白。但是我记住了姑娘舀水的那个动作,也记住了她的身影是在布达拉宫广场消失的。消失归消失,好像总有一个陌生的熟悉气味在呼唤我。一个人的缺失,让季节永远停在了春天。

次日,还是那个时辰,我来到广场。她会出现的,她的身影从哪里消失,就会从哪里再现。我这样坚信。

我的愿望说起来很简单,单纯得很,就是想以布达拉宫为背景,和她照一张合影。我上百次来拉萨,留下的照片装满两个相册,却没有和藏族姑娘在布达拉宫前合影。这也算是个遗憾吧!话又说回来,有个合影又能怎么样,满足一回心愿而已。相册上添了一抹色彩。人嘛,谁有时都有一些说不清道不明的忽长忽短的渴望和相思。一旦满足了，他心里就会像装上了羌塘草原那样的东西，辽阔好些日子。没有得到，心里也许会惦记一阵子就没事了，总不会倒下。布达拉宫在世界上也是值得炫耀的宫殿，在它前面留影纪念，我相信我的心情会像阳光一样明丽。更何况要和我合影的那个舀水姑娘的木桶上，还有一颗"八一"红五星，这对军人有特殊的亲切之感。

  那天，我还没走到头天和舀水姑娘分别的地方，老远就瞅见一个姑娘背着水桶朝我走来，先是那个水桶，我好像见过，上面有"八一"五角星图案。可是走近一瞧，背水的人却换了，军帽下的脸是陌生的模样。我有点不好意思了，赶紧收住了未出唇的问话，同时止步。就在这一瞬间，姑娘脱下了军帽，呼啦一下一束小辫子像瀑布似的散在了两旁。是她，正是昨天的那个舀水姑娘！我一时有点手足无措，不知说什么好，却异常高兴。

  倒是姑娘大大方方地问我："你昨天不是叫我吗，有什么事？"我是叫她了，可是她现在问我有什么事，我还真说不上来，或者说不好说出来。当时我以为她没有听见我叫她，尽管我希望她听见。她现在这么主动问我，我真不知如何回答，羞得有点无地自容了。

  "说吧，叫我有什么事？"她还是那么大方，逼问。

  遇到这样直率的姑娘，你再羞羞答答就多余了。我的勇气一下子来了，索性有话直说："我想和你合照一张相片，就在布达拉宫前！"

  "当然可以！"她很痛快地答应。说话间，她已经走上了通往布达拉宫的梯形台阶路。我紧随其后。站定，她招招手，让我站在她身旁。我把照相机交给一位过路的游客，别看我是主动要求和她照相，一旦站在陌生姑娘身边，还真有点紧张。笑也不是，不笑又不合适，双手也不知怎么摆放。

  她显然看出我太紧张，说："你就当站在你身边的是一棵树，这样就不会紧张了！"她指着不远处大昭寺前那棵唐柳这样说。我把目光移向唐柳。

  这棵柳树是当年文成公主远嫁藏王松赞干布时，从长安带来落户拉萨的。千余年间，它经过枯萎、重栽、再枯萎、再重栽，重重叠叠的绿荫一直蓬勃着。唐柳，一棵无限循环的活物，即使我把时间倒过来，也永远无法和它接近。但是，今天在藏族姑娘有意无意的指引下，它真实地活在了我心里。我看着它，想到了文成公主，心情马上放松下来。就在这一瞬间，只听快门"咔嚓"一声脆响。

  拿相机的游人把相机交还给我，半玩笑半认真地说："这张照片很有意义，照的效果也不会错。你有幸和'唐柳姑娘'合影，叫人羡慕！"他把"唐柳姑娘"四个字咬得特别有味道,好像那姑娘真的就叫这个名字。

姑娘挥手和我告别,她再三叮咛:"照片洗出来一定寄我一张!"

她留下了名字,还有通信地址:西藏林芝歌舞团。

(选自2018年2月23日《解放军报》)

母亲的挂历

红 孩

年前,朋友给我打电话,说他有本挂历要送我,问我要不要。我问是什么内容的,他说是山水的。我随口说,我妈喜欢山水。说完,我的心不由悲怆起来,进而眼泪止不住地往下淌。想来母亲已经离开这个世界8个月了,2018年,她再也看不到我每年送给她的挂历了。

母亲和许多的农村妇女一样,从20世纪80年代开始,每年都喜欢弄一本挂历挂在墙上,那心情如同家里买了一台电视机、洗衣机。其实,母亲过日子是很少具体的看挂历上的日期的,她甚至对挂历上女明星的名字也分不清。不过,她对电视主持人很熟悉。早些年,央视每年都出印制主持人照片的那种挂历,一般是12张。母亲会一张张地指着那熟悉的人物对我说,这是倪萍、周涛,那是朱军、董卿,看着母亲一脸灿烂的样子,我恨不得把这些明星主持人都请到家里,让母亲挨个与他们聊天、合影。

前几年,倪萍出版了散文集《姥姥语录》,我看后感动之余给写了评论,后来这本书获得了第五届冰心散文奖。不久,在我们共同出席的一个活动前,倪萍的助手小倩对我说,倪姐知道下午你也来,她老家前几天给送来十几斤山东饿面大馒头,倪姐特意交代要送给你一些。开会报到前,小倩拎着两袋大馒头到处找我,让我很感动。一个媒体朋友见我拎着两袋大馒头,问是刚买的吗?我兴奋地告诉她,是倪姐给的。朋友说,能否给我一个尝尝,我说当然可以。朋友接过馒头,当即掰开分给旁边几个人,嚼过几口,他们都惊呼这馒头有嚼头。会议结束后,我把馒头给自己家里留了5个,其余的十几个全部带回郊区老家。每次回家,我都习惯给母亲买些包子、馅饼、馒头、玉米,自从父亲走后,母亲一直一个人过,我多次动员她到同在一个小区的我妹妹家住,可她就是不答应。她说住在自己的家里习惯了,自由。母亲见我带回十几个馒头,就说,你咋带这么多,我一个人得吃多长时间啊！我告诉她，这是您喜欢的倪萍送的。母亲听后，说你咋跟倪萍认识呢？我说我不光认识倪萍，我还认识李谷一、李光羲呢！母亲知道我在报社工作，但我在报社究竟干什么，她始终一无所知。母亲把我给她的馒头，又分别给了我妹妹和几个街坊，她兴奋地对街坊说，这是倪萍给我儿子的，我儿子知道我喜欢倪萍，舍不得吃，又给我送来了。

母亲在家里是女孩中的老大，只上过一两年学，没有多少文化。她十八岁嫁给我父亲，在村里一直干了快二十年，才托人到国有农场当上了果园工人。在果园，不知是什么原因，从书记到职工，人们都管我母亲叫陈老师。我想，这倒不是由于我母亲拥有多少知识，很可能与她爱干净有关系。从我记事起，我们家先后建过三次房，后来当地进行新农村建设，将老屋全部拆迁，搬到了新区，住上了楼房。不管房子怎样变化，我们家永远是村里最干净的。农场、乡政府的干部到村里办事，几乎都愿意到我们家喝茶、吃饭。哪怕是吃碗炸酱面，他们也觉得舒坦。

母亲虽然是农村人，可特别喜欢观念更新。在20世纪80年代前，村里的人家是很少睡床的，一般喜欢睡土炕。我母亲却不同，她很早就提出睡床，说睡床干净。而且，每年还要把床头的位置在屋里调上一两次，为此，我父亲和她没少抬杠。我母亲还喜欢穿不同款式的衣服。她虽然很少逛商场，但每次到商场，她都要在服装柜台转悠半天。20世纪90年代，有一年流行穿蝙蝠衫。我给母亲买了一件红色的，松松垮垮，正好符合母亲肥胖的体型。本以为母亲穿上会很高兴，哪料她竟然发脾气，死活不穿。我为此很生气。几天后，他们工会主席和我相遇，聊天时工会主席说，你最近是不是给你妈买了件蝙蝠衫？我说对呀，可是她拧得很，就是不肯穿，我正为这事和她生气呢。工会主席一听，笑了，说，你妈和我们可不这样说，她一直在夸你经常给她买衣服，前几天在家她穿着你买的红色蝙蝠衫照了半天镜子，可喜欢了。我说，那她为什么在我面前表现得很不情愿呢？工会主席说，那是你妈心疼你，说你每天写作到半夜，挣点稿费也不容易！工会主席的话，让我听后感到喉咙有些发咸。这就是我的爱唠叨的脾气暴躁的母亲啊！

新年买挂历，自20世纪80年代到21世纪，几乎成了一种民俗，跟家家贴春联很相似。近些年，挂历少了，取而代之的是精巧的各式台历。尽管如此，每年元旦前夕，我还要给母亲带去几本挂历。母亲挑好自己喜欢的，还要留出几本给她农村娘家的弟弟妹妹们每家一本。时间久了，这无形也成了我们家春节聚会一件必不可少的事情。有一年，挂历了少了一本，母亲便把自己事先留好的一本给了她妹妹。母亲说，你们只管拿去好了，过几天让儿子再给我买一本。

挂历选纸非常讲究，大都是胶版的，厚重而清脆，不管是印明星还是印山水画，转过年来都舍不得撕掉。只可惜，我们家几十年的挂历没有很好地保存下来，如果要是一年保存一本，几十年下来，还真的有收藏价值，那可是中国改革开放四十年的真实写照哩！用过的挂历，一部分用来包书皮，一部分用来做门帘，美观，好看。我和母亲曾经用十几本挂历亲手制作了四五个挂历门帘，夏天挂在门上，防晒阻蝇，真的是风景这边独好！

如今，很多家庭已经不再挂挂历了，甚至商场书店也已经很少看到有卖挂历的了。可是，2018年我还要买上一本可心的挂历，不是为了看时间用，而是为了纪念，既是为了母亲，也是为了我们这几十年一路走来的改革开放的岁月。

（选自2018年1月22日《中国纪检监察报》）

盛大的告别

蒋 殊

那个极为讶异的消息，就是顺着2016年第一场春风来的。

一个不到50岁的老乡朋友病重，而且"不会太久了"。得说点什么是不是，该做点什么对不对？可是，一个在人世间"不会太久"的人，听什么可以暖暖心？

沉默地挣扎了几天，终于鼓起勇气发去一条虚伪的信息："最近忙什么？"他很快回："哥在吃喝睡觉，只是暂时少了酒。"是的，他是一个大口喝酒的人。我不能再装下去，笑："待我哥养好身体，咱大喝。"

他乐得不行，笑着发过来："怀念大喝！好想大喝！"我笑着哭了。可是，很快又得知，体重两百多斤的他已经瘦到不满百。努力，也想不出他瘦下来的样子。之前，他最大的愿望就是减掉一身肥肉，瘦成一道闪电。他一米八多的个头，不到100斤，就是闪电的模样吧？我哭着笑了。不敢去看望他，也不敢再问些什么。他依然偶尔发一条朋友圈，内容一如他的性格，充满欢乐。

终于，属于他独有头像的微信朋友圈，终止在某一天。春风转为夏雨。他离去。

那一天，是党的生日。当晚，大型文献纪录片《火种》正式播出。

他是总编导，据说闭眼前还在惦记。

那个晚上，那么多双眼睛盯着电视屏幕，上天独断了他当观众的路。他留下的作品太多了，各大媒体上，是"他把生命献给纪录片"这样沉痛的文字。

表妹刚刚26周岁，是姑姑的女儿，因为没有兄弟姐妹，一直当我是亲姐姐。一年前惊闻她患了乳腺癌，吃惊之际让她快来省城，然而医生认真检查了她那只硬邦邦的乳房后，抱着同情的态度勉强对她进行了两个疗程抢救性化疗，之后打发回家。见惯了生死的医生已经足够温暖，因为表妹乳腺上的癌细胞已经转移到肝，到骨头。

那时她才25岁，还是个孩子。她对突然终止的化疗产生了恐惧。于是骗她，说需要回去歇歇，再来。之后没与她商量，给她买了去威海的车票，让她看看只在电视里见过的大海。

那是她平生第一次远行。尽管她惦记着自己的病，尽管她一直在我耳边念叨路费很贵，住宿很贵，尽管她最想做的还是赶紧化疗。那个时候，她最大的希望是熬过一段痛苦的化疗后，让医生可以切去她的一只乳房。

那是一只年轻的乳房啊！可那个时候，舍去一只乳房成为她最大的愿望。然而，这样残酷的梦想，命运却拒绝帮忙。她的乳房已经错过最佳治疗期，连冰冷的手术刀都不想靠近。

送她上长途车，向她描述海边的美，给她承诺回来的好。她笑容灿烂，因为她始终相信我这个姐姐。从当初的炎症到后来的癌症，她一步步知道了自己的病情，也一句句相信了我说的癌症并非不治之症。她由绝望到失望，再由失望到充满希望。

"大不了，舍弃一只乳房。"

我这样说。

她这样应。

"切了还有办法的。"她听了笑着点头："我信，姐姐。"

我把谎言变成诺言，换取她明净的笑脸。

此后几天，她把疼痛淹没在海水中。结束后她发来信："姐姐，我是不是可以直接回医院？"

突然发现，一个人可以去医院，竟是一种幸福的奢侈。可是，医生不收她。她不仅没有资格上手术台，甚至连去窗口交费挂号的权力也被剥夺了。

"姐姐，我听你的，回家，等。"这条信息后，她坐长途车，从海边回到山里的老家。

而她的母亲，我的姑姑，一遍遍向我求证着女儿的身体信息。一次，她忍不住问我："是不是治不好的病？"

瞬间难过到不耐烦，大声责怪她："如今医术这么发达，有什么病治不好？再说，哪有妈妈幻想女儿病治不好的？"姑姑怯怯向我解释，她只是想知道真相，她只是无比无比担心。因为，她是母亲。

听筒，控制不住颤抖。沉默良久，那头说，姑姑想逞一场，可哪里都有人——内心轰然崩溃。

为了消除表妹的疑虑，也是全家唯一可以抓住的最后救命稻草，让她吃中药。中途她不甘心，频频跑去当地医院化疗。

她一个医生一个医生去恳求："化疗后，给我切了吧。"

无人回应。

如何，才肯切去她一只25岁的乳房？

骄阳退去，秋风起。

秋叶落尽，冬雪至。

她端着那只沉重的乳房，熬到第二年。其间对于我每一次"最近怎样"的信息，她总是回复："姐姐，我好。"或者："姐姐，它软了些。"

有一天，她欢喜地发来一张照片。

我夸："新发型真好看。"

她回："姐姐，假发，真的一根也没有了。"

翻出前一年闲来无事为她编织了满头小辫的照片，欣喜地看，无力地哭。

事实中的小表妹，比我坚强。身体不疼时，她依然戴着那头美丽的假发，满村跑。依然在灶台边刷锅洗碗做饭，依然与她5岁的女儿抢手机玩。

她越坚强，亲人越疼痛。终于有一天，她忍不住问我："姐姐，我会不会死？"

叫我怎么回答！叫我如何回答？我的谎言，已经够多。表妹会不会死？这也是我一直向天向地要不到结果的大问题！我年轻而美丽的表妹，我每天蹦蹦跳跳不知疲倦的表妹，真的哪一天就会突然死去？

姑姑在给母亲的电话里，描述着表妹的病情与身体状况，不忍听。脑海里，总是她轻盈地笑："姐姐。"

终于，表妹无力的笑容，定格在2016年7月4日那天。

离前面老乡朋友的离去，仅仅过了四天。

昨天，我刚刚在一场雨里告别了小张，告别了小李。我们轻描淡写地说着"再见"，我们从来不想"再见"的含义。

怎么会知道，与谁，突然就没了下一场再见？

静静就是。

我们同桌过两个多月，在鲁院。

她才35岁。

她选择的日子，是表妹离开的第二天。一个声音缥缈传来：静静不在了。

怎样的不在了？

就是不在了。就是，以后谁都不可能在人世间看到她了。

尽管，她前一天还与许多人说了"再见"。

活着的人是无用的。只能哭，唯有哭。

我们相识于两年前，我们相处了两个月。她在我的左手边，我在她的右手边。上课时，她右转，我左转，窃窃私语，偷偷交谈。

毕业后，我们见了两次。

幸亏，我们见过两次，尽管不在彼此的城市。

每次坐高铁去北京，都会经过她的城市石家庄。而每一次路经，我都会拍一张照片发给她："此刻，我在你的城市。"

她回："什么时候，能停下来。"

我说："如果终点站是石家庄，一定是去看你。"

她回："那必定，是我接你。"

我与她，就这样兴奋地约定一次又一次。其中有一次，是约定去吃她的纯手工肉排堡。

我与她的城市，高铁只有一个小时。因此我们都觉得，见面太容易。

太容易的见面，一次一次被忽视。更有，我们太相信各自还年轻，太以为还有大把的时间掌握在手里。我们自信地以为，见面还有长长久久的若干年，根本不必急于这短暂的一两年。况且，我们要做的事实在太多，怎么可以辟出专门的时间只为见面？相信她在另一个世界，定会与我一样，遗憾到心碎。

第一次把终点站定在石家庄，竟是盛大的告别，是无法说"再见"的见面。

夜色里，向她而去。

突然，身后一阵柔美的笑声，让我想起两朵花儿。她们开放，她们消失，如此随心所欲。我的心，却需要一段时间，艰难治愈。

躺在太平间的静静，听说有好友一整夜一整夜向她倾诉未说完的故事。

真后悔。我对她的表白，一直悄悄藏在自己手里。其实，我专门为她写过文字，有一篇还在杂志上刊发，却一直没有告诉她。发表前是想着送她铅字惊喜；发表后却又极度对文章不满意，悄然藏起。

不满意，是我总不能写出她的好，她的美。

那本杂志，那些文字，她竟从未看见。我不善当面言辞，那些话，我最终只说给自己。与她常常当面表达对我的喜爱不同。那些藏起来的文字，是我仅有的对她表达过的心声，就这样成了永久遗恨。我是多么无知与小气，对她的好，竟要这样遮遮掩掩。终归是我想不到，有些人，突然就会永不见。

熟悉的石家庄站。

静静，我兑现了承诺。接站的人不是你。

次日，殡仪馆。一位男人在阳光下肆无忌惮地落泪，我知道是她爱人。果真，他用力握了我的手："你一定是蒋殊。"

我一定是蒋殊，而我多想此刻他是笑着站在静静身后。抬眼，另一位男人走来，挂着一脸泪。我一眼认出，他是静静写作上的搭档，生活中的好友。他直愣愣冲我过来，像遇到久违的亲人，泣不成声抓起我的手："静静走了，别忘了石家庄还有我。"一股相依为命、同病相怜的切肤之痛从他的脸袭进我的心。而我，宁愿他像之前一样，站在静静旁边，与我只是淡淡一笑的关系。

有人喊："见最后一面的，赶紧！"

来不及想太多，我们携手，恐惧而迫切地跟着她的亲人，向着黑暗深处走。

之前，是她这样牵着我，给我讲她看过的那么多电影，读过的书。那是在一棵铺了一地金黄的银杏树下。之后她边捡叶子边说："秋天多好，认识了你。"

还有两个月，秋天就到了；再过两个月，银杏叶就黄了。

她的世界有没有秋天？可不可以看到金黄？

她以枣红色的形象出现在眼前。枣红色的衣服，枣红色的小礼帽。肃穆的青春，疼痛难忍。

"殊"，是她，最早这样称呼我。

"殊"，多想，让她一扭脸，再一次这样喊我。

被人催。回头，牢牢记下她的脸。

等待处廊下，一双相拥哭泣的老人。我知道，那是静静的父母。

众人无语，落泪相劝。

父亲站起来，如祥林嫂一般地讲述。尽管老伴在一旁又拽又拉，他还是语无伦次地坚持。我听明白了，两天前，静静是在从普通病房转往重症监护室的路上，停止了呼吸。她的父亲一遍遍强调，前一分钟，躺在移动病床上的静静，还想弯腰捡拾一件什么东西。而瞬间，她在说过心脏突然有些难受之后，便永远停止了呼吸。静静地离去，我第一次知道有一种要命的病，叫引不起太大重视的"心肌炎"。

"小时候，她那么小，抱在我怀里。"她并不年迈的父亲捶胸顿足，"最后，还在我怀里，就在我怀里。"

尽管，父亲一瞬间就把心脏突然难受的女儿搂在怀里，他所有的力量却只能用在紧紧抱着这个慢慢冷却的身体。最近的距离，他抱到最远的世界。

那一刻，是不是一个父亲最大的失败？那一瞬，是不是一个男人最大的恐惧？

医院人来人往，为各自的亲人脚步匆忙。偶尔有人停下来看一眼，也只是瞬间感受一下这个年迈男人的撕心裂肺。

睡不着的长夜，一睁眼的黎明，两位老人对抗生命的时光里，飘来飘去只有一个痛切的影子。

那是他们唯一的、刚刚开启了精彩人生路的女儿。不久前，他们还抱着外孙嘱咐女儿："一个孩子太少了，再给她生个伴儿。"

去世前一个月的一天，静静一边把一张张卡纸给3岁的女儿剪成圆角，一边感慨，人生苦短，爱最珍贵。只要她在，就不会让女儿受到丝毫伤害，哪怕替她抹平所有的棱角，哪怕她生活中都是圆角。

去世前半年的一日，她出差几天后回家，3岁的女儿抱住她，向她描述"时间"：时间是想你的时候，它走得特别特别慢／你陪着我，它又走得特别特别快。

今后，女儿的生命里，再也没有了特别特别快的时间。她一生要处在特别特别慢的时光里，一遍一遍重新定位对时间的认知。而她的脑子里，妈妈的形象会越来越模糊，只剩下一堆发黄的圆角卡纸。

秋天带着忧伤的气息，如约而至。

不记得从什么时候开始，激励父亲与疾病抗争的理由，就是"想想我们"。也许是发现父亲对于恢复健康的不主动，也许是越来越觉得走的人一撒手走了，痛苦要由活着的人承受。于是，生气时大声吼父亲："怎么那么自私！"每一次，父亲总像做错事的孩子，无助地低头不语。

全家艰苦地努力着，想激起父亲好起来的斗志。

磕磕绊绊，父亲顽强地进入冬季。

冬天来了，春天还会远吗？而父亲，还是发扬了自私的性格，执着地不肯等春来，执着地选择在这个年终离去。创建了这个家的人，抛下一家人走了。其实，即便是斗争最激烈的时候，也未想过父亲会离去。从未想过，我们几个孩子，如此快便跨入没爹孩子的行列。尽管，茫茫天地间，有庞大的同行者跟我一样，"父亲"成为陌生的称谓。尽管，与静静3岁的女儿以及表妹5岁的孩子相比，我们已经十分幸运。

可是，我们依旧是需要父亲的孩子。

恐惧，慌乱，无助。

那天见到父亲时，他正躺在早我一步而去的妹妹怀里。我们都是没有吃完最后那餐晚饭赶过去的。父亲睡去一样，不言不语，平和，安详。

还剩了最后一口稀饭的碗，就在身边。

我是第一次如此近距离看到一个人到了另一个世界的样子。父亲的手温热，脸温热，肢体柔软。一切，都是熟睡的样子。

父亲爱睡。每次去看他，大多在睡。每一次，总是被我喊起。父亲自脑梗后，就爱睡，总是躺在床上不想起来。而我，总是一次又一次，把他唤醒，拉他下地。

父亲许是被我喊累了，唤烦了，再也不想起来。

父亲终于不再"为了我们"而活下去。

该做些什么呢？父亲，另一个世界，需要怎样的准备？衣服，鞋子，被褥。感谢母亲，早已一件一件，准备齐全。可她那天比任何一天都慌张，一切都记不清放在哪里。隔一阵，我们便要去摸摸父亲，叫叫父亲。总希望，他只是睡去；总觉得，他会突然醒来。

一个活人，就这么再没了声息？

手忙脚乱给父亲穿戴整齐，送父亲回他的村子。路上，父亲的身体一点点变得僵硬；父亲的温度，慢慢传递到另一个缥缈的世界。

那个世界，空出父亲的位置。一代一代，身边的亲人相继到了那个世界。那个世界，大得让人生畏。聚集了众多亲人的那个世界，每个人最终都要去到的那个世界，却让活着的人无比畏惧。相逢的人，终究还是忍受不了这个世界的不相见。

家中一盆花枯了，叶子落得只剩几片。多日抢救，依旧不见效。一点一点，走向死亡。那个世界，不仅需要人，也需要花，需要狗，需要羊，需要像人间一样的万物。也因此，人间不断有死亡，不只是人。死亡，亦是重生。一切死亡，都是向那个世界输送生命。那么，我的老乡朋友，我的表妹，静静，还有我的父亲，他们是获得了另一种新生？然而，我的格局实在还是太小了，总是写着写着就要哭出来。我依旧无法接受他们远离了我的身边，无法接受与他们没有了明天。

父亲入棺木时，我又认真拉了他的手，抚摸了他的脸。冰冷。可是父亲的脸，与生前毫无异样。父亲没穿一件豪华衣裳。父亲被生前不舍得上身的崭新的衣服，一层层紧紧裹在狭小的棺木里。

棺木是临时从县城买的，与父亲同时间回到村里。村里的匠人，用了四天时间，专注地装饰父亲的棺木。每一天，他都要工作到凌晨两点。一个下午，村里一位88岁的老者推门进来，他是父亲生前的好友。他放下拐杖坐在父亲的棺木前，边说"我来看看你"，边与匠人打着趣。匠人说，你这么大年纪，不好好在家待着，跑出来做啥？他说，感受一下啊，看看你以后的服务可不可靠，到不到位。匠人哈哈大笑，回荡在狭小的房间里，环绕在父亲耳边。父亲躺在自己的小屋里，听着他们风趣的言语。

　　有亲人进来，跪拜，以乡里的规矩大声哭泣。这些程序丝毫不影响匠人与父亲老友你来我往的打趣。匠人一秒都不会中断手里的工作，他一丝不苟，把保佑和祈愿绘成精致的图案与纹饰，温暖地包裹在父亲周围。他一边描绘，一边解读，父亲的老友终于停止打趣，连连点头称是。偶尔一个说法，让他抑制不住抓过手边的拐杖狠狠击地。"好得很！"半下午后，他终于起身，给父亲留下三个字。

　　我却看着他的背影，模糊了双眼。

　　墓，是两年前砌好的。砌好的墓在两年以后，等来父亲。父亲用近十年的不懈，催促我们终于在两年前砌好这个墓。生前，父亲没有看到自己的墓，那时候他已经有病在身。可是一个阳光柔和的午后，病中的父亲起身，听母亲详细描述了墓的情形。父亲一边听一边笑。

　　父亲踏实的笑，是对终于有了墓的宽心，还是对另一个世界有了向往？无奈竟会转变为向往，就像小孩子盼着长大恋爱，恋爱盼着有孩子，之后盼着孩子长大结婚生子。最后，便不得不消除曾经的恐惧，坦然笑对另一个世界。

　　多么恐怖的妥协，多么悲壮的演变。

　　父亲的棺木下葬前，村人说，下去看看吧，好好拾掇拾掇里面。与上一次与母亲下来验收墓不同，好奇的心已经变成阴天。上次母亲玩笑地对待的这个空间，成了父亲的永久居所。

　　空空的墓里，父亲成了全部。

　　盛大的告别仪式之后，墓门封锁。一座坟头，切断了父亲回家的路。父亲，成了黄土之下的人。大地、天空、庄稼，与他再没了关系。陪伴他的，只有旷野的风。

　　没有了父亲的日子，常常与母亲一起，坐在沙发里历数生命中那些离去的人，那一场一场盛大的告别。我与母亲彼此知道，这是另一种对内心的安慰，是对父亲的想忘记。

　　我们彼此用活生生的事例提醒对方，死亡与出生一样，都是平常的事。只是谁也预料不到，一路同行的人，不知道哪双脚步突然就终止在哪条路途。

　　　　　　　　　　　　　　（选自2018年第11期《海外文摘》）

误 入 热 地

宁新路

蚂蚁同人怕冷好暖，哪里暖和，去哪里。或许蚂蚁感觉热地，有暖床有美食是天堂，便往热处钻。蚂蚁寻觅的神形有点像人，总在左顾右盼找什么，总爱到处跑，总在企图不劳而获。人跟人喜欢凑近乎，蚂蚁喜欢跟人凑近乎；人跟人凑近乎是因为别人身上有"热地"，蚂蚁跟人凑近，因人是"热地"也是宝地。蚂蚁近人实则是探险，就像人冒险追寻金银财宝那样，既是险也值得去冒，因"热地"有最大的诱惑。

蚂蚁定是把人当作金银财宝来看的，人在哪里，蚂蚁就会跟在哪里。人的家，蚂蚁也当家。蚂蚁跟人进家，就如同人进了宝殿，兴奋得到处乱窜。人家有无雨雪无风霜的大洞小缝，有暖有食有水，有山珍海味和美味佳肴，会少了野外风餐露宿和千辛万苦挖穴找食的艰难困苦。蚂蚁喜入室，一旦入家的蚂蚁就不愿离开。即使遭毒杀，幸存者也不离开热地。入家近人的蚂蚁，以为来到了极乐世界，却是来错了地方，迟早会死得很快也很惨。

居楼走了蟑螂，却来了蚂蚁。家里暗藏了来路不明的蚂蚁，是种线头般小的蚂蚁，不啃家具不打洞，只爱窜。也许是瘦弱饿着，总在忙找暖和有吃食的地方。家里最暖的地方，是炉台、床和人。这几个热"窝"，不仅暖和，更有美食美味。

人家的锅台，香气香肉总是让蚂蚁控制不住欲望而走险。飘出香来，总有蚂蚁爬上炉台觅食和欢逛。炉台的水火无情，对只弱小的蚂蚁来说，一股火焰、一缕热气、一注烫水、一滴滚油，都会顷刻毙命。尽管险情在即，可有奇香美食，蚂蚁总是冒险，总是被葬身于烈烈的火焰和滚烫的溢水里。这些冒死奔暖的蚂蚁，不是犯傻，就是胆大，明知火不可近，还是被奇香诱惑送了命。更多的蚂蚁聪明而胆小，冲着温暖和香味而来，却感到火的危险继而钻到了碗盆里。它是在躲藏险热，还是等待吃碗里的美食，它们躲到碗盆里以为无险。而躲到餐具里的蚂蚁，也是小聪明，人要不注意它把饭和汤盛到碗盆里，瞬间即被烫死；人要发现它在碗盆里，照样会被捻成肉尘。也有聪明的蚂蚁，或许怕被人发现，或许余温的锅底有油水，它们躲藏到锅底享受，却炉火一燃，顿成灰烬。也有聪明绝顶的蚂蚁，不往热处凑，不是钻到油瓶，就是爬到糖罐，结果被人同油糖一同倒进烧红的铁锅，瞬间炸焦了。更多的蚂蚁，奔着热的香味来到了灶台，有几只被忽跳的火苗烧死了，有几只被火焰烧焦，还有几只正往炉灶口蠕动，或许会被火焰烧死，或许会被溢出的开水烫死。它们看到死的同伴，只是稍有惧怕的踌躇，但仍会朝着香味和热而涌来。尽管总有成群结队的蚂蚁惨死在炉火和开水下，但总是有新的蚂蚁爬上火热的炉台，必然有不计其数的蚂蚁，遭到前面蚂蚁同样的下场。

家的床和沙发，柔软舒适的地方，总有温暖的肉体坐上，蚂蚁喜欢往床和沙发上凑。蚂蚁不见人来，便在暗地等待，等到人上床，它便上床；人坐到沙发，它就往人身上蹿。定是人身上的热与肉味，招了蚂蚁魂魄。我的屁股刚坐热，腰背就有了痒，挠几把，不再痒了。不再痒了，那就不再被咬了，想必已被我挠死，便安心看电视。可不一会儿，又有别的地方痒了，奇痒无比，是那私密的地方。那蚂蚁没被我挠死，是跑到了我身体更温暖与更潮湿的地方。这个地方比身体任何地方敏感，它定是感到了这里温润并有味道的东西而极其喜悦，撒欢地享受了起来。它真会选热地，这里多么暖软，它的咬和蹿，让人痒得恐慌。

蚂蚁钻到隐秘地，很难挠走，便狠狠地撕抓挠。挠的瞬间管用，不挠又痒起来。狠挠才管用，蚂蚁会被挠死，被挠跑，被挠昏，而大多时候，却挠不死，也挠不跑，只是一时被挠昏而已，不一会儿，它又会窜咬起来。这没被挠死或挠跑的蚂蚁，真是个死皮赖脸的家伙，它会把这里当作狂欢享乐的热地，任你如何狠挠，常常就是挠不死它或挠不走它。有几次好在是在家，便脱下内衣去找和抖。找，却找不到蚂蚁的踪影；抖，却又抖不出那只蚂蚁。它钻到了哪里？其实，它在人脱衣的当儿，定是见势不妙逃了，兴许钻到了内衣的哪个缝隙，让人抓不住、抖不掉。

逃避了追杀的蚂蚁，并不因遭到残忍的绞杀而讨厌人和远离人，它仍会在人身上干出依旧的勾当来。它就像人追钱财那样，明知不义之财是魔鬼，即使张着血盆大口，也要去拥抱它。这样死都不顾的蚂蚁，对它再无他法，只有用开水一烫了之。一盆开水，蚂蚁被烫成了针头大小，便解了人对它的厌恶之恨。可蚂蚁是杀不绝的，它还会爬出来，爬到人最热乎的地带，仍会干出令人憎恨的事情。

一只蚂蚁爬到了我嘴角，我被它咬醒了。我在睡梦中被嘴边的痒弄得难受，手下意识地狠挠，痒痒消失。早上起来，发现有只死蚁沾在嘴角，才记起来是昨晚被我挠死在嘴边的。于是纳闷,蚂蚁为何爬到我嘴上?原来嘴边有昨晚没擦掉的肉屑,被油渍沾在那里。晚餐吃的是很香的肉,这点不起眼的肉屑,蚂蚁是怎么发现这香的肉屑,又冒着人张口把它吃到嘴里的风险,来吃人这嘴边肉的?想来是我呼出的热气,把肉香散发了开来,喜热和饥饿的蚂蚁,冲着热的香而找到了这美食。它哪里知道,它正吃得香的时候,也是死亡到来的之时,我的指头就把它搓成了肉末。

对好热怕冷的蚂蚁来说,冷的夜晚再没有比人的床更好的热地了,潜在人的身下,人汗的潮热,如进蚁穴舒坦,哪儿热湿往哪儿钻,人身下最湿热,也还能吃到不劳而获的食物。但人的身下最危险,蚂蚁只顾图舒服和觅食,却不知死亡来得那么容易,身体几个翻来覆去,就把它碾成了死蚁。

碾死的蚂蚁未必弄脏了床单,但让人感到恶心,得换床单,得洗澡,得把床单和身上洗了个透彻。洗床单和洗澡,费去了时间和水,让人生气又浪费了水和时间,便责怪自己为两三只死蚂蚁小题大做。几只蚂蚁没那么脏,为何让人感到它肮脏透顶?想来不是蚂蚁有多脏,是蚂蚁的举动肮脏。蚂蚁喜食腐尸脏物,出入于潮湿肮脏的地方,它实在是令人不齿的下流东西。

对蚂蚁有这般恨意,是蚂蚁下贱的缘由。它的下贱,让人很痛苦且尴尬。蚂蚁喜欢钻人衣服里,最为下贱的是人人的裤裆,可它就喜爱往这热地钻。有蚂蚁又钻到了私密地,上蹿下跳撒欢,痒得我要急挠却不敢挠,身旁有陌生美女,哪敢挠私密地。忍,再忍,心里祈求那地的蚂蚁快快离开。祈求没用,它仍在最柔软的地方窜咬。痒已钻到我心尖,忍也忍不住了,我不得不挠这私密地方,轻挠却没效果。再挠,痒仍继续,让我再无法忍受,再挠时,却招来身边美女瞪眼和扔下两个字的骂声。两个字我听清了,是"流氓"。我遭遇蚂蚁之挠,挠出个"流氓"的恶骂。蚂蚁让我成了流氓,天大的误解,可恶的蚂蚁。

美女的瞪眼和骂,分量很重,她能骂出来,而我的屈辱对她说不出来,我只能恨蚂蚁。我急忙回家捉这坏东西,它却已不见踪影。好在蚂蚁再精明,也不是人的对手,它的优势是小巧,它的缺点是好热,我就给它热的东西——一块药扮诱饵热毡,它们便小心谨慎地奔着热来了,而它们便在温暖的热毡上永远长眠了,死得密密麻麻、可憎的蚂蚁,你的讨厌是贪恋热,你终究会死在热上。人这块热地,蚂蚁到死也不明白,绝不该进入,是绝对的误入。

(选自2018年8月4日《中国财经报》)

女连长李雪梅

郭宪辉

当扎着武装带白皙丰满的女连长潇洒转身,在身后的黑板上写下自己龙飞凤舞的名字"李雪梅"时,我无论如何都不能把它和眼前这位"面似桃花含露,眼横秋水黛眉清",一说话就有一对迷人的小酒窝的连长联系起来,她端庄的姿态下还有一种军人的利落威严,怎么会有这么俗的一个名字。不过,难过的情绪只持续了几分钟,这终归不是她的错,我也便心安理得地接受了,人生总要在接受中成长的。但我万万想不到,在接下来的日子里,被接受成为常态,并且成了窗口灌进来的煤烟,盘旋不已,驱不散,赶不尽。

那是1990年3月15日的一个晚上,钻了一天山洞的火车把我们扔到这个晋西北的黄土高坡,我们每个人的身上便被烙上了"新兵八连"的印痕。站着吃了一顿生下来最无味的白水煮面条,在班长虎视眈眈的注视下,连酱油汤都被舔得一干二净,我们便坐在了热气腾腾的会议室。银白的暖气片被烧得发烫,似乎手一蹭上去就会"哧啦"一声掉一层皮。班长说这是烧锅炉的老班长特意表达的欢迎之词,温暖如春,才不至于想家。小小的方板凳被拿在手中,分解成三个动作才能"咣"一声放下,终于能整齐划一的时候已是20分钟以后。当值班班长闪身出去,寂静的屋子响起了交头接耳的声音。随着时间的推移,这种嗡嗡声循序渐进,最后竟然一片哗然。来自全国各地的90个新兵变成了90只鸭子,叽叽喳喳得摇摆着身子发出各种不同的口音。接着,我们听到一声怒喝,连长李雪梅像一棵笔直的松树站在我们面前。第一次发现,一个女兵可以那么俊逸明媚,可以那么周身都闪耀着彩霞般的丽辉,像有阳光照进黑暗里,或者凭空一声悦耳的铜钹,房间里瞬间鸦雀无声,每一个新兵都像我一样,睁大了眼睛。她的每一句话都那么清晰悦耳,铿锵有力,迷人的标准的普通话在她嘴里,像夏日碧空下缓缓流动的溪水,像珍珠呼呼砰砰落在玉盘上,圆整,光洁,由缓至急,由急至缓,张弛有度,百般干脆,又万种风情一样熨帖在你的耳边。只那么短短的四十分钟，李雪梅就成了我们全连新兵的偶像。

我们开始抢着到连部去打扫卫生，如同每天出操回来抢扫把扫地，那是一种在班长、排长面前表功的心态，越是把自己弄得灰头土脸，越能表现一种无私无畏，便越能讨到领导的表扬信任。可那种积极是装出来的，不得已而为之。到连部去却不同，那种发自内心的同心中女神接近的喜悦是无论如何都装不出来的。于是，抹布和拖布一时间成了天下大热，当出操回来解散的"杀"声余韵还在楼道里回响时，散在水房里的抹布和拖布已经被哄抢一空了。实在没有工具可用时，有人左顾右盼不忍离去，就用手擦起了玻璃，叽叽咕咕，发出难听的声音也毫不在意。每当连长解着武装带说说笑笑从屋外走进来时，常常没有落脚的地方，一屋子新兵都在煞有介事地埋头苦干。李雪梅便轻蹙蛾眉，把几个实在勉勉强强的兵打发出去。

私底下，李雪梅用什么牌子的洗面奶，什么牌子的洗头水、护发素，一时间传得飞速。很快，大门口的服务社里相同的洗漱用品被哄抢一空。其他牌子却无人问津。甚至连长在走队列时的优雅步态都有人在偷偷模仿，只不过看上去像嵌上了布景的木偶，生硬突兀，毫无美感可言，不仅模仿者做起来吃力，还容易让人心生亵渎之感，打击声瞬间四面响起，模仿者则讪讪作罢。

新兵连的第三周，总是灰头土脸的黄土高坡突然飘起了大片大片的雪花。三月底下大雪，这对于无论是南方还是北方长大的女兵无一不觉得新奇。那种快乐和兴奋压抑在嗓子里，呼之欲出。出早操的号声还未响起，队伍已经破天荒齐刷刷地站在了一片雪白的苍茫里。连长第一次最后一个走出走廊，多年的带兵经验让她一秒钟就压住了惊讶，仍旧像什么都没发生一样，习惯地用右手扶着武装带走下台阶，脸上挂满了迷人的微笑。她站在队列的中心线上，像站在一列列齐整的小树旁，眼睛水汪汪的，几朵雪花飞舞着打到她的大檐帽上，每个人都能感觉到，今天的连长跟以往的连长是那么的不一样。有什么东西她要宣布，有什么东西她在压抑着。她迈着沉稳的步伐从第一排的大排头开始，离得很近地逐个打量我们的眼，然后退回去，用铿锵有力的声音问："是不是没有心思训练了？是不是没见过这么大的雪啊？"我们狐疑着，从心里猜测她笑容背后的用意，因为我们见识过她的笑，那种熨帖人心，暖暖的，迷人的，似乎能照亮人的笑，会忽然间眼波急转，陡然成霜，让人心生畏惧。

相信此时，站在队列里任何一个女兵都能记起那次火车事件，记起李雪梅脸上似曾相识的微笑。

那依旧是一次没有新意、让人心生厌烦的训练。尤其是站在原地拔军姿，无风无雨也无晴，永远是一片泛着铁青的柏油地，永远是停滞的空气。我不理解李雪梅为什么非要把原地站着不动一上午一下午，一天一个礼拜叫"拔"，我只知道腰酸背疼，眼里的风景永远不动，静止的让人烦闷。而训练场永远依着山只是无处傍水，无论怎样差强人意的恭维都不能找出一丝美感，没有一棵小树点缀的后山终日像个伟大的哲学家一样沉默着，连长班长的口令声和我们的呐喊声砸在上面，又快速地弹回来，因而显得十分响亮，还有那么一丝丝枯燥单调。是的，这两个词是每一个新兵都没勇气说出口的感觉，乏味单调，单调乏味！做不完的定位，做不完的分解动作，似乎时间永远被定格了，一成不变，变化的只有我们日渐沉重起来，连走路都懒得抬一下的双腿，酸痛的胳膊，站着就能睡着的越来越浓的睡意。

忽然，那天有火车的汽笛声撕破了僵硬的平静，一列拉煤的火车挪移着沉重的身躯爬过。像遇到黑暗中的一道闪电，孤旅沙漠中出现的一缕炊烟。我们睁大了双眼，屏住了呼吸，所有在队列里背对的女兵们都破天荒违背了纪律回过了头，家，亲人，朋友，被那列呼啸的列车拉字幕一般全都扯了出来。

而此时列车只是孤傲的鸣笛而过，没有任何停靠的意思，当最后的车身消失在灰黑的岩石里时，也不过用了几十秒的时间，最多一分钟吧，我们很快从那份傻傻的痴望中回过头也回过神来，队列中私自回头，这是个多么万恶不赦的低级错误，对不起连长，我们错了，我们实在太无聊太嚣张了，我们实在抵不住想家的念头，法不责众嘛，连长，原谅我们吧……当所有的目光回落到李雪梅身上，我们看到了一张宛若桃花的笑脸，灿烂地开在眼前。

"想家了吧，想爸爸妈妈喷香的一桌饭菜了吧，想赖在床上不起来的舒服日子了吧，这儿太苦了，吃不可口睡不好，是不是特别想哭啊？"听着她软软的每一句都扣在心坎上的话语，我们恍惚间找到了知音，竟然开始得意忘形地频频点头，我们甚至想拉住连长的手放声痛哭，把几周来的委屈，磨难，思念全都化成眼泪一泻千里。

"你觉得你长得比别人好看，你的家比别人家美？动，动，在队列里乱动，谁让你们乱动的？哭，哭，就你比别人娇贵，你的哭相赛过西施？"

李雪梅逐个走近我们，用她愤怒的杏眼逼视每一个人的眼睛。

"抬头，挺胸，让你们抬头挺胸，整天佝偻着背像个奶奶，小时候没背过背背佳啊……"

大排头憋得满脸通红，还是忍不住喷出了笑声。

李雪梅迅速走到她眼前。围着她转了两圈。

"三张纸画个鼻子,你好大的脸!在队列里出声,不知道打报告?你这三周都灌了迷魂药了?"

句句话像钉子,直往人心里扎。

最扎人的却是最后一句话:"全连训练延长一小时。"掷地有声,铿锵有力,砸得我们瞬间找不到北。

那天解散后,我们的胳膊腿僵成了木偶,抬腿上楼梯时关节发出"咔咔"的示威声。我们不得不像老人一样扶着扶梯往上挪移。有人甚至夸张得用手去提腿,以便让它弯曲下来好迈上下一个台阶。更加让人不可原谅的是因此误了按点就开的晚饭。我们的肚子像开了锅似的咕咕乱叫,此起彼伏。李雪梅知道误了点儿,也听到了那些示威声,依然让我们在饭堂前的空地上一句不落地唱"战友战友亲如兄弟,革命把我们召唤在一起",又唱"团结就是力量,团结就是力量",然后又唱"红米饭那个南瓜汤来嘿啰嘿!"等我们以快了两倍的频率唱完了这些做梦听了都想捂住耳朵的歌,我们看到李雪梅脸上惬意的狡邪的笑。

从那以后,我们偷偷地把连长的微笑叫作"鳄鱼的微笑",并阿Q般由此兴奋了许久。看来,由女神变鳄鱼只是一个转身的距离,并不遥远。

当"鳄鱼的微笑"再次出现在连长脸上时,我们谁都没有上当,反而更加挺直了身板,上拔着脖子,并尽力地用双手食指贴紧裤子中线,眼里没有内容。训练场上,眼里没有内容就是胜利,你不能让她看出你的欲望、你的喜怒哀乐,看出了你就全盘皆输。这是我们摸爬滚打了几个星期得出的结论。当我们在心中窃喜,并陶醉其中时,一声"解散"的口令从缤纷的雪花中蜿蜒而来,击打着我们寂寞的耳鼓,我们犹疑了,双脚还站在原地,身子却不听使唤地晃了起来,像狂风中的小草,虽然根还扎在土中,心却随着风中飘散的种子腾飞起来,到了身体无法企及的高度。

连长扑哧一声笑了,用她惯有的风一样的步伐,迅速返身走到大厅里。"小傻瓜们,还不快去准备工具铲雪!"口令一样严厉又带有长者般亲昵的声音打在墙上又弹回到我们的耳朵里,带着回音,清脆至极,那么的美妙动听。她那么优秀,光彩照人,意气风发,总像一颗太阳,照到哪里哪里亮,照得我们黯淡无华,小丑一样缩在角落里,连反射些光芒都显得那么滑稽可笑。这些念头当然不是当时就起的,当时,我们那么狂热地恨着她又纠结着崇拜她,那种崇拜像极了隔壁男兵九连的男兵一样,巴巴地期望有机会被她指挥得团团转。

迷人的雪花翻飞而下,为我们搭建了一个嬉戏玩闹的大舞台。舞台中央,是连长兴奋而略显天真的脸,流淌着女人的天性。铁锹、拖布甚至脸盆都成了我们的道具,偌大的训练场人声鼎沸、笑语不断。我们在做一个超大号雪蛋糕。有人从遥远的另一头运雪过来,不小心被旁边伸出去的脚绊了一跤,就顺势滚在雪堆里,成了咿呀大叫的雪人,接着有人参加进来,滚成一团,又有人压了上来,活的雪人滚成了一片。有人发现她把李雪梅的胳膊压在下面了,瞬间有一些慌乱,想即刻起身,也只是个念头,游丝一样地荡了荡,很快被别人挤到了一边。

操场被清理干净了,我们也破天荒第一次在正课时间被允许留在屋里,整理内务,打扫卫生。

回到房间里,有人拿起拖布拖起了走廊,有人搬个马扎坐在自己的被子旁边,用手抠早晨没抠好的被角。我一时适应不了这份闲适,从厕所晃回房间,找了块抹布擦刚刚被李雪梅带着白手套检查过的内务柜。在这里,你永远都不要让自己无所事事,一秒钟都不行,班长的眼睛像监狱里的探照灯,会随时扫描过来,如果扫过来你是静止的,呵斥和惩罚随后就到。所以,我们把想心事的时间放在每周一次的政治学习上,半梦半醒中脑子跑偏了十万八千里。嘿嘿,那是班长的眼睛所无力抵达的地方。之所以半梦半醒,是我们太累太困了,经常半夜多次被李雪梅或者班长的紧急集合哨音催醒,穿衣服,打背包,打到最后真想把被子像李雪梅那样从窗口扔出去。而半睁着眼睛神游也是我们对待可怜的温柔的教导员的手腕,以至于我们练就了一身硬功夫:坐着入睡。

后来,我们半梦半醒着从好脾气的指导员嘴里听到了许多连长的逸事,她不仅是连续5年军事训练中的全能冠军,还是日常工作的业务能手。面对军事训练的挑战,身体极限的冲刺,甚至坎坷、打击、不公正,她从没有退缩,没有掉过一滴眼泪,是20世纪90年代的"李铁梅"。

看来,李雪梅不只是我们的偶像,她竟然是全基地的偶像。

尽管以后李雪梅照旧会在内务检查中从三楼窗户里毫不留情地扔出去某个新兵歪歪扭扭的被子,照旧会深更半夜在我们睡得最熟的时候拼命地吹紧急集合哨。甚至有时候她会变本加厉,凭空剥夺我们的休息时间,可我们不再恨她,确切地说无论她如何对我们,她都被我们认同了。这种感觉就像某家的宠物狗对它的主人,尽管主人在某些行为上有些偏颇有些过分,尽管它会感觉委屈,可它毫无怨言,顶多窝在角落里闷闷不乐上那么一段时间,太阳照常升起,看到主人它照常会不计前嫌摇头摆尾。尽管我们没有狗的奴性,可被我们认同,却是一件不那么容易的事情,这就意味着我们会站在她的角度上换位思考问题,一切,变得不再那么可恶。

很快，我们不仅学会了拔军姿，体会到了拔的真正含义：站立起来就像一棵沐浴阳光的小树，吸收大地的精华，稳健向上，纹丝不动。还学了一身本领：站如松，坐如钟，走起路来铿锵有力，跑起步来虎虎生风，口令喊得震天响，队列标得一线齐。像青虫的华丽转身，在李雪梅独特的严厉训练下，我们褪去了稚嫩、娇弱、依赖、自私，甩掉了一身的孤僻动作和难看的习惯，翩跹成了一只只绿色的蝴蝶，在新兵八连的上空自在地起舞、翻飞。

6月中旬，我们的女兵方队就要同其他七个男兵方队一同接受基地首长的检阅了。那也意味着，我们新兵连的生活从此画上了句号。我们马上要各奔东西，谁也不知道要去向哪里。倦鸟归林、小马识途的话不属于每一个新兵，但前方是跳荡着美丽浪花的神秘海洋，吸引我们心猿意马、心旌摇荡。尽管兵龄只有三个月，可我们已经从班长的聊天中懂得：新兵连只是一艘流动的客船，上上下下，你方唱罢我登场。真正的归宿是下连以后的日子，或长或短，全凭自己的才干和梦想。当然，在一个热火朝天的大熔炉里，谁不想"走到哪里哪里亮"呢。所以，我们秘密地建立了"八连留言册"，私底下带着欢快的笑声被传来传去。每个人都在动用自己的所能打听自己的、别人的归宿，论证着哪个单位更好，更适合发展；哪个单位比较偏僻，没几个女兵，但女兵去了宝贝一样受宠……

不过，姜还是老的辣，无论我们如何装得不动声色，如何把飞之欲出的期待和憧憬压回心坎里去，李雪梅还是看出了我们隐秘的心事。想来，那种姹紫嫣红的梦是长在心里、刻在脸上的，看似滴水不漏，过来人自然心领神会。不过，这次她没用深夜的紧急集合惩罚我们，只轻描淡写地在开饭前几分钟饭堂的空地上说了两句，大概就是要我们把最后的句号画圆满、漂亮之类的话语，看我们的眼神也变得像落日的余晖，撒上了一层温情和抚慰。

这越发使我们想念那些未知的舒服日子，没有高强度的训练，没有频繁的紧急集合，没有呵斥、责罚，只有欢乐的鸟衔着美妙的歌声在阳光里飞翔。

可这个句号还是在最后的关头被我们搞砸了。

那是一个再平凡不过的早操，太阳照旧慢腾腾地爬上营房对面的山坡，空气照旧被我们震天的口号搅得翻腾不息，乌鸦照旧在我们方队的头顶发出争吵般的嚼舌。反复练习方队过主席台的整齐划一后，该解散等待基地首长们的验收检阅了。连长却一脸凝重，站在队列前训话："练兵千日，用兵一时。今天，三个月的艰难到了该画句号的时候，今天的汇报阅兵是你们出成果出赞扬的一刻，女兵连向来不比男兵弱，用你们苦练90天的战果证实这一点！"群情激愤，那一天解散时的

"杀"字喊得比任何时候都响亮。

9点整,最后的薄雾已经消散在远山的静谧中。6月的清晨还带着丝丝清凉。一只小鸟翻飞着翅膀,发出"者者"的鸣叫,绵延婉转,像一声声九曲十八弯的惊叹。连它都被阅兵台前的肃穆惊艳到了。我们屏住了呼吸,蹬直了双腿,极大限度地前倾着身体。带着满身的神圣,满身的荣耀,等待检阅,也等待命运的宣判。

女兵方队被抽到第3个上场,不前不后,从连长微微上扬的嘴角上我们知道,这是个让李雪梅满意的序号。尽管她极力掩饰自己的紧张,可我们还是从她早操反复嘱托、反复检查军容风纪的表现上看到了那一颗"怦怦"狂跳的小心脏。

庄严的进行曲声响彻在身边时,女兵方队像一艘扬帆的战舰,开足了马力向主席台冲锋而去。每一步都稳扎稳打,每一步都铿锵有力。连长声若铜钟的"向右看"响起,齐刷刷地将头摆向主席台。主席台的背景嵌在一片阳光里,亮闪闪的一片,看不清首长的模样,但我们知道那些人都是重量级人物,都是一句话就能决定我们前途命运的,包括连长。尽管那些光线像无数根锐利的小针,凌空而来,刺得眼睛干涩肿胀,可我们知道,不能闭眼,也不能眨眼,坚持几秒钟,自然山高水长、皓月当空。

分列式完成,基地参谋长迈着稳健的步子开始检阅方队了。所到之处,口号声震耳欲聋、生龙活虎。想他老人家看着自己的部队威风四起、杀气阵阵,一定是笑在心里的,再严肃的外表也掩藏不住快漾出来的笑意。但是这层笑在走到女兵方队时,却像被什么卡住了嗓子,僵了片刻。而我们在用尽全身气力喊出练了两个星期的口号时,居然被自己惊呆了!首长喊:"同志们好!"我们喊:"首长好!"首长喊:"同志们辛苦了!"我们应该喊"为人民服务!"可我们一激动,集体得意忘形地喊出:"首长辛苦了!"我们每个人像经历了一场不真实的梦游,那口号声却在头顶盘旋着提醒着我们这一切的真实。没错,它居然是这么低级的错误!当五个字的余韵在四周濡染开后,让我们那么大惊失色,让我们那么无地自容。

我们知道闯了大祸,我们灰溜溜地潜回宿舍,愣在小板凳上,名次,荣誉,被我们用五个字轻而易举地喊成了镜中月、水中花。真的想把时光凿出个穿梭机的模样,我们再一路天地玄黄地穿梭回去,对着那个喊错音调的嘴巴来上两掌。昔日那个人声鼎沸、热火朝天的新兵八连瞬间变得鸦雀无声,偶尔,有人坐累了挪移一下小板凳,木头摩擦水泥地面的声音都那么刺耳。此刻,我们集体希望李雪梅像往常一样,张牙舞爪地冲过来,劈头盖脸一顿责骂,然后罚我们什么都行。

可是,连部一片宁静,似乎连同门窗结上了一层薄霜,拒人以千里之外。这让我们大失所望,甚而带来空落落的不着边际的难过,这种难过先是从双眼漫开,遽尔经过脖子下行至胸口,带来了疼痛。

这种疼痛持续着,弥漫开来,成为整个八连的阵痛。没有人想摆脱它,没有人去破坏它。八连的空气就这样被痛凝固了。

打破这种僵局的是通信员,她实在憋不住,蹑手蹑脚不被人知地上了趟大槐树下的厕所,却带来了一个搅动全连的消息,她听到李雪梅在厕所里放声大哭!她也听到了指导员对连长的劝导。

雪梅,放心地走吧,你已经为这个连多留了三个月,调到北京是多么让人羡慕的一件事,你却申请再带一个女兵连第一出来。基地领导不会责怪你的。你已经连续带了三个女兵连第一,最后这个第几名不重要了,重要的是你为此付出了心血和时间。荣誉是我们的养分,可你没必要因为荣誉错过了人生美丽的转折。

新兵连的最后一夜,不会再有紧急集合哨音的威胁,本该睡得最踏实最沉的一夜,却在如水月光的照耀下,新兵八连集体失眠。坚强的李雪梅用她的眼泪教会了我们:荣誉,是军人的血液。

(选自2018年12期《海燕》杂志)

在故乡的草原仰望苍穹

兰宁远

"美丽的草原我的家,风吹绿草遍地花。彩蝶纷飞百鸟唱,一湾碧水映晚霞……"这是我的家乡内蒙古一首人人都会唱的歌,透过那富有诗意的歌词,让远离故土的我常常感知到熟悉的乡愁。

从载人飞行到太空漫步,在故乡的草原上,我亲历了中国"神舟"的一次次壮美腾飞,当硕大的降落伞宛如太阳花般在草原上绽放时,属于草原的一个崭新的时代来了。对于我,一段人生的刻骨铭心也由此定格。

额济纳,是一个行政地名,也是一片沙漠戈壁,更是一个古老民族的摇篮。千百年来,额济纳是蒙古人重要的生息地之一,居住着两个多世纪前从伏尔加河畔长途跋涉回归祖国的土尔扈特部的后人。当时光步入20世纪50年代,额济纳就不再是一篇荒漠,而是更多地承载起了一个国家、一个民族的命运轨迹。

1957年,苏联的第一颗人造卫星发射升空。第二年,美国又将"探索者一号"卫星送上太空。面对事关生存与发展的竞争,毛泽东主席发出了"我们也要搞人造卫星"的宣告。没过多久,彭德怀元帅将一份关于国防尖端工程导弹靶场的勘察报告呈送中央,正式提出要在额济纳旗境内建设导弹综合试验基地。

沉睡千年的戈壁荒滩迎来了人马喧闹、机器轰鸣。没有来得及洗去征程的志愿军及各军兵种的九路大军浩浩荡荡逶迤而来。共和国的导弹试验靶场在古长城断壁旁的帐篷中诞生了。

靶场建设初期,乌兰夫对内蒙古的同志们说:"这是咱们的光荣和骄傲。导弹靶场保密要求很高,要划定严格的军事禁区,禁区内不能有任何老百姓,青山头一带的牧民要搬迁。尽管困难很多,我们想办法解决。"于是,4000多户牧民从最好的牧场转移到黑河下游地区。其中,就包括《美丽的草原我的家》的演唱者德德玛的家人。

在我的故乡,不管草原多么辽阔,也不管戈壁多么宽广,往往只有一条路,是牧民们一步步走出来的。

"两弹一星"事业起步之时，一场突如其来的自然灾害降临了，而且持续了整整三年多时间。但在那个纯情的年代，所有的人深信不疑，困难是暂时的，前途是光明的，只要跟着共产党走，胜利一定属于我们。"死在戈壁滩，埋在青山头"，牧民们和战士们一起勒紧裤腰带，立下生死誓言，开始了艰难的跋涉。那一千多个日日夜夜，牧民们只要有一点粮食，第一个想到的是供应试验部队；驻地政府只要有一辆车，首先配给测试部队……

1960年初冬，一个寒风刺骨的日子，近程地地导弹"东风一号"在大漠腾空而起，揭开了中国人飞向太空的序幕。那天，距离苏联专家撤走仅仅64天。这个开天辟地的"第一次"，让戈壁滩上的人们体味到了成功的喜悦，他们群情振奋，一鼓作气，实现了导弹与核武器的两弹结合试验，打破了西方国家对我们"有弹无枪"的预言。紧接着，"东方红一号"卫星从他们手里飞向太空……

出门在外，我是孤独的，时时眷恋着家乡。而我又是幸运的，我热爱的事业是在故乡的土地上完成的。

顺着前辈的路，我走进了额济纳。当年的试验靶场已经有了一个响亮的名字——"酒泉卫星发射中心"，成为中国的"航天第一港"，还被命名为"东风航天城"。

艰苦创业的岁月已经过去，前辈的身影也已远离，但从东风革命烈士陵园那一座座修葺一新的坟茔中，我知道，人们并没有淡忘他们。"献了青春献终身"，这里有将帅，有专家，还有年轻的战士，不论是谁，没有一个人能完整地走过那段岁月，但正是他们每个人的青春绵延不绝，汇聚成了飞天路上的美丽云霞，缀连成航天事业奋斗的无数个日日夜夜。

2003年初秋，金黄的夕阳中，航天员杨利伟庄严出征，实现了中国载人航天零的突破。五年后的同样季节，航天英雄翟志刚举步量天，在太空留下了中国人的第一个脚印。从神舟、天宫实现"太空之吻"，到女航天员的首次出征；从完美的太空授课到33天的全新征程……这一个个难忘的历史时刻，都是从内蒙古大地出发的。

虽然没有亲历那个激情燃烧的岁月，但前辈的故事像生命中的火种在我的心中燃烧。火箭腾飞的瞬间，我在额济纳的发射场上静静地仰望苍穹，感到脚下的土地是那么坚实温暖，头顶的星空是那样深邃浩瀚。在内蒙古四子王旗，有一座极富民族特色的博物馆，展厅的醒目位置陈列着原总装备部赠送的长征火箭和神舟飞船的模型，旁边的图片说明这样写着："四子王旗草原地势广阔，人烟稀少；森林覆盖率低于1%；地势平坦，地上没有高压线路；没有铁路；无三层以上建筑物；没有河流……适合作为飞船的主着陆场。"

作出这个判断的是王永志院士。工程立项后，时任载人航天工程总设计师的王永志乘坐直升机在内蒙古上空一圈圈地盘旋，选定空旷平坦的地区后，再乘汽车进行勘察。一路走来，他的目光锁定在了阿木古郎草原。

"万里赴戎机，关山度若飞。朔气传金柝，寒光照铁衣……"《木兰辞》中的巾帼英雄花木兰就是在这里踏上从军之路的。小时候，我曾和家人在郊游时，到过附近的葛根塔拉草原。至今还记得当时的美景，如潮的马群、白云似的羊群在绿海中游动，牧民手里的套马竿直直地指向天空……

再次踏上这片草原，已是20年后了。在异乡的车水马龙中，我常常会感到孤独。而驻足萋萋芳草间，眼前的草原仿佛一位慈祥的母亲，正在张开胸怀迎接天外归来的游子，我的心里又是那么的温暖祥和。

神舟飞船首飞前夕，内蒙古自治区的领导得知着陆场区仅有一条泥泞小道时，立即想方设法赶来修建，牧民们也自发加入修路大军，一条长达60千米的公路，不到一个月就修通了……

2003年10月16日黎明，"神舟五号"返回舱静静地飘落在广阔的草原上，在晨曦中散发着温馨的光芒。牧民们给远方归来的英雄献上了洁白的哈达，无数双手把杨利伟高高地抬了起来，每个人眼里都闪动着激动的泪花，深秋的草原已是一片欢乐的海洋……

祖祖辈辈生活在这里的牧民们视草原为生命，可随着神舟飞船的一次次回归，回收车队和人群要一次次穿过他们的草场。上百台设备、上千吨物资器材……几百辆车轧过的草地，需要好几年才能重新长出草来，但牧民们没有丝毫抱怨，一次次默默地拖家带口离开了家园……

载人航天工程先进事迹报告团在呼和浩特作报告时，杨利伟曾深情地说："我是从内蒙古的额济纳旗起飞，在四子王旗落地。来到这里，我倍感亲切，在此向内蒙古人民致以衷心的感谢和崇高的敬意。"

美丽的草原我的家，美丽的草原"神舟"的家，在故乡的草原上仰望苍穹，仿佛亲人的依恋就在身边。回望祖国的正北方，天上水中尽是一色的蔚蓝。

（选自2018年11月1日《战略支援报》）

荷 花 雨

乔秀清

　　荷花盛开的季节，风儿轻轻吹，荷花频频摇，荷叶翩翩舞。伴随着沉闷的雷声，雨，由缓到急，由小到大，噼里啪啦地落下来。雨滴打在荷叶上，像万斛珍珠撒落，跳跃着，滚动着，带着淡淡的荷香，这就是冀中平原上的荷花雨。家乡夏季的荷花雨比起南方的芭蕉雨，别有一番韵味。

　　是的，我喜欢桃花雨的浪漫，"兰溪三日桃花雨，半夜鲤鱼来上滩"；我喜欢杏花雨的缠绵，"沾衣欲湿杏花雨，吹面不寒杨柳风"；我喜欢清明雨的忧伤，"清明时节雨纷纷，路上行人欲断魂"；我更喜欢荷花雨的神韵，蕴含着一种热烈的美、朦胧的美、磅礴的美、神奇的美！这些年走南闯北，我曾泛舟于白洋淀、衡水湖、武汉的东湖和南戴河海滨，幸遇那里的荷花雨，但我最初见到荷花雨是在我的家乡，那美轮美奂的景象深深留在我的脑海里。

　　外婆家往北几十米的村边有一个好大的清水塘，每年夏季，清水塘的荷花开了，粉的、红的、白的，仰天绽放，在碧绿的荷叶衬托下，犹如亭亭玉立的仙女，让人流连忘返。小时候，母亲经常带我去外婆家，特别是麦收过后，将金灿灿的新麦磨成雪一样的白面，做成各色各样的花饽饽，装满红色的油漆笸箩，吸引我跟着母亲来到外婆家。

　　每次到外婆家，总是要住上几日，我便跟着表哥玩，自然要到清水塘边观赏荷花，有时还跳进清水塘跟表哥学游泳呢。表哥比我年长七岁，他的乳名叫旦，学名孟繁华，是一个相当帅气的小伙子。小学毕业的他养了一只高大威猛的黑狗，每年农忙季节，他领着那只黑狗来到我们家，帮着干农活，耕地、播种、割麦，收高粱、苞谷，地里的活儿，他样样干得利索又漂亮。在外婆家的日子里，我和表哥形影不离，人们夸我俩真像亲兄弟。

　　记得那年夏天，冀中平原天旱不雨，白天火球似的太阳烤得大地发烫，我们这些光着腚到处跑的男孩子，小脚丫被烫得火烧火燎的，巴不得跳进清水塘扎几个猛子才过瘾呢。

烈日下，村里的大人和孩子都无精打采，猫儿狗儿躲在阴凉处眯着眼睛打盹儿，地里的庄稼都晒蔫了，绿色的蝈蝈趴在高粱或苞谷的叶子上嘶哑地鸣叫着。这当儿，我和平原上的人们都盼着一场荷花雨，把太阳浇得湿漉漉的，把大地灌得雨淋淋的，把庄稼洗得绿油油的。人和庄稼都应该像雨中荷花那么鲜活、那么精神。

"明儿我带你去姥姥家。"母亲对我说。

"太好啦！我要跟表哥去清水塘游泳。"我高兴得直蹦高儿。

"你表哥十七八的小伙啦，听说有人给他提亲，可是他命苦，从小没了娘，你舅和你这个妗子对你表哥不好，连个窝都没给他搭起来，怎么娶媳妇呢？"

"咱们家房子多，给他几间房子，娶媳妇成家呗。"

"你心里有表哥，对他可亲哩。"

"我表哥对我比亲弟弟还亲！"

翌日清晨，我跟随母亲踏上了通往外婆家的路。母亲提着红色的油漆笸箩，我俩沿着弯弯曲曲的乡间小路，到达外婆家那个谷家左村。村西北角那个清水塘，荷花开得正艳，那迷人的花色仿佛使我进入瑶池仙境。

到了外婆家，中午随便扒拉了几口饭，我便跟随表哥去清水塘游泳去了。

说实在话，我跟表哥学游泳，只学会了狗刨和仰游，比旱鸭子强不了多少。但我胆子大，别人不敢去的深水区，我呢，还真的敢闯一闯。看到清水塘东隅那一片美丽的荷花，我独自游了过去，想来几朵荷花献给我的母亲。我了解母亲喜欢荷花，眼瞅着她画过荷花，那么专注，那么细致。的确，母亲没文化，可是她画的荷花，雍容典雅，一点也不俗气。粉荷、红荷、白荷，我想各采一朵，献给母亲，让她尽享荷花之美。可是，我不知道那是深水区呀，没采到荷花，却沉入水底，咕嘟咕嘟地喝了一肚子的水。谢天谢地，表哥把我救上岸，肚子里的水还没完全吐出来，就听到咔嚓咔嚓几声响雷，瓢泼般的大雨倾泻而下。雨滴落在水面，清水塘荡起一个又一个圆圈，雨洗荷花更娇艳，荷叶上的雨滴晶莹剔透，活脱脱地跳跃着，荷香在雨中弥漫开来。嗬，这突如其来的荷花雨，把表哥和我都浇成了落汤鸡。

回到家，仁慈的母亲没有责怪我俩，反而安慰说："没有荷花绽放，就没有醉人芳香，没有风风雨雨，就没有七色彩虹。你们要想成为有用的人，就应该像荷花雨一样，宁愿粉身碎骨，也要滋润大地。"

我盼望表哥早日成家，娶个漂亮的媳妇，没承想，他却毅然参军，去了首都北京，被挑选到中央警卫局当了一名战士。即使到了部队，作为他的亲姑，母亲还是惦记着这个苦命孩子。她时常提醒父亲给表哥写信，问寒问暖，鼓励他不断进步，每年母亲都会给表哥寄去花生、红枣之类的土特产，让他感受家乡亲人的深情厚谊。听说表哥在部队入了党，又立了功，我父母高兴得合不拢嘴。那年，表哥从部队回家探亲，在新华书店工作的父亲把一块进口手表送给表哥，母亲叮嘱他的话没完没了。表哥明白，抗战时期，我的父母都是村里的干部，父亲担任本村青年抗日先锋队主任，母亲担任本村妇救会主任，他们把一批又一批热血青年送往抗日前线，而今表哥穿上绿军装，他们怎能不高兴呢？

或许是我受到表哥的影响，1964年冬季，正在读高中的我也报名参军了。离开家乡前，母亲到五里外的东黄城商店精心挑选了一个搪瓷洗脸盆，盆内有荷花金鱼的图案，煞是好看。

我带上母亲送给我的洗脸盆，从繁华闹市到崇山峻岭，从长城脚下到黄河之滨，辗转千里，每天早晨和黄昏，透过一盆清水，凝视着洗脸盆里的荷花，我想起慈祥的母亲。身在军营，思念悠悠，每天我都能嗅到醉人的荷花香。

半个多世纪过去了，我和表哥两位共和国老兵每次见面，都会谈起母亲，彼此有一个共同的感觉：美丽的荷花是母亲的化身，飘洒的荷花雨是母亲的深情，点点滴滴，打湿了漫长的岁月和绿色的军衣……

此刻，正值冀中平原的盛夏，从地平线上冉冉升起的一轮骄阳给富饶的大地洒下金灿灿的阳光，滹沱河边的风不时吹过来，家乡荷塘的荷花闹得正欢，真是天上掉下个瑶池来。"水上莲花心上佛，山间明月指间禅"每每看到或想起荷花，我就会思念天堂的母亲。母亲离开我多年了，我觉得她像一轮明月高悬在我的心空，她分明就是一尊佛，佛光照在我身上，灿灿的、亮亮的、暖暖的，荷花雨般沐浴着我的全身，也洗涤着我的灵魂。

（选自2018年8月18日《中国财经报》）

幽默的"邓大人"

朱佩君

看到书架上的这本《八十而立》，不由得让我想起这位令人敬仰又特别风趣的老人。由于他资历老，德高望重，大家都亲切地称他"邓大人"。但在我眼里，他是一个亲切可爱而又特别诙谐幽默的老头。

他只读过四年小学，小时候还曾被骗去日本当过劳工，经历非常坎坷。1942年参加抗战，1945年到新四军任文工团员，见习记者。1950年调到北京文联工作。发表小说《在悬崖上》，引起轰动。著有《我们的军长》《话说陶然亭》《追赶队伍的女兵们》《烟壶》《那五》等。曾连续五年获全国优秀中短篇小说奖。

他是谁呢？他就是被誉为红色作家、革命作家、军旅作家的邓友梅老师。

邓友梅老师的作品我很喜欢看，文章很鲜活，语言很生动。他的叙事风格和语言特征非常独特。阅读起来，即使不看作者名字，都会读出是他的大作。他思路也特别开阔，多年来新作不断、笔耕不辍。

邓友梅老师也是一个很浪漫、很时尚的人，喜欢喝咖啡，喜欢时尚的手杖，也喜欢戴墨镜。时常爱穿着一件像电影导演一样身上到处是口袋的水洗布背心，天稍冷些，还见过他穿过一身合体的唐装，看起来倍儿精神！这些年，老爷子还喜欢上了电脑，也学会了玩手机游戏呢。

我是一个非常幸运的人，十几年前在周明老师的关怀和提携下，有幸能常常与全国知名的作家一起参加采风活动。作为晚辈，我认识邓友梅老师已经十多年了，在这十几年中，老师对我的影响和支持也是很大的，但凡我策划组织的活动，他老人家都积极参与给予支持。第一次接触邓友梅老师就是在2004年的《中国名家看平塘》的大型活动中一起到了贵州。邓老师机敏智慧、谦和幽默，有他在的场合都是充满欢笑、十分活跃。记得在那次的欢迎晚宴上，由于他身份高、年纪大，所以接待方领导讲话特别谨慎，也多了许多礼数。老爷子用风趣幽默的语言瞬间打破沉闷的局面。他的语言既严谨又很文学化,现场气氛顿时变得特别活跃。

最有意思的当属湘西的那次采风活动了,在大雨中,我们走进了德夯那美丽的大山,神奇的苗寨。按照当地的习俗,对歌三关才能进山门。老爷子打头阵,他手执小喇叭神采飞扬地唱了一首山东小调,洪亮的歌声响彻山间,声情并茂的表演博得在场阵阵掌声,评论家李炳银老师用一首浑厚的陕北民歌唱响了第二关,我的一曲《山歌好比春江水》完成了第三关。那些个生动的画面至今印在我的记忆里。

前些年,我曾多次陪同邓友梅老师夫妇到西安参加活动,一同到周明老师的家乡周至去参观《长恨歌》的诞生地仙游寺,并题写赠言:"一曲长恨,流韵千古。"之后又走进终南山下的西安翻译学院,同那里的师生们亲切交流。

印象最深刻的是那次在高陵参加"高陵县文学现象"研讨会间隙,我陪同邓老师及其夫人韩舞燕阿姨去宜川壶口瀑布浏览。一路上,老爷子谈笑风生地给我们讲述有趣的故事,谈美食,唱苏北小曲、山东小曲、民间小调。我也自告奋勇给他们唱秦腔,唱陕北民歌。到了壶口,看到眼前气势磅礴的瀑布,老爷子特别地开心,赞不绝口。舞燕阿姨穿上陕北女孩的红棉袄绿裤子,骑着小毛驴,老爷子系上了白羊肚手巾,手持老农的长烟袋,也摆起了姿势,我们拍摄下了许多照片留念,还在那里品尝了最正宗的黄河大鲤鱼,实在是太开心了!那些年,我们一起走过许多地方,在我的脑海里留下过许多美好的记忆。老爷子的文品和人品一直感染着我,伴随着我在文学道路上成长。

2013年,我所在单位中国艺术研究院《艺术评论》杂志百期纪念,主编安排我请名人大家为杂志题词。我第一个就想到了邓老师,主编说:"邓友梅老师在中国文坛影响那么大,如果他老人家能题词可真是咱们杂志的荣幸啊。佩君,这事就交给你了。"接到任务,我便斗胆给邓老师打了个电话说明了情况。老爷子风趣地说:"我不是书法家,字写得也不好看,实在不好意思提笔。不过,为了支持姑娘的工作,勉强写一句吧。"当时,老爷子就写了"艺术之树长青——贺艺术评论百期纪念"。同年10月,我们《艺术评论》增加了文学板块。我作为文学版的责任编辑,想邀请他和黄宗英老师等一些大作家写写自己的创作之路,但又觉得有点得寸进尺,实在不好意思开口。犹豫再三,便搬出了我的监护人周明老师出面提说。老爷子果然很给面子,他说:"我现在年纪大了,本已打算封笔。但是,周明提出的,又是对小朱工作上有帮助的事,那一定得照做。"随后,他还赠送我两本他的新著《难忘的军旅》和《八十而立》让我阅读,增加对他创作之路的了解。其间还不时地让舞燕阿姨与我沟通,问及杂志的要求并让提出建议。没多久,我便收到了韩舞燕阿姨发来的文章《我走过的人生道路》。文章的开头是这样的："老朽我八十有二,脑细胞退化,近老年痴呆,为少闹笑话、少说错话,正自令封笔,落得个自在。好友周明突然来电,要我写篇稿子谈谈'走过的路'。我说我已作了封笔决定,他说决定很好,但要写完这篇再执行。友命难违,可是走八十二年的漫漫长路,回头望去曲折遥远,都找不出路口来了。从哪儿说起呢……"

他对待文学的严谨,对待事情的认真态度深深地感动着我,也激励着我。

这些年,老爷子因年纪大了,所以很少出来走动,也几乎不参加各类活动了。但隔一段时间,周明老师就会带我一起去他位于小街桥附近的家里去看他,近几年来从未间断过。老爷子养了一只美丽的小鸟,每次去他家都能看到小鸟在客厅里自由自在地飞来飞去,特别的可爱。它时而站在阳台那浪漫的白色欧式吊椅上,时而落在客厅里的博古架上,任性时还落在老爷子的头顶上鸣叫两声以示它的存在。老爷子笑呵呵地把它托在手中给它喂点小食,生怕惹了鸟儿生气。是一个童心未泯的老头啊!

在我眼里,他与舞燕阿姨的爱情才最让人艳羡。他们相亲相爱,相濡以沫,形影不离。老爷子常常打趣说:"老婆说什么好你就说什么好,这样会省很多麻烦。比如,她在商场看上一件衣服,你就可着劲儿地说好看劝她买下,她就不舍得买喽,但她还是很高兴的。这样,既省了钱,还会讨老婆欢心,当然,老婆提出的要求我们还是要满足的,否则人家不给你做饭吃,饿肚子可不划算啊。我的原则,听老婆的话,永远跟党走。"幽默而智慧的话语常常逗得我们开怀大笑。在老爷子精神和心情都不错的情况下,我们便会请他们到附近的馆子聚聚餐,他们爱吃北京菜,老爷子也是一个很懂美食的人哦。每次吃饭,他身上总带着一小瓶自己专用的小酒。谈到开心时,还会再加喝一点啤酒。

最开心的就是在春暖花开的时候,接他们老两口到我位于北五环外的玻璃小屋去品尝我的朱记家宴。我做菜的手艺,老爷子总会夸奖两句。

记得上一次接他们老两口去农庄是在去年夏天,同行的还有周明老师、红孩老师以及美女作家申瑞瑾妹妹。院内花儿争奇斗艳,菜园子里的各种蔬菜郁郁葱葱,十分茂密。我们坐在庭院的葡萄架下品茶,听老师们谈文学,讲趣闻,聆听邓老爷子这个80后饶有兴致地讲往日的故事……老人家讲得开心,我们听得入迷。我指着树上黄澄澄的杏子对老爷子说:"我院子里那几棵树都被长辈们认养了,唯独这棵杏树还没有主人,你就做它的主人怎么样?"老爷子很开心地说:"小朱说的这几个杏子归我了,那就得我说了算。谁也别吃,就让它挂在树上作为一景吧。"说罢,还拉着舞燕阿姨在树旁合了个影。

  他是赫赫有名的文学大家,但他做事低调,平易近人,与他相处没有距离感,亲切得很哪!人说老小老小,他开心起来像一个天真的小孩童,倔强起来也恰似一个顽皮的小孩。总之,他是一个多彩而又丰富的老头,十多年的相处,我视他们老两口如亲人一般。一段时间没见,还真的挺挂念他们的。时间久了,看望他们也成了一种习惯。正在回忆,周明老师突然打来电话:"你舞燕阿姨去美国看女儿和外孙女去了,你邓老师一个人在家里。天气变冷了,我们是不是该去看一看他了。"

  是啊!又是近两个月没去了,真的该去家里看望他老人家了。

(选自2018年7月出版的散文集《秦腔缘》)

海南岛上花正开

王子君

2018年4月13日。

对于自然地理的海南来说，这是一个普通的日子，椰风和畅，阳光充足，繁花盛开，正要进入长夏模式。但对于行政省份的海南，却是一个永载史册的非凡日子。这一天，海南建省办经济特区30周年，更重要的是习近平总书记在这里郑重宣布："党中央决定支持海南全岛建设自由贸易试验区，支持海南逐步探索、稳步推进中国特色自由贸易港建设，分步骤、分阶段建立自由贸易港政策和制度体系。"

海南成为开放新标杆，"一区一港"版图敲定。举岛欢呼雀跃。

冰心先生曾写下警句："成功的花儿，人们只惊羡它现时的明艳！然而，当初它的芽儿，浸透了奋斗的泪泉，洒遍了牺牲的血雨。"为了这一天，椰岛人已呕心沥血、奋勇创业30年。

1988年4月，海南掀起了建省办大特区的热潮。到处都在叫卖《海南开发报》，到处都在传递海南大开发的信息。那是一片全新的天地！那里的椰子树俊美浪漫，那里的阳光像金子一样，那里的海岸沙白水蓝，那里的亚热带花卉天天开！总之，那将是一块天然理想的自由岛，意味着有无限的可能，无限光明的生机！到南方去！到特区去！热潮迅速席卷了大江南北，骚动了万千人才的心灵，许多人义无反顾地到海南去了。

年轻的我，对"自由岛"尚没有概念，却萌生了去看椰子树、去看亚热带花卉的念头。

提起简单的行囊，我踏上了奔赴海南的旅程。一路向南，向南！当我站在琼州一号海轮甲板上时，我看见了大海！那一刻，我的眼泪止不住地涌出眼眶。我年轻的心，仿佛看到自己生活的道路像海洋一样宽广！

待到登上海南岛，却是一阵狂风骤雨。人们说是台风来了。就在行人四处躲避的时候，我被台风中椰子树的身影迷住。椰子树，挺立着，用它宽大的枝叶柔曼地抗击着台风的肆虐，显得刚强而秀美。四周，我尚叫不出名字的花朵，承受着狂风暴雨的击打，依然明艳耀眼。朦朦胧胧地，我似乎明白了海南岛以及建省办经济特区的含义。这座美丽的岛屿，是时候走出孤岛时代、向世人展露她的容颜了。

我很幸运，正在计划去看亚热带植物园的时候，遇到了一个海南风情专题摄制组。他们正在物色撰稿人，得知我是做记者的，便邀我为专题片撰稿，随摄制组环岛采访15天。环岛采风？我真是喜出望外。

一行五人斗志昂扬。那次环岛是我此后十来年在海南历时最长、走的地方最多、收获最大的一次。东郊椰林、红树林、五指山，这些地方呈现着原始的风貌，安详静谧，生态美一览无余。在宋庆龄故居，我们与守屋的老人聊了一个下午；在黎寨山村，我们目睹了最古朴的婚礼；我们在清晨的雾岚中拍摄割胶的场景；半夜就上了铜鼓岭，在山尖上冒着寒冷等待日出；在临高角不染一丝尘质的清水里，我们自拍了一盘在洁白的海滩上捡贝壳、用脚印留字的录像带……

15天在忙碌疲累而又兴奋紧张中过去了。摄制组凯旋。不料，车行至琼海路段，便遇到了11级台风。行进中遭遇台风是一件极为恐怖的事。听着路边橡胶树断裂的声音，看着路边房屋被掀破瓦盖、刮碎门窗的残败景象，以及自己乘坐的车子与风撕扭，弯弯曲曲爬行艰难，我着实体验到了什么是台风以及它的破坏力。但是，我也看到沿途没有一棵椰子树在台风中倒下，那些盛开的花朵依然傲立枝头。它们在台风中壮怀激烈的形象，在我的脑海里生成一幅最美的风景。

经历了这次台风洗礼，我作出了人生中里程碑式的决定：留下来，留在海口沸腾的建经济特区的事业里。

就这样，我毅然决然地加入了"闯海大军"，并有幸成为刚创刊的《海口晚报》一分子。没有电，没有水，交通不便，民俗不通，太阳暴晒，蚊子蹿咬……劝我不要留在海南吃苦的声音不绝于耳，但是，我总是一抬眼就能看见椰子树，一迈步就可走到海岸边。我像椰子树一样，不动摇！像亚热带花卉一样，要绽放！

怀着对海南未来无限的憧憬，我和十万热血儿女一起，在海南奉献青春、汗水、才情、爱，无怨无悔，扎根，开花。我当记者，奔跑在炽艳的阳光下，采访报道、尽情讴歌为经济特区做出贡献的精英；我当编辑，精心选发那些植入了对海南的爱与歌唱的作品；我成为作家，以文学的形式表达对海南的热恋情怀。椰子树长影绰绰，亚热带花卉灿若烈焰，青春燃烧着不熄的激情。海南，以她海洋般浩瀚的胸怀拥抱我，给足我伸枝展叶的空间，赐我自由明澈的心。

一切是那么艰苦，一切又是那么美好！

然而，潮涨潮落。任何事物的前进都不可能是一帆风顺的，海南也一样。她的发展一度陷入了低潮。

我和周遭的朋友也落在迷茫的海潮里。但因为心中坚信，海南是一方永不沉没的岛屿，是一方难以复制的神奇土地，有朝一日一定会真正成为与之匹配的自由岛，漫天生长的椰子树不会随风倒去，海南岛上花正开，海南岛四季春常在！我们无视海南热退潮的落寞，志存高远，发誓要坚守，再坚守。坐在树影婆娑的椰子树下，我们唱心中的梦想。

我坐下来创作长篇小说《白太阳》，完稿后却发现，一些曾经豪情万丈的人已陆续地悄然撤离海岛。激情奔放的心灵，要寻找新的发展天地。

终于，我也萌发了离岛的念头。忍痛作别海南，向北方去。但是，每当我回望海南，我发现自己对她的未来，内心里始终抱持一种希望。

去年，我回海口，发现海口几大主干道两旁及中间的隔离带全都种上了椰子树，遮天蔽日，无垠无际，而随处可见的各种花和花开似的各式招牌，令城市充满了鲜活的生命力。这景象再次将我带进心中的海南意境。我骤然醒悟，经过三十年的不懈努力，海南尽管不是当初盼望中的自由岛，却已是天翻地覆的变化。她已从一个孤悬海中的边陲小岛发展成为名扬世界的国际旅游岛，成为中国改革开放的重要窗口。她的海洋般气质，自由开放的精神，椰子树一样的风姿，已融进椰岛人的梦想，成为海岛和椰岛人的荣光。最鼓舞人心的是，她依然让人怀抱梦想！

我无限欣慰，我属于海南，我的心从未离开过这片热土，我对她的热爱，早已深入骨髓。

我必须向那些一直对海南不离不弃的坚守者致敬。坚守，守得云开得见天！

树影婆娑的椰子林仍在，色彩缤纷的亚热带花卉依然盛开。但海南，再也不是两千年前的蛮荒之地；再也不是一千年前苏轼的流放之地；再也不是五百年前落荒的移民之地；再也不是三十年前建省初期的浮躁混沌之地。三十而立，立起了一座全域范围内的自由港，立起春秋大义式壮举。不迁延，莫疑惑，新时代的海南已蓄势待发，希望的阳光已在前路铺满。

我再次看到了浪潮汹涌的南海洋，看到了挺拔美丽的椰子树，看到了海南岛上万花竞开，自由港彩旗招展。而她的召唤，已声声入耳：

到海南去，到椰岛去，到自由港去，到新时代改革开放的试验田去！

（选自2018年4月23日《中国纪检监察报》）

风马风马

辛 茜

一

青海湖畔的早春。

来自雪山的水流像一把锋利的刀刃，穿过草地，划向冰封的湖面。轻柔，也执拗，也有力。这是青海湖开湖的前奏。

冰雪的世界里，青海湖的心脏被满目枯黄遮掩。

但辽阔的清寒里，有丝丝缕缕春天的气息。因为能听见一个声音。它是从湖的心脏传来的？是的。像什么声音呢？侧耳过去，被雪封紧封牢的湖面竟然有些许冰层断裂的声响。

我的心脏也被一种力量撕裂开来。

绿色铁皮列车在一个小得像火柴盒般的无名车站停顿，年轻的我正在与一位青年对话。

你这是从哪里来？要到哪里去？

韩国人，留学生，去青海湖。

去青海湖啊？我激动异常，我，我就是青海湖人。

太好啦，我们可以同路而行。

一部分对话用汉语，像朗诵。另一部分依赖汉文字，一笔一画。

我用手绢粗略地擦拭了一只苹果，歪着头大口地咬下一块果肉。他戴着耳机听音乐。除了吃面包，他也吃苹果。他用一把小刀把苹果切成小块。他的动作优雅，与生俱来。

我们不由互相对视。他露出了令人心动的一笑。我有些难为情。接着又忍俊不禁莞尔含笑。这是一种莫名的好感和默契。

下车走走。清凉的风裹着寒意袭来。

重返列车，又落入嘈杂的环境中。但有了他特殊的气息，车厢凝重的空气变得柔和。我好奇而细致地打量着他。他的一双眼睛细长。纯粹的韩国血统。朝鲜族？韩国？很远很远呢。汉拿山、雪岳山，他从哪里来，褐色的瞳仁是那座山的颜色吗？线条坚硬的嘴唇，挺拔的鼻子，略带忧郁的面孔，透着一股说不出来的自信。他从双肩包里取出的是一本韩国版印装精美的旅游导读书，他翻开印有青海地图的那一页。我清楚地看见蓝色线条在青海湖位置上作出的重重的标记。

二十世纪八十年代，还有不少中国人没听说过远在西陲的青海湖，可是这个中国农业大学的韩国留学生知晓，而且热切地向往。他的眼睛炯炯有神，反射出车外的亮光，这令我激动。突然意识到，即使韩国，即使离我再遥远的国度也能和我的青海湖连在一起。

列车缓缓启动。开出一段后还能看见闪烁着灯光的小小站台。

韩国青年充满渴望的眼神与我有点慌乱的目光相遇。

我轻轻一笑，垂下眼睑。

车外变得荒芜而冷清。

一路往西……

越往西越是遍地的苍凉。久居西部的人，最惧怕的就是寂寞。现在，完全陌生的两人因为远在天边的青海湖互相靠近。那就说定了，到西宁后一道去看青海湖——这是一个缠绵得让人心跳的约定吗？

列车在月光下奔驰。钻出一个山洞后，紫色的烟云弥漫在湟水河上。这紫色除了代表清晨，还代表什么呢？是曾经有些绝望的美丽的感伤，还是一点点寂寥无助带来的凄凉心境？啊，这高原的苦楚和喜悦，都在说，我就是青海湖的人，我在青海湖边长大，我是青海湖的亲人，也是青海湖最忠实的欣赏者和爱恋者——

我是库库淖尔的女儿／乘没有遮拦的烟波远去／

我是她两袖清风的姑娘／

顶苍天而目视红日落去

如此惊艳，光辉，动情／自何处飞来的

鱼鸥、斑头雁

雪色如花出自我心底／有谁在推说痴人入梦对影叹息

湖岸花开，湖岸花香／心里有草，便是绿

从手里滑落的鱼儿忍痛褪下鳞片／我想随手拈来一片羽毛／

　　　　为他拂去伤口／
　　　　挂在崖壁上的大黄／偷偷发笑／
　　　　姑娘／你无须伤悲
　　　　万里无寸草行脚／湖面无鸟翅飞舞／
　　　　必是你的／山眉湖海风毛菊／也救不了你的颠连沦落
　　　　心里有草，还不是草

　　知道了他最想去的是青海湖，便希望和他一起去表达对青海湖的问候。告诉那湖水，不论多苦，我都会一如既往地痴迷地去看望她湛蓝无比、柔润无比、纯洁无比的面容。也会和他一起去享受她的阳光，她的天空，她的草原，她的群山……

　　有一个古老的神话，很长很长。远古的人围坐在篝火旁讲述的时候，天上的飞禽多得像星星，地上的走兽多得像石子。那时候，一匹流浪在故事外的马正行走在寻找人类的路上。为了争得依存的水草，它的大哥被凶蛮的野牦牛噶瓦用锋利的犄角挑死了，它的二哥不愿雪耻，懦弱地逃向山岭深处，而这匹有着天庭血脉的骏马，一味地念着手足之情，带着方刚血气，来到一个叫"吉"的王国，站在了一位叫莫布旦先的人面前，与他定下了掷石般沉甸甸的约定。

　　马儿的名字叫——库绒曼达。

　　曼达就这样走进了人们口耳相传的故事里。

　　故事里说，莫布旦先骑着曼达，用结实的皮套擒住了凶蛮的噶瓦，又用强大的力量拽过噶瓦的身躯，再用比犄角还锋利的武器刺穿了野牦牛的心脏，噶瓦立时毙命！

　　仇恨已了，库绒曼达开始兑现自己的承诺——为了报恩，将驮莫布旦先走过生死轮回。

　　草原的风吹过了几万年，库绒曼达古远的故事就像山顶褪色的经幡，渐渐隐没在苍穹的怀抱，骑手莫布旦先的猎技和故事却一直流传在今天的草原上。传说中，那个叫"吉"的王国，就在黄河上游，在苏毗遗址，在今天的青藏高原、青海湖畔。

　　那个时候，库绒曼达的身影被画在了山顶的幡旗上，被刻在了沧桑的木简上，被印在了天空的飞纸上，沿着诺言之路奔腾在草原的上空。

　　那个时候，曼达的名字叫隆达，就是风马。

　　后来，人们以放飞风马表达自己的心愿，祈福、圣拜、忏悔、消业。

　　青海草原上，风马随处可见，牧人在特定的日子将经幡悬挂在神山圣湖、山岩佛塔、寺院石堆、村寨民居,更会有纷纷扬扬、缤纷绚丽的风马纸飞于高原上空。在牧区任意山峰的垭口、湖畔都会看到这样的景象,人们将风马纸抛向天空,抛向山涧、口中高呼:"索,索,索!"(藏语,神佑我胜利)

风马随风飘荡,去向远方。

这是对山神的敬畏,是对大自然的祈福,也是对自己行为的约束。

不知一位异乡人,一位远道而来的人,是否听得懂古老的故事。但只要听了就好,来了就好。

草原的风又吹过了几万年,曼达的承诺一直被群山注目,被绿水传唱。

是暗自喜欢上了坐在对面的这位韩国青年,还是因为他随身携带的书本上只重重地标记着青海湖。

或者,喜欢这个词并不准确,打算换一个词。所以挖空心思,脑子里倒是冒出了许多词,轮流用过之后,还是觉得这个词恰当,最能表达我的感觉。

二

到达西宁后的第二天,接到了他的电话。这是预料中的电话。听到他磕磕巴巴的汉语,心里一阵阵欢喜。但是电话的内容令人沮丧,多少还有些尴尬——他的钱包、背包被贼偷了。

案发现场就在昨天下午,我们暂时道别后火车站附近的宾馆。而这会儿,他已经购好了返回北京的火车票。买票的钱是当晚借青海师范大学韩国留学生的。他说,借了他们的钱,回韩国后会方便直接还给他们的家人。

他的声音很轻微,像被什么东西挤压着,有倾诉感,有遗憾,更多的是失望。几乎有一点责怪他自己的感觉,好像犯了这个错误的是他。过两小时,他就要离开西宁。他想再见我一面。

我的手心像被针刺了一下。放下电话听筒,我毫不犹豫地奔他而去。我要急切地赶到他身边。好像犯了那个错误的人是我。好像要去当面向他郑重道歉。好像要挽留他。更好像他已陷入绝境,我要去拯救他。

站在他的面前时,我气喘吁吁,两腿发软,面庞火红。才觉得也许注定了,我们只能在火车站站台上相见。

他正孤孤单单地在火车前焦急地张望。他的脸色苍白,眼神复杂。他没有忘记对自己的承诺,对我的承诺——去青海湖。

但现在已无法兑现。

可至少我们应该一起去一趟青海湖。这是他此番的目的，是他心驰神往的事。

我心里难过，还有些懊恨。这种感觉真真切切。但道歉和解释无济于事。因为，因为还有一种叫作羞愧的东西突然生了心尖上，我不敢看他的眼睛。为什么偏偏会是这样？为什么被偷的一定是他？我的心以及全身都在隐隐作痛。

他是那么强烈地想去看看在他心中很重很沉很美的那片湖水，哪怕就看一眼。

生活在青海湖畔的人们逐水草而居，依赖草场绿地，仰仗山泉溪水，珍爱着眷顾他们的湖水。牧人们从小就坐在老人的怀中聆听教诲，做一个诚实善良的人。他们绝对不会弄脏帐房前的溪水，因为下游的人们和牲畜还要饮用；他们绝对不会轻易互相伤害，因为在缺氧的高原生活实属不易。

丢人现眼的事已然是事实。他绝对不会带着这种心情完成他心中的梦想和渴望。只能折途返回。

我不无痛苦地感觉着他对我所居住的城市和这座城市里的人产生的极度失望，他竟然不再愿意看一眼，他不远万里只为一睹芳容的那片湖水。难道他心底里如春风般荡漾清泉般涟漪的那份眷恋、那份深情就这样飘走了，飘走了……

然而，我能够抱怨什么呢？

我该说什么，该做什么呢？

人类的本能像石头一样坚硬，像流水一样温柔，像带着籽的青草。一切为自然打开，为生命打开，为幸福打开。只拒绝丑恶。虽然无法预料这世界上的一切将怎样延续，但是我已经万分肯定我和他的关系从此不会中断。就是一男一女两个青年，就是在火车上的一段邂逅，就是在几页小纸片上简单的对话，就是看着他那样精细地吃过面包，就是记得他给我的苹果的香甜味道，就是忘不了。

想想，也许他可以不打那个电话。我也可以不期待什么。但是他打来的那个电话代表着对我的信任。而天地人间总有那么一种说不清的、没有名字的、不用说清也无法言说的东西存在着。摸不着，看不见。像曼达，像风马，就是这种东西，把这样一种人和那样一种人连在一起。斧头砍它也砍不断，刀子割它也割不了。它叫什么呢，也许它什么也不叫，什么也不是，它只是证明我、你、他，证明人，证明人的美好。

来到月台，分别的时候终于到了。

可能也是为了这个缘故吧。

一想到过一会儿就再也不能相见……永远也见不到了……

四目湿润，为离别而伤心。他紧紧地搂住我，温存的、伤感的、留恋的拥抱让我泪流满面。

这是一个感慨无比的拥抱。至纯至善的亲密接触让我们忘却了人间的忧伤，只剩下祝福、期望、记忆与不舍。

那时候，我还并不非常知道男女之间除了爱情，还有一种割舍不下的刻骨铭心的互相尊重和互相理解的感情。我还并不非常知道人与人之间还有一种扯人心肺悲欢离合的告别。我只知道爱上一个人有多么不容易。

哦。我的一只手还留在他的温暖的掌心里。

他用生硬的汉语说出了自己的名字——金焌奭。

列车缓缓开动。我含着眼泪在站台上久久伫立，目送他乘坐的列车渐渐远去。

我记得他上车后回过头的微笑，固执，勉强，温柔。

十九岁的我从他身上第一次体会到了人的真挚与纯粹、平和与高贵。这种体会不怕被千山万水阻隔，也无法被沧桑岁月阻挡。当然还要感谢偶遇，感谢邂逅，感谢纯粹。明知今生今世永远不会再相见的那一份不期待的重逢。也没有任何特殊的约定。只是想，时间长了，回忆起来也不会有太多的痛苦感。还想过：让丑陋的龌龊的狭隘的恶心的带有偏见的东西见鬼去吧！

那时候正在上大学。回到学校后，收到他寄来的一张明信片，上面写着：青海湖成了一生一世无法企及的梦想，雕刻在心上。

三

我站在湖边，一点也不觉得孤单，仿佛那个叫金焌奭的韩国青年就在我的身边。我用他的眼睛眺望着湖面，用他的呼吸呼吸，用他的双唇吻着清爽的空气。

面对着即将开湖的青海湖，我怎么能不记得对他的承诺，替他来一趟青海湖呢。

湖的世界，冰雪的世界，远离喧嚣，远离尘世，只有宁静，令人心悸的宁静。天空白雾迷漫，湖面烟云缭绕、渺渺茫茫。湖北边的群山神秘莫测仙境般遥远。湖南岸的荒草仍然萧索，看不到一点点春的迹象。

雪停了，太阳出来了。

白雪中的青海湖拨开云雾，露出了晶莹闪烁的本来面貌。

这是众鸟还没有光临的季节，这是野花还没有盛开的季节。但是，站在湖岸的我忽然发现，那地平线上，那璀璨的冰雪间，竟朦朦胧胧地出现了一大片闪闪发光通透明亮的湖水。

我用力地揉了揉眼睛,兴奋地向前跑去。

风在耳边起舞。看清楚了,我看清楚了——漫漫冰雪间美人笑靥般绽开的湖面已是碧波荡漾。雪山上融化的那条河流,奔向青海湖的那条河流,穿透冰层冲开冰湖刻下的那道裂缝,在昨夜的风雪中开裂。

这就是青海湖的开湖。

有时候,她静谧无声。一夜风雪之后,白雪覆盖着的大湖,沉睡了一个冬天的大湖,在清晨会静悄悄地变成眼前这片幽蓝透绿的湖水。仿佛这片水从来就没有凝固过。有时候,她雷霆万钧,排山倒海,气势汹涌。那是由于清明前后的某一天夜里,数千平方千米冰封如凝脂般瓷实的湖面,会在大风中迅速升温,促使冰块体积缩小;河流穿透的缝隙突然扩大,促使冰盖在瞬间炸裂。最终促使冰块相互挤压、相互碰撞、相互击碎,随后被吹散、分离、漂移,露出清澈的湖水。这种方式超乎一般人的想象,被人们称作"武开"。

而此时,不是想象,也不是幻觉。开湖的景象,就在眼前。事实上,开湖最终源于雪山融化后流下来的那条水流,也许是数条那样的水流。没有那些让厚厚冰层裂开缝隙的水流,仅仅依靠狂风的作用,短时间内再巨大的力量也奈何不了厚厚的冰层。

"武开"的声音似乎就在耳边。但相比之下,我更钟情于"文开"。那是一种舒缓的、执着的、亲切的、从容的、雅致的、理解的、爱怜的,靠水流轻轻穿透,在静默中缓缓展开的仪式。像牵牛花在夜间悄然绽放,像夜来香轻轻呼唤黎明,像绵长、隽永、细腻的幸福,深邃、悠远,充满内在之力。

又仿佛听见了他的声音,看到了他的身影,眼神里既有信任憧憬又显迷茫,矛盾而忧郁。

他在沉默中等待。等待也是一种力量……

动荡的湖面愈加浩大,湖水瓦蓝瓦蓝浸透了我的心。

湖当然不是海,也许没有大海那么伟大,她只是安静地躺在那里,固守着自己,等着你去发现、欣赏,然后再呆呆地默想。她没有大海那样广阔的胸怀、气度,也没有大海的无私、宽厚、忍让。但她的纯美,她的清洁,她的优雅,她的近乎拒人于千里之外的冷酷的面容,有时候,会更加让人心仪。

久久的凝视中,突然分不清那躺着的是湖还是天了,地球上的生命都是循环往复无限延伸的。在大自然面前,人是多么的渺小啊。心中所有的痛楚寂寞怀念消业,在它面前又是多么不堪一击。我能够替远方的他弥补那份深深的遗憾吗?个人的孤苦无依与怅惘、欲望及落寞,有时候是多么的不足挂齿。

阳光愈发明丽起来。冰雪的映衬下,明净的湖面光洁如玉,柔软如锦,灿烂如霞。春雪下的土地里,也正有无数强大的生命,挺直身子努力向上,让我的心渐渐融化。

三十年是一段很长的时间。有时候,与韩国青年相遇这件事究竟有没有发生过,我都有些恍惚。但是,这个恍惚非常美妙,非常受用,非常耐人寻味,是甜滋滋、略微带一些苦涩味道的那种。它能滋养我,丰富我,萦绕我,让我产生想象。

春天的某日,我又一次面对湖水。湖水的声音,果然不惊天动地,果然温文尔雅,从容不迫,文质彬彬,随着层层浪花渐渐地扩大,渐渐地延伸,渐渐地弥漫,直到把一片宝蓝、青蓝、靛蓝的颜色交付给欣赏她的所有人。

不是吗——任何结局都是一种开始的象征。

恶意不值一提,善念永存心间。

登上南山,湖水闪烁犹如孔雀羽毛。

面对天空,我用力抛撒风马,许久许久。

风马随风飘荡,去向远方。

(选自2018年第7期《散文》)

名士与历城

侯健飞

孔子生曲阜,成圣人。其实只要这八个字,齐鲁名山、济南名泉不觉失色。毕竟,世间万物,人和人的思想是灵魂,没有人类智慧的山水,无所谓美丑,只是山水而已。然而,我年少读书识字时,孔家店已经砸烂,孔孟之道万劫不复。那时,先父解甲归田,以说书为乐,最爱隋唐宋史。最早印在我脑子里的山东地名,一是水泊梁山,二是齐州历城。梁山因水浒,历城有秦琼——即便此刻,一提秦琼秦叔宝,精神立刻振奋。"身高八尺,豹头虎眼,金盔金甲乌金靴,胯下黄骠马,一双金铜震风雷!"我心中的秦琼,一直山呼海啸四十多年,其神圣高大盖过天下英豪。

历城,因处历山之下得名,自西汉初年设县,有两千多年历史,它成为济南一个区不过三十年的事。大城纳编小县,是一个朝代又一个朝代中国城市扩大发展的潮流,但从历史文化传承和名城名镇保护方面,尚有许多值得商榷建言的地方。我们可以想到,欧洲某个小城,小小的,可人的样子——陈旧的石板路,氤氲在清新的空气中,珍珠一样精美的教堂,古玉一样温润的老墙,还有傍晚并不明亮的路灯——这些并不重要,重要的是,在某一丛蔷薇花中,矗立着一个手持风琴的铜像。这是一个年轻的姑娘,就诞生在这个镇上,是一名乡村教师,她是第一个把乡村音乐定格在这里盼人;或者,在某个小小的邮递所广场上,一个绿色斑驳的铜人倚坐在条椅上,他很瘦,衣服还打着补丁,正在阅读一本书。你肯定没听说过他的名字,但他是这个小城最出名的作家,写过两本游记,已经去世一百多年。我这样说,并不是说外国的月亮圆,而是说,中国幅员辽阔,文明日久,王朝更迭,天灾人祸,文化遗产保存实属不易。

说历城,绕不过济南。济南的冬天,老舍先生写了,他还写了济南的秋天。其实,如果你真的了解济南的四季,就知道济南的冬天和秋天最不好入笔的,因为实在缺少特色。济南居黄河南岸,南面环山势高,北面黄河低回,这在习惯南低北高的地理方位上，容易让人产生混乱思绪。不好写才写，不好写才要写好，才能写好，这就是大师。老舍先生说，上帝把夏天的艺术赐给了瑞士，把春天赐给了西湖，所以只好写了济南的冬天和秋天。其实，哪里没有春天和夏天呢？老舍厚道，觉得不能把一个地方的风光写绝了，他要把容易入画的春天和夏天留给后人，但后人才疏学浅者多，好在都还有自知之明，所以，《济南的冬天》发表八十多年后，至今没听说有哪一个作家写出《济南的春天》或《济南的夏天》。

新时期，历城归了济南，名气确乎越来越小了。生活在历城的几位文友有些失落，只有讲到千佛崖、四门塔和华不注山，他们才面露笑容。我的看法是大可不必。就像北京，谁不知道先有潭柘寺才有北京城？历城也如北京的故宫，故宫之大，是集中华古文明大成之大，无论承德还是台北，总会显出小来。

天地承载万物，万物记载文明。无论大城小县，能在几千年历史大浪的冲刷下留存下来，除名川大山，名士、良吏至关重要。所谓名士，就是有才华的文史名人。而良吏不言自明。就像三股麻绳，名士、良吏和名山大川，你中有我，我中有你，缺一不成名城名镇，缺一不成名胜古迹。

我慕历城，是因为它小中见大，大非大小之大，而是某种精神。中华文明，儒学为源头。如此小小的古县，多位名士、良吏却青史留名。今天不谈良吏，虽然良吏对人类文明贡献无比巨大。历城名士中，我尤敬闵子骞、秦琼和刘庭式，因为此三士就是孝悌、忠勇和信义的典范。

入则孝，出则悌，圣贤根本。《论语·先进》有"孝哉，闵子骞！人不间于其父母昆弟之言"。春秋时期，孔子有七十二贤徒，闵子骞是其中"十哲"之一。子骞十岁丧母，其父再娶，但继母李氏对他百般虐待，给自己亲生的两个儿子做的冬衣，絮的是棉花，给子骞的冬衣絮的是芦花。寒冬驾车外出劳作，子骞冻得发抖，其父以为他装病偷懒，一鞭抽下，芦花乱飞。父亲发现真相后，决定休了李氏。但子骞双膝跪地，以情动父："母在一子寒，母去三子单。留下高堂母，全家得团圆……"后人把这一故事称为"单衣顺亲"或"鞭打芦花"。又有诗称赞："闵氏有贤郎，何曾怨后娘。车前留母在，三子免风霜。"我读子骞故事，常常不能自已，不独为他入则施孝继母而感佩，更为他出则关爱兄弟而涕零。宋熙宁七年，济南太守李肃，在闵子骞墓前建祠堂，苏辙作文以志。祠堂内有一副对联是："士各有志，一代高风推汶水。孝本无心，千秋知己问芦花。"

秦琼，字叔宝，其忠其勇，历史早已定论，不然，秦琼不会成为中国百姓保佑平安的门神。小时候听父说书，秦琼当锏卖马，为朋友两肋插刀，总是热血偾张。

长大后从军，渐渐崇尚"士君子之勇"。孔子说："勇发乎仁。"士君子是儒家的理想人格，讲究仁义道德。士君子的勇不是为了自己的一己私利，而是为了正义公平。孟子也说："勇本三分，德为贵，有德才为士。"如此再读隋唐，秦琼的士君子人格跃然纸上。

隋朝末年，天下大乱，官盗难分。好汉秦琼曾在衙门供职。有一次押送犯人，与同伴在潞州分别时，忘了分行李，路银全被同伴带走。秦琼困在王小二客栈，衣食无着。小二势利，劝秦琼放掉犯人，变吏为盗，遭秦琼怒斥。秦琼卖光随身物品，又典当了双锏，才勉强度日。秦琼爱马，视坐骑黄骠马为兄弟。某日，秦琼重病店中，小二又暗示他，可以卖马换钱。秦琼看爱马骨瘦如柴，几近饿死，不觉潸然泪下。他请小二将黄骠马拴在庄南大槐树下，树挂一牌，上书："良马识英雄，分文不取。"当时，另一个名士单雄信路过，听说有人赠马觅英雄，便去相马。秦琼早就听说单雄信是一条好汉，但自己眼下穷困潦倒，羞于颜面，不肯相交。他叮嘱小二，马赠雄信，但不要说出叔宝真名实姓。后经王伯当引见，使两位英雄相识。单雄信把秦琼接往二贤庄，精心养病八个月。离别时，单雄信为给黄骠马配上了金镫银鞍，并以重金接济，从此二人结下莫逆之交。随后，在推翻隋王朝的农民起义中，兄弟二人同仇敌忾，为起义军创造了不可磨灭的业绩。唐朝兴起后，秦琼对太宗李世民忠诚一生，终生保唐，单雄信则抗唐到底。尽管秦、单二人在政治上分道扬镳，各为其主，但患难中结下的兄弟情谊始终如故，《说唐》中的"秦琼建祠报雄信"，说的就是秦琼听说李世民擒了单雄信，飞马来救。刚赶到阵前，雄信头已落地。秦琼不顾李世民猜忌，抱起雄信的头，跪在地上，悲痛欲绝。李世民深受感动，允许秦琼将雄信夫妻合葬在洛阳南门外，并起造一所祠堂，以报潞州知遇之恩。

今天的历城，有齐鲁首邑之誉，有后人说，此提法或可出自苏轼、苏辙兄弟。我认为，文人逸事，一说一听罢了，倒是苏轼写历城名士刘庭式义娶盲女的故事，永存我心。可惜因为苏轼词、书名头太大，义娶之事反而流传不广。

苏轼在当密州知州时，齐州历城人刘庭式在他手下当通判。某天，在齐州掌书记的苏辙听说，刘庭式在没有考中进士时，曾商议迎娶同乡农家女儿。刘庭式考中进士后，农家女却因病双目失明。女家因家贫女盲，不敢再提双方婚约，也有人劝刘庭式迎娶农家幼女。可刘庭式正色道："我的心已经许给她了，虽然她人瞎了，我相信她的心也许给我了，我岂能辜负她和我当初的心意！"于是，刘庭式隆重迎娶了盲女。苏辙听了刘庭式的故事，专门写信给哥哥苏轼，赞扬刘庭式通晓礼仪、有信有义。多年之后，刘庭式盲妻病死在密州。刘庭式十分悲痛，为盲妻举办了隆重的丧事，一两年还没有从悲哀中解脱出来，更不肯再娶。苏轼有一次问他："悲哀生于爱，而爱生于美色，您娶盲女，并与她一齐到老，这是坚守道义。（但是）您的爱又从何而来呢？你的悲哀又从何而来呢？"刘庭式回答："我只知道失去了我的妻子而已，她有眼睛是我的妻子，没有眼睛也是我的妻子。我如果是因为美色而生爱，因为爱而生悲哀，那么美色衰减，爱也会废弃，我的悲哀也会忘掉。那么，那些扬袂倚市、目挑而心招的风尘女子，岂不是都可以做妻子了吗？"这是苏轼《书刘庭式事》一文的原话。我每读至此，都为前辈文豪苏轼感到一丝惭愧。虽然文中苏轼说，他被刘庭式的话深深打动，并预言刘庭式将来一定会成为功名富贵的人，可我还是看出苏轼藏在文字后面的讪讪和渺小。"如果他不能取得尊位，就一定会得道。"这是苏轼对刘庭式作的美好祝愿。文章最后写道："昨日有人从庐山来，说刘庭式现在在庐山，主持太平观，面目神采奕奕有紫光，在上下峻岭山道上，往返行走六十里就像飞一样，辟谷不食已经几年了，这难道是没有得道而凭空这样的吗？"苏轼毕竟是有智慧的人，借用如椽之笔，为刘庭式也为自己画了一个圆满的句号。

　　从古到今，历城名士辈出，除闵子骞、秦琼和刘庭式之外，还有西汉时请缨报国的终军、北宋"读书堂"主人张蕴父子、南宋豪放派词人辛弃疾、明代诗人李攀龙、清代乡贤马国翰等等。生于历城或葬于历城的良吏更有：千古大贤鲍叔牙、贞观名相房玄龄、元代好官张养浩、明代廉吏张鼐、清末名臣丁宝桢等，可惜篇幅所限，不能一一道来。

　　清明前夕，与历城友人静坐秦琼祠前，看周围房新瓦洁，看老人安适晨练，听百灵欢歌，遥想心中英雄秦琼，远在昭陵陪太宗安卧，顿觉如重返贞观盛世，百感交集，心旷神怡。忽然又想，自己虽身在行伍，但也算半个文人，既到历城，不早日谒拜辛弃疾、李攀龙和老舍，简直罪该万死。

　　历城友人告诉我，辛弃疾故居，位于历城区东北的遥墙镇四风闸村。李攀龙的"白雪楼"初建在历城王舍人庄之东鲍山下。

　　友人最后说："其实，李清照也是历城人，但章丘人不同意。"我笑了，说是啊，为什么要争这个呢？老舍先生是北京旗人，但他说，济南是他第二故乡；至于李清照和辛弃疾，只要后人知道，宋词有二安，"婉约以易安为宗，豪放以幼安称首"就可以了。

（选自2018年4月18日《人民日报》）

以梦为马，不负韶华

任晓璐

一

其实，人生在世做什么梦的都有。明星梦就是最难圆的梦，少男少女们为了成为明星，大多葬身火海。

我却没有太远大的理想、抱负。抑或是，我知道做这些梦的代价有多么大，我便不像某些人那样做着富贵梦。

时间，将我最大的期望打破。它破碎的模样，在脑海中越来越清晰。期望破碎的残骸将内心剐割七零八落。眼睁睁看期望破碎，真痛。樱花落了，何时再开？或许，再也不会盛开。

或是，内心早已与世俗社会脱节。而整个人早已投身这个美丽与丑陋兼具的社会。可是，总是无法诠释美丽的样子，就更不知道何为美丽的事。

忽而觉得，每个人都是舞台上的小丑。每个人都拥有一个角色，每个人都带着那个角色应该戴的面具。你可能是嘴里碎碎地念着"不多乎、不多乎"的孔乙己。也可能是戴着黑色面罩的佐罗。

可是，在特定的某个时刻，佐罗就会与孔乙己角色互换，孔乙己成了佐罗，佐罗就成了孔乙己。

无论成了什么样的人物，也都会有迷茫的时刻。或许，每个人都会显现出迷离的眼神，即使这眼神很短暂，但他迷惘过。

某些事，随着时间的推移发生着微妙且细小的变化，只是我们都没有发现而已：其实，什么都变了模样。只是时间，它还在嘀嗒嘀嗒地一分一秒地过去。

我在一点点地长大，在我身后有一股巨大的力量。这力量，是善意或是邪恶，是不明晰的，只有一个很现实的事实。我的年龄在一点点地长，身边的人也随着时间的推移,来了些,走了些,来了些,最后都走了,一个未剩。

其实,还是很佩服自己的记忆力的。儿时,做过一个可怕的梦。我与母亲大人在某地的乡下游玩。晚上,母亲大人将我丢在座位上去方便,不一会儿,一个身着黑衣的人将我带走,然后我便从噩梦中惊醒。那时候,还真是单纯,认为别人把我带走就是最可怕的事。很想念幼年的快乐与单纯。或许,等我头发花白的时候,便会成为儿时的模样。或许,还能将现在的期望实现,看到樱花的盛开。

我并非丢弃梦想的人,只是害怕再次眼睁睁地看到梦想一点点地破碎。

再见樱花,或许我们再见时,你会比现在更美好。

我像一个刚刚成熟的男子一般仰望着你雅致的容颜。其实,很多时候不明白为什么年轻的男子会恋上与自己母亲年龄相似的人,现在总算是明白了。原来,有些男人在寻找女人身上雅致的那些点滴,而将新时代的年轻女子抛之脑后。

二

某些时候,男人对女人依然垂涎欲滴,但表面还是不露声色。这样表达不免有些露骨,我只是想说,我寻梦苏州、追梦上海就是这样的感觉。

拙政园的气势,那种气势把我潜意识中的金钱欲望激发得一发不可收拾。在那一瞬间,觉得自己应该挣很多很多的钱,盖一个这样的房子,给亲人们住,这也只是一瞬间的痴心妄想罢了。

寒山寺的寒气逼人。与寒山寺会面的那天刮着刺骨的寒风,银杏树叶将地面装扮成了深黄色的世界。踩在上面感到越发的温暖,可刺骨的寒风从脊梁穿透将心脏吹得微凉。

雕花楼,看上去就像是矫情的女子。苏州的能工巧匠把她装扮成模样,如今谁也不知把雕花楼装扮成这般模样的人是谁。细致中透露着些许的优雅,让我好生羡慕,在雕花楼的面前觉得自己是这般"渺小"。

虎丘,在这个季节里色彩是如此分明,有银杏黄色的盛大,香樟树和青松富有生机的绿以及红枫热情的红。一个恶毒且善良的女人将千名工匠杀死的"千人台"上,我想或许就是在这个季节里,千人被杀。我仿佛看到她红黑分明的心脏在她的身体里跳动,以及她一半善良一半邪恶的眼神。那样的美是无法形容的。在这里与一个可爱的导游相遇,她说成片的银杏黄得并不衰败而是灿烂。导游是那样的热爱生命和乐观,照相的时候,总是让我们微笑、大笑或是狂笑。我想在这附近生活的人,都是如此热爱生命的。因为虎丘赋予了你们美,强大的美。

上海，不曾向往的地方。十二月四日，在那里的南京路以及外滩徘徊。

我看到了雾中的上海。无数的外地人在徘徊，他们也像我一样迷茫以及无奈吗？

只记得，那天在地铁站晃悠了很久。那里人很多，空气很差。

真正看到上海时，已然感到四肢无力了，一瞬间便没了欣赏上海的兴致。

拖着疲惫的身躯，仰望着一座座似乎已然紧密连接的高楼大厦，好似站在地面看云朵里的房子一般。

当我拖着依然疲惫的身躯略带兴致地走到外滩，想一睹外滩的风采时，看到头顶赫然几个大字："外滩施工，请乘坐公交或是乘坐时光隧道。"

我第一次坐了时光隧道，看到"流星雨"的模样。"时光隧道"形成的转瞬即逝以及"岩浆形成"的状态，但很不幸的是，这是假的。最可笑的便是"天堂与地狱"了，几个鬼怪模样的人站在隧道的中间晃来晃去，其实只是几个充气人而已。

从时光隧道出来后，由于种种原因．我们只能在外滩的一个角落，看到了外滩局部的风采。这个深秋在上海，内心深处留下了些许遗憾。

三

在我年幼的时候，还曾经有一个梦想，就是拥有一个自己的大理石板公司。听起来是不是有些可笑，我整天坐在自己的"办公室"里，给各种各样的"老板"打电话。其实，我的办公室是我们一家三口的卧室后面的一间屋子，那老板们就是一部电话，仅仅是一部电话而已，只有我自己，没有别人。从那时候开始，觉得自己以后可能会是个老板。就这样，一年又一年，一年又一年，我长大了工作了，却做着和老板没有半毛钱关系的事情。

从二十一二岁起，就有了一种预感。我定是晚婚的那一类人，看似柔和，其实个性很强。看似温柔，但内心有别人了解不到的小宇宙。直到今年，猛然间明白我不该有这样的预言以及预感，因为付出的代价有些大。

我的姥爷，就为了我的事情操碎了心。因为不定心，也不定性，便也不敢与他承诺些什么，直至姥爷去世，他的心愿也没有完成，也许他的内心是带着遗憾走的，而那遗憾也成了永远。他离开的那一天，我撕心裂肺地大哭，如果我嫁了人，有了可爱的宝宝，姥爷离开得会圆满些。但是，我又想，他带着遗憾走，下辈子我们还能成为一家人，前世的遗憾，下辈子亲爱的姥爷还会来找我，无论我是他的谁，他又是我的谁。只要还能相见就好。

姥爷走了，留下了遗憾。姥爷那个年代，人的思想相对单纯，一切都没有现在那么复杂，他觉得人生到了哪个阶段就应该做什么事情，可他不知道时代已经大不一样了。每次我买一件新的裙子或者大衣他都会问我，这件衣服要多少钱，好几百吧？他觉得几百已经是很多很多钱了，他会问许多我们觉得可笑的问题，细细想来这其实没有什么可笑的，就像早些时候的太姥姥会问，这电视里的人是怎么进去的。

一代人有一代人思想与理念。如果，在姥爷或者太姥姥那个时代，三十岁不结婚不生孩子，会被扣上不忠不孝的帽子。而在现在这个一切都变得相对复杂的时代，三十岁不结婚好像已经不算什么了，但是依然会有些人耻笑你。

三十岁，如果你还在晚睡、打游戏、熬夜、啃老，那么恭喜你，你跟十六岁没什么区别，也许还不如十六岁。你是应该被耻笑，那确实你已经垮掉了，想要懂得经营婚姻估计还要再等十年。

三十岁了，如果你奔波劳累，为了自己的梦想，为了以后能够好好生活打下基础，我觉得这些人就算不结婚也是有理由的，不应该被耻笑。因为，我懂，那种完成梦想的感觉有多么奇妙。就像之前我看着电视里的女孩子，优雅地拉着大提琴。现在，我也可以做到了，这就是完成梦想的感觉。

社会复杂，想要生存得顺心幸福并不是一件容易的事。但我不赞同那些以结婚没结婚、有没有男朋友去界定幸福不幸福的人。当然，我也希望有一个知我懂我的人疼爱我，当然在他疼爱我的同时我也会关心照顾他。没有呢？没有的答案就是安心过好一个人的生活，在我二十五岁之前也会羡慕嫉妒别人成双入对，也会消极地想为什么别人有男朋友甚至结了婚有了孩子，而我没有。是我没有其他人优秀吗？其实并不是，是对的人还没有出现罢了。

结婚是件美好的事儿，我有许多期待在婚姻上。也会看到其他人在婚姻中的不易，但是婚姻就是婚姻。无论好坏，都是你的。关于婚姻的事情，我没有太多的发言权，但是幸福、美好、完满，不一定属于爱情，属于婚姻，也属于自己。只要有梦想，有信仰，学会自己爱自己。当你觉得一个人也可以过得非常美的时候，也许你离生命中那个对的人就不远了，离婚姻不远了。因为，在婚姻里你们也是独立的两个人，独立的个体。

我期待爱情，对婚姻并不恐惧。但我，也不害怕一个人生活。

生活还在继续，以梦为马，不负韶华，努力做最好的自己，去迎接生命中那个对的人。

（选自2018年第2期《四川文学》）

行走桑植

谢德才

利福塔的糖

舌尖上的桑植，有利福塔的糖。

在湖南省的桑植县城有条老街，老街上，常有卖糖人。他们在那儿摆上小摊，背篓上支个簸箕，簸箕里盛着红薯糖、苞谷糖和米糖。他们坐在那里，一声不吭，主动上门买糖的却不少。乡下人吃过早饭，挑个担儿笑嘻嘻地进了城，下午的时候，他们就把空担儿乐呵呵地挑回了家。如果你想打听这些卖糖人来自哪里。他们会幽默地给甩上一句："利福塔的'糖客'！"

平日里，一些人有事无事总喜欢往利福塔跑，那地方是块风水宝地，那里有张家界西线旅游的景点，再就是盛产红薯糖、米糖和苞谷糖了。

这地方的景致像姿色诱人的美女们。如九天洞，俗称亚洲第一大溶洞。它是不是亚洲第一大溶洞，我不用去考证，这也不用我考证。但，洞是超奇的怪，我得承认。洞内，天生的九个天窗像无法计量瓦数的灯泡照亮洞内。像这样的洞，依我想，除了这九天洞，全中国难找，全世界也找不出。这里的峰恋溪俗称是张家界天子山的"幺儿子"。山峰高得吓人，差点顶到云层里去了。最爱笑的小溪，它日日夜夜地鼓着掌，渗透着《儒林外史》中风景描写的清新与幽雅。走进千年的苦竹寨，等于走进了民风，走进了民俗，也走进了民情。这里有踩上去发出叮当响的石板路，陈年旧事也长满了大街小巷；苦竹寨，河边的苦竹们节奏性地摇曳着。一条前不见头后不着尾的苦竹河，养育出了满河的绿，还真难从字典中抠出一个准确的词儿来比拟它，即使拖出辞海也是瞎子点灯——白费气力。河边，会生活会过日子会享受的一些柳树，有四周的青山欣赏着，有飞来飞去的鸟儿陪伴着，有大大小小摇晃的船只依偎着……

我想去利福塔，想感受那里的糖。我急切地想去那个充满神秘的地方，一个人便挤上了去利福塔的车。

到了镇上，我问镇上人，利福塔的糖哪儿有现熬现卖的？他们的脑袋不是朝天昂起说话，很礼貌，也很文明。我喜欢这样的人，也很喜欢他们的热情与表达，倘若出了远门问路的话，遇上这样的人算是你的福气。他们为你提供准确的信息，你少走好多弯路。按照他们提供的路线，我去了利福塔镇的舒家坪村。听说，这个村熬糖的历史已有两三百年。

冬天的路上，没有雪花，但有寒冷。我在这条路上，不时碰上背着背篓和挑着担儿卖糖去的男人们和女人们。他们赶路，我也赶路。行走中，我突遇一股又一股的糖香。糖香的胆子够大，悄悄地拥抱了我，悄悄地抚摸了我，进了我的鼻孔还一个劲地往心底里钻。

这个村，水少，温柔全被女人占去了。但是，这村里的岩头甚多，一些岩匠来了这里，像磁铁般地给吸引住。在这里，他们一雕一刻，一待就是好几个月。不知怎么，红薯也跟这石匠一样钟情这里，尽管它们是在岩缝中生存，但，刨出来的红薯比别处的好，拳头大小，糖分好。听人说，村里人熬糖就冲这红薯和一洞好水。

我走进一个院子。这院子，虽不及乔家大院的名气，但干净与古朴。我轻轻地推开虚掩的木门，屋子里，一位八十多岁的童姓的老奶奶走向我，她见我来，连忙从簸箕中锤块糖递给我，我摸着尚有余温的糖吃了起来，发现她提着一大桶水走起路来像个年轻人。我问她，你这么大的年纪，身体怎这样好？她露出得意的表情说，吃自家熬的糖呗！

她跟我说，自从村上修了公路通了车就很少熬红薯糖了，只熬苞谷糖和米糖。她认为熬红薯糖太苦太累。我看着她在屋子里像架机器转来转去，咱们间的对话便自然地简洁起来。与她的交流中，我了解了熬糖的过程，熬糖需要经过筛、磨、冲、酿造、榨糖、煎糖、冷却、打糖、拉条、切糖，等等。每一道工序，少不得，都得用心。

她将本地种植出来的稻米装在筛子里，筛去杂质。她用石磨不停地磨着米粉，且将磨好的米粉和干净的水倒入锅中搅起来，再把前两天生长茂盛的麦芽用对码舂细以后与锅中的米粉混合起来，反复地搅拌，让其发酵。这时的火，正如人们所说："烧火是师傅，炒糖是徒弟。"火大了，滤不出糖水；火小了，不能发酵，无糖。麦芽与米粉发酵两三个小时后，用包袱出糖水，再在锅中煎出糖水，锅中煎糖不冒白烟之时，则可炒糖。炒糖时，炒棒要像擀面一样不停地搅动；眼睛要像司机开车一样直直地盯着,心要像考试一样细细地想着,因稍一走神,一锅糖就甩了。

糖汁由液体渐渐地变黏稠起来。一锅铲铲下去,提起来,若有块糖往下落,用嘴一吹,锅中的糖冒出"泡泡"时,这糖便可出锅。等黏稠的糖稍稍冷却以后,糖往木梯的木钩子上一挂,就开始扯糖了。

扯糖时,童奶奶真有几招,她扯得有节奏感和快乐感。我想体验下扯糖的味道,主动向她提出要求让我尝试,她马上把扯糖的木棒交给我。我使劲一扯,人差点倒在地上,糖也差点掉到地面,幸亏她一手挽住,直引得旁边的观众哈哈大笑。我想,自己也是一个身强力壮的人,怎么操作起来赶不上她的手脚麻利呢?接着,我让她扯,她不慌不忙地扯着。一会儿喝彩声扯出来了,桑植民歌声也扯出来了:"正月是新年,利福塔的糖甜又甜……"一扯,两扯,三扯,若干次地来回扯,青黄色的糖扯成了银白色。她是从青年扯到成年,从成年扯到老年,从幽幽的黑发扯到了满头白发。

利福塔的糖,人见人爱。看来,我走的这一趟,不算枉走。糖内的花生和芝麻塑造了糖香的地位和形象。这糖除非小孩子不看见,看见了会争着吃;大人们见了这糖,如猫儿见上了鱼,牙齿脱落了的老人有了这糖,好像是他们的命根子,生怕吃完了再买不到,他们攒着吃。在炒米中,酌糖几小块,冲上开水吃,几口扒进喉咙,有说不完道不尽的舒服;在烤熟的粑粑中,随便戳上个小洞,塞一块糖进去,一烤,糖给流了出来,这时一口咬下去,咬出的是甜甜的味道。这里的糖比蜜糖甜得浅,比白砂糖甜得正,比冰糖甜得久。

卖糖的人从县城回来了,他们哼着歌,走在乡村的小路上。这时,我也该返城了,童奶奶知道后,不许我走,紧握我的手说:"你来一趟不容易啊,铺不好睡就是一夜,还是在我家宿一晚吧……"她的话,贴心又贴肉,说得我都不好意思起来,我被她的诚心所感动,住了下来。

夜太寂静,寂寞得像石头缝中长出的红薯。我吃着糖,一会儿,甜甜的味道出来了,鼾声出来了,关于糖的梦也出来了。

天平山的花

花儿绽放,漫山遍野。

这个地方,是桑植县的天平山。当我还没见到花开的样子,花的芳香却已进入我的鼻孔和灵魂。花的绽放,赏心悦目,不然,人们不会拿少女比喻花季。夜里,我枕着喜欢的绿色入眠,山中的花总是在我的梦中一次又一次地浮现!

人们常说，值得记忆的事情往往是在清晨时发生。凭我这次的经历，完全相信这句话的真实性。天一亮，我就开始散步来，那是有目的地去一个农户人家。这人家，是我先天天黑以前就想去的。我经过一座简易的小木桥，到了他家的门口。这屋子，是一幢木屋，但很精致、漂亮。屋旁的绿色几乎把整幢房屋掩饰起来，其实，在大自然中，美是无法遮掩的，越是掩饰，越是神秘，越是寻找，越是美丽。这屋子的厨房门半开半掩，屋里的灯，亮着，但不是太明，也不是太暗。走进这个家，一只狗向我冲来，叫着。这是一只上了年纪的狗，看样子，精明得厉害。它有节奏地在我的面前摇起尾巴，当时我有点害怕这样的气势。作为一只看家的狗，遇上了一个陌生人，出现几分不安是正常的。它的这样动作的出现，一般都以为会偷咬人，可它控制住自己的行为。这时，家里的主人从山里锄草回来，壮了我的胆。我去看他家门前的一簇簇映山红，小狗以最快的速度跟上。我拈花，靠近鼻子闻，狗也闻起来，它的两眼还直直地监视着我，生怕我碰掉花瓣，生怕我摘花。这映山红，红如火，主人告诉我，自从他家门前屋后有了映山红，日子也红了起来，有了吃的，有了穿的……他拉着我的手，邀我去看看他家的竹园。竹园里，好大的一棵绣球花，花是那么白，那么圆，那么洁。那洁白的花朵静挂枝头，正如《幽梦影》中之言："花之娇媚者，多不甚香。"在这园子里，不知哪来的一对外地人，他们摆着不同的姿势，尽情地在这园子里照着婚纱。依我想，他们像绣球花一样比较在乎空灵洁净，在乎一种难得的清雅。

　　从这农户家走出来，我沿一条小溪往上走。这溪水，清得能分辨出鱼的公母。我走，溪水也走。溪水的脚步比我快，它是在赶路。路上，外来的，一阵又一阵的男男女女默默行走着。人们求得心之宁静，来到这样没有物界喧嚣之地是最好的选择。这时，鸟声冒出，尽管就那么几声，但极其昂贵，它叫出了我从遥远的地方到这里寻觅的音符，也是路上众人所喜欢的缠绵之声。路边的花，一见如故，频频招手，一直用灿烂的笑脸追逐着我们，虽没说出声，但让我感受到了它待人的真诚与热情。

　　这时节，山里已穿上五颜六色的衣裳，花开没有罢休的意思。

　　人们说："天平山，天平山，珙桐花开最好看！"为赏珙桐花，我找上一根小木棍，带上，边走边探。隔好几公里，山坡上的珙桐花就映入我的眼帘。当我走到世界上稀有的珙桐树下，坐了下来。这树，几人高，正是成熟期，一根根的枝条、一片片的绿叶显得格外活力。这树，几百年的历史，已戴上若干"勋章"。它开花了，花开像鸽子。它的叶子与花有约，同时开放，开始为绿色，然后是黄绿色，最后是晶莹的白色。花一旦开到极致，叶子也就长到极致。花飘飞的时候，更像一只只的鸽子展翅飞翔，故说鸽子花象征团结，象征和平，象征吉祥。欣赏中，我的耳朵开始嗡嗡作响起来，一只只小蜜蜂在鸽子花上采起蜜来。这到底是花爱上蜜蜂，还是蜜蜂恋上花？在这，我诵读起亨利·比尔斯的诗："它喝饱了忍冬花美味的糖浆，喝成了好一个滚圆的大肚……"

刘家坪的饺子

刘家坪的饺子，好吃！

为了去吃刘家坪的饺子，我专门去了一趟刘家坪。刘家坪属于湖南省桑植县。刘家坪是红二方面军长征出发地。

这注定是一次历史的碰撞。

说起饺子的历史，源远流长。三国时期，魏人张辑所著《广雅》一书中就有涉及，另一说是由南北朝的"偃月形混沌"、北宋时期的"细料馉饳儿"和南宋时期的"燥肉双下角子"发展而来，也说饺子是中国东汉医圣张仲景发明的。不管怎么说，反正饺子是中国人的首创，是中国人逢年过节必吃的美食。

刘家坪的老饺子店在刘家坪的街上。一条街，像一根长长的竹篾，把街的两端紧紧地给串了起来。街边，一幢陈旧的砖房顶上，立着一块木制的广告牌，字有巴掌大小，赫然写着"刘家坪老饺子店"。

我进店，一个戴眼镜的男人正忙收钱，我一眼就认定他是这个店的老板。店老板，刘姓。刘家坪姓刘的是大姓。他，留有几根胡须，见我，微微一笑。他是该乡长征村的，长征村也在街上。我吆喝一声："老板，来碗饺子！"

老板招呼我坐，又忙去收他的钱。我坐在店里的一个小角落里。这店，座无虚席。一条长凳，正常是坐两人，可它挤坐四人。来这店里吃饺子的人，有的背着背篓，有的抱着小孩，有的拄着拐杖，有的提着公文包……而今，刘家坪的饺子店已延伸到桑植县城、张家界、龙山等地，生意也是如火如荼。刘家坪的饺子，本乡的大人小孩都爱吃，邻乡镇的，还有其他区县乃至长沙、外省的好多人，都到这里吃过，尤其是外出打工的人，一带就是几百个上千个，带了一次又一次。外地人吃过之后都说："好棒！"用咱们桑植的话说就是"好逮！"

我想与老板交谈交谈，可他忙得连擦汗的时间都没有。这里没有现代化的收银台，只见顾客给钱，老板把钱放在一个油黑黑的纸盒子里。纸盒摆在桌子上，没上锁，扫一眼过去，便可见纸盒里满满沓沓，是一些一百、五十、二十的人民币。他收钱，需找零，就让顾客自己拿一块、五块、十元的零钱。趁着空当，我们聊起来。他说，他主要是负责做饺子皮、剁肉馅、包饺子……

老板跟我说，做饺子，材料搭配，要合理，主次分明。只有这样，才能吃出有层次的口感。我见他把一盆的肉和少量的辣椒切细，又一个个地把饺子包出来。包出的饺子，肥硕结实。捏边时，像做艺术品一样，捏得精致漂亮，特别像女孩子的百褶裙。我诧异，作为一个山里的大老爷们，手法却是如此精巧。

他跟我说，饺子店的门一年四季敞开。春节期间，关门三天，店门都只差被那些想吃饺子的人敲破。

凡到这店里来的，无论是谁，他一样热情，一样的价格。先来后到，自觉排队。这是店里的规矩，我看着身边的人吃饺子，闻着香味，忍不住默默地吞咽口水，也只好耐心地等着，伸长脑袋盼着自己的那碗饺子快点到自己的面前。等待中，我明白等待也是一种境界。

等了十余分钟，饺子递上来，热气腾腾。

服务员说："吃吧，等候了，不好意思！"尝上这饺，它真是表里如一，要皮有皮，皮不厚也不薄，要肉有肉，肉是精肉。肉中，裹着辣椒、葱蒜，还有养生的东西。吃之前，滴上几滴山胡椒油，味道更好，吃起来，有说不出的舒服，吃完碗中饺，莫忘碗中汤，那汤跟芭茅溪的"神仙汤"一样好喝。

听老板说，前不久，高山上下来一个美女，一餐吃上四十个，有个老红军一次吃了五十个……店中帮忙的，看出我对老板的话怀疑，马上插嘴："那就是真的，吃完，还喊了两瓶水！"一位正吃得津津有味的白族姑娘放下勺子，甩出一首桑植民歌："马桑树儿搭灯台（哟嗬），写封的书信与（也）姐带（哟），郎去当兵姐（也）在家（呀），我三五两年不得来（哟），你个儿移花别（也）处栽（哟）……"唱完，店里欢腾，掌声不断，大家洋溢着开心的笑容！那种感觉，谁也不会说在店中仅仅就是吃了一顿饺子呢！

（选自2018年第5期《散文海外版》）

鼓　　乐

杨俊文

　　姥姥气若游丝的一刻，是在雪花飘落的黎明，天色阴沉而苍茫。两拨鼓乐手身着厚厚的棉衣，戴着各式的棉帽，在大门外跺着脚步，身影不停地晃动，等待着一个确切的讯息传来。

　　姥姥将一生中最后一口气咽下的瞬间，屋子里便哭声大作，随之外面的唢呐声在锣鼓镲声的烘衬中，突然混合成更加悲怆和哀婉的情绪，直抵我正撕心裂肺的痛处。姥姥似乎听到专门为她奉上的一阵吹奏，竟然将一丝满足的笑意挂在了嘴角。

　　在临终的前一天，姥姥已不能开口说话。她弯曲地伸出食指和中指，在我们的眼前晃了几下。姥爷和母亲连连说道："记住了，两拨！两拨鼓乐！"按当地的说法，鼓乐手的人数以"拨"为论，一般四到六人为一拨。两拨鼓乐手同时为一家丧事吹奏，在外人看来，不仅死者的儿女极尽孝道，死者本身也是格外体面。姥姥在身体无恙时，也曾几次郑重地说："人死了，没人好好吹吹打打地送一程，到了阴间也是个'蔫鬼'，阎王爷也看不上你。"如果她能睁眼看看这个场面，一定会以为很风光了。

　　鼓乐，不过是一种有曲调的声音，怎么会寄托人们那么多的悲欢和复杂的心思，又怎么会与孝道和体面紧密地联系在一起？这该是出自很久远的风俗和习惯吧！但姥姥的理由就是这些。至于是否还有其他的说法，我再没有听说过。当地把喜事称为红事，把丧事称为白事。无论是红事白事，都离不开鼓乐。鼓乐似乎就承载了这方土地的礼仪民俗，慰藉了人的一种因悲而悲、因喜而喜的功效和作用。

　　在壮镇堡找鼓乐手可以不出村，这是好多地方做不到的事情。为姥姥吹奏鼓乐的是已年过六旬的王海民、王振华、吴树亭、朱玉生四个鼓乐手为骨干的鼓乐班子。他们的鼓乐班子吹奏鼓乐曲调繁多，声亮音准，早在20世纪50年代初，于方圆几十里就已声名远播。姥姥生前要请的鼓乐手，指的就是这个鼓乐班子。

鼓乐手在当地和木瓦匠一样，都属于手艺人。手的灵巧只有超越了常人，才可称作"手艺"。吹鼓乐并非吹即成乐，人不仅要天性聪慧，强于记忆，而且指法和气口要协调娴熟，所以这种手口并用的技能，不苦苦学艺便上不了买卖（鼓乐手把出去为人吹奏叫"上买卖"）。这四人当初共拜一人为师。师傅名叫于万江，住在邻乡的大柳村。师傅的师傅名叫孙成库，在今天的鼓乐手看来应是鼻祖式的人物。"孙成库，窦子年，老周小绢，刘老全"早在清末就被誉为"北镇四大鼓乐手"，在医巫闾山一带名噪一时。与周边的几个县相比，不论过去与当下，北镇的鼓乐班子不光数量多，且有一大批鼓乐高手，往来奔走在本地和外域的红白喜事之间。

那么，这方土地怎么就出现了如此众多的吹吹打打的人物？是医巫闾山的山神赋予了她目光里的民众以鼓乐的情致，还是关内的一股民乐之风漫过了长城，给这里的山川贮满了丰富的乐音？一个本来无关紧要的问题，却时常勾起我的想象。

在北镇山神庙历代皇帝封禅祭祀的大典上，重兵把守的高耸的围墙，绝不会让宫廷的半丝舞影受民一瞥，乐舞告祭的鼓乐之声，却总能从高墙里飞出，飞进皇家目光所不及的庶民耳中。这声音令人们陶醉，更令屈指可数的喜好吹打的艺人沉迷。而此前作为辽国显陵和乾陵的这块龙兴风水宝地，当辽国皇子耶律倍、世宗耶律阮、景宗耶律贤和皇后萧燕燕、天祚帝耶律廷禧，以及众多皇族人物葬于医巫闾山之时，那悲切的鼓乐声又怎能不会萦绕在这方圣土之上呢？那些宫廷里的乐工在某个祭祀活动之后，会不会悄悄滞留在北镇民间，而民间的艺人又是否会被另一场祭祀征用？这些全然不在历史卷帙的闲是闲非，就这样在我的脑海里，以一个个古老的场面为根蒂，然后渐渐生发出细节的枝叶来……

我总是觉得，那或喜或悲的声声鼓乐，似乎并未随岁月的烟尘而逝，仿佛依然鸣响在历史的隔壁，并始终与当下鼓乐的奏鸣遥相应和。有时我还恍惚以为，现实的一阵吹打就是岁月深处的回响。所以，我为那卷帙的空白感到有几分庆幸，因为它可以让我凭借一种想象，为北镇"四大鼓乐手"的艺脉先师找到一些蛛丝马迹。

我知道这种寻找并没有更多的意义，还是回到王海民等四人学鼓乐的初衷上。可能连他们自己也说不清楚，学习鼓乐究竟是为了什么？如果是因为一种兴趣最终演化为一种传承，那么他们就不该把"馋学艺，懒出家，不馋不懒种庄稼"挂在嘴边。无论起因如何，最后的结果是他们把年过七十的于万江老人请到了壮镇堡，而且轮流管饭，伺候起居。转眼一年过去了，四人却只能混在师傅的鼓乐班子里滥竽充数。

他们渐渐发现，一种叫"工尺字"的古老乐谱，如同一件永不示人的珍宝，整天密藏在师傅的口袋里。四人觉得师傅是"宁舍二亩地，不舍一块艺"，而且是有意不将技艺速传于弟子。四人懂得这乐谱对于学艺的人有多么重要，于是趁师傅去茅房之际，偷着翻出了那个宝贝：一张张暗黄色破旧的纸上，上面写满了"上尺工凡六五乙"这些重复交错的汉字，还有一些大小不一怪异的符号。工尺谱"秘而不宣，隐而不祥"的鲜明属性，让四人相互对视了一番惊疑的目光，之后，便迅速把那东西放回原位，以后再也没人向师傅讨教过这个谱子。

师傅传授技艺的方法是"以吹示法"，他吹你就跟着吹，至于乐曲板眼和速度如何起落衔接，每个字音怎样加花润饰，以及指法的运用技巧从何而来，则需自己睁大眼睛，细看师傅的一招一式。而对工尺谱的辨识，只有师傅自己知晓。有时一支五分钟的曲子，要学五天到十天，人人落得个两腮胀痛。一套大牌曲子，往往需要一个小时才能吹完，全靠死记硬背。即便学会了，也不能吹奏自如上买卖去，还得夹在大帮里去见习几番。曲终人散，他们只能眼睁睁看着师傅和被雇的鼓乐手拿走了东家的赏钱。

如此这般，三年过后，四人才正式立了门户，在全镇成立了第一个鼓乐班子。

记得小时候，我几次看到他们背着鼓乐家什，经过城堡的U字形豁口向村外走去。这时，我会突然生出一腔的口水，然后又咽回到肚子里。因为无论是在喜庆的婚礼上，还是在悲恸的丧事里，待鼓乐声息之后，他们都会受到东家的犒劳，甚至不止一顿地吃到佳肴。我丝毫没有觉得有人会把他们看作下九流，似乎人人都对他们投以钦羡的目光。在每年正月的秧歌会上，人们最盼着他们早点儿到大队的广场，因为没有鼓乐就成不了秧歌会。他们一到场，立即就被一群人兴奋地围拢过去。他们每人扎一条红色的腰带，在唢呐、大鼓、铜锣和镲上，系着比婚庆上更多的红绸带，演奏一年中最喜庆的曲调。那些穿着花花绿绿的人，就在这欢快的节拍里踩着高跷，或在平地上扭起大秧歌。这时的鼓乐声，犹如阵阵春雷，为壮镇堡人带来春的气息。鼓乐手更是一脸飞扬的神采。

我看到他们在丧事里吹奏鼓乐，却是另一种情形。那年正逢腊月初八，头一天刚下过一场大雪，姥爷的同族哥哥无疾而终。在他家的大门外，王海民等四人聚在一个用秫秸搭起的棚子里。棚子紧挨一道矮矮的土墙，没有房屋遮掩，西北风裹挟着大地里的积雪，将稀疏的秫秸棚笼罩在寒冽的白色里，鼓乐声就从那个雾霭似的白色里飘飞出来。

我挤进围观的人群，见到他们都是一张张变了形的脸。四人的相貌在平日里都算是端庄，但此时个个显得怪模怪样，两腮鼓起来如脆薄的皮囊，仿佛随时会发出爆裂的声响，时而又深陷下去，颧骨便倏地耸起来，像是耸起对峙的山峰。他们的眉毛、胡须和帽耳挂着厚厚的霜雪，眼睛有节奏地忽睁忽闭。睁开时有两个小小的黑洞在霜雪里露出，让我想到嵌进雪人脸部的两个冻秋梨做成的眼睛。他们的眼睛尽管睁闭交替，但大多数时间是微微地闭着，这时的黑洞便被眉间的霜雪掩埋住了。脸颊的颜色显然是由于吹力的作用，憋出鲜明的两块红紫，突兀得仿佛抹上去的油彩。此时，每人都像是漫画上的人物，夸张得有些滑稽。我听着金属质感的鼓乐声忽高忽低地鸣咽，记得没过多长时间，被风卷进棚子里的雪就已经漫过了他们的脚面。但他们的双脚一动不动，又似乎在伤悲的曲调中缓缓地行走。

说不定在哪一天，欢乐的乐曲又在村头奏响了。在我的意识里，他们像是始终巴望着人间所有的悲喜，时而为欢笑助兴，时而给哀戚放悲，在悲与喜之间不停地游走。无论是逢悲还是遇喜，他们放下鼓乐家什时的表情都是恒定的平静。也许在他们的眼里，人字的两笔就是一悲一喜，所有的喜与所有的悲汇集成了一个个人和一个个人群，其中的欢笑与哀戚不过是生命释放的讯息和时段。因此，他们对眼前发生的一切才见怪不惊，并对自身遭遇的冷暖炎凉坦然自若，始终保持顺时随俗。

民俗里早已将吹鼓乐的人视为喜和悲的符号。为喜事助兴，唢呐上系一袭红绸子，几阵欢愉的和声过后，鼓乐手可以在院子里和屋子里自由出入。鼓乐声毕，他们和所有的宾客一样，被请进屋子里，东家叫人以酒肉相待。当他们转身为丧事吹奏，就变成了通往阴间的报丧角色，浑身似乎即刻沾满了晦气。在白事里的每一次吹奏，王海民等这些鼓乐手，只能让鼓乐声在村庄和旷野间任意飘荡，自己则必须止步于院门之外。他们知道，在当地的民俗里，他们的脚步一旦跨进亡者的家门槛，就会将晦气带给亡者的家属，使活着的人心里蒙上不祥的阴影。即便遇有急事找人，也不得窜到屋子里，要么在院外高喊，要么求他人帮忙。在一片哀戚之中，他们像是被世俗的围栏禁锢或驱逐的异类。其实，因丧或因喜雇请他们的人，只是希望听到他们吹奏出的一种声音，并在这样的声音里，为自己获取一种通过欢笑和哭诉无法表达情感的方式。

烧完了倒头纸，把姥姥的遗体安放停当，便到了报庙的时辰。壮镇堡的城外有两座土地庙。一座朝南，建在城西南的平地上，是用大大小小的河卵石垒建的，北墙有土地爷和土地奶的画像。而城北的土地庙用的是青砖，建在一座用碎石和泥土堆起的高岗上，面积要比城南的大上一倍。神像用石材雕刻，眉眼涂着鲜艳的色彩，土地爷的额下留着一撮浓黑的胡须，与土地奶面朝正东并肩而坐，庙的门则开向东方。人们说，面朝正东属于土地神中的最高等级，所以，到这里来举行报庙仪式,也算是死者的一份荣耀。但是,按照当地的规矩,人死了向土地神报告,必须要选择近处的土地庙,否则就会遭到土地神的怪罪。所以,那座面朝正南的土地庙,依然会得到周边人家的祭祀。

姥姥家距离城北的土地庙不足二百米,在嫁给姥爷的前一天,姥姥本该在姥爷家的祖坟上焚香祭祖,告知其祖上已添人进口,但姥爷家的祖坟早在一个遥远的地方消失,因此姥姥就只能到这座庙上跪拜掌管土地的神祇了。这次在土地神面前的却是姥姥自己的亡灵。其实,报庙不必非有鼓乐手吹奏,因为在亡者家属报庙时,鼓乐手大都还在赶往的途中。是姥姥曾不止一次地要求,从她闭上眼睛到入土为止,其间必须要有鼓乐声始终陪着她,所以,亲友们才踩着鼓乐徐缓的节拍,踏着厚厚的积雪,向土地庙报告了她将长眠于这方土地的消息。

我在寒风吹荡的鼓乐声里哭泣,当鼓乐声暂时停歇,泪水便也像受到了某种抑制。当那声音再次响起,噙在眼里的泪又倏地流淌下来。我开始有点儿厌恶这种声音,甚至觉得它是抛向悲痛云团中的催化剂,非让蓄积其中的泪水全部倾泻下来不可。

"送三"的路上,我竟然听到了青蛙的叫声。冬日的池塘和沟渠里显然不会有青蛙现身,但那分明是青蛙的声音,偶尔从鼓乐瞬间的停歇里传出来,清晰而响亮。我哪里懂得,这本属模拟的吹奏,却寓意了故土上的青蛙,正以一种悲鸣,倾诉着对将掩埋于故土的亡者的不舍。而声声雁叫,则让我不由得仰望天空,只见几朵浮云随着"送三"的人流缓缓游动,忽然想起那"人"字排开的雁阵,早已在晚秋的一天,高高地飞过了头顶。我感到这声音的奇特,它似乎能汇聚所有的生灵,共同为亡者奉上各自的悲歌。

姥姥的遗体最终化作几捧骨灰,但骤然而起的鼓乐声,又重现了古老的入殓的习俗。那个装满骨灰的木盒,虚拟了长眠的姥姥,被轻轻地放进一个小小的红色棺椁内。其间的鼓乐声沉重而低缓。现在才知道,入殓时吹奏的曲子叫《八条龙》,谱写的是群龙在天飞舞,送别亡者进入天堂。当最后用斧子往棺椁上钉一根如桃状硕大的钉子时,吹奏的则是《抱龙台》。也许是怕亡者的亲属在棺椁前迟迟不忍离去,才用这支节奏较快的曲子,催促棺殓尽快告终。而就在这个仪式将要终结的时刻,鼓乐手们像是释放了所有的气力,鼓乐声宛如咆哮的山洪,在一个看不见的高处奔腾而来,顿时,我和所有人的痛哭声全部被湮没其中。

突然一种昏天暗地的感觉,让我的脑海闪现出姥姥的表情。她站在鼓乐声的远处侧耳微笑,那嘴角远比她瞑目时上翘了许多,仿佛是笑出声来的样子。当鼓乐声戛然而止,空气似乎凝固,覆雪的大地坚硬得没有一丝气息,姥姥则化作了一片洁白的云朵，升浮在寂寥的寒空，而后静静地消失在渺远的天际，鼓乐声也似乎随之而去了。最后，一群铁雀从有云朵的方向飞来，清晰的啁啾像是鼓乐声里的几丝余音……

前来吊丧的乡邻似乎忘记了我们的哀戚，从黎明到黄昏甚至到深夜，紧紧围拢着鼓乐手，似乎要在悲切的声音里找寻某一种畅快。大门外东西两侧各搭建了一座秫秸棚，两拨鼓乐手在各自的棚里轮番吹奏。我看到，这种叫"对棚"的吹奏，常常引起一些人的挑逗。一旦有人为一方的鼓乐拍手叫好，另一方便会立即使出全身解数，调动各种技巧，以挽回被动局面，让观者的赞声为他们响起。于是，在姥姥家的两个鼓乐棚里，忽而这边用鼻子吹唢呐，或是口鼻同时吹奏，有的还在唢呐上安一个彩色的转碟；忽而那边在吹奏时，头部和两肩顶着装满水的大碗，有的顶着碗边吹边扭。竞技式的"花吹"往往在最后演变为"斗棚"，双方彼此互不相让，喝彩声阵阵起伏不断。毕竟是一个鼓乐班子形成的"对棚"阵势，所以不论众人如何挑逗，也不会斗出气来。而离家在外的某一次吹奏，他们与另一个鼓乐班子在同一丧家相遇，斗棚时因不断博得喝彩，而被对方的鼓乐手砸坏了两把唢呐、一面新铜锣也不知去向。临回前向丧家要上买卖的工钱，丧家管事的人竟然借故躲起来不见了踪影。

他们依然在鼓乐行当的规矩里不停地游走，凡是定下的"买卖"绝不耽误。一年，天降大雪，四人带上两位徒弟，提早赶往医巫闾山西麓的一个山村。行至医巫闾山脚下，大雪已将唯一通向西麓的山道全部封盖。为了那个约定，他们绕行二十多华里，在夜色中踉跄着赶到约定地点。一迈进丧家的鼓乐棚，人人都疲惫得成了一摊烂泥，但鼓乐声依旧响起来。

看不出王海民这几个鼓乐手对自己的行当有何抱怨，这一切在他们看来似乎就该发生，自己的境遇也该如此。况且每人每天要有五到十元的收入，几倍于在生产队里的劳动所得。尽管后来背着鼓乐家什出村怕被队长发现，但一走出U字形的豁口，他们就如同逃出囹圄般地快活。

其实，他们的苦楚早就变成了一块块石头。那天，在给姥姥吹奏的鼓乐棚里吃饭时，他们中不知是谁说起那几枚石头，每人的表情都现出几分凄然。记不得他们说的是在哪家的大门外，也许这样的石头已经不止一次见到，但石头投放到菜盆里的时间，一定是在遭遇寒冷的时刻。那烧热的石头被人从丧家的灶坑里取出，在寒风里留下一道瞬间的白气，当与冷却的菜汤相遇之后，一股烟雾夹杂着石头上残留的柴灰，忽地在菜盆中升起。不知是谁发明了这种给菜加热的方法，让在寒冷中煎熬的鼓乐手们无言以对。他们在姥姥的大门外算是享受了厚待,有专人酒菜伺候,吹奏因此便也格外地起劲儿。

姥姥出殡那天,虽然天气还是寒冷,但阳光很明亮。我的母亲将一个烧过千张纸的泥盆高高举起,然后用力摔在地上,那啪的一声里像是飞出一个手势,鼓乐声和着放声号啕如雷雨大作。此时,如果真的没有鼓乐声,姥姥归于大地的最后形态,就仿佛一枚枯叶悄然无声地飘落到寂静的泥土上,本不孤独和沉默的一生,则会留下毫无声息的亡灵。而鼓乐声就像是迅猛而来的流水,将在干涸中停泊的生命之舟忽地托起,使它完全自如地驶向了一个清心无忧的彼岸。所以,从那时起,我开始对这声音有了一种亲切之感,觉得只有借助这样的曲调与旋律,才能让怀念注入无限的情思,并使所有的悲怆在鼓乐的悲歌里浸润出带有声色的记忆。

然而,因鼓乐声引发的一场闹剧令人啼笑皆非。远村一位治家严厉的老者,知道自己气数将尽,便逼儿女在他死前请鼓乐手吹奏。儿女执拗不过,只好遵从父命。老者有言在先,通知亲友四邻前来悼念,但要求所有来者不许看他的"遗体"。当鼓乐声在院子里响起,老者正躲在西厢房里侧耳倾听。在"送三"那天,老者突然出现在鼓乐队前,挥舞着手臂充当起指挥,令鼓乐手和在场的人大为惊愕。

这真实的故事虽然荒唐可笑,但它让我发现了鼓乐声里蕴藏的特质。这特质该是一种美好与吉祥,一种祝愿和希冀。不论是喜事还是丧事,鼓乐声都是将人的情感幻化为一种旋律,并通过旋律的变化让情感的河流放纵地奔泻与流淌。即使是死者在弥留之际,也期盼将那久听不厌的鼓乐接引到阴曹地府。这看似对一种声音的期盼,实则是对人间情爱以及情爱中所有的美好表现出的深深眷恋。在他们看来,如果没有鼓乐的陪伴,人之死就等于失去了依托。所以将这声音永远带走,似乎就成了老者临终的渴求。仿佛这声音如期而至,下一个轮回就有了美好的预示或开端。

鼓乐手把荒唐故事里的吹奏行为叫"活吹"。偶遇壮镇堡的老年人在一起闲聊,也听到过要"活吹"的笑谈,说鼓乐是吹奏给死人的,人死了听不到鼓乐是件憾事。但没人会重演那样的闹剧。

吴树亭和朱玉生两位老人不必听这样的"活吹",他们的躯体早已贮满了自己的鼓乐,并毫无保留地将它带到了另一个世界。大门外响起的鼓乐声,则是新的鼓乐手们的吹奏。这已是壮镇堡第三代鼓乐班子了,王海民的孙子王宇和妻侄朱雷成了班主和主要成员。据说,知道老伙计的离去,王海民和王振华都走进熟悉的鼓乐棚,听着晚辈吹奏的鼓乐声,情不自禁地为他们加油助阵,自己却再也没有气力,将一支送别的曲子吹奏给师弟了。

当刚刚凸起的姥姥的坟茔被一场更大的雪覆盖,震天的鼓乐声便开始奏响在又一个新春。

(选自2018年第1期《作家》)

听懂戏曲时，已是戏中人

王 洁

少年时期，随着祖父母在乡间看过许多戏。

古老的戏台是用黄土垒筑而成，四根被红漆刷过千万遍的柱子则坚韧地撑起一方天地。戏台两侧还颇有仪式感地开了两扇门，说是两扇门，实际上是两口长方形的门洞，挂上简易的布帘，用来代表"出将"和"入相"。当时我年纪尚小，还不懂得情爱，只看那些面敷厚重脂粉的女子们步履轻盈地从一侧登台，一曲唱罢，又缓缓归矣。绯红色的脸颊，写满了青春烂漫。粉色罗裙摇曳起乡间的风，俗气中不乏某种生动。他们于嬉笑怒骂间演尽人生百态，片刻的光阴里已将众人的生活囊括其中。他们像行走于自然中的诗人，吟唱着那些早已被人们遗忘的故事。众人痴痴地陶醉于其中，随他们哭，随他们笑，随他们在别人的经历中醉生梦死一场。祖父也不例外，每每散戏归来，迎着夜间微弱的月光，他都要给我复述戏中情节，兴趣盎然，我则是一知半解的懵懂状态。

那时自然不晓得"少年子弟江湖老，红粉佳人两鬓斑"是何意。后来随着年龄的增长，阅历的丰厚，也多次同好友一起进入剧场看戏。古旧的戏台早已在记忆深处模糊，任由远处乡野的风腐蚀它的残骸，成了一片断井颓垣。如今鲜活的只有眼前这光芒四射的舞台，精致的布局，红丝绒幕布反射着光亮，昭示着与古戏台截然不同的尊贵气质。大幕拉开，只见一名女子颔首低眉地踱步上台，粉色的衬衣外罩着缃色的包衣，前襟别着一颗璀璨的水晶，熠熠闪着光。发羽间的点翠，青蓝色的点染，不禁让人臆想那久远的朝代。她朱唇轻启，将自己的身世娓娓道来。她姓杜，名唤丽娘，是南安太守杜宝之女。正值二八芳华，却只能常向花荫课女工，不曾见过春色如许，更不知美为何物。

丽娘之落寞，我又何尝不能有所体悟呢。"可知我一生儿爱好是天然？恰三春好处无人见。"青春少女的迷惘，古今皆一般。她也曾对着开满鲜花的后花园吟唱道："原来姹紫嫣红开遍，似这般都付与断井颓垣。良辰美景奈何天，赏心乐事谁家院。"生命之短暂，世事之无常，丽娘在踏入后花园的那一刻领悟了，已经度过三十多个年岁的我，也自是能感同身受。只是，那若烟花般绚烂的青春，也必然带着春水般柔和的美意。所以我在怀抱伤逝的同时，也比戏中的丽娘多了一些坦然，诸法无常，但心之所在，便是生命之安定。人若能学会遣怀，也自然就少了些心灵上的负累，而对生活多了些诚挚的感激。

《牡丹亭外》中唱道："写歌的人假正经，听歌的人最无情。"其实不然，一出戏，一首歌会被无数的人演绎，当他们按着一定的程式，在或明或暗的舞台上演绎别人的故事时，我们这群坐在台下的人又何尝是无情的呢？他们在红氍毹上迎来送往，我们也在众多的故事中找寻一个最贴合自己的角色罢了。步入人生的稳定期之后，我也对戏中的一些唱词有了切身的体悟，《锁麟囊》里的那一句"人情冷暖凭空造，谁能移动半分毫"，将人生的无奈与叹惋全部说尽了。回首前尘路，有多少故事便是如戏中那般演绎出来的呢？

当人生的繁华已成了昨日的幻梦，戏曲却给了我某种厚重的踏实感。这种感觉与少时看戏的心境有着异曲同工之妙。彼时，我拉着祖父的手站在夏日傍晚的蝉鸣之中，台上的人顶着酷暑卖力出演，忽远忽近的唱词飘进耳朵里，我虽然不懂其意，但与亲人相守的幸福足以宽慰一个少年的内心。如今则是在熟悉的戏词里找回自己，依赖着那梦回莺转的声腔，清醒而淡然地投入生活的热潮中去。

（选自2018年8月10日《文艺报》）

珠峰卫士

朱金平

这是初夏一个阳光灿烂的日子，世界上第一高峰——海拔8844.43米的珠穆朗玛峰，鹤立鸡群般矗立在喜马拉雅山的群峰之上，银光闪闪。

此刻，一群全副武装的中国士兵，正从它的北侧一步步向雪峰深处艰难跋涉。他们巡逻的最后一站，是海拔5711米处的兰巴拉山口62号界桩。

走在队伍最前面的，是西藏军区某边防团二营六连一排长潘洪帅。1.78米的身高，魁梧结实的身板，黑漆刷过一样的浓眉，明星一样生辉的双眼，真没辜负他名字中的那个"帅"字。不过，这一切现在都掩藏在那一片迷彩和防护面罩里了。

六连，地处海拔4380米的喜马拉雅山麓，是距离珠峰最近的中国军营，主要负责山脉一线156千米边界的巡逻管控任务，素有"珠峰卫士"之称。该连营地年平均气温只有2—4℃，冬天可达零下30多摄氏度。潘洪帅2008年入伍来到这里，一转眼就是10年。这是他参加执行的第80次珠峰巡逻任务了。

出生在山城重庆的潘洪帅，从小就对军营充满了向往。一部电视连续剧《士兵突击》，他看了8遍还不过瘾，里面的许多台词都背得滚瓜烂熟。而2008年汶川大地震的那场救援行动，更给他带来心灵上的震撼。当时正在复习准备参加高考的他，在电视里看到余震警报拉响了，可一名解放军战士仍哭着求领导让他再救一个人，小伙子感动得泪水直流，埋藏在心底很久的一句话终于脱口而出："爸爸，我要当兵去！"

这也正是父亲对他这个独生儿子的期望。不久后的一天晚上，父亲兴冲冲地冲进家门就喊："儿子，征兵开始了！听说有去新疆和西藏当兵的名额。"正在冲澡的儿子立马回应："我要去西藏！那里有珠穆朗玛峰！"命运就是那么巧合，从重庆到拉萨，从日喀则到定日县，跨越千山万水，潘洪帅最终被分到这个边防连。当初说要到西藏，因为他脑子里只有珠穆朗玛峰。可西藏那么大，他做梦都没想到自己能够来到距珠峰最近的军营，成为一位名副其实的"珠峰卫士"。

新兵下连后第一次到珠峰去巡逻，潘洪帅主动报名要求参加，终于如愿以偿。巡逻前夜，他激动得没有睡好。

队伍出发前准备行装，干粮、照相机、卫星电话、指北针、地图、国旗、油漆，还有急救包，要带的东西真不少。潘洪帅主动要求背枪，因为他觉得背枪最威武，更像巡逻兵。

"猛士"车一路翻山越岭，奔驰60多千米，将他们送到雪线以上的位置再也无法前行了。接下来，就要靠巡逻兵们用双腿在白雪皑皑的悬崖峭壁间攀行10多千米，把自己送达兰巴拉山口了。刚开始时，小伙子们还兴高采烈。当那座高耸入云的珠穆朗玛峰突现眼前时，潘洪帅和其他新战友一样激情澎湃。指导员现场给新兵们鼓励："这就是世界上最高的山峰，我们的工作也要向最高的标准看齐。"此时的潘洪帅，激动得很想作首诗。可一句诗文还没想出来，就发现脑子"短路"了。他感觉胸越来越闷，腿越来越沉，路越走越累。身上的一切，包括背的那支步枪甚至架在鼻梁上的那副酷帅的墨镜都是沉重的负担。气越喘越厉害了，他真想就地躺下来。排长在他身边给他打气："加油，坚持住！"

一片蓝幽幽的冰川出现在大家的面前，班长自豪地告诉新兵们："这就是著名的兰巴拉冰川，千年不化。咱们国家13亿多人，有几个人能见到这样的风景？我们应该感到自豪！"一句话，又点燃了大家心中的激情，潘洪帅顿时感到身上有了一股神圣的力量。

62号界桩终于到了，新战友们激动不已！大家忙着给在风雪中褪了色的字体描上红漆，举着国旗在这里拍照。一个新战友忘了领导的提醒，摘掉墨镜留影，他想告诉父母亲，儿子是祖国边境最高山峰的卫士，想让家乡的父老乡亲分享他的荣光。还有一个新兵索性把面罩摘下，左一个动作、右一个造型，想在这里留下青春的纪念，把照片寄给远方的心上人……

雪山的脸说变就变，刚才还是阳光极其灿烂的天空，瞬间飞雪走石。天空中呼啸的仿佛不是零下30多摄氏度的寒风，而是一把把嗖嗖飞来的锋利刀子，只要露出一点肌肤在外面都会受伤！

下山的路，变得极其危险。翻过一座山脊，前面出现了一片开阔的雪地。一双双作战靴踩得积雪吱吱响，连长示意大家别出声。因为，连说话的声音大一点都可能引起雪崩。1973年2月28日，这个连队就有23名官兵在巡逻途中遭遇雪崩，全部壮烈牺牲。这样的教训，深深印刻在连队每个老兵的心上。

就在此时，哧溜一下，一个新兵突然沉入雪中消失了。原来雪下是冰川，冰川里有无数冰窟窿，每个冰窟窿都深不见底，如果有人掉进去，后果不堪设想。幸运的是，那个新战士横挎的枪支卡住了冰缝，大家赶紧七手八脚地把他救上来。

从兴奋不已到惊心动魄，第一次的珠峰巡逻似乎就这样结束了。每个新兵都有过这样的第一次。当大家再次登上那辆"猛士"返回时，小伙子们累得连说话的力气都没有了。

巡逻的后遗症接踵而来。那个在界桩旁摘掉墨镜的新战士，回到营房的当夜双眼红肿失明，疼痛不止。他得了雪盲症，好在军医具有丰富的治疗经验，几天后他又复明了。而那个扯掉面罩摆造型照相的新战友就惨了，脸上整天火辣辣地痛，皮肤一块块变紫发黑，并一片片卷起来。

不要以为这是个例，在"珠峰卫士连"，无论老兵新兵，每次巡逻回来，即使防护措施做得再好，脸上大多也要脱一层皮，只不过大家已经习以为常了。没有怨言，也没有犹豫，有的只是"快乐再出发"。

每一次巡逻，都会遇到不同的危险。成了老兵、当了班长的潘洪帅，应该说对巡逻路上的情况很熟悉了，但也还是经常遇到险情。一次在完成界桩的巡逻任务往回走时，他拿着地图，想给大家探出一条近路来，结果脚下一滑，溜到了冰缝的边缘。万幸的是，一只脚被冰岩挡住了，往下一看，是万丈深渊，他顿时惊得头上直冒冷汗。他冷静地将背包带捆在腰上，系上战友放下来的绳子，最终被大家拉了上来。回到车上，他的大腿抽筋，疼得脸都变形了。

每一次回营的路上，都有人半开玩笑地说："下次巡逻，我不敢来了。"可下次，大家还是争先恐后地报名，没有一个人愿意落下。因为，这是一个英雄的连队。

"珠峰卫士连"诞生于中国革命的烽火硝烟中，先后参加过抗日战争、解放战争、筑路进藏和中印边境自卫反击战，多次出色完成剿匪平叛、抢险救灾和边境封控任务，官兵们具有不怕艰难困苦、不怕流血牺牲的光荣传统。近些年来，连队先后获得"全面建设先进连队""边防执勤先进单位"与"先进基层单位"等许多殊荣。现任连长普琼次仁，毕业于原昆明陆军学院，在去年洞朗对峙事件中执行任务成绩突出，荣立三等功；指导员李江毕业于西南交大电子信息工程系，矢志扎根边防，建功立业，2015年荣立三等功，2016年被军分区评为优秀基层干部。全连官兵叫响的口号是："二营六连，勇往直前；珠峰卫士，满腔斗志。"

当初的六连，住房等生活条件很差。为改善这种状况，官兵们热火朝天地投入到改造营房的战斗中。潘洪帅刚来连队时，就参与其中。在施工中，他的右脚被钉子戳穿，拔掉钉子后仍然参加战斗；左脚被砖头砸伤了，轻伤不下火线。一次砌墙时，他不慎从脚手架上摔下，右胳膊被划出两寸多长的伤口，皮肉外翻，他让卫生员简单包扎了一下继续上阵。鉴于他的出色表现，2014年，已转为士官的他被组织上推荐保送到原陆军军官学院上学。军校毕业后，他本来可以选择在内地部队工作，但他毅然决然回到"珠峰卫士连"当了一名排长。他说他的心已经留在了这里。

  由于这里海拔高，氧气吃不饱，因此，一般军人结婚都选择回内地。可2016年冬天，潘洪帅让未婚妻千里迢迢从重庆老家赶到部队驻地，并在当地领了结婚证。他说，因为这里的结婚证上印有藏文，具有特殊的纪念意义。

  由于深受他的影响，爱人也对六连驻守的地方产生了深深的感情。发现驻地有些藏民的孩子家庭比较贫困，她就热心地发起募捐，为孩子们先后捐赠了400套服装和100套学习用具，被当地藏民传为佳话。

  不久，妻子怀孕了！这是该连军人在高原孕育的第一个新生命，潘洪帅惊喜不已！如今，儿子已经6个月了。他通过视频对牙牙学语的小家伙说："快快长大吧，儿子，18年后又是一条好汉。爸爸有接班人了！"

  珠穆朗玛峰之所以能够耸入云天，就是因为它有着巨大而坚固的底座；边防军人之所以能够安心守边，是因为他们有着后方亲人的无私奉献。

  而潘洪帅和他的战友们不仅守卫着地球上最高的山峰，也守卫着中国军人最高的精神高地。他们生命的高度，亦不是珠峰那8844.43米可以衡量的。

（选自2018年7月9日《解放军报》）

灯火已黄昏

吴佳骏

一

我不知道,叔父在那个夕阳晕染的秋日黄昏,到底看到些什么。

据说人在临终一刻,是会产生幻觉的。幻觉是一面魔镜,借助它,便可穿越时光隧道,跨越阴阳两界;既能看到天堂里的光亮,也能窥到地狱里的幽深。也是在那一刻,时间凝固成了永恒。所有的悲喜苦乐,爱恨情仇皆如烟涣散。剩下的,唯有肉躯。灵魂逃逸了。记忆瓦解了。现实凋零了。一切生长的和埋葬的,都在悄然死去。

我站在叔父身旁,感到一种莫名的忧伤。已经两天时间了,他滴水未进,时而昏迷,时而清醒。整个人瘦得脱了形,两条胳膊跟干柴似的。有人喊他,他就动一动嘴唇;没人喊他,他就那么安静地躺着。他在慢慢地遗忘自己,遗忘这个世界。夕阳像一幅尘封多年的油画,铺展在天边。风一吹,画布上的颜料就掉一层。颜料掉一层,我叔父就离死亡近一步。我想阻止风的吹刮,赶紧将堂屋的门掩上一扇。但秋风冷酷无情得很,它不但将我掩上的门瞬间推开,还把挂在院坝里树杈上的叔父的衣裤吹落了。我母亲说,这恐怕是个不祥之兆。父亲瞥了她一眼,意思是让她别瞎说。但我明显察觉到父亲那目光里的惶恐。我知道,他无法接受即将失去哥哥这个事实。都说长兄如父,自我爷爷去世后,父亲一直与叔父共御苦难,相互勉励对方活下去。至少在情感和精神层面,父亲对叔父有一种依赖。故自从叔父生病卧床以来,都是父亲给叔父拿药、输水。他试图使出自己这个乡村医生的浑身解数,把叔父医治好。父亲说,他就这么一个哥哥,如果都不能挽救他的性命,他将没法向九泉之下的爷爷交代。

每隔半个小时,父亲都要为叔父测体温,察看瞳孔。他本来是想通过输液的方式,向叔父体内输送维生素,但针头实在无法插进血管。父亲反复试了几次,都没能成功。要是遇到别的病人，父亲早就劝慰其家属放弃治疗了。可对待叔父，父亲始终不甘心。他不相信叔父已经病入膏肓，更不相信叔父的病，已经超过了他的医治能力。我怕父亲感情用事，极力劝他顺承天意。父亲看看我，眼角终于流出了泪水。

看到父亲掉泪，我也难抑悲伤。在乡村，像我叔父这样的人太多了。遇到身体出了问题，从来都是采取强忍和拖延的办法。他们要么没钱去医院看病，要么舍不得花钱去医院看病。哪怕病魔在他们体内产生裂变，将他们撂倒了；他们也甘愿躺在木床上，跟死神周旋，梦想着奇迹发生。有的人拖着拖着，病竟然真的就好了；而有的人越拖越严重，不多久就去见了阎王。农民都相信命，若拖好了，他们会认为自己命大，上天眷顾和怜悯他们。反之，则认为自己命薄，即使花钱医治，最终也是死路一条，人财两空。

这便是农村人的生活观。你可以骂他们见识短浅、愚昧无知。这都没有关系。因为你毕竟不是农民，你体会不到农民生存的痛楚和艰辛。也许有人会问，难道城市人就没有痛苦和艰辛了？的确，是人都会遭受痛苦和磨难。但由于农村条件的限制，文化、教育、医疗等不平等造成的差距，那些城市人所遭受的生存隐痛，若放在农村人身上，往往是要加倍的。也许，那些对城市人来说，只是一些小创伤、小打击、小艰难的问题，对农村人来说，就是一场灭顶之灾。

二

这注定是一个秋风萧瑟的黄昏，一个死寂难熬的黄昏。要不是落日的余晖，多少给这个农家小院增添一抹亮色，我会怀疑我是坐守在记忆或幻觉里。我记不清，自己多久没有回到这座小院了。要是平时没特别的事，我一年顶多也只在重要节气才匆匆回来看看。我离开自己的出生地太久了，要不是叔父病危，我恐怕在短时间内还不会与它重逢。记得在我回家之前，父亲语气严肃地在电话里对我说："你叔父怕不行了，你必须回来，再忙都得回来。你不能学他那两个儿子，良心都被狗吃了。"我知道父亲说话的分量，我不能违抗他，尤其在对待叔父的事情上。在这里，我不想回忆叔父对我的恩情和厚待，更不想追忆他对于我人生的重大意义。很多事情，是无法用语言表达的。你只能铭记，只能感恩。即使父亲不说，我也会回去的。我欠叔父的太多了，欠我们这个家族的太多了。我不想给自己留下任何遗憾。

我坐在堂屋门口，让风使劲地吹我。既然门板不能替叔父挡住风，我希望自己来替他挡住。我看见风吹在挂满蛛网的土墙上，吹在房顶的残瓦和落叶上，吹在院坝周围的衰草上，也吹在我的孤独和落寞上。我正在目睹我们家族之树的枯朽——

树上的落叶正在一片片凋零,树的根须正在失去水分。瞬间,我感觉到疼痛,绝望的疼痛。想哭,却没有泪。

母亲和叔娘在灶房烧水来替叔父擦洗身体,她们在为一场即将来临的死亡作准备。她们要让叔父干净地上路。烧水用的干柴是叔父生病前从山上砍回来的,里面藏满了太阳的光辉。这些干柴,叔父本来是要储备到过年时才烧的。现在,它们被提前投放到灶间,以燃烧的方式为死亡舞蹈。那每一块干柴,都似我叔父的一根肋骨。干柴在烈火中化为灰烬,我叔父的肋骨也随之化为灰烬。灰烬最后变成烟雾,从烟囱里飘散出来,在小院顶上盘旋。风把烟雾吹散了,烟雾又很快聚合拢来。我总觉得,那烟雾一定是叔父的灵魂在打旋。他大概是舍不得这座住了一辈子的院落,舍不得院落里的畜生和农具;舍不得院落里的花草和果树;更舍不得落进小院里的春天的细雨和照进小院中的夏天的阳光……

叔娘边烧火边跟我母亲讲她和叔父的往事,讲得平静如水,泪眼婆娑;又荡气回肠,爱恨交加。她始终没有忘记几十年前那个早春的上午,她不顾家人的反对,独自背着一个帆布包穿村越庄跑到我们家来的情景。她说那个春天的阳光很好,路两边的草芽都冒出了头。麻雀在树林子里蹦跳,蝴蝶在盛开的野花上展翅翩跹。她一路走着,口渴得难受。但她忍着,她不能回头,她已经奔逃在自己的命运之途上。她说她自从见到我叔父那天起,就下定决心要嫁给他。我叔娘是个有主见的倔强女人,那天上午,她心乱如麻。她不知道我叔父会不会接纳她。当她气喘吁吁走到我们家时,我叔父正蹲在磨刀石前磨刀。叔娘的出现,让叔父惊诧不已。刀锋竟把他的手指划开一条口,鲜血滴在磨刀石上,像岁月落在上面的一颗朱砂。叔父站起身,饱含热泪地取下叔娘肩上的帆布包,领她进屋喝水,还用开水泡了一碗冷饭给她吃。叔娘说,那天下午,我叔父啥活都没干,就那么坐在堂屋里,默默地看着她,把她的脸看得火辣火燎的。叔父一句话都不说,只知道抽烟。烟蒂丢了一地,像一颗颗受潮的子弹。可就是那受潮的子弹,却每一颗都击中叔父的心,也击中叔娘的心。入夜,在我们全家人的欢庆声中,叔娘终于不再羞涩,帮着奶奶做晚饭。而我叔父也不再沉默寡言,吃饭时跟我父亲一杯接一杯地喝酒。爷爷怕叔父喝高了,耽误正事,不停地呵斥他少喝点。但叔父还是喝多了,躺在床上说梦话。讲到这里,叔娘哭出了声来。她说自己听了叔父一辈子梦话,今后要是没了他,叫她如何睡得着觉。

我叔父今年67岁,比我父亲大6岁。父亲在听了叔娘的讲述后,心情比刚才沉重了许多。他坐在我对面,一支接一支地抽烟。这是他们兄弟俩一个共同的特点,凡遇到大事,都以抽烟来缓解紧张的心情。我叫父亲少抽点,他不听。咳嗽像轰炸机一样在他咽喉响起，把他夹烟的手震得微微颤抖。或许，也只有抽烟，才能使他脱离片刻的现实。

锅里的水已经烧热，叔娘用脸盆装上水，端到叔父跟前。我起身要去帮忙，叔娘制止了我。她想亲自给叔父擦洗身子。作为妻子，她希望丈夫在临终一刻，完全是属于她个人的。她不要任何人碰叔父。她担心我们的没轻没重，会将叔父的灵魂揉碎。我理解叔娘，也尊重叔娘。我重新坐下，只静静地看着她和叔父。像童年我坐在田坎上，看着他们在田里劳作时一样。叔娘的确是懂叔父的，她用毛巾轻轻地在叔父的脸上和身上擦洗。她知道叔父哪个地方疼，哪个地方有伤。她的手会绕过那些疼痛和有伤的地方，尽量不去触碰。叔娘明白，叔父以前也是这么对待她的。

事实也是如此。自叔娘跟了叔父那天起，叔父一直对其厚待有加。他不能辜负这个敢与家人决绝，跑来死心塌地跟着他过日子的女人。那个年代，我们家可谓一贫如洗。叔娘发誓要与叔父共建美好家园，每日天不亮就上坡干活，她的头发总是挂着晨雾。中午也不回家吃饭，带几个馒头和一壶水，坐在草地上，头顶烈日，几口就下了肚。直到太阳偏西，夜幕降临，她才筋疲力尽地朝家的方向走。叔父心疼叔娘，重活累活都抢着干。夜晚回到家里，他还跟她捶背，给她揉脚。尤其是冬天，叔娘的耳朵和双手都长满冻疮。叔父在每次上坡干活前，都要焐好一烘笼红炭，等叔娘回来后取暖。每年岁末，叔父经济再拮据，都不忘偷偷地去镇上找裁缝替叔娘制一套新衣裳。他是在以一颗感恩的心善待自己的老婆。乡邻们从来没有见过这么浪漫的夫妻，先是嘲笑他们假装城里人，喜欢幻想，不切实际，说早晚会将自己的婚姻埋葬。可后来，叔父叔娘的婚姻不但牢不可破，反而把小日子越过越甜蜜。而且，叔娘先后产下两儿一女，这可让村人们嫉妒和羡慕死了。连我母亲都有点责怪父亲不能像哥哥对待嫂子那样对待她。那时候，叔父和叔娘是我们村关注的焦点。大家都觉得他俩是全村最幸福的人。然而，谁都没有想到，若干年后，这对在村人眼里最为幸福的人却成了最为不幸的人。这不幸的根源，都在于他们那几个子女。

我深深地知道，叔父即使处在昏迷状态，他的内心也一定在想着他的孩子们。他担心自己走后，他的儿子们将一生飘零。那是他永远无法治愈的心病。他曾经跟我说过，他对自己的两个儿子很失望。他责怪他们为什么不能学我。他说他们今生要是有我一半么争气，他就可以瞑目了。我极力安慰他想开些，说儿孙自有儿孙福。可叔父连连摇头，眼泪哗哗朝下淌，哭得伤心欲绝。

但是现在，我叔父就躺在我面前，他再也不能开口说一句话。我看到叔娘给他擦洗身子，他竟没有任何反应。莫非是时间和苦水已经把他浸泡成了一块碱？倘若真是那样，那块碱里该包含着怎样的生涩滋味啊！

　　风又开始刮了，夕阳越来越稀薄。我将手伸到叔父的鼻孔前试了试，发觉他还有呼吸，我悬着的心稍稍轻松了一点。我怕他一旦睡着了，就再也不会醒来。但转念一想，我又觉得，即便叔父能侥幸活过来，他的心恐怕也已经死了。

<h2 style="text-align:center">三</h2>

　　村子里的人都在说，我大堂哥是个没心没肝的人。自己的爹都快要死了，他却跟没事似的，躺在邻居家的床上呼呼大睡。我父亲实在看不惯，跑去邻居家一把掀开铺盖，将大堂哥拽起，骂他铁石心肠，简直不是人。大堂哥血红着眼睛，与我父亲对骂，还举起手要扇父亲耳光。我见势不妙，赶紧跑去劝阻。大堂哥以为我要跟父亲联手揍他，竟然从枕头底下摸出一把匕首来对着我们。我和父亲不得不心寒地转身离去。

　　大堂哥自幼顽劣成性，我们一起在镇上读初中时，他就喜欢跟社会闲杂青年鬼混。穿条破牛仔裤，耳朵上打满了耳钉，留一头披肩长发，说话流里流气。一下课就躲到厕所里抽烟，他右手的食指和中指被烟熏得焦黄。老师教育他，他就跟老师反抗。有一回，他跟镇上的社会青年邀约打群架，伤了人。德育主任找他谈话，他竟把主任的门牙打掉两颗。因为这事，他初中未毕业就被校方给开除了。

　　离开学校的大堂哥，先是在外面混了几年社会，身上刀伤无数。叔父实在拿他没法，也只好顺水流舟。近两年，或许是他在外边混不下去了，便回到村里过起了游手好闲的日子。可人活着，总得花钱。像大堂哥这样经历复杂的人，又怎能够守住他那颗躁动不安的心呢。于是乎，他便跟村里另一个臭味相投的青年——他邻居的儿子一起，干起了偷鸡摸狗的事情。村里人对他俩恨得是咬牙切齿。他们总是在夜半时分，钻进别人家里牵走圈里的鸡或羊，用摩托车载去卖给县城的牲口贩子。然后，拿着钱去酒吧唱歌，去网吧打游戏，去发廊寻开心。待钱挥霍光，又返回村里或周边的村镇进行盗窃。有好几次，村人们明着惹不起大堂哥，就暗地里报了警。可警察将大堂哥及其同伙抓走没两天，又被放了出来。出来后的大堂哥更加飞扬跋扈，见谁骂谁。只要他从村里经过，大家都避之唯恐不及，像避瘟神一样。无奈，村子里的人只要知道大堂哥还在村里住着，每天吃罢晚饭便早早地就把门关得严严的。哪怕屋外电闪雷鸣、鸡飞狗跳，他们也不会开门察看。大堂哥给村子制造了极端恐怖的气氛。他就像一颗定时炸弹，随时都有爆炸的可能。

　　叔父曾想遏制大堂哥再危害乡邻，趁他熟睡之际，用绳子将其五花大绑，关了他三天三夜。但大堂哥死不悔改，他为报复叔父，在一个月夜趁叔父喝醉了酒，也用同样的办法将其绑在了床上，让叔父在村人面前尊严尽失，走路都抬不起头。叔娘为他这个儿子，眼泪都快哭干了。我父母曾四处托媒人给大堂哥说门亲事，希望他成了家会痛改前非，可没有任何姑娘肯嫁给大堂哥。人家只要一提起他的名字，就一律谢绝。

大堂哥原本都是住在自己家里，每天至少睡到日上三竿才起床。他从来不会主动跟叔父叔娘说一句话，跟个哑巴似的。一到夜间，就出去作案。有时风声紧，他也会夜不出户。只约上几个哥们，牵上两条猎狗，打着手电筒满山满坡去追捕野鸡野兔，卖给镇上的餐馆换回几个零花钱。若遇到心情不好，他连野鸡野兔也懒得去追，索性在公路上安装些铁钉，专门刺过往车辆的轮胎。被刺车辆无法起步，大堂哥便找人来拖车或换胎，以此讹点闲钱。可自叔父病危以来，大堂哥就再没回屋睡过觉。他怕嗅到从叔父身上散发出来的臭味，怕感受到笼罩在家中的那种死亡气息。可大堂哥永远不怕的是对叔父的伤害，对亲情的冷漠和背叛。他根本不会意识到，自己的行为正在加速一个人的死亡。而一个人的死亡，难道真的换不回另一个人的良知吗？

我不想指责谁，更不想去探究一个人走向堕落的复杂缘由。就像我不愿意再去追问命运和疾病对一个底层人造成的肉体凌辱，不愿意再去反思贫穷和求生对一个农民造成的精神折磨。在这个落日熔金的黄昏，在我的叔父快要被死亡夺去生命的时刻，我唯一的希望是除我之外，还能有一个身体里流淌着他的血脉的人为他送终。

这时，我想到了我的二堂哥。我在院坝里走来走去，掏出手机焦急地给二堂哥打电话。或许是信号不好，电话老是拨不出去。我不得不站到院坝左侧的一块大石头上去打。那是我们几兄弟童年时经常玩耍过的地方。站在石头上，我有一种站在根上的感觉。拨了几次电话，终于通了，却没人接听。再打，还是没人接听。我的心一下子凉了下去。我不知道二堂哥是故意不接电话，还是手机不在他的身边。

二堂哥不像大堂哥那样惹是生非，臭名昭著，他是个老实憨厚的青年，对叔父叔娘也很孝顺。村里所有人都很喜爱他。他从不多言多语，见谁都恭恭敬敬、客客气气。平时没事，他除了帮家里干活，就躲在屋里读小说。有一年夏季，我们村里还没有通电，叔父舍不得煤油，夜间早早地熄灯上床睡觉，不让二堂哥翻书。他也不沮丧，偷偷地跑去菜地捉来十余只萤火虫，装在一个玻璃小瓶里，藏在被窝里充当光源。我至今都佩服二堂哥的这一创举。我觉得他是个非常富有想象力和浪漫气质的孩子。我能够猜想，在那些孤寂的黑夜，这些来自自然界的生灵发出的淡黄色亮光,是怎样慰藉了他那脆弱而又敏锐的心灵,怎样陪伴他度过了童年的落寞和凄清。

但遗憾的是,我的二堂哥出生在农村,我的叔父叔娘没有能力和条件让他去接受更好的教育。初中毕业后,他就没再继续求学。现实过早地扼杀了一个可能极具艺术天赋的人才。他每天在家里所面对的,都是叔父和叔娘忧心忡忡的叹息,以及村人们在背后议论大堂哥的刺耳的话语。这一切,带给二堂哥无限的自卑和压抑。他很想冲破现实生活的藩篱,能够活在如那些小说一样多姿多彩的世界里。每天放学回家后,二堂哥最爱做的事情,是跑去后山上看落日或朝着远方呐喊。如果天空正好有鸟飞过,他还会躺在草地上,仰望鸟儿飞翔的样子,直到夜幕彻底将他覆盖。

二堂哥最难以忍受的,是大堂哥的为非作歹。有好几次,他都想替父亲教训一下他这个不争气的长子。一天傍晚,二堂哥手提一把斧子,站在村头将从镇上喝了酒回来的大堂哥拦住。大堂哥见事不对,转身想跑。二堂哥冲上去就朝他背上猛砍一斧。斧子刚好砍在大堂哥的右肩上,血流如注。叔父闻风而来,以为大堂哥会命丧黄泉,哭喊着给了二堂哥两记重拳。二堂哥倒在路边的水田里,满身都是泥。

第二天黎明时分,二堂哥就离家出走了。连件衣服都没带,只把他一直珍藏着的那只曾装过萤火虫的玻璃瓶子带在了身上。叔父叔娘去镇上和县城的车站四处找寻二堂哥,没有任何下落。直到前年中秋节,叔父才接到二堂哥写来的一封信。信上除说他在浙江一家工厂干活外,其他什么都没说。叔父按照信上留的电话号码打过去,两个人都哽咽无声。这之后,二堂哥偶尔也会跟家里通通电话,但都仅限于亲人间的问候。叔父几次叫他回来,二堂哥也未置可否。今年春天,我去浙江出差,叔父嘱托我去看看二堂哥。我跟他在电话里联系好了,并约定了见面地点。可临到见面时,二堂哥却故意躲着我,连手机都关闭了。出差归来,我只好将情况如实地向叔父汇报。叔父听我讲完,沉默了一会,流下了眼泪。

其实,早在几天前我回家看叔父的当天,曾跟二堂哥通过一次电话。我将叔父病危的事告诉了他,并希望他近日无论如何抽身回家一趟。我说得言辞恳切,我不想他跟我一样留下任何遗憾。二堂哥先是在电话里唯唯诺诺,但在我的再三催促下,他还是答应立刻动身回家。可现在都已经过去五天了,还不见二堂哥回来。

我依然在不停地拨号,电话那头仍没有二堂哥的声音传来。我把手机装在裤袋里,不想再继续打了。我担心我若再打,二堂哥会像上次一样把机给关掉。我瘫坐在石头上,无助地望着远方。像一个渔夫,望着苍茫的大海。落日只剩下半张脸了，我仿佛看见叔父就躺在那落日里，正与落日一起朝地平线下西沉。

　　风在我身上缠绕，它们总是喜欢欺负失魂落魄的人。我正欲起身回屋，耳边忽然传来一阵清亮的哭声。我以为是叔娘在哭，结果却是我堂姐的声音。她牵着两个儿子，守在叔父身旁鼻涕一把眼泪一把的。我很讨厌堂姐的哭天抢地，毕竟我叔父还尚存一口气呢。但她的到来还是让我感到欣慰。我的大堂哥和二堂哥不在，她或许可以代表他们尽到最后的孝道，让我叔父不要带着人世的冷漠上路。

　　堂姐紧紧拉着叔父的手，嘴里大声喊着爸。我好似看到叔父的嘴唇动了动。堂姐的两个孩子靠墙立着，脸上露出惊惧的神色。他们可能被眼前的一幕吓着了。他们还小，还不懂得什么是死亡。尽管，就在一年以前，他们刚刚失去了父亲。我的堂姐夫，一个魁梧勤劳的男人，在外出打工途中意外失去了生命。这大概也是堂姐为何一见到叔父就放声大哭的原因吧。她在心理上无法接受连续痛失亲人的现实。这对一个女人来说，太残忍了。她们没有这个承受能力。

　　我劝堂姐冷静点，不要吵到叔父。可她就是控制不住悲伤。她仿佛存积了大半生的泪水，就是专等着要在这一刻来释放的。我不知道说什么好，我说什么都是多余的。况且，我又能说什么呢。我的内心一样也是千疮百孔。我们每个人的心里都在流泪。

　　只是，看到堂姐那过于悲痛的模样，我不知道她真的是在哭叔父，还是在哭她自己的命运。

四

　　天就要黑了。夕阳只剩最后一片，仿佛农民祈祷上苍时遗落的一块红布。我们坐在叔父周围，揪心地看着他。他的内心似乎很难受，呼吸急促，只能张大着嘴换气。他的鼻子歪了，嘴巴也歪了。脸上堆满了痛苦。也许是叔娘看到他已无一线生机，唯愿他走得安详一点，便弯下身子不停在他耳朵边说："你放心吧，两个儿子我会帮你照顾好的。"可叔娘越是这么说，叔父越是在用毅力挣扎着苟延残喘。他不想急于去天堂里串门，更不想到地狱里去报到。这个破败的乡村世界还有很多他所留念的东西。他想永远守住他那一亩三分地，不让故乡沦陷。他要把自己坐守成一棵树，等待远飞的鸟儿重新回到枝头；他要把自己的脚印连成一条路，为那些流浪在外的游子标明家的方向。然而，死亡是无情的，它不会对叔父额外开恩，更不会颁发赦免令。它要把活在大地上的一个又一个疲惫的灵魂，统统收押进自己的城堡。况且，身为农民，他们从挖第一锄土开始，就已经在死亡里潜伏或隐居。一旦某一天疾病暴露了他们的身份，死亡就会采取行动，杀人灭口。

我没有数过，叔父是我们村第几个撞在死亡刀口上的人。我也没有统计过，这是我们村发生的第几次死亡事件。

我们的村庄很小，很贫穷，也很偏僻。生活在村庄里的生灵们也很卑微。他们孤独地在那儿活着，忙着生也忙着死，不会惊动任何村庄以外的人。自我有记忆以来，就一直在见证这样的死亡事件。每一年，每一月，每一天，每一小时，每一分钟，每一秒钟死亡都在发生。一朵花的枯萎是死亡，一片树叶的凋零是死亡，风吹过麦田是死亡，阳光照临池塘是死亡，一只青蛙的噤声是死亡，一条狗的失踪是死亡，爬上老人额头的皱纹是死亡，墙壁上堆积的灰尘是死亡，用锈的锄头是死亡，磨损的镰刀是死亡，化肥撒在菜地里是死亡，农药喷在果树上是死亡……现在，这一切死亡都集中在了我叔父的身上。我对死亡的记忆被叔父给放大了。我甚至觉得，我叔父的死亡，就是我们村庄的死亡。想到这一切，我的心里再次涌起巨大的悲伤。

父亲收起了他的医疗器具，他已经彻底放弃了拯救他这个哥哥的愿望，转而当起了死亡的司仪。他实在不忍看到叔父临终时的惨状，便吩咐堂姐去请本村的道士来念"改时经"（乡村风俗，据说念此经，可以让临终之人提前离世，以减少痛苦）。又安排我赶紧联系购买棺材。我给镇上一个开木器店的初中同学打电话，委托他替叔父挑选了一口柏木大棺，那是镇上能够买到的最上等的棺材。叔父这辈子过得太不容易了，没吃过好的，穿过好的。住的房子也甚是简陋。我想，既然他生前没有一个舒适的家，那就给他一个死后的好归宿吧。

道士很快就来了。他的双手沾满泥巴。他应该是正在坡上干活，被我堂姐给叫来的。他跟死亡打交道多年，也靠死亡发家致富。他可能是村里唯一热爱死亡的人。道士没有多看我叔父一眼，一到就穿上法衣戴上法帽，点燃香烛，翻开经书边敲木鱼边念诵经文。堂屋里顿时烟雾缭绕，纸钱翻飞。叔娘和母亲也在小声地商量叔父死后的事，诸如孝帕该怎么撕，阴井该请谁打……

沉闷的木鱼声有节奏地响着，夕阳已经全部隐去，天地一片苍凉。夜色宛如一卷大麻布，将村庄覆盖了又覆盖。就在道士念经的声音渐渐微弱时，叔父终于停止了呼吸。他张大的嘴闭上了。他关掉了自己的生命之门。

我俯下身，给叔父烧了一沓"落气钱"，还给他点了一盏地油灯。当油灯的光焰亮起时，我才猛然意识到，我的又一个亲人远去了，他再也不会回来。跟随他一块儿远去的，还有哪些他无比热爱的事物——土地、群山、田野、天空……

我长跪在叔父跟前，我被黑夜搂在怀里，我是那样的脆弱、孤单和空寂。

（选自2018年第1期《作家》）

八月黍成

宁 雨

一

一棵黍子。

其实，它只是这块黍田无数棵黍子中的一员，阴差阳错被播在垄头，而最先受到我的关注。这片田地，是挂在小长梁顶上的台地，当地人也称为塬，海拔有999米。在地势平坦的华北平原向坝区过渡地带，999米，也是颇引人注目的一个高度了。这样一个海拔高度，竟如此繁茂地生长着这些迥异于我家乡冀中平原的禾稼。

塬，按词典的解释，是我国西北高原地区因流水冲刷而形成的一种地貌，呈台状，四周陡峭，顶上平坦。这里，却属华北地区河北阳原境内的黄土高原。大田洼村老村长周老汉对我说，塬上最趁的就是土，田里黄土厚度至少六丈六，可惜命里缺水。只要老天能给下几场雨，黍子、山药、小杂粮，都能长得欢实。

农历七月，是塬上的好季节。天蓝，云白，风轻。站在田野，即便我这个比一棵黍子高不了多少的矮个女子，也能望见远处黛色的阴山余脉，近处坡梁下面丝绸般缠扎在大滩上的桑干河，桑干河边饮水的棕色马、大黑骡，以及西山上云朵一般飘动的群羊。这般风景，荡起内心一串串温暖的涟漪。温暖到有些微微的疼痛。第一眼便遇到一棵正在扬花的黍子。不只是一种天意，还是一个偶然。

近两年总喜欢琢磨植物的进化史，尤其着迷《诗经》里的植物。黍和稷，在《诗经》所涉植物中，几乎是出镜频率最高的，用现在时髦话说，是"热词"。考古学研究表明，包括桑干河上游阳原、蔚县在内的华北地区，是黍的原产地，年代距今大约1万年至8700年，这至少比《诗经》的年代要再向上推5000年。1万年前，泥河湾盆地桑干河两岸，正生活着全新世人类，他们制作出大量顺手的石头工具，农畜并作。聪明的先民率先"驯化"了一种植物，并且命名为"黍"。煮饭用它，酿酒用它，祭祀也用它。黍，成为泥河湾农耕文明始作的象征。

到了公元2016年，塬上人家的粮，最最要紧的，还是黍子。小长梁一带，散落着大田洼、小田洼、东谷它、大井头、小井头、油房、岑家湾、柳沟等大大小小的村庄。因"泥河湾地层"而闻名的泥河湾村，则坐落于稍远的桑干河右岸。村庄无论大小，洼坪、河下、深山、山腰梯田，每一户人家都会记得在春天里择一片最肥沃的黄土地，一遍又一遍地精耕，撒下厚厚的农家肥，趁一场细雨去播下心爱的黍子。

细小的黍种，枕着布谷鸟的叫声酣眠，一夜之间吸饱水分，扎撒出针鼻儿大的白根。又几天朗朗的日头照着，杏黄风软软地吹着，小小的嫩绿的芽头倏地拱出地皮儿。不要多少时日，黍苗开始在暗夜里咔嚓咔嚓地拔节、孕穗。塬上的老汉和女子们，走在河湾、坡道上，一仰头，一低头，满眼的青绿替换了一冬天单调的土黄，出口气儿都是无比顺畅的。一地黍苗，如同自家青葱的儿女。

大田洼的老祝，最爱在黍子扬花的七月天气，沟沟梁梁到处逛荡。他说他喜欢黍花的香味，每天往后沟里走着，看看古堡，看看古堡中的葵花、玉米、山药，闻闻黍花香，可以省下二两酒。老祝是塬上公认的酒仙，每天不喝酒就打不起精神。他从后沟逛回村子，俨然是喝过酒的，脸色酡红，目光炯炯。有人说老朱跟黍神有缘分，他是跟黍神一块儿喝酒了。

我也撮起鼻子嗅，却没老祝吹乎得那么香。问村中女子们，她们也觉得黍子花儿不香。如果说黍花真的有香气，也是最清淡的香，清淡到最灵敏的鼻子都无从捕捉。黍子开花，不是让人闻香的，如同一个好看的女子，眉眼身段长开了，就要为人妻，为人母，踏踏实实过日子。黍子开花，只是为了秀穗、结实。

二

"八月黍成，可为酎酒。"《诗经》时代的黍子，用来酿制美酒、享祀祖先。塬上，不知道从哪个朝代便丢失了酿造黍酒的传统。人们爱黍子，是因为迷恋那一口香香的黏黏的黄糕。

黄糕，是用黍米面蒸的。家家户户的午饭，都离不了一盆热腾腾的糕。一天不吃糕，就好似一天没吃饭，心里头空落落的。秋天打下的黍子，被女子们送到磨坊去碾米磨面。黍米色泽灿黄，越是好的黍米，就越黄，完全跟太阳一个成色。黄黄的黍米是有香气的，温和的、新鲜的黍米香。这香气，外人也许闻不到，但泥河湾的子民人人闻得真切。一捧新米的香气，能逗引出一腔湿漉漉的口水。

"三十里的莜面，四十里的糕，十里的荞面累断腰，累断腰。"原本一句顺口溜，82岁的羊倌老汉硬生生给哼成了桑干河独有的腔腔调调。老祝在坡梁上逛荡，一到快晌午，就会听到老羊倌儿的调调。那调调儿好像专门提醒他，该回村里给90岁的奶奶和18岁的儿子做饭了。午饭，照例是一顿黄糕炖大菜。奶奶牙口不好，胃口不好，但每天离不了糕，一顿午饭要满满一小碗瓷实实的黄糕。好在塬上人吃黄糕是不嚼的，祖上传下的规矩，用筷子撕扯一块儿，蘸一蘸熬好的土豆茄子豆角大菜汤，送进嘴里，"咕嘟"一下顺嗓子眼儿就到了肚里。

一方水土养一方人，塬上人吃糕，算是一例。不过，作为一种拥有万年历史的古老农作物，黍子养育的又何止这泥河湾的塬上人家。夏商周时期，黍的身影曾遍及大半个华夏。汉代以后，中华文明与世界各大文明之间实现前所未有的交流相交融，农作物的种植清单也急于更新。但黄河以北大部分地区，仍以旱作农业为主导。及至20世纪80年代，水田在广袤的北方平原已不是什么稀罕之物。随着水浇地面积的扩大，黍子、大麦，甚至高粱、谷子，才飞快退出主要大田作物的序列。我问一些年纪轻的孩子，何为黍，何为稷？他们只会翻着字典说，黍、稷都是庄稼，散穗者为黍，实穗者为稷。至于黍、稷何滋何味，则是完全陌生的、毫不相干的，远不如一杯珍珠奶茶、一份哈根达斯来得亲近。

数千年前沿着泥河湾入迁徙、繁衍的路线，一路向南攻城略地过淮河跨黄河的黍子，只用了不到30年时间，便给飞速发展的水浇田逼退到原初的出发地。而今，以黍子为大田主导作物的地方已经非常稀少。但泥河湾人，像祖先一样爱着黍子，并以之为主粮。

耐人寻味的是，黍子这种农作物在华北广大地区向北撤退的路线，跟告别贫困的地理分界线有着惊人的相似。贫困，又与干旱缺水等恶劣的自然条件如影随形。2015年我国公布的贫困县名单，河北北部的张家口市占10个，包括泥河湾遗址群所在的阳原和蔚县。

泥河湾盆地的庄稼人，是数着一场一场雨过日子的。就说发现11700年前全新世人类遗址的大田洼乡，十几个村庄，几乎个个严重缺水。饥渴的黄土地，与生性耐旱的黍子却相宜。黍子播种期间，正是桑干河上游地区降水最金贵的时候。有点潮气儿就能扎根生芽，黍子让庄稼人心中坚定着年复一年播种的希望。再差劲儿的年景，只要一片黍子地还有收成，这沟沟坡坡就能养活人。

扶贫干部老郝在工作日志中记载着这样一件事，小长梁以南10千米的南柏山中有个漫坡村，家家都要赶着毛驴到村东5千米开外的深沟蓄水池里驮水吃。6年前的冬天，一个老汉到处找驴驮水用的木架子，生生给冻死了。大田洼村，20世纪90年代才有了第一眼机井。现在，这眼井已经不符合饮用水标准，只能用来浇地。于是，大田洼4070亩耕地中，罕见的有了200亩水田。2014年，乡里利用上级支持的资金在小长梁河下深沟打了一眼新井，管道入户定时供水，村里人幸福坏了。一位老汉逢人便说："新来的王书记，把水送到家里，相当于帮我养了一个能挑水的儿子！"

"帮着挑水的儿子"，政府给养了，自家养活的儿子却"跑"了。在大田洼村里待了两天，没碰到一个年轻的后生、女子。到阳原县城、到张家口市，甚至远赴北上广等一线大城市打工，在大田洼乡、在阳原县已是普遍现象。年轻人一走，一年两年不回一趟家，混得有点模样的，携父母子女举家搬迁。大井头村2015年底在籍人口172户383人，常住人口却只有98户195人。

地方穷，养不住人。当了多年村主任的周老汉卸任了，还在为村里忙前忙后。他说，大田洼村2015年的人均收入是2650元，达到2850元就算脱贫出列。

2650元，还不足一线城市一个新毕业大学生月薪的一半。

早起糊糊中午糕，黑下里一锅烀山药。这听起来合辙押韵的日子，被塬上的年轻人厌倦了、嫌弃了。黍子和人之间，出现了一个"你退我进"的现象：当黍子全面退守回一万年前出发的原点，塬上的后生小子，却坚定地告别着养育了世代祖先、又养育着他们这代人的黍田和黄糕饭。

三

吃惯了黄糕的塬上人，也许无暇思考人与黍的进退史。这片土地，作为"东方人类的故乡"，却得到全世界越来越多的关注。

一个世纪之前，泥河湾村还是桑干河畔一座不出名的村庄，人家不足百户。1942年，随着美国地质学家巴博尔的到来，"泥河湾"三个字逐渐被赋予了不同寻常的意义。80多年来，相关领域的专家学者在东西长82千米、南北宽27千米的桑干河两岸区域内，发现了含有早期人类文化遗存的遗址80多处，出土古人类化石、动物化石和各种石器数万件。这些文物几乎记录了从旧石器时代至新石器时代发展演变的全部过程。小长梁遗址作为我国古人类活动最北端的见证，被镌刻在中华世纪坛的青铜甬道上。

2001年，泥河湾遗址群列为第五批全国重点文物保护单位；2002年，泥河湾列为国家级自然保护区。泥河湾考古遗址公园正在建设中，一座东方人祖的大型石雕高高伫立于中心广场。

小长梁，总有一批又一批的游人前来寻根、祭拜。远道而来者，在完成一个虔诚的仪式之后，往往愿意到附近的村庄走一走，到沟里捡上一两块石头，甚至在坡梁上剜下一块泥土，用干净的丝帕或白纸包裹好带回家。在大田洼村街上，我跟一个女子闲聊。我问她，有没有游客想到你家里吃饭？她连说，有的，有的。今年春天，四个背包客敲开她家门，央求给做一顿最地道的农家饭。于是，黄糕蘸大菜，第一次作为招待外地游客的饭食端上桌。那些吃惯大米白面的嗓子眼儿，对付一块粗糙的黄糕十二分不习惯，但还是学着主人的样子"咕嘟"一下咽到肚里。似乎，一顿塬上人家的黄糕饭，才结结实实拉近了寻根者与人类祖先的距离。

老实说，一株黍子、一块黄糕的历史，对于第四纪的早期人类史，实在短暂得无以挂齿。因此，一顿寻根的黄糕饭，实难以接通数百万年前先祖的气息。而作为一个土生土长的泥河湾子民，黍文化史中却有割不断的血脉。

在小长梁间的村村落落，跟一个老汉谈起泥河湾遗址，他表现出不了解、不关心，我一点都不见怪。他更关心的，是一季黍子、玉米和杏扁的收成。还有，美丽乡村建设、退耕还林、精准扶贫，自家能有哪些好处。抑或，哪个考古队要来，他们是不是要在当地招募帮忙挖土的人，以及在考古现场打工，一天能挣到多少钱。当独特而丰厚的文化遗存遭遇物质的极度贫瘠，普普通通的庄稼人，似乎少了一点对先祖、对根的热情，多了一些现实和庸常。这，正是塬上人朴实敦厚的性情所在。

四

七月里，嘎啦嘎啦的响雷惊动了一株黍子的美梦。

大田洼村几个老汉站在二云家理发馆门口，一边吸烟一边打望着凤凰山那边滚过来的黑云，看上去情绪蛮好。杏干上市，黍子扬花这场雨来得正是时候。

老汉们嘴里埋怨着"穷，养不住人哩"。问他们，要不要像年轻人一样搬出这个塬不再回来，一个个马上摇头，拨浪鼓一般。

大田洼往南深山区的朝阳山沟村，村上有个老红军，已经98岁，参加过两次国庆阅兵，国家每个月都给发补助。老红军的儿女在外地工作，接他走，却死活不干。老人家身子骨硬朗，还能下地侍弄庄稼，种几垄黍子、一片山药。闲来无事，搬个小马扎，坐在院门口看着对面的大山，一口接一口地吸烟。他与家乡的青山，相看两不厌，就算是死了，也要跟列祖列宗一块儿埋到大山里头。

这些老一辈的泥河湾农民，恋土、恋家、恋黄糕。许多人入土之前，灵堂里的供品都少不得一碗糕。

宁老汉70多岁，光棍一个，终身未娶，现如今在中心学校看大门。老汉的家，在大田洼村东头儿，夯土垒的院墙，夯土堆的窑屋，木格门窗，门上大红纸糊的对子，窗上大红纸剪的窗花。前院养鸡养狗，后院种菜栽花。一个红彤彤的大南瓜趴在地上，像老汉待客的笑脸，憨厚、笃定。

论日子过得精致，在这塬上，宁老汉绝对数不上。但老人家过日子的心气儿，连精打细算的女子们都很佩服。日子，当然要好，好了还想好。可这份好里，永远离不开那个心气儿。心气儿足了，孬日子也能往好里过，心气儿没了，好日子也过不出个好。自打年轻人一个接一个往出走，打工，在城里定居，村子里越来越清静了。清静得人心惶惶的。太清静，女子们过日子的心气儿就往下塌。走过后街，往宁老汉的窑屋和小院瞅上一眼，母鸡领着一群小鸡仔安闲地溜达呢；过一会儿，再瞅一眼，一架眉豆已经爬满墙头。脸红，心虚。儿女双全的人，咋还不如一个光杆老爷们儿。

老李家兄弟，也是过日子的好手。老大和老三，一家一个大院套，前后相连，一水儿新房，外墙瓷砖到顶，屋里纤尘不染。老大家院子里栽大苹果、香水梨，老三家屋前一大丛明艳的菊花，两畦正在卖花花儿线的玉米棒子。两家的孩子们都在外地工作、读书。老大两口儿带着4岁小孙女，种10亩地打一份零工。老三家春天里刚给闺女、姑爷办完喜事，喜房里彩练灯笼福字剪纸，一派喜气。孩子回家办婚事，办完又走了。老三家女子每日里打扫着，就盼一双小燕儿常回老巢住住。

滋味越来越寡淡的日子，因为理发店的二云起了一些变化。二云的娘家在大田洼，婆家在小田洼。自打学了理发，她就不再把心思放在田地里，而是专心一意开起理发馆。开理发馆需要人气，大田洼是乡政府所在地，人口多，热闹。干脆，二云租了大街边两间房子，开店兼休息。小时候耍高跷的底子，打十七岁开始跳舞，无论什么舞式对二云来说都是小菜一碟。自己跳不过瘾，拉扯着村里的女子们一块儿跳。早起熬糊糊之前跳，晚上吃了烀山药蛋之后又跳。不经意间，二云舞蹈队就红火起来了。庄稼人天性爱热闹。腊月里赶大集买窗花，正月里耍社火、打树花，秋天打完黍子蒸下头锅黄糕，还有口梆子、二人台。这些年，村里人口越来越少，红火耍不起来了。二云舞蹈队，也是人们的一个宽心事儿。

塬上女子们不欺生，一个个又大方、又淳朴。她们跟我唠叨：现在国家号召美丽乡村建设，又派干部"精准扶贫"呀。这村也美了，贫也脱了，到底能不能把年轻人的心再拴回来？年轻人的心回不来，都是白瞎。

五

  老祝还是一天到晚在后沟泡着。他逢人便嚷嚷，今年黍花开得格外香，秋后必定好收成。没人在意他的疯话，大家都忙活着，忙着到考古队打工，忙着一日三餐，忙着找二云学跳舞。

  见我对黍子感兴趣，老祝像是找到了知己。他邀请我八月再来，吃一顿新黍面蒸的黄糕。八月，该是黍子的节日了。一捆捆穗头饱满的黍子，被骡车、驴车运送到村边的打谷场上。老汉们牵着大牲口，大牲口拉着碌碡转圈轧场。"吁，哦，吁吁，哦哦"的呼喊声，是人和牲口之间最默契的交谈。吆喝牲口的间隙，嘴里随便哼几句口梆子、信天游也是要的。小调和吆喝声，交织着，飘荡着，绕过场边的白杨树，一直飘到沟对面的南山梁，飘到南山梁上棉垛子似的云里。

  大田洼的打谷场，静静的，碌碡安卧在场边，等待秋收的节气。最后的农耕图画，还存续于塬上的八月。一棵黍子的命运，却该到达新的拐点了。

（选自2018年8月10日《光明日报》）

八十年代的文学青年

郭 伟

一

想写这篇散文已经好长时间了,总是不敢动笔,我怕我笨拙的笔尖不能详细、准确、全面地叙述出那个年代文学青年们激情澎湃的生活。但是二十世纪八十年代文学青年火热激情的生活总是在我的脑中萦绕,促使我不得不拿起笔来将那些难忘的生活经历落在纸上以示纪念。"八〇后"也许对我们所经历的生活不以为然,也许都不能相信,但他们的父辈确实是从那些经历中走过来的……

二十世纪八十年代,改革开放之初,我二十岁左右,风华正茂的年龄,我从部队复员后分配到兰州化学工业公司化肥厂工作,当了名倒班工人,工作倒很轻松,令我不满意的是三班倒。我所工作的岗位是兰化化肥厂造气车间,所在的是氧气鼓风机岗位,也就是通过鼓风机将氧气输送到煤气发生炉,再通过氧气在发生炉燃烧生产出煤气(有毒有害气体),我的工作主要是仪表操作,一个钟头巡视一遍鼓风机,抄表记录一下鼓风机的运转是否正常。

那个年代物资匮乏,但人们精神生活非常充实。那时不知道为什么好像全国人民都在写诗,用一句夸张的话说,走在路上十个人,如果有一块砖头掉下来砸在头上,八个人都是诗人,还有两个人虽然不是诗人也是诗歌爱好者。我就是从那时候开始喜欢并且学习写诗的,上班时在抄表记录完鼓风机的运转后,就拿出一本诗集默读了起来。下班后,有事没事都要泡在我所生活的城市的中央广场,因为那里有一个城中最大的新华书店,我基本是每天都去。这家新华书店的售货员从一楼到四楼没有我不认识的,并且和两三位漂亮的售货员建立起了很好的关系。在我的影响下,她们也喜欢并且和我一样学习起写诗,还将写好的诗拿给我看,并且经常在一起讨论起某首诗的某个词句应该怎样写。讨论高兴时,某位漂亮姑娘就激动不已,脸上泛起一片红润,用柔情的目光羞怯地看着我，这神情更使我激情飞扬，大声地朗诵起她写的诗来，引来书店内众多羡慕的目光。如果哪天我没有去新华书店，对她们来说就好像少了点什么，第二天见面一定要追问到底，好像我没去新华书店是件天大的事。我几乎每天都要去新华书店看书买书，就像今天的我们离不开互联网和手机一样。

那个年代没有什么娱乐场所，对我来说最吸引人的地方就是新华书店和电影院。去新华书店看诗集就是我一天最快乐的生活。不知哪一天，我得到了一个重大消息：本市群众艺术馆要举办诗歌学习班。这可是个天大的好消息，我激动得奔走相告，告知所有和我一样爱好写诗的朋友们，他们听说后和我一样激动不已。我和几个文学青年赶紧去报了名，那时的市群艺馆在滨河路，记得报名以后只要不上夜班，每晚我都骑着一辆"飞鸽"牌自行车早早地来到群艺馆听诗歌讲座。没想到的是听讲座的文学青年人山人海，去得迟了就没有座位了。

群艺馆在院内的广场上搭了一个讲台，台下坐满了前来听讲座的文学青年，老师在台上讲得认真，文学青年们在台下记得仔细，老师讲课时台下鸦雀无声。每天听完老师讲课后，我都兴奋不已。在听课期间，我认识了王新华、林新毅、尤今暑、贾立新、孙朝军、魏建洲、李星华、马静等一群文学爱好者。相同的爱好使我们走到了一起，没事时我们就聚在一起将自己写好的诗歌拿出来朗诵给大家听，并且一起讨论研究着某首诗写得好与坏，有时候为一首诗歌的好坏争论得面红耳赤难解难分。讨论到高兴时，有人就兴奋地大声朗诵起在当时已经很有名气的诗人舒婷的诗歌《致橡树》："我如果爱你／绝不像攀缘的凌霄花／借你的高枝炫耀自己／我如果爱你／绝不学痴情的鸟儿／为绿荫重复单纯的歌曲……"还有贺敬之那首著名的诗歌《西去列车的窗口》："在九曲黄河的上游／在西去列车的窗口……／是大西北一个平静的夏夜／是高原上月在中天的时候／一站站灯火扑来，像流萤飞走／一重重山岭闪过，似浪涛奔流……"以及诗人北岛的那首著名诗歌《回答》："卑鄙是卑鄙者的通行证／高尚是高尚者的墓志铭。"还有顾城的那首名诗《一代人》："黑夜给了我黑色的眼睛／我却用它寻找光明。"那时候我们文学青年特别崇拜的诗人是舒婷、北岛、顾城、江河、杨炼、梁小斌、王小妮、徐敬亚、傅天琳等二十世纪八十年代涌现出来的一大批诗人。当然还有那些老诗人，如艾青、臧克家、贺敬之、郭小川、郭沫若、李瑛等。这些诗人用他们的诗歌影响着我们一代人或几代人的生活，也成就了那个特殊的时代的独特文学氛围。特别是老诗人臧克家的名诗："有的人活着，他已经死了；有的人死了，他还活着。"让我深深思索并懂得了应该怎样去活着。

二

改革开放之初的八十年代,诗歌如同燃烧的火一样在我们文学青年的胸中燃烧,《诗刊》《星星》《诗探索》《青年文学》《萌芽》等刊物的发行量都是空前的,几十万,甚至上百万。我们这些文学青年差不多人手一本。我就订了《诗刊》与《星星》诗刊,《青年文学》每一期一到手就迫不及待地读了起来,如果看到自己喜欢的诗歌更是一遍一遍地看,看了不过瘾时就大声朗诵起来,朗诵到高兴时止不住手舞足蹈起来。

除了全国著名的诗歌刊物外,甘肃的《飞天》上的大学生诗苑,兰州的《金城文艺》与《当代文艺思潮》都使我爱不释手。看了就写,写了就投稿,雪片似的往外投稿,又雪片似的收到退稿信。但就是这样也期盼某天在某报及某刊上见到自己的诗歌发表。这种期待是苦涩的也是幸福的。每当写了一首是诗不是诗的习作便兴奋不已,并及时和那些文学青年们聚到一起大声地朗诵和讨论着。

我们经常少则十几人多则几十人聚在一起,举办文学沙龙,人少时就在某位文学青年的家里,人多时就找个饭店的会议室。这些文学爱好者什么人都有,工、农、商、学、兵、警察、干部等等,真正组成几个小团体。

记得我们经常在东方红电影院对面的一家饭店内聚会,因为我们中的文学爱好者孙朝军就是这家饭店的工作人员。有一次聚会时,不知是谁提出要去找省文联的某位领导出面支持我们,大家都非常赞同。结果大家推选出几个人带头去找,其中就有我和林新毅、孙朝军等。聚会结束后我们几个人便去找时任省文联副主席的曲子贞先生,当我站在曲子贞先生家门口敲门时,心里怦怦怦直跳。曲子贞主席正好在家。弄清楚我们是几位文学青年后,他非常热情地将我们请进他家,并为我们端来了热茶。曲主席当时已高龄,他听到我们的想法和要求后对我们说:"我非常理解和支持你们对文学的热爱,这是件大好事,我支持你们。"还对我们说了很多鼓励的话。

从曲子贞主席家出来后,我们非常兴奋,能得到他的鼓励和支持我们更有了信心。我们几位主要负责人讨论后作出决定,用蜡纸手刻一本诗集,发表我们这些文学青年的诗稿,并给这本刊物起名叫《萌芽》。还做了具体分工,谁编辑,谁刻蜡版,谁校对,谁印刷。不久,这本凝聚着我们的心血、散发着淡淡的油墨馨香的手印诗集诞生了。大家激动地传阅着,喜形于色。诗集选刊了十几首文学青年的习作,其中有我的一首题名为《红绿灯》的诗歌,这是我发表的第一首诗——也是处女作。虽然它不是发表在正式的报刊上,但还是令我兴奋和激动不已。

三

有了这册手印的诗集《萌芽》后，我们这些文学青年的聚会更多了，每期《萌芽》诗集出刊后，我们都会聚在一起讨论。经过一段时间的交流，我和魏建洲、王新华、贾立新等人的作品开始不时刊登在《金城文艺》及当时的《兰州报》上。那时《金城文艺》还办了一个栏目"一诗一评"。这个栏目办得很有特色，该栏目由诗人傅金诚主持，每期《金城文艺》上刊发的诗歌都有他的点评，这些诗歌评论使我们文学青年在诗歌写作上受益匪浅。《金城文艺》为文学青年提供了一个发表诗歌的平台，同时发现和培养了一大批诗歌爱好者，为金城兰州的文学爱好者做出了贡献。

一天我正在上班，突然接到车间主任的电话。他在电话里通知说："厂保卫科接到兰州市公安局某处的电话，让你下班后去市公安局某处问话。"

接到这个电话后我心里一直忐忑不安，公安局找我是什么事呢？要知道在那个年代被厂保卫科及公安局查问，在工友的眼中不是一件光彩的事，一定是犯了什么事了，要不然公安局怎么会找你。坐厂里通勤车时我发现有人用怪怪的眼光在打量我。

厂车到公安局附近时我下了车，走进了市公安局，找到了某处的办公室。屋里当时有两三个人，我自报家门后，一名警察上下打量了我一番后问道："你就叫郭伟？找个地方坐。"我坐下后他便问我："你知不知道，我们叫你来是什么事？"

我说："不知道，你们为什么找我？我又没犯什么事。"

该警察对我说："你不要紧张，我问你一件事，你是不是和其他人一同非法印了本刊物叫《萌芽》？"

我说："是，有这么件事，怎么了，这本手印诗集有反动言论吗？"

警察严肃地对我说："刊物上也没发现什么不妥的文章，但是它是非法出版物，属于违法行为。我们还了解到你们经常组织聚会？"

我说："是，我们的聚会就是讨论诗歌。"

该警官非常清楚我们聚会的内容，一共组织过几次，每次有多少人，详细到参会人员的名单、地点、时间等等。

他对我说："据我们掌握的情况，你是这个聚会的主要组织者。我们传你来没有别的意思，就是给你提个醒，防止这样的聚会被不法分子利用，这样就不是文学聚会了，因为这样的聚会不合法。虽然你们聚会的内容是文学沙龙，参会者都是文学青年，但这是违法聚会。希望你能重视这件事，我们并没有恶意，回去后告诉你们沙龙的人,三人以上的聚会都要到有关部门申请得到批准后才能合法聚会。"

那时年轻,我不知道他说的到底有没有法律依据,我们这样的文学聚会竟然不合法?但他的话让我意识到问题的严重性,还是少找麻烦为好。从那以后我就再没有组织过类似的聚会,那本手印的诗集《萌芽》也很快停印了。虽然再没有组织过任何文学聚会,但文学在我的心中一直是神圣的。

几十年过去了,我们当年那些八十年代的文学青年,你们现在都在哪里?都生活得好吗?还爱好文学吗?我知道也许大多数人都因为生活及各种原因远离了文学,但是还有个别的人仍在不离不弃地热爱着文学并坚持创作。无论他们是否还在坚守文学,我都祝福他们。文学让我们热血沸腾,文学让我们张开理想的翅膀,文学让我们共同度过了那段难忘的时光。我想念你们——八十年代的文学青年!

(选自2018年第2期《天津文学》)

补　白

陈丹玲

一

　　与满院阳光的喧哗相比，红光婶的动作要安静得多。蔡氏古法造纸"七十二道工，外加一道口吹风"，说的就是这个正午她所做的事情。晒纸，像戏台上最后的尾音。经常是在午后，孩子下河，丈夫上山了，红光婶把这剩下的尾音捡过来，弯腰，伏身，把它们捧在手心里。实际上，她要把一张一张湿沓沓的白皮纸贴到墙上去。墙壁平整，可还是不令人放心，红光婶一边抚平皮纸，一边轻轻吹气，旁若无人，专注晾晒。远看了，女人完成这项劳作的样子十分美好，腰肢成弧，口吹轻气，有不尽的怜爱在里面。这剩下的事情，被全村女人捂在掌心，晒纸的劳作使她们沉浸在母性宏大的静谧、暖意和悲悯里。纸影飘荡，令人有如身处虚幻。弓身时，嘻嘻哈哈的太阳就躲在她的背部，暗影投在墙上，笼罩着湿嗒嗒的皮纸。现在好了，红光婶要挪开自己，让阳光过来。阳光抽干水分，墙壁上渐渐显现暖白色的皮纸，它与生活有关，与卑微和坚忍有关。比如刚才，阳光在她左手食指处的疤痕上摩挲，几乎有点疤痕叠着疤痕的处境了。可她记得清晰，这是砍构树时落下的，那是春料时锤着的，这是起料时烫着的，一言难尽。幸得天恩存在，所有的苦难和辛劳都得到馈赠，每家每户的墙壁上贴着湿湿的皮纸，竹竿上飘着半干的皮纸，场面宏大，整个村子深陷在皮纸的温热和白影里。

　　这里是黔东的合水镇，蔡家坳、香树坪、兴旺、坪楼、木腊、亚子坝，这些村子散落在小镇的山谷山梁上。夏天，阳光倾泻在这些小村寨里，倾泻在满山树木上，却是凄清得很。相比起来，这些年周边的草木见风长，无比茂盛，村庄却异常空寂。空寂如草木，在院子和村路上疯长。晒纸的女人们老了，与小镇上的草木、田地还有造纸的功夫一样，老得根深蒂固，不易抬脚，不易拔起根茎。其实，红光婶觉得蔡家坳这个地方不错,自己有一群姊妹,关系尚可,长辈的坟地让自己有了一个忆念的去处。一生造纸也不错,可以感受人情温馨,也可以体察人性卑琐。

许多个正午,院墙内皮纸翻飞,巨大的纸影覆盖了这些村寨,无比喧哗而又异常寂静。

二

一切仿佛从游戏开始。

一鞭抽下去,木陀螺活转过来,飞旋,绽放,似阳光中一朵甜白的花,开得迷离。鞭子是构皮做的,灰褐色,柔韧,保留着构树的苦香。是的,苦香,苦香几乎浸透了一个小孩这一生。现在,构皮软鞭注满力量,狠狠抽在木陀螺上,小孩看见心爱之物死而复生,这种快感撑满童年小小的世界,没有什么比这更令他着迷。村寨里一伙孩子迷恋打陀螺比赛,谁死谁生,谁死而复生……这伙孩子都坚信自己的力量可以控制一切,这个孩子也坚信,命运仿佛可以被控制。他甚至趴下身子,撅起屁股,撮起嘴巴,使劲朝陀螺的尖锥吹气,别停下来呀,活下去呀,别死呀,然后爬起来,再补抽一鞭……这些是红光叔小时候的事情。

"人怕伤心,树怕剐皮。"红光叔后来才知道,用伤心事抽打伤心人,是死不成的。那年的蔡家坳,红光叔的伤心事是父亲逝去,五兄妹中最大的是他,最大的概念是九岁。停留在构皮上的游戏依旧远远超过停留在构皮上的生计,只是在母亲愁苦的面容出现时,红光叔才会埋头,产生似是而非的羞愧感。从来没有像眼下这样觉得需要一个父亲,需要他来教会自己用构皮制造皮纸,用构皮缔造生活。构皮软鞭,他曾那么熟练地用来抽打陀螺,而穷困、破败、丢人、饥寒绞缠成无形的长鞭,一鞭又一鞭抽在皮肉和心灵上,比任何时候都狠。

人到少年,红光叔开始偷学舀纸。趁别家作坊无人的时候,他捞起衣袖,赶紧抓过竹笓子,在浆槽里前后捞,左右摇,上下抖。竹笓子是傲慢的,没多久,手臂的力量被它消减得落花流水,纸浆在竹笓子上铺得不均匀,不是出现漏洞就是仅有半截。纸农们用"半截腰杆"和"漏屁股"来说事儿,更令人脸红害臊。红光叔悄然离开人群,走向河岸的旷野。构树漫山遍野,在风里摇动,所有村寨都处于一种扑打和摇晃中。构树叶片肥大,长得大大咧咧,一副漫不经心的样子。树皮被剥剐了,依旧平滑完整,树枝被修剪了,下一年春天它又长出嫩枝,毛茸茸,像婴儿手指一样无辜和干净。树木中,构树算是最不记仇的树种吧。

构树在黔东大地上无处不在,它原本是实在的,却给人以巨大的幻觉。据《东观汉记》和《后汉书》记载:"元兴元年,奏上之。帝善其能,自是莫不从用焉,故天下咸称'蔡侯纸'。"这个出身贫困之家,从小随父种田,十五岁被选进皇宫当太监,名蔡伦、字敬仲的人熟知树皮、麻头、碎布、渔网这些朴素之物含带的自然禀赋,熟知废料碎片在民间的补缀奇迹,凭着聪明伶俐和多思专研他终于成功。于蔡伦本身来说,他的确在帝王的笑颜里看见了一点自己的荣光,却无意识推动了一个国家造纸业的进步和普及,也许蔡伦从没想到纸张会给自己带来无上尊严和另一种形式的生命延续。蔡伦也没想到,元末明初,烽烟不断,一支蔡氏族人在迁徙中,从江西将蔡氏古法造纸术带入黔东,带入武陵山脉主峰梵净山西麓的合水镇,带入合水镇蔡家坳。多年来,蔡氏造纸术如同树木一样,从蔡家坳开始繁衍到小镇的许多个村寨,几百座沿河而建的造纸作坊构成一个小镇的记忆沸点。以前的以前是先辈们的日子。此刻,同样是命运曲折,蔡家坳这个偷艺不成的红光叔,不会想到几千年前皇宫里的舞文弄墨,更不会想到一个在尚方作坊里埋头苦干的太监,孤儿寡母的生计比任何历史都沉重,压在他肩头。始终学不会舀纸,满腹困惑抓扯着红光叔的头发,仰看天空,树枝将他的视野分割为一些碎片,使他感觉是置身于一个曾被打碎又被拼接起来的世界上。红光叔想念父亲,想念在这一带存活下来的族人前辈。清浅的河流曾一再映照父辈进出低矮作坊的身影,一再映照那些逐渐模糊的酷夏与寒冬。

  人一旦回望,注定会遇见童年。那根构皮做的软鞭飘飞过来,这次是虚幻地打在了红光叔脸上,但能真实地感觉到疼痛和某种潮湿。构树有父辈一般的关怀,一根枝丫死去,而一种叫作纸的东西在这死亡中诞生。消逝与存在并不是较量的结果,而是一个传递的动作,从构皮到纸张,中间是一双厚实的手。在造纸人的眼中没有什么比构树这样的植物更动人的了,也没有什么比构树更能赢得信任。许多年以来,构树的影子像河水一样流淌在生活里,这里的人们每走一步都需要对构树致意,这也是对生活信任的来源和全部理由。

三

  嘭,嘭,嘭。正午,小镇上会有女子在河边舂料。水碓撞击石盘,河谷的沉闷被撞得松动。她翻动水碓下的构皮,反倒觉得没有什么能比此刻更安静了,午后的小睡,斑驳的光影,都无法相比。水碓的节奏正和上了一颗心脏的跳动,她时常清晰地听见自己的内心。这样的劳作不同于收割时心满意足带来的微醺,也不同于锄禾时旁根杂草带来的凌乱,仿佛自己与蜷缩的构皮一般,被无形拓展和黏合,空阔如旷野，洁净到纯粹，可以容得下许多憧憬和心事，也许还有愁怨……

我们站在今天的河岸看过去，舂料的地方就在造纸作坊的边上，格调低沉。水流滚滚而过，闪现着光泽，在稍大一些的岩石上，它破碎成各种白色的形状。正午，舂料的女子无心于水流，一直守在水碓旁翻动构皮，直到它们变得绵软、紧密和细碎。同一个动作循环重复，她的目光变得慵懒而幻化。的确，对一张皮纸的憧憬远远大过了舂料的单调——她想象数十张白皮纸做成一把红油纸伞。在这一带乡间，一把红纸伞不结丁香愁，不沾梧桐雨，它在欢腾的唢呐中，在新娘跨过门槛的一瞬被新郎的双手接过去……事物总是在想象中才显露它的庄严和美好，就像一把红艳艳乐融融的油纸伞，一直吸引她付出不尽的辛劳和期待。每天，这样的捶打都会持续很久，时光的意义被全部纳入其中。有时恍惚，她的拇指和食指差点被碓锤打中。

很久以来，利用杠杆原理踩踏式舂碓成为乡村生活的一部分，原始机械的美感和力量倾注于现实生活上。比如舂米、舂构皮。而之前，中国哲学家庄子曾为此忧心忡忡，他焦虑省时省力的做法难免让人生发"机巧之心"，他曾预言，人们痴迷于技术的同时，自私狭隘的道路会在面前铺开，道德和灵魂也会随之渐渐衰落。而在蔡家坳，一架水碓依旧保持着古老的劳作方式。重新目睹这种原始场景，总令人忍不住地激动和惊叹。

不过，水碓已经不是踩踏式的。人们从水流里悟到天启，水车在蔡氏古法造纸作坊群里得以呈现，它带动木质的碓身抬起和放下沉重的碓锤，底下凿有沟纹的圆石盘承接自上而下的强劲力量。嘭，嘭，嘭，原始机械的美感通过声音在河岸流淌，坚韧的构皮就在这种力量下溃崩瓦解。

水碓下部，圆石盘的沟纹呈八卦图形。民间传说，废掉后的圆石盘用来垒房屋的基座，镇邪。想来，历经水流冲刷，千锤百炼，吸纳树木精华，一块石头也是能炼成精的，完全能给民间的文化心理提供可靠依据。比如"蔡家坳上有只木老虎，十个女人九个少颗手指拇"，这也是民间的传唱，却隐隐带着血的腥味和无奈的痛心。木老虎就是水碓。听说在新中国成立前后的一段时期里，蔡家坳的女子几乎人人都参与造纸劳动，舂料这个看似轻松的程序时常由她们来承担，疲倦或分心时手会被碓锤砸伤。因手上带了这一小点残疾，媒人说亲时，她们受尽了男方的挑剔。舂料，仅剩时间对物质的较量，这样的过程里积蓄着一种无形的对抗，于人的耐心是一种固执而又坚韧的蚕食。在此番单调冗长的劳作中，那些曾经守候在河岸的女子们难免分心走神。恰恰这时，碓锤落下……

事实上，我们感受到，舂料捶打构皮的节奏和城市建筑工人刨掘的节奏基本是一致的。在乡村秩序和生存需要的背景下，他们遵循着同样的教诲、同样的规则，他们的心灵翻阅和默诵着有关劳作的同一个乐谱。

四

  冬天，河岸寂静，收割后的田地松弛着，伸向山野的土路也变得简明扼要，不再藏头露尾。纸农们朝一群冷肃的作坊走去，他们所有的想法也变得洁净和朴素——抓紧舀皮纸，积攒家底，然后娶个女人成家。

  作坊里，浆槽、膏槽、竹篾子，还有榨子和角落里的小灶，全都浸在冷津津的空气和暗影里。将双手放在嘴边哈热乎，抓过竹篾子，伸入浆槽里。那些掺杂了碎原料的浆液里像暗藏有刀锋，直愣愣的，把他的双手来回刺伤。水好冰，但他的双手如在火堆里灼烧、焦痛。身后的石台上，一张又一张湿漉漉、软塌塌的皮纸渐渐堆叠。每舀一百张皮纸，他会扔一粒小石子在旁边的土碗里，用以计数，有时会是一颗玉米或者别的什么小颗粒。想来凄凉，他们与一张纸长期浸泡在汗水、冷水和苦水的中央，无数双手一生与纸张亲近爱抚，却很少能握到一支笔，终是抵达不了书写和阅读时的体面和贵气。在冬天的寂静里，作坊里的水声被无限放大。幸好，这个舀纸的男人个子高，手臂长，舀起纸来麻利灵活，加上吃得苦，在相同的时间里，他总是比别人多舀出一倍的纸张。唯有皮肉抵不过浆水的冰凉，双手已经支撑不住，麻木僵直，最后握不住竹篾子，一张快要被舀起的皮纸又一次消融在浆水里。那就去小土炉边烤烤火，暖和一下嘛。不，那是千万不能的。因为火的热量会往皮肉里钻，逼得里面的寒气往皮肉外窜，冷热冲撞，手指的骨节仿佛轰的一声，被撞得碎裂，这时，尖锐的疼痛会直接往心里钻，过程持久，最后变成钝痛。那怎么办？得用毛巾蘸热水轻轻捂手，让"死"去的双手慢慢复活过来。一个冬都在舀纸，他就在死与活中来回反转一个冬。

  夏天来了，日子会是怎样？纸农们依旧在造白皮纸，需要经过砍、剥、晒、沧、挽、浆、蒸、清、泡、揉、洗、踩、再晒、再泡、再踩、纯、再浆、再蒸、捞、再踩、摔、冲、切、舂、淘、搅、兑、搞、拖、舀、榨、再晒、收、合、捆等七十二道工序，才能最终走完原料制作、配料制作、皮纸制作三大流程。人们的双手长期浸泡在浆水里，皮肉起泡，打皱，久了双手还长满湿疹，长满皮癣。劳动以这种丑陋的样貌镶嵌在人们的身体上，像异形的印章，以鲜血的颜色盖印，证明一种生存方式属于这些人，属于整个村庄——人们世世代代带着生活的渴念，在同一个动作和同一种姿势里煎熬，淹没在一群作坊的灰暗色调里。

事实如此,在黔东,聚居于梵净山西麓一带的蔡、田、卢、饶、帅、杨、谢等家族就以家庭为单位,世代用蔡氏古法造纸术生产白皮纸,以谋生计。长年累月,他们感知着山野里的一草一木,猜想着大自然设置在每一种植物体内的深奥用意。除了构树,我无法弄清另一种灌木的学名,听纸农说它叫幻香树,枝叶轮生,叶片细窄,秋天落叶,长有松球一般大小的果实。纸农摘来幻香树的嫩叶捣碎,顿时异香扑鼻,挤出汁液,涂擦在双手上能治疗湿疹和皮癣。汁液在手上留下黑色的印迹,长久难以去除,如果赶集天去场上,只要手伸出来,我们就晓得此人是纸农。劳动的苦累在大地上盘踞,毫不放过对肉体的尺寸侵占。有时,这样的暴露让找对象的小伙子彻底掉进了卑微里。

　　纸农们低矮到草木中去,与自然形成对话和理解,仿佛每个人都具备了天赐的某种神性。造纸当初,舀出的纸张总是出现不均匀、漏洞和断片时,纸农们苦恼不已。他们四处寻访和比较,希望从中找到成功的秘诀。蜀纸选料用纯麻,江浙一带多用嫩竹造纸,北方以桑皮为纸料,剡溪以藤条为纸料⋯⋯怎样让浆料凝固加快,纸张柔韧紧密?一位纸农仰躺在草地上苦苦思索,不得其解时睡梦也悄然而至,梦境从四面围拢过来。说是一仙女飞来,笑意盈盈,双手一扬,一阵甘露洒满全身,仙女让纸农莫愁苦,一切烦恼至此消。何时醒来的纸农也不得知,只有嘴角流淌的梦口水黏黏糊糊,浸湿了衣服。梦境传开,人们恍然大悟,纷纷到山上去找一种树根,入水浸泡,水会变得粘黏浓稠,加入纸槽的浆料中,不就能让皮纸加快凝固变得柔韧紧密吗?石槽里浸泡着一些发白的树根,我们将木棍从黏液里轻轻提起,常识中的水滴变成了一丝一缕的细线,当地纸农都叫松膏(songgao)。

　　"蔡人造纸不成张,九天玄女赐药方。"这是蔡家坳一带纸农挂在嘴边的骄傲。生长在山野里,纸农们习惯性地依顺着自然秩序,在多个世纪的生活里,他们揣摩着身边草木的特性,从不同的方向去认识和理解大自然暗藏的独特力量。他们渐渐从历史赋予的智慧里找到了构树、幻香以及松膏的种种特性,并将其熟练地纳入生活,同生共存。我们知道,在更遥远的地方,更浩瀚的文字里,竹梅松菊等之类的植物也以其象征意义举托起更多人的崇高精神。我一直不知道松膏这两个字的准确写法,可是依旧容易与纸农共同沉浸在对天启的感恩情怀里。

五

　　相比于散落在大山深处的蔡家坳,合水镇这个白皮纸产销一体化的黔东小镇成为最有力量最具魔力的地方,尤其是它的集市。世代纷至而来的身影和脚印在此重叠交错，而生意像空气散布在生活的所有部位，随时给人压迫感，但人们找不到压迫者，也从来不知道怎样反抗。

那些年，合水镇的集市仅仅是一条过道。白皮纸市场在集市的另一端，是在单独划分出来的地盘，灰头土脸的街道上，纸张的气味和面容永远洁净和体面。有的松散着，在一阵路过的风中扬了扬边角，有的依旧打着捆，麻绳或者竹篾在上面勒出深深的印痕，一捆又一捆白皮纸等着无数挑剔的目光。一位纸农在街边卖纸。一只竹背篼，一片薄木板，一个草凳，一根上了年岁的烟杆，这些是他的固定资产，架在竹背篼上的两捆白皮纸是他的商品，现在，他必须要投入他自己，以及他的时间，才可能换来钱币。民谣是这样唱的："十月舀纸打早霜，手亦冷来脚亦僵。有钱上街喝杯酒，纸农衣单透骨凉。"生意，生意，生的意味，生的意味就是要必须维持住一股能活下去的生气。既然方向和目的都已经很明晰，这位纸农也就懒得像别的摊位一样大声招揽。

在小镇上，几个老人热心地向我们回忆起过去。时间长久了，记忆的皮纸也同样具有极强的吸水性，浸满了生活的寒霜苦雨，湿嗒嗒地贴在岁月的某个关节处，慢性疼痛。但看得出老人们说起往事时已经无关痛痒，这种从容和大度该是时间的馈赠。

老人说起来已经是"文革"时期的事了。说街东头，一个李姓男子与白皮纸有很深的情缘。那个李姓男子是一个懂笔墨的人，文气、瘦弱，但年轻。父亲被打成右派，没有了生活来源，一家人挤在学校二楼的教师宿舍里。夜晚，油灯如豆，李姓男子在为一家人明天的，不，是今后的吃饭问题焦心。黑夜像伸过来的无形之手，深深掐紧他的喉咙，好似空气被这一阵的运动狂风抽尽，让人活不成。深夜，木门被轻轻敲响时，李姓男子和母亲都有明显的震惊和提防，再仔细听一下，确实是有人在门外徘徊。打开来，是村子里的一个纸农，抱了一捆皮纸，说是自己舀制的，趁黑悄悄送过来，希望能对他有点用处。将皮纸放在门口后，矮小敦实的身影迅疾离开，重新融进墨汁似的一团漆黑里。记不起平时有什么好落在了那位纸农身上，但一捆皮纸真是救命稻草。

很多个夜晚，李姓男子伏在木桌上用皮纸制作当地人喜欢玩耍的字牌，母亲用皮纸剪鞋样。字牌、鞋样都是要悄悄交给村里好心人的，拿出去给他们换点食物或者零钱。李姓男子最专注于用皮纸折一种纸盒，农村人叫线贴。内部有许多个方正的小纸盒并列排开，折痕交叉、错落，隐秘的走向让每个盒子有了连接和关系，它们屈伸自如，容积宽大。农村的大娘大婶将凭证票据、零钱、鞋样、针线或者其他零碎细小但又不能或缺的物件，分类放进每一个盒子，然后将线贴合拢，它们立即成为一个平整妥帖的群体。烦琐的构件和物品被收纳和珍藏，外形就犹如一本书，风雨不惊，如此安静。做线贴时，李姓男子的手指在皮纸上忙碌地翻折，压线，这种过程太像生活本身，像一场生死。

记忆在赶往昨天的路上，一如我们在小镇上遭遇的老宅木楼，充满破败和神秘的气息。这里长满齐膝高的"飞机草"，只有风来过这里，草叶上尽是风的痕迹。外面，合水镇的集市比任何时候都热烈，各种气息交织，在街面上浓厚涂抹，涂抹成热烈的商业图景，先前皮纸的气息明显纤细和虚弱下去。现代工业的精美日用品、花纹和色彩丰富的纺织品、家电已经从头至尾占据小镇。一些竹器、木料、陶罐等在集市的冷遇里陷入更深的沉寂。街市熙攘，阳光在商品的棱角和边线上来回摩挲，看得出很多人的欲求和阳光的步调是一致的，灿烂、滚烫、炫目。有人高举一张人民币对着太阳，歪来歪去，反复对照，提心吊胆又异常辛苦地辨识真伪。钱币的防伪标识暗藏在繁复的花纹里，人们习惯将表示真实和诚实的东西藏匿起来。

若你置身热闹街市，会发现生活的本质从未改变过。

六

立领字人：蔡陶氏将夫主蔡士义得当寅生之伯父蔡仕政之业，坐落地名杨岸河窑子边纸槽一架地基在内，当价一千零四百文整，凭中退与蔡寅生名下，承主自退之后随本主便耕便当，蔡陶氏余赎钱亦概领清，日后蔡士义弟兄不得言讲，空口无凭，立领契存照。

凭堂兄：蔡仕仁　立领字人：蔡陶氏　代笔弟：蔡敦常。

光绪五年三月初十

看上去，这份用白皮纸写的契约有深深的折痕，仿佛将合水镇的山谷沟壑进行了精微处理，用来镌刻在纸张身上。磅礴的时间裹挟了诸多事件一去不返，这张纸页却定格了光绪五年三月初十日的一个小瞬间，让我们获知了小人物与造纸作坊之间的信息。尽管我们无从知道光绪五年三月初十当天一场典当发生的原因和细节，但我们能明显感受那个叫蔡寅生的人在赎回伯父的作坊时愉悦而满足的心情。

还有一大沓旧契约从祖传的木匣子里散落，惊醒了满院阳光，尘屑飞扬，沉静的旧时光在白皮纸上漫漶：有清康熙六年(1667)、咸丰二年(1852)、光绪五年(1879)、光绪三十年(1904)等年代造纸作坊和工具抵押、转让的契约。纸页提供给我们不尽的猜测和想象：到底发生了什么，一对母子要转让祖辈留下的作坊；一个男人遭遇了什么，逼着要典当心爱的舀纸帘架，这也许是父辈特意到湖南请工匠打制的；几家人共同筹钱，新修的造纸作坊开张了，鞭炮响彻，新窑子生火煮构皮，火旺热闹……白皮纸隆重地覆盖和包围着人们的命运和生活，某种意义上，那时的作坊在民间是富足和荣光的象征。从那些飞散的人事和光阴里，我们彻悟，沉静的文字总是比记忆和嘴唇更可靠，一份信守和承诺由轻盈的纸张来承载和保存，人们踌躇的心才得以安放。

翻着一张张书页，在文字里行走，这是一条反向的路线，它通往过去的幽谧和深邃。《印江文史资料》里有这样几行字："清末到民国时期，沿武陵主峰梵净山溪流，从合水镇兴旺村至木黄镇阳坝村，有六百多户人家从事造纸业，生产的白皮纸广泛用于当时的志书、公文、民间契约，或制作斗笠、灯笼、油纸伞等等。"河岸生产的场面该是壮阔的，眼前仿佛就要浮现土窑蒸煮构皮时的水汽缭绕。水车和水碓迟缓又沉重地推动和捶打着。干枯的构皮在河水里沤泡，腐烂后的气味浓烈，晾晒到竹竿上时，从河的上游拉到了河的下游。这道黑褐色的长线拴住一个又一个纸农的身影，一起暴露在烈日下……

是的，一些东西注定会被削弱，会消失。合水镇一带的造纸作坊就是这样，它原始到接近旷野的气质，简陋、朴素，像一些被人们随手扔掉的东西。县里为打造旅游景点，现在，合水镇的作坊群经过了重新修葺，十八个作坊错落有致地分布在一片河滩上，金黄的茅草覆盖着"人"字形的屋脊，每个作坊连缀起来的曲线显得特别柔和。两架水车若无其事地转动，很多年前那个差点被捶扁了手指的姑娘，以及那些被捶扁了手指的姑娘嫁到了何方，水碓不语，我们也不得而知。有一口土窑子自重修后估计还没蒸煮过构皮，那些胆大的杂草和刺条居然在里面肆意生长，好多叶片在窑口探头探脑。我们的运气不是很好，今天舀纸的人不多。他们现在的劳作显得比祖辈清闲和自由，补贴家用而已，喜欢什么时候工作就什么时候工作，即使不工作也不为一日三餐发愁。有人来参观造纸作坊时，政府和村干部会请村民表演怎样舀纸。更多的程序和环节被省略，像很多不为人知的辛酸、汗流和迷茫一样，被时光覆盖，被云淡风轻，被一笑而过。相比于祖辈巨大的智慧和勇敢的开掘，人们的浅薄和急躁浮出体内，与作坊里的纸床、纸榨、剥皮刀、料筐、捞杆、打耙、晾架、膏槽、浆槽、帘架、槽棍共同深陷在晦暗和孤寂里。眼前，这位被请来的老人很认真，他端着舀纸的竹篦子，干枯的手背慢慢浸泡到浆水里……老人身上昔日穿着的蓝色衣衫已经褪色，衣襟在吹进来的风中轻轻飘动，巨大的纸榨木头，成为他身后的全部背景。

很多年的初春，合水镇的男人们会全部来到河边，穿着靛蓝布衣，缠着白布头巾，大家一声不吭地清理河道，铲除作坊四周的杂草，修整老旧的土窑子……这样的劳作顿时让镇子的空气凝重起来。之后是某位须发雪白、目光深邃的老者，用沧桑厚重的声音唱起神秘的歌谣。猪头、牛肉、全羊、糍粑、豆腐和水果之类的祭品被端上案桌来，人群立马自觉地分成两排，为所有神灵让道。肃穆的歌谣，缭绕的香火，这些无形又轻盈的东西却能压弯男人们的腰身和头颅，他们跪拜、磕头，没有什么比此刻埋头面对内心和灵魂更重要。小镇的人们每年举办祭祀仪式，是对天恩的感激和祈祷，也是怀念蔡氏古法造纸的先人。有种敬畏从远古至今都暗藏于他们的眼神和身姿里，就像我们现在看见的残垣本身，在荒草的生机里隐藏，却无法褪去悠久的时光痕迹。至少多年前的那场洪灾就深刻地烙印在人们心上。当夜，月朗星稀，没有暴雨迹象，乘凉的男女丝毫未察觉洪水的到来。半夜了，依旧没有半丝雨，但从梵净山方向传来滚雷声，似千军万马横冲过来，已隐约看见河上游有暗影涌动，月亮此时弱弱地隐入了云层里……乘凉的人中突然有人意识到什么，大喊，不好，梵净山里面下大雨，洪水来了。一时，大家弹跳起来，腾跃过歪扭的凳子，纷纷扑向自家浸泡在河里的构皮，争分夺秒抢救原料……来不及了，来不及了，河面有过短暂的扑腾声、吼嚷声甚至是闷声闷气的粗话后，陷入了更宏大的、不可阻挡不可预测的汹涌里。人们杵在岸边，衣服和裤脚水流滴答，望着满河翻滚的洪流，无助又沉默。因为黑暗和急迫，有一对夫妻和大堆构皮被冲走了，连村口的一座木桥也被冲走了，有一个村民是紧紧抱住河边一根木柱子才幸免于难。在《印江文物志》上有这么一段文字试图紧紧按住那些惊恐、怦跳的心："合水镇亚子坝河边造纸作坊遗址，始建于明弘治年间，历史上因水患、火患，屡建屡毁。1964年、1989年，合水一带遭特大水灾，造纸作坊屡遭冲毁，现遗址内残存部分石墙、石碓、水缸等造纸设备，掩在一片麻柳树林中。"突然而至的灾难让人们心生余悸，因此，大家聚拢在河边祭祀。人们祈福，围成圆圈跳神舞，用木棍撞击地面，富于节奏感的撞击声带动着他们内心的种种冲动，使他们感到了劳动的快乐、悲痛、疲惫和心酸。但天神从来不阻止人们的痛苦和劳累，仅剩人们的额头因覆满了汗水而闪光，比铜镜的反光更明亮，也许照得见各自的希望和盼头。

在纸作坊遗址处，一眼清泉不声不响地流淌，从没偏离过喂养的使命。滩地上的树丛和荒草中，几口干涸的石缸仿佛依然停留在昔日的时光里。它们是明弘治年间遗传到今天的形象之一，多少年来从未改变过，固执地坚守着，保持住原初的脸孔，让我们一眼就可以认出它们的过去。《印江文物志》里的文字在冷静陈述：

"民国时期,合水的二、八、九村以舀纸为主业,重庆客商长期订货。到'土改'时期,政府为扩大生产规模,把这里的初级合作社改为高级合作社,所有造纸户改为工商业户,生产的白皮纸由供销社统收。按照当时的政策规定,凡被定为工商户的人家不得分田土,村里的土地划拨到旁村农户手中,造纸户的食粮由粮站供应。二十世纪六十至八十年代,坪楼村有百多个作坊,二〇〇八年以后停产,因为无人管理而废弃。"可以明显地感受到,现代机械几乎遮盖了人类之前的种种巨大成就,一点点地湮没了许多器物上来自古代的光芒,造纸作坊被孤零零地弃掷在野草丛中,生活却从来不停止喧嚣。我曾和好友杨悦在浓密的树荫下,依偎着一两口弃掷的石缸默然静坐。这个地方的气氛拒绝言语,更适合怀念和沉思。不知道好友杨悦想了些什么,我曾想到那么多逝去的日子竟然很快变得如此荒凉,令人触目惊心——昔日的土窑已经熄灭了火焰,茅草覆盖的屋脊荡然无存,风霜雨雪阳光月华在这里直来直去,夜半三更想必会有魅影出没。三三两两的石缸散落在草丛里,大理石的表层都已被风雨剥蚀,可它们依旧蹲守在各自的时间表格里。

(选自2018年第3期《美文》)

风流的豆腐

黄艳秋

山城攸县，乡贤甚众，偶遇，周身洋溢着魏晋文人的风流之气，我姑且称之为新时代的"风流"。

何为风流？李白嗜酒，大醉，吟出"人生得意须尽欢，莫使金樽空对月"，是为风流。明人张岱，晚年著《陶庵梦忆》回忆年少过往，叹息"疏影横斜，远映西湖清浅；暗香浮动，长陪夜白黄昏"，闲适之心，不失为另一番风流。而早在公元三世纪，《列子》里就有一篇非常著名的《杨朱》篇，反映了人们的外、内两个层面的"风流"："生民之不得休息，为四事故：一为寿，二为名，三为位，四为货。有此四者，畏鬼畏人，畏威畏刑。此之谓遁人也。可杀可活，制命在外。不逆命，何羡寿？不矜贵，何羡名？不要势，何羡位？不贪富，何羡货？此之谓顺民也，天下无对，制命在内。"他眼里，贪图寿、名、位、货者，只是一种低级的粗鄙的享受，不要非得去追求这些，那不是真正意义上的风流。那么，风流者是什么样子呢？哲学家冯友兰认为："有这种超世感觉和追随道家修身养性的人，对快乐有一种比对具体物欲享乐更高的需要，也具有更敏锐的感觉。他们率性纯真地行动，却全然无意于物欲的享乐。"

自古，文人多风流！

东汉末年，杜康是河南汝阳乡下的一个酿酒师傅，放羊时，他无意中酿出了秫秫酒，三年开坛，喝过之后，喝酒的人三年大醉，身体壮得好像一头牛，世间罕见。偏偏，这世界出了一个酒圣刘伶，是竹林七贤之一，号称"千杯万盏不醉"，整日放浪形骸。就连《世说·任诞》中，也说刘伶很怪，喜欢赤身裸体，不着一丝一物，还跟家人说他能感受到自己于天地宇宙之中畅游，以此为乐。就是这个刘伶，有一天果真遇见了杜康，并且喝了杜康酿的三坛酒，顿觉天旋地转，扭头就走，一路跌跌撞撞回家。回到家，刘伶大醉，就交代夫人道："我如果死了，请夫人把我埋在酒池里，酒盅酒壶陪伴。"不几日，刘伶醉死。他夫人无奈，只得把刘伶埋了。三年后，杜康寻找到了刘伶家，讨要酒钱，刘伶的夫人又气又恨地说："原来是你酿的酒啊！你把我丈夫都喝死了，埋在村外，你还胆敢前来我们家讨酒钱。我非得把你告到官府不可！"杜康哈哈一笑说："嫂夫人息怒。刘伶他没有死，是喝醉了。不信，我们打开棺材看看。"众乡邻眼睛瞪得圆圆的，打死也不敢相信杜康的话。结果，打开刘伶的棺材盖一看，阵阵酒香中，里面的刘伶面色红润，呼吸平常，毫发无损。杜康一拍刘伶的肩膀，刘伶一骨碌爬起来，拍拍屁股上的尘土，抹着嘴角一串透明的酒水问："杜康贤兄，这是哪儿呀？"众人大惊，继而哈哈大笑，为这两位坦坦荡荡、自由自在的风流者暗暗竖起了大拇指。刘伶后来写了一篇酒文章，叫《酒德颂》，区区188字，流传至今。

说到酒，竹林七贤之中的诗人阮籍（210—263）和他的侄子阮咸，两个人都是好酒量，时不时邀请亲朋挚友、宗亲族人喝大酒，吃大餐，他们大瓮装酒，大块吃肉，杯盏不断。坊间传闻，说他们有一次喝醉了，席地而坐，酒杯酒碗横七竖八一地，个个醉眼蒙眬、丑态百出，突然，一头猪闻着酒味来了，直接喝了某个杯子里的酒，紧接着，一群猪来了，上去好一阵猛吃猛喝，人们也不驱赶，反而哈哈大笑不止，与猪们共饮。后来，所有的猪都喝醉了，人也喝醉了。时间久了，每当阮家举办酒宴，不光人多，猪也多，人猪共饮变得习以为常，大家你吃你的我喝我的，好不快活。原来阮籍、阮咸等人看自己和宇宙万物是同等的，没有什么高下之分，也没有异类之别。三国鼎立时期，各地不仅号召老百姓养牛养猪，而且寺庙里的祭祀猪也很多，加上老百姓自家养的，繁殖极快，数量很高。牛是古代农耕时期的主要劳动力，官府规定不能杀牛吃，违者要被官府抓去坐牢。但是，猪多，肉不稀罕，老百姓是可以随时杀了吃的，价格相对比较便宜。如此说来，像阮籍阮咸们对待猪们这种友善和睦的态度，这种"同于万物"的感觉，正是"风流"的重要思想基础，也是一个人成为艺术家所必须有的品质。这是何等胸襟！

西汉中叶，汉武帝时代，淮南王刘安是当朝皇帝刘彻的叔叔，被属下臣子奉承其有"天子之相"，野心顿起，从此沉迷上了神仙黄白之术。这个人，不仅是个大学者，著述《淮南子》，且崇信道教，他召集一千余位门客聚集在淝陵山脚下，谈仙论道，其中以苏非、李尚、左吴、田由、雷被、伍被、毛被、晋昌"八公"为最，他像极了那个晚年糊涂的秦始皇。淮南地肥物丰，盛产优质的黄豆，当地人有喝豆浆的饮食习惯。炼丹时，必须得用豆浆培育丹苗。于是，神奇的一幕出现了：一天，刘安在炉旁端着一碗豆浆，走了神，把手中的豆浆碗忘得一干二净，手一撒,满满一碗豆浆泼到了炉旁供炼丹的一小块石膏上。大约吃过两口面条的工夫,那块石膏不见了,豆浆成了一块不规则形状的东西,肉肉的、颤颤的、滑滑的、白白的,世上没有比它更嫩的东西了。众人惊呆了,有人大胆地尝了尝,频频点起了头。大家你一口我一口尝过,都说是人间美味,可惜太少了,能不能再制造出一些呢?刘安站在一旁,不信,命人把大家没喝完的豆浆端过来,倒入锅中,随手捡起一块石膏,碾碎,搅拌到豆浆里,眨眼间,神奇般地变成了一锅白嫩嫩的、滑溜溜的东西。刘安用筷子夹起一块,滑嫩异常,品之又品,连呼:"离奇,离奇!"所以中国的豆腐初名"黎祁",也就是"离奇"的谐音;淮南的泐陵山,更名为"八公山";而淮南王刘安和豆腐,载入明代李时珍《本草纲目》的二十五卷《谷部》,成为发明中国豆腐的祖师爷。

豆腐有很多小名,"菽乳""黎祁""小宰羊"等等,先传入宫廷,被皇家所垄断,后来流入民间,唐朝之后,才被老百姓称为"豆腐"。中国的豆腐制作工艺走出国门,走向世界,也正是在这个时刻!唐代天宝十年(757),鉴真和尚东渡日本,便把豆腐技术传进了日本。所以,日本人一直视鉴真和尚为豆腐的祖师爷。北宋时期,中国的豆腐传入朝鲜;19世纪初,中国的豆腐传入欧洲、非洲和北美地区,逐步成为世界性食品。古往今来,"豆腐"一直在中国老百姓餐桌上扮演着重要角色,做法千变万化,味道千奇百怪,融合了各地不同民族、不同地域文化的"豆腐宴"不胜枚举,有关"豆腐"的诗文更是妇孺皆知。看来,刘安的"无心插柳柳成荫"之举,竟然又创造出了一张中国名片。风流的中国文人,自然爱上了这风流的"豆腐",比如苏东坡发明的"东坡豆腐"、四川成都的麻婆豆腐、河南周口农村的箩圈热豆腐、扬州人的鸡汁煮干丝、湖南人的臭豆腐、攸县的攸县香干、陕西洋县的菜豆腐和神仙豆腐、广东梅州的客家豆腐、安徽淮南的白豆腐乳、东北人的冻豆腐之类,也难怪,中国人如此风流!

豆腐的风流,皆"圣人忘情,最下不及情;情之所钟,正在我辈"(《世说·伤逝》王戎语),风流者,天地人生境界合一。

对,说说攸县的霉豆腐吧——我们在接站的大巴车上欢呼惊叫着:湘东大地,罗霄山之上,那挂满一树树一簇簇沉甸甸的油桐果,着了半青半绿的色泽,裹不住的一丝丝香气,挡不住的骨子里的野性,不张不扬地飘荡在山风中。哦,是怎样的一种风流呢?

带着惊喜,我们来到某宾馆住下。中午餐桌上,又嗅着一股似臭又香的气味,不知道是哪道菜散发出来的。我细细琢磨了几次,它是一道什么特殊的诱人的湘菜呢？带着疑问，目光在琳琅满目的凉菜热菜中搜索了一遍，终于找到了一碟块状的红艳艳的霉豆腐，凉菜。慌忙间，迫不及待地用筷子夹了一整块。果真，那沾满红色辣椒面的霉豆腐，浅浅的臭，臭中带香，香中麻辣，滑腻、诱人，一股股香气轻轻钻入鼻孔。终究，我抵挡不住它的诱惑，不管三七二十一，咬上一口，一股咸香、辣香又似乳酪的味道迅速氤氲开来，溢满了整个口腔，同时辣出了眼泪。看着满桌子的美食，感觉自己还是对这一碟霉豆腐情有独钟，再慢慢咬上一口，细品，舌尖贪婪地享受着霉豆腐那独特的香辣，咽下，咂咂嘴，辣中泛出一点点的微香。

　　豆腐也风流，火辣辣的霉豆腐呀，更甚。农家的旧时做法，先把脸盆大的一大块水豆腐放置案板上，切成小方块，长宽高一指半的薄厚，码在竹子做的簸箕上，阴凉处压出水分，晾至六七成干，用绳子串了，挂在檐下、窗下、篱笆下，再不去管它。山区雨水勤，阳光少，三五天不到，那些豆腐块就晾成了一指那么厚，发霉了，长出了红蚯蚓、绿蚂蚁似的毛毛，一指半指长，这当儿，营养最丰富，生成了许多对人体有益的氨基酸物质，千金难买啊。怎么转化成一道人间美味呢？忽然之间，农家小院异常忙起来，那边，梳了鬏鬏的小媳妇洗开了坛坛罐罐，这边，湘妹子高兴地朝霉豆腐撒上茶油和山歌，没了牙的老婆婆一边切辣椒末，一边看着一条不停地捞米粉的土黄狗傻笑……一个月过去，新做的霉豆腐就要开坛了，几条胡同的人家聚集一处，比谁家的好吃，不料比来比去，一家一个味，分不出了胜负，天王老子也没法评，谁家的都好吃哩。

　　风流的东西，谁不喜爱！

　　好几个外地作家，也喜欢这一口。豆腐哪里都有，但豆子不同，水质不同，一个地方一个口味，攸县由于得了攸水和洣水，豆腐更加滑嫩水灵，柔到骨子里了。特别是霉豆腐，有湖湘的辣，江湖的粗，山村的野，水色的柔，夹起来成块，入口即化，香辣咸酸臭，多种滋味反复在你的舌尖上翻卷，久久久久，不肯离去。饭后，正当我们寻觅在哪里可以买到正宗的霉豆腐时，不想，回到宾馆，竟然看到每人房间都有一瓶。才知道，原来酒店老板非常大气，送了我们每人一瓶。真是暖心！

　　去长沙黄花国际机场的高速公路上，我们犯了难：这霉豆腐，让不让我们带上飞机呢？一同来的秀丽编辑也是一位霉豆腐粉丝，半路上，她慌忙打电话询问了机场工作人员，对方说可以携带。尽管这样，有几个外地作家返程上车之前，还是怕带霉豆腐上飞机麻烦，直接放攸县宾馆，不要了。此时此刻，我们的这四瓶，也不知它们的命运如何，能否顺利带到北京？

到达机场的行李打包处，我拿出其中的一瓶霉豆腐亮了亮，意思是"可以带它吗"，一位工作人员脸色一怔，说："直接带不可以上飞机，必须打标准的包装件，随机办理行李托运。"我们不死心，又跑到特殊件办理处，一问，打一般的托运包装不行，必须打特殊的外加三层透明塑料膜的易碎品件，才能行。又问价格，吓我们一跳，小小四瓶霉豆腐，打包费竟然要价200多元！我认为要价太高，没有办理什么行李托运，就说："算了算了，直接随身携带去安检吧。"我想，如果过不去安检，再送给打扫卫生的大姐也不迟。打特殊件的小伙子看我们不打包，脸色一黑，冷冷地告诉我们："那就扔了吧，这么沉，就是走到安检处，也得扔掉！"看他那蛮横的态度，我们压在心底的小火苗，腾地蹿了出来，理都不理这个人，扭头就走，坚持一定到安检处试试。刚才，那电话中机场工作人员说可以，怎么到他这儿就不可以了呢？是不是他眼见无钱可赚，恼羞成怒了？他，怎么可以这么自私，这么贪心？

我们心情忐忑，拖着沉重的行李，一个个没有底气地走向了安检门——哈哈，没想到，四瓶霉豆腐都顺利通过了安检！

慌忙间，等我们全部安检完，都露出了笑脸，不约而同地做了个OK的手势。

有些事，一定要坚持到最后，才知道结果。人生不也是如此吗？冯友兰先生在哲学著作《新原人》里，把不同人的"人生境界"分为四等，即自然境界、功利境界、道德境界、天地境界。其中，他重点论述了第四等人："人也可以达到一种认识：知道在社会整体之上，还有一个大全的整体，就是宇宙。他不仅是社会的一个成员，还是宇宙的一个成员。就社会组织来说，他是一个公民，但他同时还是一个'天民'，或称'宇宙公民'。这是孟子早已指出的。一个人具有这样的意义，在做每一件事时，都意识到这是为宇宙的好处。他懂得自己所做的事情的意义，并且自觉地这样做。这种理解和自觉使他处于一个更高的人生境界，我称之为在精神上超越人间世的'天地境界'。"往往，人在天地境界里生活，所追求的人生最高点就是"成圣"，他最高的成就就是和宇宙合一，超越自己的智性的世界。我们现今的生活当中，可能感觉不到哲学思想对于自己的人生和处事的获得感，但是却时时左右着我们传统意义上的行为。就纠结于"机场安检处让不让带霉豆腐"这件事来说，有偶然而遇的因素，有突如其来的获得感，从天而降的幸福感，林林总总的不确定性，未知的谜，宛如坐过山车一样惊险。

豪气，一路高涨！

等登上飞机，我们第一个大问题，就是如何把那个沉甸甸的装有四瓶霉豆腐的食品袋子塞进座位上方的行李舱。小曹个子高，帮大家都放到了头顶上的储藏室。飞机上，我兴奋地戴上耳机，尽情欣赏着维也纳交响乐团的音乐，为这次笔会的成功，为能品尝到这人间美味的霉豆腐而高兴。

飞机在首都机场缓缓落地。我们从下机，出港，直到看见接机的司机老刘，还在高兴地谈论着霉豆腐。到家已是凌晨时分了，查看查看行李，却怎么也找不到了那四瓶宝贝。怎么回事？难道它们飞了不成？

第二天到了编辑部，把这个不好的消息告诉了他们，大家分析，可能下飞机时，忘记去取那个行李袋子。看来，人人都不可能成为道德完美的圣人，但是可以追求"成圣"，在觉而又悟的状态中做事，"觉字乃万妙之源"，感受世界未知的"洞穴"。换言之，就是我们不该享受这个风流的美味啊！

过了几天，老刘突然打电话问我，是不是我们落他车上一个袋子，里面有几瓶霉豆腐？哈，原来落在他后备厢了。

这失而复得的霉豆腐啊！

在攸县，十里八乡，豆腐很出名，特别是"攸县香干"，连湖南省外都晓得，名气大得很。

祖祖辈辈，攸县人围绕着豆腐做足了文章，水豆腐、盐水豆腐、油炸豆腐丸、香干、卤香干、豆腐皮，等等等等，可谓是人杰地灵、丰衣足食了。问一位乡村大妈，她一脸正色地告诉我："你不知道吧？常吃豆腐菜，可以降低血液中胆固醇的含量，减少动脉硬化，加速我们的新陈代谢呢。"一瞬之间，我仿佛看见一团团灶火烧旺了，茶油贪婪地舔着锅心，甜甜的湘妹子依次放进去食材，什么腊肉、晒肉、春笋、野猪肉啦，什么香干、豆腐泡、豆腐皮啦，什么葱、姜、蒜苗、紫苏叶啦，末了，不忘撒几把红辣椒丁、青辣椒丁，"哧啦哧啦""啪啪""嘭，嘭嘭""唧""扑哧扑哧"……勺子随便一翻炒，红黄绿紫黑，辣味儿升腾，就是一百多道菜，吃起来，绝了，绝了绝了！

风流之物，人与人之物，当是人间一对难觅的知音。古代知音间的交往，乃至于今天，还在四下流传。最有名的例子，当属《世说·任诞》中的另一则故事："王子猷出都，尚在渚下。旧闻桓子野善吹笛，而不相识。遇桓于岸上过，王在船中，客有识之者云：'是桓子野。'王便令人与相闻，云：'闻君善吹笛，试为我一奏。'桓时已贵显，素闻王名，即便回下车，踞胡床，为作三调。弄毕，便上车去。客主不交一言。"王徽之（338—386），字子猷，东晋名士、书法家,书圣王羲之第五子。王徽之和桓伊因为都爱好音乐,彼此之间心有灵犀一点通,可惜见面的次数极少。二人如何交流呢?下面的故事就很精彩了:某年的某日,河边偶遇,王徽之请桓伊为他吹一曲,桓伊知道难得遇到知音,停下脚步返回,在胡床上一口气吹了三曲,然后二人你送我一笑,我赐你一礼,不发一言,两人都从对方得到了艺术的满足,最后登车而去。这个故事,不知道被多少人讲述了多少遍,妙就妙在"客主不交一言"。想,人生得一知音足矣,即使怀揣着千言万语,又何必说给他听?

刘安这个至死都想当天子的老皇叔,怀揣篡位登基的阴谋,暗地里招兵买马,制造兵器,网罗人才,伺机谋反。公元前122年,这阴谋突然被汉武帝刘彻察觉,刘安畏罪吞丹自杀,留下了一句"一人得道,鸡犬升天"的笑话。如此来看,刘安晚年是风流的,他著书炼丹,他卧薪尝胆,为的是"一人得道"。然而事实上,他没有得道,只有"豆腐"得道了。不过,老天爷还是非常眷顾他,虽说炼丹不成,却发明了豆腐。这一代代中国人视为"神仙的礼物"的豆腐,美丽的豆腐,多情的豆腐,带给了地球人一段段汹涌澎湃、倾心动魄的口福!

好了,让我们再把瞳仁放小,聚焦在湘东大地一隅,她,也是他——咱中国的豆腐,张扬着一身丰富的植物蛋白、8种人体必需的氨基酸,还有大豆磷脂,爱死了攸县每一个男人、每一个女人,每一个子子孙孙以及后人,给了这一方百姓水灵灵、火辣辣、脆生生、甜丝丝的风流!

想必,我与这风流的豆腐,也属偶遇,当是一对知音吧。

(选自2018年第9期《散文选刊》)

母 亲 进 城

魏丽饶

　　好不容易才说动母亲，来城里住上一段时日。这也是离家多年来稀有的欢聚，我的确是兴奋了。情不自禁便回想起小时候，吃过早饭，背起书包，一甩门，就蹦着跳着上学去了。放学回到家，还没进屋就先喊一声"妈"。也许母亲在家，也许不在。但只要屋子在，妈就在，她住满了整个屋子，住得暖暖的。

　　母亲来了，城市的万家灯火顿时变得温情。有一间屋子从早到晚散发着淡淡的光芒，但它足以将心点亮。在这世界上，只有母亲在的地方，才真正自由，才可以任性，才能将自己舒展到孩童时的模样。母亲变着花样烧各种家乡的饭菜，铆着劲做她认为来一趟城里应该做好的事情。然而，仍旧和在老家有很大不同。在老家时，母亲觉得她是主人，她觉得我也是主人。在城里，她把我当作主人，却把自己当成了客人。这就意味着，她时时处处会不自觉地察言观色，会很在意自己的行为举止和别人的反应，会变得十分小心，拿盘子怕摔破，拿杯子怕打碎。然而越是如此，越容易弄巧成拙，一只汤碗不知怎么就糊成了黑黢黢的。我原本只是好奇，极不经意地问了一句，母亲却听到心里去了。她立刻敏感起来："我来之前就是黑的，那天还想着究竟是咋弄黑的哩！"我便陷入了进退两难。我了解母亲的性格，再说下去，她会认为我因一只汤碗斤斤计较，而保持沉默她又会觉得我故意忍气吞声。事实上，我只是想让母亲知道，无论那只碗是什么时候、什么原因弄成了黑的，于我来说一点也不重要。我只希望母亲在这间屋子里是随心所欲的，像在老家的院子里那样舒适自在。

　　事实上，我既没有办法准确表达自己的想法，又不能轻易改变母亲的拘谨。我甚至感到连一日三餐吃饭她都是有顾虑的，明明是她喜欢的饭菜，她却要故意表现出很平淡的样子。我将这种无奈和隔阂，归咎于城市。是陌生的城市，让母亲无所适从，连自己的亲生女儿也被她划归到城市去了。城市对她来说，是临时的，是对立的，是不真实的。她再不能像小时候那样，住满整个屋子，把屋子住得暖暖的，等我回来任性地喊一声"妈"。

哪怕我这样喊了，她也很漠然。

那天是周六，我患了重感冒，早上醒来后头晕得厉害，就没有及时起床。我听到母亲在客厅里走来走去，她一定早早就做好了早饭，在等着，又怕吵醒我，所以才尽量不发出大的响动。又过了许久，她进来看我。母亲终于来看我了，好多好多年都没有过这样的温暖，生病的时候有妈妈在身边。"妈，我头好晕，感觉房间都在打转哩。""先起来吃饭吧！""好像起不来。""那躺着吧！"母亲说罢，就出去了。我以为她会摸摸我的头，量一下体温，帮我倒杯盐开水或敷块热毛巾。都没有，母亲出去后再没有进来，她吃早饭去了。我突然又想起六七岁的时候，因为不肯吃药，被母亲狠狠打了一顿。起初母亲是耐着性子的，她端着满满一碗热气腾腾的汤药，送到我面前，药碗旁边还有一个白生生的煮鸡蛋。母亲说："药灌满肠，喝了病就好哩，喝了就吃煮鸡蛋哩！"我磨蹭着不肯喝。她又把鸡蛋剥好放进一个碗里，"鸡蛋现成哩，喝完马上就能吃。"我还是拖拖拉拉不开口，母亲越是妥协，我就越固执。直到她终于失去了耐心，端起药径直倒回砂锅里，顺手从灶台边摸了一把笤帚。那一顿打得痛快，记忆也深刻。不知为什么，后来很多次回忆起来竟觉得是无比幸福的。人有时候的确就是这样，能有人愿意声嘶力竭打你一顿，你反而会很感动。

似乎到最后也没来得及调整到理想的状态，母亲就又要回老家了。她仍旧客气。不，是比往日更加客气了。我买了许多吃的东西，她统统没有拿。而是只收拾了自己的换洗衣服，简简单单就回去了。其实在买东西的时候，我也是矛盾的，太重了怕母亲路上拎着吃力，少了又觉得她难得来一次。思虑再三，却没有想到母亲居然一样也不肯带。她的理由很充分，年纪大的人哪要吃这些，路上拎来拎去不方便……总之，在我依依不舍，极度想要跟母亲亲近的时候，她是那样理性，那样冷静。

然而，母亲的原则坚持不变。在回老家之前，她又把屋子里拾掇得井井有条。床品全部洗晒干净，地板擦得一尘不染，阳台上的花松好土、浇好水，冰箱里冻了满满几屉手工饺子，家里所有能看到的破损都缝补得整整齐齐。她在以她的方式和标准，留给我尽可能多的温暖。她却不知道，留下的尽是说不出口的酸楚。

（选自2018年7月16日《巴渝都市报》周刊）

防空洞前紫藤开

侯炳茂

天空下起了雪，雪花飞舞着，给山顶戴上了雪冠，给松林披上了银装，给大地铺上了雪毯。这一天，志愿军19兵团文工团的陈同和、刘敬霜两位同志即将在朝鲜黄海南道石头里防空洞举行婚礼。真是老天会意雪花知情，特意为一对新人布置了如此壮观的雪景。这分明是一场喜雪啊！

新郎官陈同和，中等个子，体型敦实，沉稳干练，眉间透着刚毅之气，是抗日战争时的老兵，论年龄已三十出头，职级是文工团团长。新娘刘敬霜1947年5月参军，是一名英姿焕发的文工团团员。入朝前他俩许定终生，因战事急迫，未来及完婚。

1953年元旦佳节，在领导的关照下，迎来喜庆吉祥日。没有比战地防空洞婚礼更简陋的了，没有彩灯、鞭炮、美酒佳肴，也没娘家陪嫁的新被、新褥、新枕，只有战友用红纸剪了一个大喜字贴在防空洞壁上，洞房是半山坡松林下的小防空洞，床是用树枝拼的，上面铺着茅草，如同鸟巢。

两位新人穿的仍是平日身着的志愿军的旧棉装，脚穿大头鞋，头戴栽绒帽。敬霜两条垂肩发辫上扎着两个红蝴蝶结发带，把秀丽的脸庞衬得格外娇美，心灵手巧的女团员扎了两朵大红花，别在两位新人胸前，以示他们是今日主角。

主持人宣布婚礼开始后，一对新人挽手并肩入场，乐队团员奏起欢乐的乐曲，吹吹打打把婚庆带到高潮。宣传部的李希庚部长以水代酒祝贺，他高兴地说："老天也作美，象征两位新人婚姻美满，白头偕老……"

此后，场内气氛热烈起来，有的喊介绍恋爱经过，有的喊两口子唱歌……落落大方的新娘本身是声乐演员，爽快地与新郎对唱起了《夫妻识字》："黑咕隆咚的天上出呀出星星，黑板上写字放呀放光明……"

歌声刚落，欢笑声响起，乐手吹奏起欢乐的舞曲，能歌善舞的新人跳起了交谊舞。随着旋转的节奏，新娘两条系着红结的发辫，旋飘着似两只蝴蝶翩翩飞舞，嘴角露出深深的笑靥。

饭后文工团的几位战友在防空洞前与新人合影,还为两人拍了结婚纪念照,作为战地婚礼的见证。夜幕降临,洞房里一盏用罐头盒做好的煤油小灯点亮了,小火苗晃晃悠悠跳动着,也点亮了新人的心,映照出甜蜜的笑容。陈同和团长和刘敬霜的蜜月是在硝烟中度过的,从那以后,在战地前后方留下了他们随团演出的足迹。

14岁的女文工团员戴雪霜负责演出化妆用品,战时物资缺乏,没有卸妆的油脂,只能用食用油替代,但必须领导批。一天,小戴在陈团长防空洞口喊了一声"报告",推开简易门见两人正依偎在一起说悄悄话,小姑娘头一次见这场面,扭头要跑,团长叫住她,问有事吗?她不好意思地说:"批油。"团长笑嘻嘻地批了条。

第二天,平时天真活泼的小戴参加点名时,见到团长总低着头不敢照面。点名后,团长问小戴怎么啦?"我可喊报告了。"小戴说,"没事,等你长大就知道了。"团长哈哈一笑。

1951年2月入朝参战时,团里赠给每个文工团员一个日记本,扉页上的"座右铭"是陈团长提出的。"我们的方针——为兵服务,为战争服务。我们的方法——深入到火热的斗争中,用新的艺术形式,歌颂我们的人民英雄……"这是陈团长对每个团员的激励和要求,同时他自己也带头践行。

陈团长不仅动员团员们深入部队写快板、小演唱,还自己带头写。他是个能编能导的文艺多面手,入朝不久,他就写了京韵大鼓《棉军装》,反映国内一位老大娘同闺女、儿媳连夜为志愿军一针一线赶制棉军装支援前线的感人故事。这个鼓词经由王纡字正腔圆、感情细腻的表演,每次演出都让指战员感动得热泪盈眶。

1953年4月22日,为鼓舞前线志愿军击溃敌两栖登陆的阴谋,夺取新的胜利,陈团长奉命率文工团下部队到三八线西海岸慰问演出。经过连夜长途行军,拂晓前到达第一个目的地兵团主力64军部队驻地的商山里。

陈团长布置了排练任务后,特别强调疏散防空,各队在山坡松林里练乐、练声、练功。戏剧队在山脚下一个场地排练由他创作的《一张火车票》。他的新婚妻子刘敬霜在此剧中担任一个重要角色,正全身心投入到排练中。

上午9时许,防空哨枪声刚响,敌机便俯冲下来,扫射、投弹、爆炸声骤起。当时正在一个破旧农舍里写作的陈团长立即不顾一切地冲出,奔向排练场,大声喊着:"防空!防空!"突然一颗炸弹在他身旁爆炸,他倒下了,当场壮烈牺牲。刘敬霜听到噩耗,心急如火地赶到现场,只见陈团长躺在血泊中,只能从她亲手织的毛裤上辨别出这是自己的爱人。目睹这惨烈的一幕,刘敬霜当场瘫倒在地上,痛哭失声,因跑动和心情悲痛,他俩的亲骨肉也流产了,鲜血流在朝鲜的土地上……此时,他们刚结婚一百天,甜蜜的生活刚刚开始。

这次敌机轰炸,文工团损失惨重,在党支部的领导下,文工团的同志们团结一致,化悲痛为力量,继续排练,齐心协力保证节目的质量和演出的水准。经过30多场演出,胜利完成任务。返回驻地时,兵团的杨得志司令员、李志民政委、曾思玉副司令员带领机关干部走出营区一里多路,迎接文工团归来,并为文工团记集体三等功,极大地鼓舞了团员们的斗志。

放下背包后,小戴和战友们来到山坡上。暮春的暖风吹着小树在摇曳,山脚下涧水依旧潺湲。陈团长新婚时的防空洞仍在寂静的松林里隐蔽着,伪装的紫藤在洞口疯长守护着。小戴来到洞口,不由自主地高声喊了声"报告",但无人回应,只闻风吹花枝窸窣作响。她忍不住转身抽泣,泪水滴落在紫藤花瓣上,一滴一片情。

春日的阳光下,紫藤花依旧盛开着,那紫色藤蔓恰似铁骨铮铮,因炮火硝烟的熏烤,花色并不俏丽,但透出生命的倔强。这大山深处的紫藤花,不畏环境恶劣,在孤独寂寞中守候着春天。

(选自2018年3月21日《解放军报》)

粗月亮，粗月饼

赵日超

小时候，月亮刚刚升起，我们就搬个小凳子在自家的小院子里听奶奶讲笑话：古时候有个人接待客人，不知怎么谦恭才好。客人夸奖碗漂亮，他说是"粗碗"；客人夸奖月饼香，他说是"粗月饼"；客人抬头说月亮好看，他又谦虚地说"家乡的粗月亮"。我们被奶奶的话笑累了，不由得拿起自己家做的月饼，抬头看穹宇里的月亮。

上中学后，我迷恋上了古典文学，之后又在阜宁古河中学遇到了一位热衷古典文学教学的韦长美老师。他上语文课，没有一堂不扯到古典文学，没有一课不讲到古典诗词。后来得知中秋一词，见于《周礼》。《周礼·春官·籥章》上有这样一段记述："中春昼，击土鼓，吹豳诗，以逆暑；中秋夜迎寒，亦如之。凡国祈年于田祖，吹豳雅，击土鼓，以乐田畯。国祭蜡，则吹豳颂，击土鼓，以息老物。"意思说，古代人在春天的正中（二月），敲打土鼓、吹奏乐器，迎接夏季的到来；而在秋季的正中（八月十五），也以同样的方式，去迎接冬天的到来。在一个国家里，祭拜田祖（即神农氏），吹豳雅，打土鼓，使得田神快乐，祈求丰年。这可能就是作为民间的节日而长久保存下来的中秋节了。《礼记》中的"天子春朝日，秋夕月，朝日以朝，夕月以夕"。这几句话的意思说：古时的皇帝在春天的时候祭拜太阳，在秋季的时候祭拜月亮。祭拜月亮则是在夜间。中秋拜月早在春秋时代便有了，到现在已有两千年的历史。至于祭月的景况，《礼记》中曾有秋分晚上祭月仪式的描写，秦、汉之际也有天子祭月的记载，而到唐、宋时期祭月的盛况则更加空前。

现代人与古人眼里的月亮是不一样的。古时人类生产力低，在很大程度上受着自然力的支配，迷信鬼神，把月球当作一种月神来祭拜。民间有玉兔捣药的故事，也有嫦娥奔月的故事，屈原在《天问》中最早提到兔子的问题，他说："夜光何德，死则又育？厥利维何，而顾兔在腹？"意思是说，月光有什么德行，死了还能复活，它要得到什么东西，而把玉兔怀在肚子里？此外《淮南子·览冥训》中最早记载关于嫦娥奔月的故事。嫦娥到月宫里与玉兔为伴,共度时光。至于民间祭月时的民俗仪式,因地域不同各地均有自己的特点。

苏北农村一些地方特别注重中秋之夜,全家团圆,一般在外工作或打工人员,都要设法于中秋节前赶回家中过节,而出嫁的姑娘,也必须于节前回到婆家拜月。每逢中秋月升之时,很多人家都要在院中设置供桌,摆上月饼、水果之类的东西,并将家人召回院中拜月。拜月结束后,全家人要围坐桌前,共享祭品。家中的老辈还要给孩子们讲述玉兔捣药、嫦娥奔月、吴刚伐桂等故事,指着月亮上的暗影道出玉兔、嫦娥等形象,让小辈们接受善恶教育,产生对"月神"的崇拜。从元到明清,淮安中秋节这天,淮郡各官衙,如院、卫、司、道、府、县、公馆、大宅门、道观、寺庙,皆以月饼、果品相赠,在天井或大门口月光升起的东南方摆桌,桌上清新果品有玫瑰紫的葡萄、泛绿色的鸭梨、莲花瓣西瓜、花红、脆枣、火红的石榴、黄梨、丹柿、白藕、青莲等,当然少不了月饼。皎洁的月色给人带来了和谐与温馨。

中国人眼里的月亮与西方人眼中的月亮也是不同的。西方人多是将月亮看成是造物主的作品之一。当沐浴着月光之时,西方人心中忧烦荡涤一空,思绪变得单纯澄明;中国人将月亮作为感受的寄托,望月抒怀,胸中涌出复杂的人生感喟。如果说,西方的月亮是甜的,那么中国的月亮则是五味俱全。说到月亮与人的情绪关系,最明显的就是"狼人"的传说,说人有兽性的一面,在月圆时被诱发出来。西方犯罪学认为月满时多暴力事件、多车祸,精神病院的病人在满月时,明显地比平时不安宁。而我们的祖先能因势利导,升华为一种感情的渴求,一种精神的思变,怀乡、思恋,变兽性为人性。苏轼在满月那天吟出"但愿人长久,千里共婵娟";李白在满月时吟出"床前明月光,疑是地上霜。举头望明月,低头思故乡"。秦汉时,中秋节除了祭月还举行敬老活动,官府向老人赐予坐凳、手杖和圆饼。从汉代起祭月、拜月逐步演化出赏月之风。汉代枚乘在《七发》中说,"客曰:将于八月之望,与诸侯并往观潮于广陵之曲江。"这便是中秋节赏月泛舟的最早记述。古代赏月之风以唐代最为流行。唐太宗时将八月十五定为重要节日,这个节日又与三年一次的科举取士有着极其微妙的关系,秋闱大比,恰好安排在八月举行,人们便将应试高中者誉为月中折桂之人。北宋太宗年间,官家正式定八月十五为中秋节。唐宋之际诗人们咏月的诗篇约有数万首,由此可知国人拜月赏月和咏月的盛况。今天,随着我国第一个真正意义上的太空实验室——"天宫二号"的成功发射,到"神舟十一号"载人飞船与"天宫二号"空间实验室成功实现自动交会对接,我国的"粗月饼"首次进入天地远程医疗会诊系统信号链路,在不久的将来,人类对"粗月亮"将会有更新的探索和全面的认识。

中秋之夜,皓月当空,家家户户吃着香甜的月饼。要问这个团圆的节日起源于何时?吃月饼与中秋有什么关系?这也是一个让人感兴趣的话题。有人说在魏晋六朝就有秋季说饼的故事,但看六朝时吴均的《说饼》一文,也并没有作特定的具体交代,很难说就是指中秋月饼。在唐代的书册中也没有涉及这方面的文字,宋书中,周密著的《武林旧事·市食》一文中提到吃饼之事,似可进一步考证。还有一种说法是:元朝末期,阶级矛盾异常尖锐,人民苦不堪言,各地的农民为了传播消息,以圆饼相送,做成记号,在饼里头夹着小纸条,约定八月十五中秋夜起义,月圆如盘必能会合取胜。这是很可信的。月饼是从元代末年吃起的。到了明代,关于吃月饼之事,已大量散见于小说游记之中。如明代田汝成著的《西湖游览志》中说得十分清楚:"中秋民间,以月饼相遗,取团圆之意。"由此可见,比起中秋节来,吃月饼之事,可能推后一千年之久。

空蒙的月色中,我品味着故乡的月饼,仰望着故乡的那一轮明月。不过我们的那一轮不是粗月亮,我们的那一块不是粗月饼,而是最亮、最美的一轮明月,饼中最圆、最香的一块月饼。

(选自2018年第9期《散文百家》)

响堂山的回声

刘亚荣

初上峰峰

邯郸的峰峰是带磁性的,我认为。它的磁性,是无形的,源头是数千年前的磁州文化,磁州窑和响堂山石窟也如磁石一样吸引着我。历史上峰峰的归属多有变迁,名字也有变化,但磁窑和石窟一直是其傲然于世的文化符号。

说峰峰,离不开坐落在滏阳河西北边的鼓山。鼓山南,就是在宋代与景德镇齐名的古瓷都彭城。明《彰德府志》云:"彭城,在滏源里。"溯源磁州窑的历史,史载始于北齐年间,那也恰是响堂山石窟佛造像的诞生期,这其中必有着历史的偶然与必然。

磁州窑以烧制民间器具闻名天下。明《五杂俎》载,"今俗语窑器谓之磁器者,盖磁州窑最多,故相延名之,如银称米提,墨称胰糜之类也。"在磁州窑博物馆,我看到了古人用的瓷枕、碗、盘、茶壶、茶杯、梅瓶等器具,跨越千年时光,瓷釉依然闪烁着莹润的光泽。花纹有山水、人物、羽毛、花卉、鱼虫等,白底黑花,色调明快,构图自然,所烧制的器皿大都简洁、朴素、实用,契合平民百姓的生活需求。磁州窑的兴衰也有诗为证:"黄粱丹枣幻如仙,黑底白花声在天。城郭人民俱已矣,山川风景尚依然。放怀鸟兽文童美,写意鱼虫亦能言。欲道徽钦遗恨远,泉州窑火广元烟。"磁州窑始于北齐,兴于宋。由于战乱,宋朝政治中心的南移,大批的工匠迁到了泉州的许山、官仔山,有的被迫到四川广元的瓷窑铺谋生,甚至有匠人被掳到辽,烧制出存世至今的鸡腿瓶等瓷器。

磁州窑遗址博物馆不大,里面有两座由红砖和笼盔砌成的状若巨型大馒头的窑,这就是传承千年的磁州窑。当馒头窑以文物的形式出现在人们视野时,屋子里还有人在毛坯上描画着,有白底浅赭色花的梅瓶,有粗大杯子样的器皿。正在工作的大姐说，这都是坯子，还会进一步制作，然后才能烧制。

院里的两座馒头窑宛若红艳艳的火焰山，似乎窑洞里还有干柴在噼噼啪啪地燃烧着。在砖的缝隙，争先恐后钻出许多小草，伸出绿油油的叶片拱卫着馒头窑，似乎在守候着这千年的古窑。磁州窑是河北境内唯一窑火延绵数千年不断的窑口。

在峰峰，我有幸得到了一只磁州窑烧制的小瓷羊。它的面貌人性化，头顶似二叶一花，两只弯弯的羊角，像小女孩的抓髻，颌下有14根清晰的羊胡子，羊的身体两侧分别绘着与头顶一致的花卉，只是添加了花枝，尾巴处凸起，也由黑墨摹之。一只温顺可爱的小山羊是也，让我爱不释手，置于案头。

也曾数次走近瓷器，邢瓷、定瓷、盈字款、翰林款、青花瓷，乃至冰裂、油滴盏等等。我知道，邢瓷胜雪，越瓷类冰，也知道瓷器、丝绸和茶叶是丝绸之路的三大要素，其中各种瓷器制作的渊源还是混沌一片。

走进张家楼，请教知名文化学者赵立春先生，我才明白，磁州窑的瓷器，用的是大青、二青瓷土，质地远不如南方和邢州的高岭土。所以，磁州窑烧造的瓷器，不如越窑、景德镇、邢窑的瓷器质地细腻，瓷色也较差。老窑工们经过不知道多少次的实验，给拙朴的磁州瓷器找到了嬗变的秘籍，那就是给磁州窑的瓷器化妆，将更白一些的化妆土涂在瓷器坯子上，原本黑糙的瓷器，立刻有了柔和的光泽和应有的色彩。这不能不说是磁州人的智慧，也是磁州窑的造化。

初闻响堂

我曾远赴数百里拜谒过大同的云冈石窟、洛阳的龙门石窟，对于这个家门口的响堂山石窟早有耳闻，却一直没机会亲近。来到北响堂，就像听到了佛的召唤，不顾天色已晚，登石阶上山。我不是佛教徒，我对石造像的兴趣，是因为一座石窟不仅是雕刻、建筑、绘画、书法、服饰艺术的展示，更是当时社会生活的体现，冰冷冷的石像其实带有时代的温度，是历史的年轮，也是文明进程中的亮点，我带着敬畏来拜谒。

所幸，响堂山石窟并没有随着时光沉寂下去。

佛教起源于印度（天竺），在两千年的岁月中早已成为华夏文化的一部分，兴衰勿论，艺术形式自有其发展的规律，但内容万变不离其宗，主旨都是满足人民的精神需求。响堂山石窟修建伊始，正是战乱频仍，朝代更替频繁的时期，统治者为了继续统治，老百姓为了死后的幸福，均把寄托放在石像身上。漫长的岁月里，是谁跪成了一个供养人？又是谁将自己的面容依稀留在石像上？这些生动的石像无疑是打开历史隧道的密码。

走进石窟时，里面黑黢黢的，能看出释迦牟尼大佛微笑的面容和眉间的白毫，他身后的背光和头光的颜色历经千余年居然还很鲜艳，大的花纹为蓝绿赭三色，似火焰纹，小的花纹已无法看清楚，我猜是忍冬纹，这是北朝时期佛造像常用的纹饰。释迦牟尼佛像下边四角为异兽，石窟左右后三壁，刻着莲花忍冬纹图案，以及具有响堂山特色的火焰珠。我特意注意了大佛的衣饰，自颈往下重重叠叠，大佛两侧站立的佛，雕刻有北齐塑像中常见的华丽璎珞，拙朴的、华丽的，都是慈悲。大家把讲解员围在中间，用手电筒照着佛像的部位，一一对应。有的佛像手势为说法印，我想看看与愿印、禅定印，却因为历朝历代的人为破坏，佛手大多残缺不全。在黑暗中，我触摸莲花宝座、佛脚，仰望大佛头像，庄严慈悲的宝相，让不信佛的我，也心底澄明，信不信佛无所谓，为人应该慈悲为怀。

北齐的时候，樵夫的歌声被凿石的叮当声掩盖，战马的蹄声裹挟在高诵佛号的声音里。一座山因石窟而闻达天下，一块拙朴的石头，在叮叮当当里被人赋予了生命，继而成为人信仰的图腾。历史的琴弦在这里奏响时代的符号——北齐，如果北齐确是一幕剧情跌宕的悲喜剧，那么这个王朝按下的强劲音符足够传世至今。

我抬头仰望高深的石窟，思索着这浩大工程的支撑。北齐是个短命的王朝，但也是个伟大的时代，文宣帝高洋在位仅几年时间，就修建了石窟建造史上连接北魏与隋唐的风格独具的佛造像，这是个奇迹。我常常为古人的才智所感动，但所有的工程都是百姓的血汗铸就，譬如长城，譬如大运河，譬如眼下的石窟和佛像，正如古人云："兴，百姓苦，亡，百姓苦。"苦难与救赎向来都是相伴相生，朝代更迭也是文明进程中的必然，不知道佛怎么说怎么想。

听说，响堂山石窟仅有的佛像头也是根据造像比例复原的，原来的佛像头均已被盗，听到这些，望着石壁上空荡荡的佛龛，我心情复杂。复原头像再逼真，也不能复原那种穿越岁月的沧桑美和其应有的艺术价值。我想，不妨让这残缺成为历史的原初，成为一种恒久的美，成为大自然的一部分，让无头的佛像警示人们，让破坏文明的行为不再发生。欣闻响堂山石窟博物馆已经建设完成，"石佛有幸！"我毫不迟疑地说。

面对沧桑的石佛像，我思索着磁州窑与响堂山石窟的关系，也许二者早有某种契约。有一点可以肯定，那就是石窟造像和制作瓷器都需要工匠精神，虽然古时候没有精神这个词，但工匠间必有一种默契，这正是华夏文明的血脉基因。在张家楼的笼盔墙壁上，我看到了老窑神的神位，三支香还在冒着青烟。一座鼓山成就了响堂山石窟文化，一抔彭城土让千年文明薪火相传，峰峰这片厚土有灵性。我掌心里的小瓷羊，在暮色里散发出玉般润泽的光华，越看越像一尊慈眉善目的小佛，那眉那眼那通灵之气俨然浸染着人间烟火。

响堂山的来历很有趣，原名鼓山。听说在石窟内拍手或者舞动衣袖，石窟会发出如鼓之音，故又名响堂山。耳畔隐隐约约似有击石之音传来，仔细聆听，却什么也没有，只有寂寞的石佛静坐在千年的石窟中。我沉浸在石窟的神秘里。

所有的声音都停止了。刀剑撞击之声，喊杀之声，战马的嘶鸣，击凿石头的声音，磁窑炭火熊熊燃烧的声音，高诵佛号的声音⋯⋯

无论世道如何变化，昼夜依旧交替，万物依然生长。

响 堂 回 声

我没想到，有机会再来响堂山，再次拜谒大佛，还有机会去了位于鼓山南麓的南响堂石窟。

无论是石窟规模还是年限，南响堂都不及北响堂。但我还是为之震撼，如果说北麓的石窟最早是皇家所缔造，那么南麓石窟确实为百姓的代言。阁楼式塔形窟、四柱三开龛、天窗、中心方柱、门口的大叶纹饰、大佛背光上的小菩萨、浮雕、独具特色的飞天浮雕、精美的束腰莲花底座、华严洞、思维菩萨、千佛洞、记录石窟历史的隋碑⋯⋯让人感慨万千，这些百姓的心血，倾注了多少人的信仰和对幸福生活的期盼。这些无头残破的大佛，就是老百姓经历的再现，佛保佑不了自己，又怎么能佑人？

南响堂博物馆陈列着数十尊，也许上百尊石佛，或端坐，或站立，有的无手，有的无脚，那一排端坐的佛竟然都没有头，没有一尊完整的，好像是灯光这件利器，砍削了它们的身体，使残缺无处可藏。这个刹那，我的鼻子很酸。它们的劫难，何尝不是中华民族的灾难。

这些斑驳残缺不全的佛像，隐匿着诸多秘密，如今已褪去佛教的功用，以文化遗产的面目存世，我又感到欣慰。这也是鼓山的魅力所在。

博物馆背后，爬上几十级台阶，是南响堂寺。

很清静的一处寺院，背靠鼓山，没有惯常寺院的金碧辉煌，木质的大门，涂着深红的漆，古旧的题匾上写"大雄宝殿"。倒是适合清修的环境，没有香火，没有祭拜的信徒，只有两棵大树，一棵榆抱槐，另一棵高大，树荫探到殿顶，引领我们游览的小张说，这是一棵卫矛。哦，我突然想起，卫矛是鬼箭羽，我在藤龙山见过，可那是山顶上的灌木啊，清明时节，树的旁边还有积雪。这不能不说是传奇，鬼箭羽依寺幸运地长成参天大树，而寺内的佛像却流落到世界各地。

南响堂寺还有很多宝贝，无梁无檩无椽子的砖券顶后殿，与北响堂"白塔"对应的"红塔"，残留的一组一方净土变浮雕，拜火教的神兽……不由人惋惜又庆幸。

南响堂寺因地处鼓山，没有鼓楼，数百年的钟楼还在，带铭文的铁钟已残缺，却还固执地守候着响堂山。

南响堂石窟不远，就是滏阳河，一片片小绿洲嵌在河道中，山与河的夹角是茂盛的菜地，依山散布着一片白墙红瓦二层楼房。一座生机勃勃的山，就与这繁华城市相伴。当地人称其元宝山，我还是喜欢它神麇山的名字，有古韵，契合《山海经》的精神和况味。在《山海经》里，神麇山叫神囷山，滏阳河名滏水。神话传说在这里得到印证，是峰峰的骄傲。山南麓，绿树掩映间，现出一座古朴的庙宇，飞檐下的象鼻昂如花似浪簇拥重叠，经岁月的洗染尽显沧桑，每个屋脊上都蹲有一只昂头翘尾的龙形脊兽，有的出现了裂痕，但并不影响它的价值和作用。黑色的电线，在屋脊上穿插交错，古今之间的接纳，让历史与现实成为一个整体，就像历史上游牧民族与农耕民族的冲突与交融，消亡也促进了再生。就像北齐的皇帝高洋，虽为汉人，血统里也有北方少数民族的血脉。

我起初以为是个道观。主殿面北，主神披着黑红袍子，配殿的神灵有关羽、吕祖等神仙们。庙依山而建，布局有些狭促，但不影响游客前来烧香参拜。烧香者中，有白发苍苍的老婆婆，也有衣着时尚的青年女子。香烛味在这清水潭上，在这青山一巅徐徐飘摇。

与庙相伴的，是赫赫有名的太行八陉之滏口关。关口题名为"风月关"。青灰色砖石建筑，插着红、黄色旗子，这个赫赫有名的关隘，不仅往来过北齐的皇帝和达官贵人以及他们的车辇辎重，浩浩荡荡行进过赴长平不归路的四十万赵军，更多的是吼着老缸调在古磁州讨生活的百姓。青山，绿水，传说，此时此刻都无关风月，所有的过往都浓缩为或清晰或模糊的历史，任后人去遐想，去凭吊。

庙名黑龙庙，主殿檐下有牌匾，黑底，金色框，楷书"黑龙庙"三个金字。庙下临公路，路下垂直十来米处有黑龙洞。洞下是一小亭，现代工艺雕刻的黑龙头正在上演黑龙吐水的活剧，有游人以水濯脸，或半跪在龙口处，畅饮甘泉。足足有几个足球场大小的清潭波光粼粼，潭中有长条石砌就的界线，女人们在石头上就着泉水洗衣，水清至极，河底的石头清晰可见，匆匆在岸边走过并来看到游鱼，但稍下游有渔者坐在柳荫下垂钓。紧挨黑龙洞是一个天然浴场，浪里白条们穿着各色泳衣在这里弄潮。

黑龙洞、风月关、药王山、西王看村、东王看村、上拔剑、下拔剑、集贤村等，还有具有磁窑风情的民居群落张家楼村，继续用有声的现实，串联起昔日无声的历史，让冰冷的过去，有了现实里的温度。

鼓山就在滏阳河西岸，与南北响堂石窟日夜相伴。

（选自2018年第9期《当代人》）

家 住 浦 东

陈 晨

一

二十世纪八十年代。一个清晨。

天还没有亮透，一抹红霞在云层后面若隐若现。

我跟着父亲，从海边的老家出发，坐车"到上海去"。

老家南汇地处浦东，是上海最东面的郊县，家乡人习惯把去浦西叫作"到上海去"。在浦东方言的语境里，浦西才算是上海，他们很自觉地把浦东排除在上海之外。

这是我第一次"到上海去"，第一次赶这么远的路。陌生的城市让我憧憬，临行前好几天，我都兴奋得难以入睡。

"到上海去"的路途极其漫长，先要步行数里，才能乘上到县城的公交车，到了县城换沪南线长途汽车。稀少的班次，缓慢的车速，让出行变得疲惫不堪。在东摇西晃的行进中，我第一次知道了晕车的滋味，一路脸色煞白，昏昏沉沉，胃里翻江倒海，随时可能呕吐。

终于到了终点站东昌路码头，下了长途汽车换轮渡。

虚浮的脚刚刚跨上轮渡，半空传来一声汽笛的巨响，惊雷一般，让人陡然一惊，不由得警惕起来。眼前是茫茫的黄浦江水，黑而浊，散发着极不友好的气味。对岸，一排异国风情的建筑美轮美奂，这是著名的外滩，以前只在书中看到过。

外滩的建筑仪态万方地排列着，并没有向人示威的意思，但那种高贵典雅的气派，莫名地让我感到自卑和疏远。

走进"上海"，"阿拉阿拉"的话语在耳边飘浮，我觉得自己像一条上了岸的鱼，连呼吸都无法自如。这是浦西人的上海，不是浦东人的上海。我只想快快逃离"上海"，回到我的浦东去。一回到浦东，重新看到笑吟吟的桃花，看到烂漫的油菜花，听到让人心领神会的浦东话，立马就觉得如鱼得水了。

开发开放之前，浦东是一个不受人待见的地方。民间有俗语："宁要浦西一张床，不要浦东一间房。"在上海滑稽戏里，娶大娘子、吃三黄鸡的浦东人，常常贴着憨厚、落后、木讷、保守的标签。而浦东方言，因迥异于市区的发音，常常遭到嘲笑，一句"轰杜来霞啦（意为风很大）"似乎是浦东人的标志方言，哪位浦西人想要折辱一下在场的浦东人，只要一说这句话，立马就会引来哄然大笑，让面前的浦东人自觉矮了三分。

家住浦东，在当时，是一件令人自卑的事。

好在，大部分浦东人并不觉得与"上海"有多少关联。我们在桃花深处的大浦东安居乐业，自得其乐。父辈们安分地守着田园，春天播下种子，秋天收获果实，心甘情愿地把一生托付给土地。年少的我们，偶尔会憧憬繁华的都市，但"上海"太远，似乎与我们无关。

二

那时的我，只知道浦西对于浦东的优越感由来已久，浦东浦西的隔阂也由来已久，却不知道，二十世纪八十年代的上海，城市发展缓慢，居民住房极度紧张，食品供应匮乏。浦西，远没有想象中那样光鲜亮丽，普通百姓的生活条件比家住浦东的我们好不了多少。

当时的上海，正在迫切地等待着一场变革，等待一个发展的机遇。

变革是自上而下的，但远在市郊农村的浦东人，对决策层关于开发开放浦东的决定并不关心。对于未来，我们缺乏足够的想象能力，虽然也有梦想，但梦想的翅膀只敢贴着地面飞行。

一九八九年，我考入佘山脚下的一所高等学校，从上海的东部，穿过市区，来到了上海的西部。从家到学校，单程就要六七个小时，多种交通工具轮番换乘，每一次往返都是在漫长的等候中考验耐心，在一路站立中考验体力。

那时的我，正在以梦为马的青春期，丝毫不以长途跋涉为苦，甚至不需要用"劳其筋骨，苦其心志"那样的话来激励自己，途中常有未知的偶遇，会让路程变得兴味盎然。一次次往返，从市中心穿过，渐渐熟悉了城市的斑马线，熟悉了城市的叫卖声，路边小店的鸡鸭血汤和生煎包轻易地笼络了我，解除了我对城市最初的戒备和敌意。

但我始终无法喜欢轮渡，始终无法愉快地过江。气势汹汹的汽笛，黑而臭的江水，码头上漫长的等候，蜂拥的过江人流，常常让我与城市刚刚建立的亲密关系土崩瓦解。在焦虑的等待中，我一次次期盼着越江大桥的出现。某次雨后，过江时看到天空悬挂着一道彩虹，我突发奇想：如果能够沿着这个七彩的桥，从浦西滑到浦东，该有多好！

盼望着，盼望着，黄浦江上真的就有了桥。一九九一年十二月一日，一座双塔双索面、迭合梁斜拉桥飞架浦江两岸，她有一个响亮的名字，叫南浦大桥。多少市民奔走相告，以迎接头生子般的骄傲和喜悦，跑到董家渡仰望大桥。

一直记得那次跟同学专程跑来看大桥的经历。那时，上南浦大桥桥面观光需要买票，而且票价不菲。我和几个同学纠结了半天，终于还是咬咬牙买了票。直达电梯"倏"地一下，就将我们送上了五十多米高的桥面。

走出电梯仰望，大桥主塔高耸入云，塔上"南浦大桥"四个大字闪闪发亮。桥塔两侧的钢索呈扇形分布，像一根根琴弦，接受着云和风的拨弄。站在桥上远眺，看到黄浦江上船来船往，百舸争流；看到长长的引桥呈螺旋形向上攀升，大桥宛如一条昂首盘旋的巨龙，横卧在黄浦江上；看到浦西密集而陈旧的建筑群，诉说着曾经的繁华和沧桑；看到浦东大片秋收过的农田，心满意足地袒露着，等待来年新一轮的播种。

江风浩荡，吹乱了我们的头发，也吹起了少年的满腹豪情。一个男同学双手扶着栏杆，忽然大声吟道："潮平两岸阔，风正一帆悬。"逗得我们开心大笑。

站在桥上，看着大桥一手挽起了浦东，一手挽起了浦西，突然觉得两岸间的隔阂消失了。从那天起，我心里对上海这座城市有了认同和亲近，第一次意识到，上海，也是浦东人的上海。

有了桥梁，就有了联结的媒介，有了沟通的渠道。

之后，黄浦江上的大桥越建越多，杨浦大桥、卢浦大桥、徐浦大桥、奉浦大桥依次排开，再加上一条条越江隧道的建造成功，两岸之间的通行越来越便捷，浦东浦西早已连为一体，时至今日，再也无人认为家住浦东低人一等。

三

一九九五年一月，随着儿子的出生，我们结束了居无定所的状态，搬到浦东张杨路居住。那里属于陆家嘴沿江地区，是最先吹响开发开放浦东号角的地方，也是浦东改革开放的春风最先眷顾的地方。

家住浦东，我们零距离感知着浦东新区开发开放初期蓬勃的生命力，亲眼看到浦东的建设者们以胆识和气魄谱写着城市的传奇,欣喜地看着儿子与崭新的浦东新区一起成长。我们在浦东前后居住了十五年。十五年弹指一挥间,儿子从襁褓里的婴儿,长成了翩翩少年;浦东新区从尘土飞扬的大工地,变成洁净优美、高度发达的现代化城区。

一九九五年的浦东,到处是建筑工地,到处是挖开的道路,到处是机器的喧闹。有时到了深夜,还会有打桩的声音从远处传来,划破夜的宁静。

初为人母的我,手忙脚乱地应付着新生的儿子,无暇关心那些轰隆作响、日夜施工的工地到底在建造什么。常常会在不经意间蓦然发现,很多建筑工地,前一天还被临时围墙包得严严实实,第二天突然就拆除了围墙,一幢摆满鲜花的新大楼俏生生地耸立在眼前。浦东的激情、浦东的速度,催促着一幢幢摩天大楼拔地而起,城市面貌日新月异,处处生机勃勃,处处欣欣向荣。没有几年工夫,陆家嘴地区就建起了一个全世界瞩目的国际金融贸易中心,很多世界知名的大财团纷纷来此落户,数以亿万计的财富在此汇集,撬动着浦东开发飞速发展的车轮。

一九九五年六月,儿子六个月大的时候,我带着儿子去看启用不久的东方明珠电视塔。指着那大大小小的圆球,我一遍遍地告诉儿子"这是东方明珠"。儿子瞪着漆黑的大眼睛,似懂非懂地看着这个新奇的建筑,兴奋又好奇。此后,东方明珠作为上海新一代的地标,频繁地出现在报刊上。对东方明珠的辨识成了儿子牙牙学语时的重要科目,每见"明珠",儿子都会眼睛一亮,小手一指,奶声奶气地念"东方明珠"。

一九九五年十二月,离我家不到一百米的地方,中日合资的上海八佰伴开张营业。开业第一天,八佰伴人山人海,以一百零七万的当日客流量创造了世界纪录。极度的喧嚣过后,八佰伴渐渐安静下来,宽敞明亮的店堂,时尚现代的布置,品质不凡的商品,让逛商场成为有别于以往"买东西"的休闲享受。

儿子那时刚满十一个月,正在蹒跚学步,还不会独立行走,但小小的人主意很大,喜欢攥着大人的手指头,拉着大人走到东走到西。去过一次八佰伴后,他就爱上了那个地方,隔三岔五就要指挥着大人带他前去。八佰伴开阔的店堂、光滑如镜的地砖,常常会激发他独立行走的兴致。他会突然甩开大人的手,要自己一个人走,常常摇摇晃晃没走几步,就一个趔趄摔倒在地。突然倒地后,他不哭不闹,只是扁扁小嘴,好像对自己为何摔倒略有些纳闷,然后爬起来继续走。八佰伴七楼的超市门口有个儿童乐园,专门给购物的家长"寄放"孩子。儿子喜欢在这里玩,一玩就是小半天。后来,很多综合性大商场也都开设了儿童乐园,但八佰伴是浦东第一个自带儿童乐园的商场。

一九九九年，儿子四岁时，中国大陆第一高楼——金茂大厦在陆家嘴落成，八十八层楼，四百二十米高，这在当时是一个让人瞠目结舌的高度。

二〇〇二年，我去内蒙古旅游，与鄂尔多斯草原上的一位大爷闲聊，无意间聊到上海的金茂大厦有八十八层，大爷愣了一会儿，用不可思议的神情问我："八十八层？那像我这么大年纪能爬上去吗？"

金茂大厦这个大陆第一高楼的纪录仅保持了四年，二〇〇三年，就被四百九十二米的环球金融中心大厦夺去了第一。十三年后，二〇一六年三月，大楼的新高度又被总高六百三十二米的上海中心大厦超越。没有最高，只有更高。那些不断刷新的高度，是建设者们面向天空一次次挑战极限创造的奇迹。

这三幢大楼比邻而居，像三个亲密的兄弟，矗立在陆家嘴，成了上海的地标性建筑，吸引着全世界的目光。因其形似注射器、开瓶器和打蛋器，南来北往的游客亲切地把它们称为"厨房三件套"。

新建的大楼一幢比一幢高，城市在长高，儿子也在一年年长高。城里没有山，高楼就是我们的山。登高，征服不了天，但可以与天空对话；望远，无法穷尽最远的远方，但可以看见自己的渺小。我带着儿子一次次登上不断更迭的城市之巅，从高处俯瞰城市，看白云在玻璃窗前悠然飘过，看黄浦江蜿蜒东去，看高楼大厦春笋般林立，看街上行人熙熙攘攘。对岸，古老的外滩在一湾江水的环抱中仪态万方，那是上海的过去。脚下，蓝色的玻璃幕墙映照着阳光，一切都是崭新的，一切都是亮闪闪的，一切都是刚刚开始，一切都充满了希望，这是上海的今天和未来。

在儿子的成长历程中，上海科技馆是他去得最多的场馆，那是他童年时的乐园，也是他少年时的科技课堂。

上海科技馆坐落在浦东世纪公园对面。这是一座美丽的建筑，造型别致的顶部，呈螺旋式徐徐上升，像一面由西向东缓缓升起的风帆。蓝色的卵形建筑镶嵌其中，象征着生命的孕育，又寓意宇宙的宽广无垠。

二〇〇一年十月，上海科技馆曾作为上海APEC峰会的主会场，接待过布什、普京、金大中、小泉纯一郎等二十个经济体的领导人。此次APEC会议是上海举办的第一次大规模的国际性盛会，改革开放的上海全城总动员，以最大的诚意迎接盛会。鲜花铺满世纪大道，馨香袭人；烟花映染浦江两岸，流光溢彩。家住浦东的居民更是把办好APEC会议当成自家的事，人人当好东道主，人人争当志愿者。

APEC会议结束后，上海科技馆正式对外开放，成了孩子们最爱的科学教育基地。

科技馆离我家不远，几乎每个周末，儿子和他的小伙伴们都要到这里来玩。科技馆是馈赠给孩子们最好的礼物。在一次次寓教于乐的玩耍中，科学的种子也在孩子的心灵中萌芽。

如今，最早一批在科技馆游玩的青少年已长大成人、为人父母。时隔多年，他们带着下一代，再次来到科技馆，让自己的孩子接受科学的启蒙。

再过若干年，我的儿子也会有自己的孩子，我想，他一定也会带着孩子去科技馆。

在浦东生活的十多年间，浦东发生了翻天覆地的变化，很多大事件都已载入史册，很多建设者也成为彪炳千秋的功臣。家住浦东，能够亲历一段轰轰烈烈的历史，见证一座城市的大发展，并因城市的发展而获益，何其自豪，又何其有幸！

四

二〇一〇年，上海世博会开幕前夕，我离开生活了十五年的浦东，搬到静安区居住。新家离静安寺很近，站在窗前，看得见静安寺金色的寺顶。

有人告诉我，把一张上海地图对折再对折，最中心的这个点，就是静安寺。我没有亲手折地图验证过，但我知道，我从浦东的海边，一路走来，不知不觉，就走到了城市的中心。三十年前这可能还有些励志的意义，时至今日，浦东以她的大发展告诉世人，市中心并不一定优于浦东，不必志得意满，也不必沾沾自喜。

我常常会沿着记忆的轨道，想起家住浦东的岁月，怀念那些尘土飞扬的工地，怀念那个简陋而温暖的小家。

有时，我会跑到外滩，望着对岸的陆家嘴发呆。二〇一四年初夏，我在外滩执勤时，突然眼睛充血，灼痛难当。同事分析说，对岸的大楼都是玻璃幕墙，阳光反射，导致眼睛毛细血管爆裂。只有我自己知道，导致眼疾的病因，还是因为对岸总也让我看不够。看不够的还有黄浦江，四十年前，谁会想得到，经过治理后的黄浦江可以清得照见建筑的倒影。

我也会经常乘坐地铁，从浦西回到浦东，跟父母团聚。

这些年，老家南汇发生了翻天覆地的变化。二〇〇二年，南汇撤县建区。二〇〇九年五月，南汇区被撤销，并入浦东新区。二〇一〇年，老家的房子动迁，父母离开祖祖辈辈休养生息的土地，搬迁到原来的区政府所在地惠南镇生活。

刚刚搬到城里时，父母很不适应，老妈千方百计去附近搜寻空地，想方设法种上几株青菜、栽上几把小葱。老爸几乎天天都要乘公交车回到老家附近，找那些没有动迁的乡邻一起打牌、闲聊。

渐渐地，父母体会到了城市带来的便利，喜欢上了安逸的城市生活，便也安安心心做起了城里人。他们像移植到城里的植物，适应了新的环境，慢慢地扎下根来。闲聊时，老妈说："你外公外婆这一辈人，一世劳苦，没有见过外面的世界，没有享过福。我们这一辈，上半辈子做农民辛苦劳碌，下半辈子时来运转，有养老金，有医疗保障，也该知足了。"

二〇一三年底，地铁十六号线正式开通，地铁惠南站距离父母家仅有四百多米。三十多年前，我从海边的老家"到上海去"，需要大半天的时间。如今，只要一个多小时，我就能从城市的中心，到达父母身边。便捷的交通缩短了亲情的距离。

一直觉得惠南站是最美的地铁车站。整座车站以紫色为底，四四方方的柱子上缀满了大朵的桃花，花枝明丽，色彩饱满。老家南汇是远近闻名的"桃花源"，每年春天都会举行盛大的桃花节。"以花为媒"，曾经为南汇的发展打开通道，为南汇的经济插上腾飞的翅膀。

每次下了地铁，走进这座紫色的车站，都会有暖流在心头涌动，因为这座车站联结的是我至爱的双亲。

每年春天桃花盛开的季节，我和妹妹都会开着车陪老爸老妈回到我们生活过的地方，去踏踏青，看看桃花，看看东海。

老家的房子被拆除后，起初还能看见原址的痕迹，后来，老房子的痕迹被一点一点抹去。再后来，整个动迁的村庄经过土地平整，成了现代化的农业基地。村庄最终踪迹全无，似乎从来没有存在过。

故地重游，看到的只有大片大片的农田，一眼望不到边。我们生活过的土地上，青青的禾苗正在无忧无虑地生长。

老家回不去了，过去的生活已无从寻觅，曾经散落在村庄里的欢声笑语被风越吹越远了。父亲弯腰拔起一棵禾苗，久久不说话，不知道想起了什么。

每次回去，父母都神情黯然，颇为失落，但他们的惆怅常常稍纵即逝，毕竟，现在的生活，是他们四十年前想都没有想过的。

而且，经过了这四十年的沧桑巨变，他们看见了沧海变良田，乡村变城市，看见了农民成市民，田园成公园，看见了无数的奇迹在身边实现，所以，他们相信，未来还会有无限的可能，未来会越来越好。

（选自2018年9月11日《中国文化报》）

父亲的草烟

荆淑敏

我第一次发工资,给父亲买了一条烟,现在依稀记得烟是大重九牌的。多年后我发现这一条烟还放在他的炕柜里,外面的已经破损。这陈旧的包装仿佛被无数次地抚摸一样。我心底一阵发紧、鼻子有酸酸地,泪悄悄地爬上脸肤。

老家在东北农村,乡下吸烟的人很多,包括女人。那年月人们大都买不起烟,父亲就像老辈一样地头地脑的种草烟,也就是人们常说的关东烟。秋起的时候,烟草肥肥大大的叶子像喝足了奶似的,在田头地尾卖弄着风情,这时母亲开始将这叶子劈回来,在院子的麻绳上一一将它挂在风中晾晒。不久,这些"口粮"便捆扎起来,俟后享用。父亲从不买烟卷吸,即使别人递过来的烟,他也委婉从兜里掏出那个不用多少年的烟袋来慢声细语地说:"还是这个管用。"

父亲有时也把大片的叶子烟卷起来,用小刀平均切成小节,装进一个圆形的黑色烟盒保存起来。吸烟前,父亲常常将成节的烟叶牵开抚平,摊放在炭火的边沿趁着火势烤焦,再用一小张废旧的纸片紧紧裹起来,一头装进烟斗,随后磕燃火机,趁着明火一大口一大口地吸起来。烟雾瞬间一圈圈、一团团在屋子里蔓延开来,呛得我和弟弟妹妹们简直受不了,赶快往屋子外边跑。父亲笑笑,一副专注的样子继续吸。透过窗口,又见父亲又大大吸了几口,烟叶快要熄灭了,便把烟袋对着地面磕碰几下将烟灰抖掉,又点火继续吸了起来。父亲就这样,吸了叶子烟几十年。

吸烟,似乎是东北人的一种习俗,他们身上随时都能摸出一包香烟来。串门的时候,散上几支给大伙,吹牛拉家常更有激情;路口巷尾遇到熟人,敬上一支,交流中增进感情;田间地角干活累了,吸上一支,消除疲劳……高兴的时候吸,忧愁的时候也吸。

渐渐地,我长大了,去了外地读书,常常通过书信提醒父亲少吸点,尤其是越便宜的香烟,尼古丁含量越高,对身体危害越大。父亲回信了:"吸了几十年了,

父亲的草烟

上瘾了，戒不掉。"其实，我也知道，对于一个有烟瘾的父亲，通过劝说要想改变他确实很难。记得一次放假回家，我开玩笑地给他说："以后我找了好工作，买好烟给您吸，身体就可以少点危害！"父亲一阵哈哈大笑，望着家对面的青山，又摸出一支香烟慢条斯理地吸了起来，眼里充满了无尽的期待。

大学毕业了，我分在离家很远的油田，如愿当上了石油工人。每每想起父亲抽烟时一番陶醉的情景，便不禁隐隐作痛，看来要想让父亲戒烟，算是难于上青天了。

细细想来，父亲的嗜好，在那个年代，或许是过度劳作后的一种解脱。我想，不管与否，父亲操劳了大半辈子，也该迎合着他的嗜好，该给他尽点力所能及的孝心了。

参加工作后，偶尔回家，我都会为父亲带上几盒香烟。每次在朦胧的灯光下，看着他陶醉的笑容，我心里也无形间涌起一番高兴。如今，以前的一幕幕还深深铭记在心里。

就在父亲五十岁那年，我不惜用了第一次开的工资给父亲买了一条香烟，趁他生日那天晚上，塞在了他手里。父亲接烟来，贪婪地闻了又闻，盈满了泪水的眼睛直直望着我，喉咙发出一阵哽咽地问："多少钱？"

我回避着父亲直视的目光，回答道："爸，您甭管，这是我用工资给买的。"

"好哇，好哇，孩子能挣钱给我买烟了。"他反复重复着。把烟放到柜子里。

第二天一大早，我依依不舍在村口告别父亲。他拉着我的手，叫我好好工作，以后别再为他买这样昂贵的香烟了。我笑着说："儿子工作了，也该您享享福了。"父亲半信半疑，显得有点自责。

后来的日子里，偶尔回家，我也会给父亲带点香烟，一来是给他吸，二来给周围的烟友们散散。可是，父亲每次总是当着别人高兴一番，私下又暗自批评我的不是，不应该买这样贵重的香烟。甚至有一次还以责怪的语气对我说："我是农民，吸便宜的烟习惯了，下次再买来我就立即送人。"其实，我深深知道，父亲哪里是不习惯，他是勤俭节约习惯了，心痛我们来之不易的一份工资。

每当我想到视烟如饭的父亲，到死也没吸掉的那条香烟，心里总是泛着隐忍的痛。想到父亲对生存渴求少得是那么的可怜，他们自己的满足是那么原始，又那么的自得其乐。

父亲到死都保存着我用第一次工资给他买的香烟，那么父亲保存和珍藏的是什么呢？

（选自2018年第2期《廊坊文学》）

母爱的孤独

王　宁

五月的第一个星期天，难得的一天休息，去商场逛逛，放松一下紧绷的神经。

坐公交，在大石桥转车。

要坐的车久等不来，见长凳上有个空位，坐下。坐在一旁的老太太凑过来，说了句什么，但听不清。我大声问："您说什么？"

老太太贴在我耳边，问："闺女，今天星期几啦？""星期天。"我大声说。

老太太一听，立刻精神起来，眼睛也亮了，说："星期天了，我女儿今天来看我。"

"哦。"我点点头，转脸继续眺望公交车来的方向。

老太太一直坐着，并不理会来来往往的公交车。以为她不知道乘坐哪条路线，便问："您在等车吗？"她摇摇头，手指前方，说："我家就在对面。"

"您在等女儿？"

"不是。她从对面下车。"

对面的公交站没有凳子，没有树荫，坐在这里也能看见女儿下车。

以为和老太太的交谈到此为止，但不一会儿她又凑过来，说："能不能给我女儿打个电话，看她走到哪里了？"

有些意外。片刻迟疑。怕她女儿不接陌生电话。看着老太太热切期盼的目光，不忍拒绝，便问："她的号码是多少？"

老太太赶忙从上衣口袋里掏出一卷纸，小心翼翼地在手心里展开。

这是用小学生的作业本自制的小本本。怕磨损，上面还贴了透明胶布。

老太太把小本本放到眼前，小心翼翼地一页页翻着。从头至尾翻了两遍，都没找到女儿的电话。她有些着急，手也有些颤抖。

要坐的车来了，不忍就这么离开，便帮老太太一起找。

我问:"您女儿叫什么?"

"王艳。"她说。

老太太仍把纸片握在手掌心,不舍得交给我。我凑过去,和她一起把皱巴巴的小纸片一页页展开。我翻得有点快,老太太用手护着,唯恐我把纸片弄破了。

十多页的小纸片,每页上都写着两三个名字和电话。看来老太太的亲人并不少,但对她来说,也许只是一串数字,亲近又遥远,可望而不可即。

找到号码,拨了几次,王艳始终不接,我无奈地说:"可能她不接陌生电话。"

老太太一直紧张地盯着手机,脸色渐渐阴沉下来,但她还是坚持说:"她在车上听不见。"

然后,她还是通情达理地说:"不打了。别误车。"

感觉王艳真的不会接电话了,只好上车。

站在车门口,回望老太太,她已经站了起来,准备离开。看着她那弯曲着、落寞的身影,心里不是滋味。

妈妈也是这么盼我的,只会更甚。这老太太身体还好,妈妈却是重病缠身,瘫痪多年,生活无法自理,所有的一切都需要照顾。

一年夏天,中午十一点多下火车,走到家门口的那条小路上,看见院门口的妈妈坐在轮椅上,茫然地眺望着远处。

我跑过去,蹲在她面前,仰望着那张黝黑的满脸深深褶皱的愁苦无助的面庞,无法言语。妈妈愣愣地看着我,没有惊喜,也不激动。怕妈妈看见流泪,躲到轮椅后面。

而最令人锥心疼痛的,是有次离开家时妈妈看着我的那种眼神。那次回去是临时决定。见我突然回来,妈妈一脸吃惊,激动地问:"咋回来了?"

我说:"回来办事。"

找来指甲剪,给妈修好指甲。端盆水,好好洗把脸,以抚慰她那满脸的皱纹,和心中无法排遣的苦楚。烧壶热水,一遍遍揉搓着那双变形了的解放脚⋯⋯

妈妈温暖地微笑着,看着我不停地忙这忙那,却不知道我在心里正盘算着怎么跟她告别。果然,听说我还要走,妈妈比见到我时更吃惊。她近乎哀求地说:"住一晚,明天一早再走不行吗?"

我只是用"还有事情"搪塞她。

"还有事情",一句简单却无法辩驳的理由,挡回了妈妈的千言万语。

我站起来,走到门口,故作轻松地回头跟妈妈说"拜拜",却一下被妈妈的眼神深深刺痛了。那眼神,无法用言语形容,不敢直视,每每想起,都万箭穿心,难以承受。

后来终于明白:工作对我们来说,永远没有想象的重要。而妈妈,永远比意识到的更重要。等到明白的那一刻,一切都晚了。虽后悔万分,却永远无法弥补……

一周时间又在忙碌中过去,又是一个星期天,再次在大石桥转车。就在公交车开动的那一刻,突然想起上周坐在凳子上等女儿回家的老太太。

马上到母亲节,也许今天王艳不会让妈空等,说不定此刻她正和妈妈一起愉快地准备午餐,享受着这普通又可贵的天伦之乐。

如果妈妈还在,此时的我,也应该早早回到家里,跟妈妈一起过母亲节了。

把王艳的电话存下,万一她真的回过来,就告诉她:你的妈妈在等你回家。

(选自2018年5月11日《新华每日电讯》)

寻找长城脚下的乡亲

王贤根

到金山岭长城,是为寻找我亲爱的乡亲。

明时的戚家军,从我的家乡出征,抗倭取得辉煌战绩,随军幕僚徐渭感慨赋诗:"帐下共推擒虎将,江南只数义乌兵。"他们解甲返乡不久,再度应召,沿运河北上,披星戴月近六十天,抵达通州张家湾,又日夜兼程奔向京北最为险要的古北口。他们自己也没想到,从此家乡成故乡。戚继光在密云的石匣营,检阅了这支来自江南的旧部。《明史》记载:"浙兵三千至,陈郊外。天大雨,自朝至晟,植立不动。边军大骇,自是始知军令。"从此,戚家军成为长城戍边的"兵样"。那次点检,也成为戚继光治军的经典之笔。

想起这些,心中的血就澎湃起来。我决定独自出行,走向寻找他们的路。

初秋的天,湛蓝湛蓝,几缕白云在空中飘荡。我背着双肩包,乘上了北京开往滦平的长途汽车。当年的戚家军是扛着鸟铳,步行在崎岖的山道上的。史书也称这支队伍为"南兵",他们分守长城沿线重要关隘。"黄崖、义院等口,屡被属夷侵犯,守墩南兵,每成堵回之功。"那时的长城,是明开国大将徐达主持,在齐长城的基础上修筑的,两百多年的战火摧损、风雨侵蚀,业已残破不堪。古北口是京畿重隘,又是边城"软肋",元朝败退大漠的贵族部落,曾多次举兵从这里夺关南下,威逼京都。

燕山重峦叠嶂,关口平缓,而两侧的山势,连绵攀升。边防的守卫,是个整体。关隘与群山,互为掎角,遥相呼应。由谭纶举荐,戚继光担任蓟镇总兵,他视察边关后主持修建长城,加宽加高,用砖砌筑,最为重要的是,从山海关至居庸关西一千二百里的防线上构筑骑墙空心敌台,可以长期驻军,昼夜把守。戚家军奔向边关各隘口,正是修筑长城开初之时。抵达古北口的戚家军,就投入了修建的行列。这是明隆庆三年(1569)。想当年,留云道古北路属地的金山岭、司马台的山岭沟壑上,到处有戚家军——义乌兵构筑敌台、城墙的身影。隆庆五年(1571)十月,戚继光请求朝廷后,又从浙江义乌招募六千兵士北上。

金山岭长城位于河北滦平境内,与北京市密云区相邻。我遥望一座座耸立在群山之巅的鼓楼,心绪不由自主地激荡。跨进金山岭长城管理处,自我介绍后,迫不及待地询问:"这里有当年戚家军的后裔吗?"

显然,这有些唐突、茫然。

戚继光在《练兵实纪》中详细记载建空心敌台的部署、结构、方法及军事守备的作用。他还写道:"今招南兵一万,分布各台五名十名不等,常年在台,即以为家,经年再不离台入宿人家。以此台上时刻不致乏人,故此数年不虞。"为让守台将士扎根边陲,戚继光采取了随军家属的做法,于是,大批义乌兵的妻子、儿女又远离故土,在长城的敌台上建起"夜半边城吹觱篥,何人不起望乡愁"的新家。

我是怀着现代军人的悠悠愁思,从砖垛口缓缓登上金山岭长城的。这里的每一级台阶,每一块砖石,都留有我家乡先人的体温。我一面抚摸温暖的墙体,一面静心倾听先人的声音。城垛上,我隐约看见身束戎装的兵士,紧握鸟铳,目光炯炯,注视着关外。有队军士从身旁铿锵而过,述说的吴语乡音,是那么的亲切、动听。我不敢放重脚步,恐怕惊醒先人的梦;我不敢深重呼吸,我在寻找我自己的梦。当我渐渐地登上山巅,一轮红日正从东方天际升起,重叠起伏的群山隐在黛色的迷蒙之中,座座高耸的敌楼岿然屹立,镶嵌着金色的光辉。在这里,长城九曲迂回,如巨龙逶迤盘绕,又欲腾飞。雄伟,壮丽,崇高,坚韧,众多美好的字眼,霎时涌上心头,又被热血吞没。刚柔相济,屈伸自如,柔美的艺术与刚强的力量,在我国古老的长城上,赢得无与伦比的统一。

景区内有座"金山岭长城碑记",显然是竣工之时所刻,"隆庆四年夏孟之吉"。上面铭载一大溜明朝官员的职务、籍贯、姓名。史书往往为将相而写,碑刻亦然。万千修筑金山岭长城的普通将士,就湮没在岁月的长河之中了。历史无情,又很无奈。

我不敢贸然叙述当年戚家军——义乌兵在修筑金山岭长城中的挥汗洒血,但我清醒地知晓,这里的六十七座敌台、三座烽燧,按戚继光部署的兵力计算,有三百五十至七百名南兵把守。来自我家乡的这些南兵,千里迢迢一路风尘到了燕山深处,"常年在台,即以为家"。风和日丽、阳光普照时倒也罢,风雨交加、大雪狂舞的日子里,他们又是怎样坚守高台、点火做饭、养育儿女的呢?他们的后人,又是怎样以台为家,拓荒种地,几百年守望着这一座座神圣楼台的呢?

现在，人们习惯称敌台为敌楼。

我数度沿着长城行走，从河北的山海关、小河口、董家口、板厂峪、义院口，到天津的黄崖关。我住在楼台军后裔的村落，晚上盘坐炕上与他们长谈。他们倾吐漫长的思乡之情，让我多次落泪。泪水冲刷着时间与距离的隔膜，我们成了相知恨晚的朋友。

记得是青山绿水披上朝晖的时候，我走进张鹤珊的家。张鹤珊是位长城守望者，"2008年感动河北候选人"。介绍词后一句写道："秦皇岛市抚宁县城子峪村民张鹤珊就是义乌兵勇的后代，为了心中的信念，他三十年守护长城，从最初的'义务守城人'变成'长城保护员'，从最初的普通农民成为中国长城学会会员。"

长年的野风吹染，张鹤珊的脸庞呈紫铜色，五十大几的身板，抡起斧子劈柴，咣咣的，浑身有使不完的劲。他说咱村大多是守城军士的后代，山上有座张家楼，就是我家祖上守卫的。我们从小听长城的故事长大，我爹说长城救过他的命。

那是抗日战争时期，冀辽交界的城子峪一带属八路军活动区。日军为封锁老百姓与八路军的联系，在村子前后各筑有炮楼。听说八路军的粮食藏在山里，日军到处找也没找着，就将张鹤珊的爹和一些百姓抓进炮楼审讯。张鹤珊的父亲叫张世文，他和群众没有吐露半点信息。日军气急败坏，就将他和部分群众押到后山敌楼上。张世文是共产党人，日军看出他在群众中有威望，就将他拽到楼顶上，用枪点住脑袋："不说出粮食在哪里，就把你推下去！"

高高的敌楼矗立在山脊上，一边是千丈悬崖，一边是俯视村庄的山坡，从哪边推下，张世文都是粉身碎骨。面对日军凶残的威逼，张世文镇静、从容。他懂得，八路军是抗日的队伍，是老百姓的军队，粮食维系他们的生命，决不能落到鬼子手中。日军见张世文拒说实情，就狠狠地把他从楼顶推了下去。

空气突然凝固。刹那间，张世文就要倒在长城下的血泊中。

万万没有想到的是，张世文从敌楼呼啦飘落的当儿，挂在了半空的流槽上，沉重的身子像个钟摆，悬空摆动。不知哪瞬间，忽地坠落下去。死亡敲击着张世文的脑门。日军咧着狰狞的嘴耻笑："你的，就挂着吧！"

张世文在流槽上从晌午挂到黑夜。炮楼的日军觉得这家伙肯定死了。他们没有想到夜阑人静时，几位村民悄悄扛上座杆（独脚梯），将他救了下来。

多少年后，张世文将这一切说给张鹤珊听。"城楼救了我的命，也是祖上救了我的命。你长大后，给我好好看着长城，别叫人破坏了。"张鹤珊铭记心中，自觉走上了保护长城的漫漫路途。

我在张鹤珊家住了两晚。我们一起走进骑筑在长城上的张家楼。那一带还有姜家楼、骆家楼、吴家楼、孙家楼、王家楼、耿家楼、陈家楼……都是以守楼义乌兵的姓氏传呼下来的。张鹤珊抱着厚实的楼墙，深情地叙述祖上守城的一些传说和义乌兵留存的风俗，让我久久地感叹与沉醉。我一次次走上长城，一回回掀开长城农家的门帘，正是谋求倾听筑城、守城将士的故事和他们的心声。四百余年来，这些历史的碎片，已经浓缩成言语的文物。当然，我也实地看到后裔珍藏的当年的作战利器与守城生活用具。对于我，更为珍贵的是从他们的故事和心声中，真切地感受到长城文化的意味与精神的传承。文化是民族之魂，精神至高无上。

在金山岭长城上，我从六眼楼、桃春口、将军楼、沙岭口、大小金山楼，到东五眼楼，一座座抚摸、观赏。有座城楼，底层一处整齐砌筑的墙体灰白分明，凹部的地面与砖墙上有明显的火烧烟熏痕迹。蓦地想起，这兴许是当年守城军士烙饼焖饭的地方。炊烟从城楼上袅袅升起的时候，他们幼小的孩童，是扶着长枪守护在城垛上，还是抱着刚刚从城下拾得的干柴送到妈妈的身边？狼烟四起时，城楼上的妇女、儿童是与家主一道操枪提刀，还是退至几十米、上百米外的库房躲避……有用没用的疑问像山泉一样涌出，我没有能力回答，只能在臆想中完成自己的追问。

秋阳亮亮地照来，映得山峦清晰、峻拔，长城更显崇高了。我在欣赏、感受长城的同时，又在欣赏、感受迎面而来的游客，从他们面部的表情里，品读一个个不尽相同又疑相似的宽广而又惊异的心境。

恰在这时，有位少女怀抱一束山花走来，雅致的花簇衬着她秀丽的面容，青春气息花一样的绽放。从她匆匆的脚步中，我觉得她不是游客，那她又为何要到长城的大山上来采撷鲜花呢？

几分的鲜奇，我与她搭上话语。少女是位高中生，正值暑期在家，她奶奶不慎摔伤。听奶奶说他们家族祖上是从浙江来守长城的，过去在金山岭，后来搬到口内的山脚住下来，祖祖辈辈在那里生活，现在有的搬到北京城里去了。她说奶奶是山里嫁到口外来的，奶奶说这里离长城近，站在家门口就看到高高的城楼。有一次，奶奶的兄弟来拜年，大雪天还一起上长城呢，好像他们对这里的长城有特殊的感情。这回她躺在床上，要我上长城采束鲜花回去，说他们的祖上是在开满山花的时候来守长城的。

我压抑不住激动。皇天不负我。让她看了我的军官证，说一个星期后想去你家采访你奶奶。她告诉了地址、电话，就匆匆挥手。一撮马尾巴似的黑发飘忽在渐行渐远的视野里。

整整一个星期，我如约给女孩家电话。孩子在电话那头哭泣地告诉我，奶奶昨日去世了，身旁还置着那束鲜花。我脑子嗡了一阵，老人摔伤怎么就溘然而逝呢？是内出血过多，还是没及时送医院，或在治疗中出现意外……我不敢过多地追问青春年少的孩子，我存有自责：为什么当时我不跟随女孩去拜见这位几百年前守城兵士的后人呢？其间，中国散文学会组织散文名家到金山岭长城采风，我为什么不再留宿一晚，翌日去他们居住的那个村庄呢？或许老奶奶见到我这个故乡来客，苍老的眼神闪烁着惊喜，拉着我叙述祖上和她心中积郁已久的思念；或许她联想到古北口长城抗战的弥漫硝烟，又勾起对家史的种种回忆；或许她抿着几颗残牙，当着孙女的面，给我述说她们那一代人委婉而又率真的爱情……

遗憾，这一切都成为遗憾！我默默地反省自己，为什么"一个星期后"就非要"一个星期后"呢？遵守时言和某些想法一旦成"迂"，不就耽搁了人生诸多的机遇了吗？如果我及时去拜见老奶奶，倘若她的生命有转机，或延续，那不正是求之不得的吗？我知道，我无力回天，但我多么希望那成为现实啊！

女孩眼里流淌出来的是苦涩。在电话里，我真诚地安慰她，请替我这个远方的故乡人向老奶奶磕个头。我想，过一段时间，我去看看老奶奶的兄弟姐妹，他们一定有许多故事和藏在心底的话可以讲给我听……

（选自人民文学出版社2018年11月出版《又是烟雨迷蒙时》）

一帘刘海儿

王小丫

我没有刘海儿已经很久了。

人到中年,额头横纹渐生,我比任何时候都更需要一帘刘海儿的掩护和帮助。可是,我的刘海儿哪去了呢?我这个丢三落四的人,究竟是在哪一年、哪一年的哪一天、哪一天的哪个时刻把我的刘海儿给弄丢了呢?

曾经看过一组漫画:某君只有三根头发。这日晨起,他手拿梳子对镜梳妆,他决定用这三根头发梳个背头。结果向后一梳,掉了一根,只剩下了两根头发。他果断决定梳个中分。可是,向两边一梳之际又梳掉了一根。最后,此君郑重决定,用这仅有的一根头发梳个一边倒。

忽然觉得自己很像那个漫画里的某君。即使脑袋上的头发只剩了最后一根,也要拼命保持一个美好的发型。想想我的那帘刘海儿也是在这样梳来梳去的岁月中就这样被郑重地一根一根地梳没了吧。

其实,我从来都不敢大声说我的刘海儿已经消失了。因为那样,我的刘海儿们就会集体跳出来强烈谴责我:"喂,难道不是你让我们前方去支援后方的吗?你这没良心的!"我将无言以对。

人到中年,脑袋上的头发就像余生的日子一样每天都在减少,头顶开始像僧尼一样渐露些光辉,慌得我急忙把刘海儿们养长了全部梳上去,让它们集体汇入满头长发中,继续在风中飘扬,好让我整个人看上去依旧山河无恙,岁月静好。当然,我也完全可以倾其所有,把所有的头发都梳到前边来,以保证乌云压顶并垂下一帘厚厚的刘海儿以示体面。可如果那样,我的后脑自会骂我没脑,我总要顾全大局。

据说每颗脑袋上都长着至少十万根头发,想想十万大军驻扎在我们的头颅之上,盘踞在我们肉身的制高点,这是何等重要的事情!自古以来,所有的理发师们都骄傲地宣称自己掌握的是"顶上的功夫"。这一点,就连顶级的武林高手都没敢反对。衣裳们包裹的全是裸体，头发们覆盖的都是光头。裸体们因为穿了不同的衣裳而分出了富贵与贫贱、低俗与高雅，光头们因为覆盖了不同的头发而显露出不同的追求与修养、味道与风情。人没头发，如西湖无柳，如李白无酒，如四季无春，多少都有些遗憾。虽然我不得不承认光头也是一种发型。

  人秃了脑袋自可与日月同辉。男人们自可顶着一颗鸭蛋为这世界增添些光明，即使半秃，也常常会"地方支援中央"，用几缕残发笼罩着智慧的脑壳，时刻呈现出月朦胧鸟朦胧之意境，着实可爱得紧。女人们却不敢这样。男女平等吗？至少在头发的问题上永远都不敢苟同。女人的头发，盘上去是顶上的风景，泻下来是肩上的瀑布，是脑后的江河，是唱给人间的情歌。女人无发，何以雌风浩荡？何以关关雎鸠，君子好逑？要知道，千古以来，秃着一颗脑袋还能挽住君心的只有一个感业寺的武媚娘啊，连第二个都没有。

  偏我天生就是个头发少的，我所有的亲人们都告诉我贵人不顶重发。我常常流着口水艳羡着别人头上那雄狮般蓬勃的厚发，艳羡着人家冬天可以当围脖夏天可以捂出痱子，而我空活半生，竟连一个痱子都没长过。我究竟还有几根头发？我恨不得每天都数上一遍。

  门有门帘，窗有窗帘，我怀念着我的那帘刘海儿和在刘海儿的荫护下曾经光洁如玉的额头。我开始用桃木梳子勤奋梳头，像农人精心耕耘自己的田地。我开始把每天掉落的头发都小心收起，一根也不放过，储满了一个又一个香囊，即使出门也不例外。别问我为什么，也许我只是想颗粒归仓。

  我曾尾随一位梳着两条大辫子、步态出尘、肤色美好的女子达三条街几次，看她脑后两条乌黑油亮的麻花长辫长及脚踝，辫梢儿上两只鲜艳的红蝴蝶在她身后一甩一甩地动，总也看不够。回家后仍在想：那么长那么粗的两根大辫子，她睡觉时是放在被窝里呢？还是放在被窝外呢？那晚，我失眠了。

  也曾心血来潮买过一顶用真头发做的假发，薄薄的一层披肩发，有刘海儿，居然花掉我七千多银子。那假发戴着毕竟不怎么舒服，我只戴过一次就把它收藏起来了。买假发回来的火车上，我发现坐在对面的那个银盆大脸的美妇人，她硕大的脑袋上至少长着四十万块钱的好头发！那晚，我又失眠了。

  四十岁以后，我的额前就不再有刘海儿了，脑门光光，无依无靠，正好做一名勇士，直面惨淡或幸福的人生。我不再羡慕别人变化多端的发型，我的发型只有一种，自由生长，长发及腰。我对我的头发们说："我对你们的政策是来去自由！"

  我的头发们知道我所有的身世和秘密。

她们记得我梳过的所有发型，她们记得老祖母给我梳头时那双慈祥的手有多温暖；她们记得父亲给我梳头时有多么的耐心和疼惜，她们记得母亲从年集上给我买回的头绳和辫花们曾带给我多少尖叫的惊喜；也记得我十八岁结婚那天盘起的华美发髻曾照亮过整个秋天……后来，给我梳抓髻的老祖母走了，再后来，给我编麻花辫的父亲也走了，给我买红头绳的母亲也病倒了，再后来，只有十岁的弟弟把我送到了婆家，那人大我六岁，如父如兄，他喜欢梳理我的一头长发，他的手很热。

据说人生是从四十岁开始的，我在人生的道路上刚走了两三步就做了外婆。我现在每天和我的头发们相亲相爱，相互温柔以待。我不再企图数清她们，我怕我八十岁的老母亲和三岁的小外孙女一齐骂我："幼稚！"

我常常在对镜梳妆时看到这样一幅画画：许多许多年以后，我已经很老很老了，每天都会在藤椅上补年轻时没有睡够的觉，每天无数次被自己的鼾声惊醒。孩子们常来看我，连我的小外孙女都已经人到中年，青春不再。有时，风会把我的重孙女给吹过来，她袅袅婷婷，长发在风中猎猎，她饱满美丽的额头上覆盖着我的那帘刘海儿，刘海儿下一双若隐若现的大眼睛正好奇地打量着这个新奇的世界。有风吹来，吹乱了我们的眉眼儿，还有我一生的岁月和芳华。

（选自2018年5月30日《羊城晚报》）

海 上 日 出

孙晶岩

每次到秦皇岛，都惦记着看日出，秦皇岛看日出最佳位置是鸽子窝公园。由于以往来秦皇岛总是住在北戴河中海滩，实在不愿凌晨三四点爬起来，四处寻觅出租车往鸽子窝赶，所以多年来未能如愿。

今年八月，我应河北师范大学《语文周报》之邀赴秦皇岛讲课，住在鸽子窝公园附近，便动了看日出的念头。

早晨四点钟，我爬起来向鸽子窝公园走去，天色熹微，一轮残月挂在天边，我笑着问候她："月亮，你好！"风儿向我招手，露珠向我微笑。马路上的绿植修剪成一张张笑脸，"北戴河欢迎你"六个红色的大字格外引人注目。

沿着公园的栈道，我大步流星向前方走去。东方出现一抹鱼肚白，突然一轮火球从海面探出头来，大海仿佛吸铁石似的紧紧地吸着火球，她使出全部的力气挣扎着蹦出海面，跳跃着冉冉升起。也许是退潮的缘故，早晨的鸽子窝海水很浅，海底一团团深绿色的水草，好像打翻的绿色油漆涂抹了海底的幕布。

观看日出的游人很多，欢呼声地动山摇。我觉得不过瘾，索性穿着沙滩鞋向大海走去，脚踩着清凉的海水走向纵深，我清楚地看到日出是粉红色的，淡淡的，柔柔的，好似刚出壳的小鸡，这种毛茸茸的粉红是闺房的颜色，应该叫女儿粉。突然，太阳仿佛害羞似的躲进了云层，只留下粉红和金黄交织的天空，她是躲在云层后面和心上人约会吗？朋友告诉我："日出就是这么短地露脸。"

我不死心，依然向海的深处走去，海水没过了小腿肚，我索性站在一块石礅上，抻着脖子向东方张望。我终于明白了为什么鸽子窝是秦皇岛观看日出的最佳位置，因为鸽子窝位于北戴河东海岸，往东看是一片茫茫的大海，没有任何障碍物，而太阳是从东方的海底钻出，所以无论是海水在南岸的大连、乳山，还是海水在北岸的烟台、威海，都不是观日出的绝妙之处；而荣成的成山头和秦皇岛的鸽子窝是迎接旭日的最佳地方。

天幕上厚厚的云层包裹着青春的太阳,她是在闺房梳洗打扮吗?游人似乎等得不耐烦了,有的拿着小桶捡贝壳,有的攥着网子捞鱼虾,有的套着游泳圈踢水花,玩得不亦乐乎!

我一往情深地翘首仰望东方。太阳似乎被我的诚心打动,又小心翼翼地从云层里钻出,露出了橘黄色的脸庞。从海平面望去,太阳站在了我胸脯的位置,啊,我比太阳起得早,我比太阳站得高,真是一种奇妙的感觉!

刚刚睡醒的太阳如一个矜持的少女,在淡蓝色的天幕上轻轻滑动;如一个金盆悬在天空,浑身上下变成了金黄色,傲娇地上升着。平静的海面是一面镜子,呈现出太阳的倒影,天上一个太阳,水中一个太阳,天上的太阳在海里,海里的太阳在天上;天上的太阳是橘黄色,水中的太阳是橙红色。海面上映出一条金光水道,波光粼粼,荡漾闪烁,蔚为壮观。我站在礁石上,用手做出托举太阳的动作,朋友用相机抓拍了我的剪影。

过了片刻,太阳离开大海的管辖,终于摆脱了地球的引力,一往情深地向高空飞去。太阳长大了、成熟了,红彤彤,热辣辣,雄赳赳,旭日东升,气宇轩昂,光芒万丈,染红了天际,这就是我们平时司空见惯的太阳。

我想起了爷爷驾驶远洋轮船漂洋过海的往事,他多次在远洋巨轮上手握罗盘迎接海上日出,他要去追赶郑和下西洋的脚印;我想起来父亲画的油画《海上日出》,蔚蓝色的大海托举着冉冉升起的旭日,海鸥在大海上自由飞翔。父亲一定对海上日出深有感触、情有独钟,才能画出这么震撼人心的画面。

我曾经在峨眉山、庐山、泰山看日出,也曾经在长江源头和长江三峡看日出,山上、江上看日出与海边看日出完全是不同的画面。作为海员的后代,我对海上日出有着超乎寻常的情感,渔家女儿天生一副傲骨,我的敢于冒险、喜欢搏击、不惧风浪、热爱大海的性格,来自海上日出的召唤。

第十三届"语文周报杯"全国中小学生作文大赛结束了,夏令营的孩子们向我走来。我作为作家站在讲台上侃侃而谈,心中腾起阵阵热浪,我是海边长大的孩子,我爱海上日出,我也要竭尽全力托起明天的太阳。

(选自2018年9月27日《中国文化报》)

初恋，没有约会

王 韵

那一年，她刚刚毕业，分配到一所乡镇中心小学教课。她教两个毕业班的数学，与她对桌而坐的，是这两个班的语文老师皓。他比她大两岁，白净的面孔，戴一副近视眼镜，很文弱的样子，但眼睛很亮。迄今不忘的，是他看她时那双亮晶晶的眼睛。

因为他们两家都住在市区，在校食堂吃饭的总有他们两人。不约而同地，总是吃完饭一起回办公室相对而坐。从分配到调离那所学校，只有短短两个月，却是一段令她终生难忘的日子。

她对他起初有点好奇，因在那所乡镇小学，青年教师多，而且都是出双入对。而他是唯一不谈恋爱的人，无论谁为他介绍对象，一概不见。学校有几个对他有好感的女老师，他也是礼貌而有分寸，始终保持距离。

他的课讲得非常好，一口流利的普通话，写一手好字，唱歌、绘画、硬笔书法，样样出色，当时已是省书法协会的理事，更是代表学校进行各种观摩课教学的不二人选。

她那时正是情窦初开的年龄，刚刚毕业来到社会，碰到这样一个与众不同的大男孩，又有着很多共同的喜好，自然多了一种情愫。

每天去食堂吃完午饭后，很默契地，一起回到办公室。那一个炎热的夏天，他俩都未回宿舍睡过一次午觉，却每天都精力充沛，兴致高昂。他为她唱歌，嗓音浑厚，节奏准确。从那时起，不懂音乐的她，开始对歌曲产生了浓厚的兴趣。他们形影相随，一起骑自行车去市里看画展，去艺术品店买文房四宝，晚饭后一起散步，闲暇时一起去食堂做饭。端午节，谁也没有约谁，不约而同地，两人前后走到食堂，一起包饺子。做饭的阿姨回家休班，两个从来都不会做家务的人，却忙得津津有味。一顿饺子，连包带吃，不知不觉，从上午十点一直忙活到下午三点，却觉得时间过得好快。

他让她喊他哥哥,并举出充足的理由,比如他的年龄、阅历,以及对她的骄纵。的确,同他在一起,她感到好轻松。她总是任性而为,无理取闹,而他总像个宽厚的大哥哥,包容着她。有的人相识三年陌不相知,有的人相识三天却已心意相通。连自己都摸不透的性格,常被他一语中的。那时的她,敏感而娇弱。一个眼神会让她浮想联翩,一句无意的话又常会惹得泪水涟涟。他都会手足无措,用那双能摄人心魄的眼睛看着她,温柔地说:"别这样,我最怕看到女孩子哭了。"有时他画画,她坐在旁边看,看他那么专注忘我的神情,竟不知何故,无名火起,想是怕自己被忽略,为了引起他的注意吧。她会任性地去撕他的画,扔他的纸笔。他总是不愠不恼,眼睛如一泓深泉,微波荡漾地望向她说:"撕吧,画撕了可以再画,你能解气就行。"而她享受的,也正是这种泼酒赌茶、晴雯撕扇般的被宠溺和娇纵。

别人都说他俩恋爱了,可一直到她离开,他们都从未提及。暑假里,他为她画了两幅画,写了一幅字。那幅字是王国维借用宋词提出的治学的三种境界:"昨夜西风凋碧树,独上高楼,望尽天涯路。衣带渐宽终不悔,为伊消得人憔悴。众里寻他千百度,蓦然回首,那人却在灯火阑珊处。"两幅画,一幅是盈盈欲滴、硕果累累的葡萄,一幅是宝黛读西厢。她不知道,那是不是一种暗示呢?

他对她非常好,但总有一种大哥哥式的宽容与呵护。暑假前夕的年终考试,几个年轻教师被安排去外校监考。不知是有意还是巧合,她与他恰好去一个学校。那天雨下得很大雨,他借来一件雨衣帮她穿在身上,跟她一起骑自行车去外校。走到半路,娇气十足的她被雨淋得睁不开眼睛,赌气不走了。她站在雨里,把雨衣撕开扣子后要脱下来扔掉,他一面为她重新穿上雨衣,一面态度温和却语气坚定地说:"不要任性,淋了雨会感冒的。再坚持一会,前面马上快到了。"随即从路边的草地上揪起几根野草,拧成细绳,小心地给她系好,权当纽扣。她只好像个理亏的孩子,乖乖跟着他走了。

时间转瞬即逝,她调离的日子很快到了。他骑车送她回家,然后又带她回学校驻地的小镇看电影,结果因去得太晚没看成,他们重新回到学校。在她的宿舍,他们第一次那么近地相对而坐。因她没在学校住过宿,没带蚊帐。他回宿舍把自己的蚊帐解下为她挂起来。那天晚上,他们相互注视,说了许多莫名其妙的话。后来不知为什么,她又哭了,他突然紧紧抓住她的手攥在他的胸前。这是第一次,被一个异性握住手,也许过于纯情浪漫,她认为自己受到了轻慢。因为她一直想听他明明白白告诉她,是否喜欢她,可他什么也没说。她以为这不是自己追求的爱情,以为这是对神圣的爱的亵渎。他的这一举动，对单纯如初洗婴儿般完全不解风情的她来说，完全出乎意料，只感觉与平日冷静谦和的他截然不同。她抽回了手，非常生气。这是第一次，她与一个父亲以外的男性握过手，这在她而言，完全猝不及防，已经手足无措了。那一晚，他再没有伸手去握她的手，两个人就这样相对着坐到凌晨三点，竟都不知困倦，却似乎什么也没说，然后他告辞回宿舍睡觉了。第二天早上她醒来时，却发现他正站在她的房门外，一脸憔悴，眼睛通红。原来他一夜未眠，五点钟就站在房门外，他在等着送她回家。

此后，她调到另一个单位上班了，他给她来过几封信，但没有主动来单位找过她，也没有明白表示过什么。后来，她回信告诉他，说有人各方面条件都很好在追求她，她的本意是想试探他，可也许刺激了他当时高傲又失意的心，他回信祝她幸福。

两年后，又是一个夏天的中午。他突然打电话到她单位，说已调进省里工作，要去看她。并说当时之所以没有明确，是因为以他当时的情景，怕没有能力带给她一个满意的未来。这两年来，他一直在努力，直到他认为终于可以有资格来找她了。而此刻的她，已有了真正的男朋友，正享受着那份来自男友热烈坦白的爱，不想再去伤害别人的感情，她没有回答。

十年过去了，他们已是使君有妇，罗敷有夫。彼此就像两条平行线，行驶在各自的轨道，虽然遥遥相望，却再也没有交集。独自无人时，常常回忆起那段让人心动又伤心的时光。那时，他曾一次次留她陪他去看电影，而她每次在留下时又突然骑上车子回家，他拽住她的自行车，她却竭力挣扎，直至他终于无奈地放手，而她一路上又怨恨他为什么不肯再挽留她，全然没有顾及众目睽睽下，她的执拗离去，留下孤独的他的那种尴尬；她过生日，他希望她能留下与他共度，她却故作骄矜离他而去，而后又神不守舍地想象与他共吹蜡烛的情景；炎热的中午，他出去买了西瓜送给她吃，她却把宿舍门关起来，一任他在外面一遍遍叫着她的名字，一任同事们在旁边的笑闹起哄，一任他在骄阳下晒得汗流浃背。他终于走了，把西瓜送给同事，他们俩最终谁也没吃。她又怪自己为何不出去，又恨他为什么不坚持再叫下去。也许当时爱情小说看多了，耽于幻想，总希望自己的爱应该轰轰烈烈，希望他一直在外面站着等她，无论是黑夜降临还是星辰隐去，直到她出门——

初恋，没有约会。

（选自2018年第6期《鹿鸣》）

站在姚李的地图前

黄圣凤

打开《姚李镇志》查看老姚李区地图的时候，我有一个发现：汲河沿姚李的东部边缘，自南向北流，像一根旗杆。四条支流均匀分布，弯弯曲曲，自西向东，注入汲河。远远望去，像一面蓝色的长条旗，恣意飞舞，迎风飘扬。

1992年撤区并乡之后，姚李区分解为洪集乡和姚李镇，老姚李北部的老桥河和二道河划归洪集。如今，姚李镇的版图像一只展开翅膀的蝴蝶，红石桥河与漫流河，一北一南，从"蝴蝶"的颈部和尾部缓缓流过，成为农田灌溉和人民生活的生命河。

在这两条河流之间，有智者选了块风水宝地，建了一座庙，名叫光华寺。那是古时候，光华寺飞檐红柱，殿宇重重；金刚力士，形貌雄伟；佛像金身，庄严巍峨，好个气派！后因年久失修，渐渐破败，成为放牛娃玩耍的场所。时光荏苒，岁月穿梭，到了近代，有俩牧童一时兴起，在大殿里用破砖瓦垒起一座小庙，用软泥捏几尊菩萨，在那磕头叩拜。没想到，来磕头烧香的人越来越多，香火又繁盛起来。

姚李东达六州，北通蓼城，住店的、做买卖的、南来北往的，贩夫走卒，各色人等常在此歇脚，人气越聚越旺，遂形成集市，并在南头建庙，北头建庙，年年都有庙会。

姚李的庙会可热闹了，吸引方圆百里的人们前来。打锣鼓、玩花灯、唱戏、玩猴、演皮影、做买卖、尝美食。正月十五上元节，常常是老幼赶集，村村出动，人声鼎沸，街巷喧腾。

俗话说："收摊子赶姚李庙。"在我还是一个孩子的时候，从白胡子白眉毛的老人口里常听这句话，在社会上的流传度非常高，流传也久远，一代一代传下来，可见姚李庙会影响之深远。

老人们说，姚李之所以叫姚李，是因为这是两个姓氏。在这个地方还没有人聚居的时候,有姓"姚"的、姓"李"的两户人家,在此盖房,卖水卖饭给过路之人,年深日久,形成村落和集镇。我则有另外的想法,"姚李"是不是"窑里"二字的异音呢?1989年,姚李西北2千米处的红墩寺遗址的发掘,更坚定了我的猜想。据考证,红墩寺是新石器时代古人类聚居的地方,距今大约4000年。红墩寺共出土300多件文物,主要为陶器、石器、骨制品、鹿角、乐器等,同时还发掘出一个烧制陶器的古窑。

目光放到古代。红墩寺的群落早已经不在,但窑的遗址还在。窑在这一带,是最有标志性的建筑。一个人遇到另一个人,你去哪里啊?我去窑里。一群人遇到一群人,你们去哪里啊?我们去窑里。"窑里""窑里",口口相传,历史变迁,人们已经不知道"窑"的历史了,于是写成了"姚李"二字。

猜想归猜想,不去问对错。之所以对姚李情有独钟,多有思考,是因为我与它有缘。一个本只有"收摊子赶姚李庙"的散淡缘分,变成了血肉相连的割不断的缘分,我做了姚李的媳妇。我的老公和他的亲人们都是吃着姚李的米粮长大的,他们一岁岁看姚李的山,喝姚李的水,耕种姚李的土地,姚李成了我的第二故乡。

早年最深的印象是和老公一起,骑自行车回团山。嗯,那时还不能叫老公,只是谈恋爱。从大顾店下去,向南,再向东,是一条河坝,真是太美了!蓝天、白云、阳光、水鸟,笔直的大堤,清凌凌的河水。我坐在自行车的后架上,看美景缓缓移动,唱着歌,那景色连同当时的心情,就一下子刻在骨头里了。

河的对面是下骆山,听说里面是个废弃的微波站,当年是个神秘的军事之地,为中国革命战争立下过不朽的功勋。下骆山绵延的山脊叠影在天空,也倒影在水底,显现出一种别样的庄严与美丽。河湾上有许多鸭子,扔一块石头,鸭子飞起来,翅膀拍打的水花,像飞溅的笑。更遥远的天的那头,一群白云整齐地排列着,与这些鸭子比美。

后来,家搬走了,不在团山居住了,那条路就再也没有走过。经常想到那里的美景,梦里也会有。后来去过各地的景点,都无法比拟下骆山的天然和美丽,没有雕琢,没有人工的痕迹,有的只是天地、自然、万物的原本状态,有的只是干净的风,自由的呼吸。

许多年过去了,2017年的夏天,我与文艺界的朋友们到姚李洪集采风,才再一次到了这一带,上了下骆山——当年从对面远远望见的、河对岸的那座山。

我们的车子沿着蜿蜒的小路,爬上陡峭的高坡,终于登顶。一下车,就被眼前的竹林震撼。这里好安静啊,密集的竹竿修直挺拔,错落的枝杈遮天蔽日,叶子在风里沙沙作响，浓荫匝地，空气清凉。尽管是盛夏，到了这里，凉风习习，浑身舒爽。

此地本有一座寺庙，叫卧佛寺。据说曾经非常宏伟，香火旺盛，现在没有剩下什么，只有一排陈旧的青砖瓦房。一个尼姑在此居住，说是老寺正图恢复。虽说祥院不再，殿宇不存，但她心里头有一座院，有千尊佛。她一心一意在此吃斋念经，青灯长守，修化人生。

这尼姑是一个善良而友好的尼姑，她见我们上山去，就准备好了茶水。待我们翻过山头，看完山景，参观完微波站遗址，又走下来的时候，已经口渴得厉害。进屋一看，茶杯摆了一大片，每一杯里都装满水，正好是凉热适合的温度，一杯饮尽，通身舒畅，这贴心的友好令我们深深感动。

当时这样想：等我们一行人从这里下去，山上不就只剩下尼姑一个人了吗？当暮色四合，偌大的山林隐匿在黑暗之中，鸟儿都睡觉了，除了虫子鸣叫，再也没有别的，想是月亮的脚步都能惊动竹林。这年轻的尼姑，面对几座空山，面对无边的寂静，她一个人能不怕吗？而没人上山的时候，一日一日漫长的日光，无边的夜色，她不寂寞吗？

我们这样问她，她平静的眉眼依旧平静，涟漪不生。说一声"怕啥呢"，又说一声"不寂寞"，就拿起一人高的大扫把，开始扫地。泥巴地上，留下扫帚划过的痕迹，线条有序，转接曲折。

石级蜿蜒，伸向远方。两边林子里枯黄的竹叶，年年堆积，覆盖了整个竹根。一簇一簇的"彼岸花"，花不见叶，开得孤寂而灿烂。同行的台运江老人吹起竹笛，悠扬的笛声在林海间穿梭。山头上的文友，也大声地唱起歌来。这幽深静谧的下骆山，一瞬间充满了诗情画意。

传说一个神仙，骑着一匹白毛骆驼，从南方来要到北方去。路过此地，发现这里茂林修竹，古树参天，野花摇曳，细水缠绵，雄鹰展翅，百鸟齐喧。老神仙被美景打动，遂下了骆驼，躺在大树下的一块青石上休息。老神仙眯一会儿，人间就是三年。三年间，附近的村民口口相传，家喻户晓，都知道这座山来了神仙，都说这里卧着的一尊活佛，争相来看。由此，人们把这座山叫下骆山，并建卧佛寺以供奉。

置身下骆山，吹着这里的山风，抚摸这里的老树，聆听这里的竹涛山泉，你才会明白为什么老神仙到此不舍得离开。

忽然想起山下的堤坝和河流，忙请熟悉地形的朋友指给我看。当年，在那一岸看这里的山，如今驻足此山，一心想看那一岸的水。可惜这个位置看不到，但可以看见漫流河。漫流河是一条潺缓优美的河，姚李人民热爱它，他们不满足于"漫流河"只是一条河的名字，他们希望生活中处处都有"漫流河"。于是，大家把一个村庄叫漫流河，把一本杂志叫漫流河，还把一种酒叫漫流河。记得有一年，漫流河酒业的邓总带着他的酒到叶集举行联欢。会上，他出了一个上联：漫流河酒浓。五个字都是三点水旁，他希望能有人对出精彩的下联。后来，我的一个学生对了"茉莉花茶芳"，五个字都是草字头，而且字工词对，意境优雅。邓总喜欢得不得了，他喜欢这样的才气，还说要奖励一下这个学子呢！

漫流河，是姚李的河；下骆山，是姚李的山。姚李以它山的清秀，山的清幽，水的清纯，水的清澈，征服人们，让大家一来到这里，就爱上这里。

最喜欢站在地图前，慢慢地看，似乎能够看到河面上跳跃的鱼虾，看到河岸上人们幸福的笑脸。现在政策越来越好，人民的日子一天比一天幸福，姚李大地的确是一只巨大的彩蝶，在日新月异的皖西大地上翩然起舞。

（选自2018年10月10日《文化周刊》）

授勋在大年初一

万兴坤

新春佳节,合家团圆之际,有一批战士仍然坚守在遥远的万里之外,只为了履行使命,维护和平,促进友谊——他们,就是中国的维和部队。这里,讲的是其中一支的故事……

风风火火,闯荡非洲

瓦乌,是南苏丹第二大城市,西加扎勒河州的州府。在这片红土地东北一隅,飘扬着联合国旗,随处可见成群结队的蓝盔军人及"UN"标志。这里是联合国驻苏丹特派团维和部队(简称联苏团)的大本营,通常被称为"UN城"。中国的一支联合国维和部队也驻扎在此。

张勇,这位山东汉子,在他的军旅生涯中,最辉煌的岁月,是作为中国维和部队的指挥长,两次带队赴苏丹执行联合国维和任务,可谓"风风火火闯非洲"。

结识张勇是个偶然的机会。那年,我所在的单位奉命派遣专业技术军官,配属原济南军区赴非洲执行维和任务。出征前,我和机关的同志去看望时,在训练营地第一次见到张勇。而此时,他已洗去非洲大地的征尘,担任军区联勤部某分部的部长。我与张勇一见如故。他给人的印象,有着地道山东人的豪气,正直、厚道、善良、重义。他两次领兵出征非洲,为祖国赢得了荣誉,成为一等功臣,荣获"中非友好特别贡献奖",被评为"感动非洲的十位中国人"之一。我邀请他到单位作过报告,以其亲身经历,讲述培养军人的血性和战斗精神。如今,他已退休数年,上有年过八旬的老母,下有活泼可爱的孙女,过着安宁生活,享受天伦之乐,连他的微信名也叫"其乐融融"。

每次相聚,我都喜欢听张勇讲非洲维和的故事。不久前,我从青岛回京,途经济南，再次与他相聚。在部队招待所一个简朴的房间里，我们品着茶，思绪再次飞向那片神奇的土地……

视频前抹相思泪

跨越大半个地球，奔赴战火纷飞的疆场，战乱、恐袭、贫困、饥饿、疾病，时刻威胁着人们的生命安全。执行维和任务，是生命中一次最真挚的拥抱。

张勇深深记得，2006年6月，由他带队的第一批中国维和部队奔赴苏丹。当时瓦乌的营地，灌木丛生，蛇蝎横行，一片荒芜，红土飞扬。烈日高温，更有疟疾肆虐。官兵们就在这片完全陌生的土地上开始安营扎寨。

那是最艰难的日子。一切从头开始，平整场地，架设铁丝网，搭建帐篷和简易炊事操作间、澡堂、厕所等生活设施……当地生活饮用水困难，浇注预制件需要沙子和石子，要冒着50多摄氏度高温，到距营地10千米外的瓦乌市珠尔河取水、拉沙子，从红土里"淘"石子。官兵们的衣服浸泡在汗水中，经太阳炙烤，结晶出现一道道白色的汗碱。有的战士因感染疟疾引起发烧打吊针，输完液拔下针头，继续投入战斗。他们在短短的时间里建立起营区样板房，成为二战区一道亮丽的风景线。许多国家的维和部队来营地参观，都羡慕不已。

苦不怕，难不怕，怕的是思念——

张勇第一次到遥远的非洲，他年逾古稀的老母心里一直牵肠挂肚。以前，老人很少看电视新闻，从那以后，她每天晚上准时守候在电视机前，收看军事频道新闻节目，捕捉儿子的身影……

维和部队举办"读家信、看录像、谈感受"活动，军官何绍武有两个可爱的双胞胎女儿，刚上学不久。在摄像机镜头前，她俩争着向久别的父亲说自己在学校读书的快乐、取得的成绩和进步。说着说着，两个孩子默默低下头，喃喃地说："爸爸，我和妈妈都很想念你！"这时，所有人都止不住流下了泪水……

士官张德智的父亲是位地道的农民，听说部队派人来拍摄镜头，夜里辗转反侧，想跟儿子说几句心里话。当面对摄像机时，突然脑子里一片空白，一句也说不出来。他凝视了一会，缓缓地抬起手臂，用袖子擦了擦眼泪走开了……

战士阎振宇的爷爷是位老军人，他在写给孙子的信中说："孩子，你一定要扛好枪，努力工作，为国争光。"当时阎振宇并不知爷爷已去世半月余，这是老人留下的最后遗言……

维和部队官兵们过生日，都会收到一张特殊的生日贺卡，吃上一碗长寿面。张勇的50岁生日，是在瓦乌第二次参加维和。那天，张勇的爱人张爱华来到公婆家，经商量，决定给张勇送去一个惊喜。在瓦乌维和部队营区餐厅里，战友们也为张勇过生日。他正准备动筷子要吃长寿面——实际是碗方便面——这时，维和大队参谋带着电脑进来，播放家里刚发来的录像。也许好长时间顾不上与家里联系，从视频里见到家人，老父亲虽然只连连说了三个字："好，好，好！"但张勇心领神会。他不敢抬头看视频，用双手捂着脸。这位硬汉泪流满面……

春节授勋"双喜"临门

转眼将迎来2018戊戌狗年春节。张勇回想起十年前的2008年戊子鼠年春节，一个难忘的时刻。

那已是中国第三批赴苏丹维和部队。为了让官兵们过好年，指挥部提前一周开始装扮，营区挂满了八仙灯、如意灯、七彩灯，还有红红的中国结。长廊里，用拉花、气球装饰，营门张贴一副春联："辞旧岁尼罗河畔齐心协力创佳绩，迎新春中国营内风雨同舟铸辉煌。"炊事保障人员准备年货，采集自己开垦种的黄瓜、辣椒、茄子、丝瓜、南瓜等新鲜蔬菜，精心制作丰盛的美味佳肴。官兵们兴高采烈地编排春节文艺演出节目、准备诗歌朗诵会。

瓦乌与北京时差五小时。瓦乌的下午三时，正值国内晚上八时。除夕之夜，中国营区的饭堂里早已摆放了八台电视，官兵们欢聚一堂，一边包饺子，一边同步观看央视春晚节目。当农历新年的钟声敲响，篝火晚会开始了。"我的家乡在日喀则，那里有条美丽的河，阿妈啦说牛羊满山坡……"张勇手持麦克风，满怀激情唱了一首动人的《家乡》的歌曲，拉开了序幕。踩气球、猜谜语、推沙壶、打腰鼓、蒙眼击鼓等丰富多彩的游艺活动，使官兵们度过了一个欢乐的大年夜。

第二天，大年初一，是2008年2月7日。对中国维和部队来说，是一个具有特殊意义的日子。联合国秘书长特别代表卡齐先生、联合国驻苏丹特派团司令里德尔中将乘专机从苏丹首都喀土穆来到瓦乌，出席中国第三批赴苏丹维和部队授勋仪式。将近午时，授勋仪式在中国医疗分队营区举行。检阅台正中挂着鲜艳的五星红旗。蓝天、白云、红旗，相互映衬。中国维和部队435名官兵组成五个方队，在检阅台前列阵，接受检阅，继而进行分列式。官兵们头戴蓝色贝雷帽，脚蹬作战靴，胸佩蓝丝带，手握钢枪，威武豪迈的英姿给人留下了深刻印象。接着，卡齐先生和里德尔中将，为全体中国维和官兵一一佩戴联合国和平荣誉勋章。同时，分别授予中国维和部队工兵、运输、医疗分队及其三名指挥官集体和个人特殊贡献奖。

按照联合国规定，任务期满六个月，才能颁发荣誉勋章。但联苏团决定在中国传统节日春节这一天，提前两个月为中国维和部队授勋。这在维和部队中，尚属首次。而在任务区，联合国特别代表和联苏团司令一同为维和部队授勋，也是首次。

是啊，这批中国维和部队于2007年9月抵达瓦乌任务区，没顾得上休整，立即领受联苏团下达的任务。经四个多月连续奋战，在道路修筑、机场维护、营房建设、运输保障、医疗救护等任务，创造了"中国质量""中国速度""中国标准"。他们更是最受当地民众欢迎的队伍。他们，值得这样的"破例"！

卡齐先生在致辞中，热情赞扬中国维和官兵为苏丹和平与国家重建作出了巨大贡献，也称赞中国政府对苏丹和平作出的贡献。他用汉语向中国维和官兵说："新年祝贺！""拜年了！"博得阵阵掌声。联苏团司令里德尔中将已年过六旬，是中国维和部队的老朋友，先后两次为中国维和部队授勋，这次又放弃休假时间来参加仪式。这批授勋中，包括张勇在内，有20名官兵是第二次参加维和。里德尔见了张勇，像老朋友久别重逢。他紧紧握住张勇的手说："你两次到苏丹参加维和，是非常令人敬佩的举动。"里德尔还赞扬中国医疗分队技术过硬，把一位心搏骤停20分钟的肯尼亚士兵抢救过来，创造奇迹！

健康卫士，宝贵财富

那是春节前一个多星期的1月28日傍晚。50岁的肯尼亚维和步兵营士兵约瑟夫，已高烧三天，按疟疾治疗无效，由肯尼亚维和一级医院转送入住中国苏丹维和二级医院。第二天，病人出现多种并发症，转入重症监护室。医院成立急救小组，同时与联苏团最高医务官联系。由于医院医疗条件落后，设备简陋，应将病人立即护送三级医院救治。晚上，正准备上救护车往机场护送时，病人突发心跳、呼吸骤停。在这紧急关头，张勇当机立断，"把病人抬回急救室抢救！"他在现场坐镇指挥。住院部主任胡晨虎、副主任蔡永国带领急救人员，采取胸外心脏按压、气管插管、呼吸机辅助呼吸等心肺复苏措施。20分钟后，病人心跳成功复苏，脱离危险。张勇和医疗分队领导商量，根据当时的情况，决定放弃转送三级医院，申请专机，将病人直接转送联合国内罗毕四级医院。当内罗毕的专机抵达时，随同专家见患者生命体征平稳，感慨说："我无法想象你们能在这样的条件下抢救成功，你们的处理是一流的！"

苏丹是疟疾、艾滋病、黑热病主要流行区，防控任务繁重。包括后来几个批次来自军事医学科学院参加维和的专家，都根据自己的不同专业，发挥了不可替代的作用。刘美德博士因地制宜，建立了野战媒介生物集装箱实验室，对我维和部队营地进行重要医学媒介生物的检测，根据检测结果，提出防疫重点，使维和大队官兵无一人被危险生物侵害，实现传染病零感染。孙毅博士负责为瓦乌地区的儿童疫苗接种。出发的那天，气温高达47摄氏度。不时地爬过弹坑，蹚过小河，还要沿着地上的脚印行走，以免碰到地雷。徒步行军8千米，才到达目的地。由酋长陪同领着，开始挨家挨户给小孩服用脊髓灰质炎疫苗……

当地民众、维和出兵国部队称赞中国防疫专家和医疗分队的医护人员是"健康卫士"。

经历就是财富。刘美德五年前脱去戎装，转业到北京市疾控中心工作，因为有维和任务的经验，在完成G20峰会、"一带一路"高峰论坛等重大任务保障或应急处置中，表现出色从容。2014至2015年，西非暴发埃博拉病毒疫情，张佳富临时受命，赴塞拉利昂抗击埃博拉。2016年夏，张佳富和孙毅再次奉命赴塞拉利昂执行为期一年的常态化援助任务。由于完成任务出色，他们所在的医疗专家组被国家卫计委、中央军委后勤保障部、对外友好协会授予"最美援外医生"称号。

锤炼而成的"维和精神"，成为永恒的财富。

友谊之路血汗铸成

中国维和部队出征非洲，是为了"忠实履行使命，维护世界和平，促进中非友好"。帮助当地战后重建，责无旁贷。

由于经济落后，瓦乌没有任何供水设施，只能在雨季时到河沟里取水。为了争水，部落、乡村之间，邻里之间，常常发生冲突，甚至动用武器，造成人员伤亡。瓦乌市水厂重建过程中，因条件限制而受阻。8个20多吨重的大型水罐需要从40千米外运来，而当地没有大型吊装设备，也没有能力解决。州政府官员四处打听，找到了佩戴五星红旗臂章的中国维和部队。经战区司令批准，作为额外任务交给中国维和部队。

领受任务后，意想不到的困难扑面而来：这40千米，根本没有路，且地面土质松软，沼泽、弹坑随处可见。水厂在200多米高的山坡上，吊车和拖车要在30多度的斜面上行驶。重型设备在这种路面作业难度很大，稍不留神，有可能翻车。

张勇亲自带队。中途，突降大雨，车队拖着水罐行驶更加困难，有两辆车陷入泥潭，牵引车前拖后拽仍脱离不了困境。张勇第一个跳进水坑，官兵们一个接一个跟进，挖泥巴，支车架，推车辆。路过的当地民众被眼前情景所感动，也加入救援行列，四处找石头，固定水罐。经一个多小时的全力奋战，拖车艰难地爬出水坑，缓缓行进上山，近30吨的大型车辆，在山坡上倾斜着，盘旋着，爬升着，终于安全抵达山顶。

那天，西加扎勒河州州长、瓦乌市政府官员和联苏团二战区官员都来了，渴望早日喝上纯净水的当地民众也来了，随着最后一个水罐顺利安放到位，瓦乌市民将彻底告别喝混浊河水的历史。一双双不同肤色的手紧紧地握在一起，相互庆贺。附近的几个部落群众，自发组织起来，跳起了欢快的非洲土著舞，载歌载舞，不断高喊："中国人，好！"

瓦乌大学周边原来是土路，坑坑洼洼，尤其是遇雨天，成了泥泞路。修路任务又交给了中国维和部队。官兵们披星戴月，以一流的标准进行施工建设。道路修成后，州政府把这条宽阔平坦的大道命名为"友谊路"。

最忆是瓦乌。戊子年的大年初一授勋之后，蓝盔勇士们抑制不住内心的激动，通过海事卫星电话，第一时间向国内战友和家人传递了授勋的喜悦和自豪。一位战士当时写下了这样的诗句：

　　让迷彩与蓝盔交融

　　在异域的操场列阵抒怀

　　威严从雄壮的乐曲中溢出

　　我们庄重地踢出豪迈

　　胸佩勋章走向维和新年！

新春佳节，让我们记住这些远离家乡、奋战在第一线的最可爱的人们！

（选自2018年2月18日《新民晚报》）

远方的武隆

苗 莉

从舟山群岛一路辗转，到达武隆的时候，已是夜暮时分。短短大半天时间，就实现了从大海到群山的跨越，海的辽阔，山的雄浑，山海之间各具特色的画面，不断地冲击着我的视野，丰富着我的内心。

入住酒店，房间如此干净敞亮。更令我开心的是，这个房间里居然还有一个门，打开这个门，就可以走向一个露天的观景台。台子上摆着两把藤椅，一个小玻璃桌，桌子的上方还撑着一把大遮阳伞，真是一个诗情画意的所在。

夜色渐深，坐在观景台舒适的藤椅上，仰望天空繁星闪烁，一瞬间，尘埃远去心静如水，好久没有这样安静的感觉了。有清爽的风从远远近近的地方飘过来，有淡淡的香从远远近近的地方飘过来，一定是桂花的清香，在黑夜，那诱人的香气若隐若现。

这一刻，四周一片静寂，我感觉自己的灵魂正在天地间自由飞翔。

犀牛寨，这座古老的寨子被郁郁葱葱的树木所围绕，那一眼望不到边的翠绿，满含负氧离子清新的空气，对来自北方、深陷雾霾旋涡的我是多么珍贵。

犀牛寨，就仿佛是镶嵌在大山深处的世外桃源。气候温和，是景色如画的人间净土。刚走近犀牛寨的寨门，就听见鼓乐齐鸣，身着土家民族服装的少女手捧苞谷酒，唱着山歌载歌载舞迎接远方的客人，满心的暖意油然而生。

今天的犀牛寨，仅有40多户人家居住，民风非常淳朴。清一色的吊脚楼依山而建静卧谷中，木楼青瓦、飞檐翘角、斗拱雕花的传统民居，与山水地貌完美融合，保存了古村落特有的原生态风貌。景色宜人，天人合一，充满人间烟火的味道，一脚踏入，恍如梦回童年，梦归老家。

寨子中心的那座吊脚楼，廊檐下坐着那么多人，好像整座寨子的人都聚集在这里，无论是包着头帕的老人，还是生龙活虎、嬉笑追逐的年轻人，脸上都洋溢着轻松和微笑，他们围拢在一起说着笑着，让我想起那些已经远去的乡村大槐树下的场景。他们好奇地看着我们，却没有陌生的感觉。

有乡亲正在院子里打糍粑，一只小黄狗摇着尾巴跑来跑去凑热闹。锤起锤落之间，香香的糯米逐渐融合。看上去轻松的活，我试了几下却很费力，锤子打下去的时候极易被糯米粘住。已经有做好的糯米糍粑端上来，还有花生、白糖、芝麻、黄豆粉做蘸料，蘸着吃，香甜而软糯，味道极好。

再往寨子深处走，一户人家的吊脚楼前搭着戏台，吹拉弹唱中热闹地为老人做90岁大寿。院子的两口大铁锅下，柴火已经烧起，案子上，白菜、豆腐、萝卜都已经切好，锅里正煮着肉。肉的醇香，不断地诱惑着我的嗅觉。我想那猪肉一定是家养的，不吃催肥剂不喂瘦肉精的，才会有这样的香。想着想着，竟起了些馋意，这样的感觉，小时候有过，如今已极为陌生。

寨子里的超市里，除了些当地的土特产外，商品基本与山外的相似。门前的箩筐里放着一些猕猴桃，个头比较小，主人说是山上野生的，非常的甜，味道纯。

停下来和板凳上坐着的年轻媳妇聊天，问她是否是当地人，她摇头说："不是，是河南驻马店人，外出打工的时候结识了现在的老公，就在这里结婚生子、安家落户了。"我说："你住得惯吗？"她说："挺好的，山清水秀，环境怡人，最重要的是空气好，食物吃着放心，身体就好。"

说话间，一个年轻的男子，从菜地的边上摘了一只大南瓜，走过来冲她笑，说："看这只南瓜长得多么漂亮。"年轻媳妇即刻露出洁白的牙齿，回应了一个开心的笑。在这块充满魅力的山水之间，琴瑟和谐中，他们是当今世外桃源生活的实践者。

告别小媳妇所在的超市，继续在寨子中行走。蜿蜒的山路边，泉水一直潺潺地流淌着，泉水旁边有许多菜地，鲜亮的辣椒，有的红有的绿，红绿相间争芳斗艳。更有成片的甘蓝，就像硕大的绿色花苞一样，肆意开放在山间。

中午饭就在犀牛寨的农家乐，远远地就嗅到了香，也许是累了饿了，中午的饭菜吃起来格外好吃，那么多地方特色的美食，蕨粑老腊肉、山珍炖粉条、石磨豆花、土家烤鱼，原生食材天然绿色，那味道是至纯至美。

巧的是我们中午吃饭的农家乐，和为老人做寿宴的院子相毗邻，正好走上去看看。儿子儿媳为老人做寿请来的戏班，正在台上起劲地表演，台下一片欢呼声叫好声。老寿星穿了一件红色绸缎裤子，坐在寿宴的正座上，开心地笑着，脸上的皱纹像一朵盛开的菊花，母慈子孝，一看就是幸福指数极高的人家。

远处，寨子前犀牛池里的水，就像翡翠一样吸引了我的视线，这是青山怀抱中的秀水，水至清，草至美，还有格桑花点缀湖边。一朵格桑花迎着风绽放，那是在享受着孤独的美丽。而那一团一簇开放的格桑花，则像其乐融融的大家族聚会。

流连忘返在湖边，和这些美丽的格桑花一样，享受着山的宁静、水的柔美。时光就在这样的静美中流逝，告别犀牛寨时，心中竟有些不舍。

下午去天坑寨子，是武隆喀斯特世界自然遗产核心地。中石院天坑，是目前世界上口部面积最大的圆形天坑，与武隆天生三桥、印象武隆遥遥相望。绝美的自然风光，众多的国家级非物质文化遗产，雄奇险秀幽绝浑然天成，在这里不得不惊叹大自然的造化之力，鬼斧神工，仿佛穿越千年云蒸霞蔚，走进如梦如幻中的山水自然画卷。

在这幅巨大的山水画卷中，神清气爽，脚步轻盈。武隆山水的大美是从骨子里流淌出来的，是美得可以惊到灵魂的地方。坐在山间土家族建筑风格的吊脚楼里，迎着山间的清风，捧一杯嫩嫩的绿茶，看茶的叶片渐渐在杯中飞舞舒展。呷一口，清香中蕴含着一丝丝苦涩，滋润着肺腑，就像品味五味杂陈的人生。

忽然，远处传来了美妙的音乐，是那位活跃在武隆山水中的民间音乐达人，他把任何一种物品放在唇边，都能吹奏出动听的音乐，那不加修饰原生态的音乐仿佛天籁之音，可以穿透心灵。

在远方风景的陶醉中，在天籁般音乐的洗礼下，那么多看得清看不清的困惑，放得下放不下的伤痛，已渐渐从心底遁去。剩下的，只有心灵的纯净与安宁。这或许就是我所期待的诗和远方，多么希望，时光就停留在此时此刻，不再向前流淌。

（选自2018年第9期《散文百家》）

爱的寂寞与荒凉

梅雨墨

一、等月色醉清风

　　冬日的旷野一片空寂，荷花谢了，藕与叶还在静默里对望；小草枯了，根与泥还在紧紧相拥。极目远眺，穷尽天涯，却已经望不到你的背影。

　　原野里吹不来暖阳的气息，但我还是可以闻到你发间的清香，我依然坚信，空气里还回荡着你歌唱的声音。天上有鸟儿飞过，让我想起，你曾经是我怀里紧紧抱住的鸟鸣。在安静寂寥的大地上，在你无法想象的角落里，我正用画笔用心去勾勒一架伸向远方的天梯。

　　月光洒满西楼的时候，隔空的人儿，用月桂凝着无语的酒举杯祝福。我看见月宫里的嫦娥长袖舞动，那柔若秋水的目光化作清风里的窈窕女子。这是遥远的人在今夕梦醉明月，与她相拥月央的情境。

　　多少个夜晚，我将自己捻成粉尘，任身体弥漫成月光下的虚无，让窗口爬满相思的藤蔓。我甚至开始习惯，用一个名字来缝补岁月的孤寂。只是，从月圆到月缺，从清晨到日暮，却始终走不出你的一个微笑。

　　夜，是一座没有城墙的城堡，是一列载着相思的动车，此刻，你是否也像我一样，坐在书桌前，在夜色里神思，用思念的触角把时光触摸。夜的气息里，有暧昧的缠绵，风痴情地吹过，让思念曼延，任心中的痛敲打着我的无眠。

　　前世的命运，你我都不能掌握，今生的命运，仍不在你我的掌握中。我该如何向你诉说，难道只能让依窗伫望的容颜，一点点地憔悴；让或浓或淡的心思，有说不出的无奈，一直游走在心里，在绝望挣扎中无声地突围。

　　一场经年的等待，瞬间凝眸，退却千帆。你是前世与我情深意切又缘浅如露的女子。面对过往的幸福，我只能站在夜里，让温暖掠过心头，模糊的容颜再次清晰，过往的恩爱在今天重逢。

一个人的月圆，心事应是透明的，这样的月下你会想起我吗？一闪而过的那些温暖或感动，多少片段，多少细节，让我跌入红尘碾碎的残章断简里，陷入一个美丽的童话，在月下化成祝福或者怀念。

倾向安静的沉默，更容易让内心的真实裸露。多么静的夜，静得能想象出空气里细微的呼吸，静得能聆听到千里之外台阶上的足音，静得仿佛伸出手去就能触摸到爱的痕迹，这是一个多么忧伤的感动，就像是在月光下，默默抱住一直深爱的那个人泅渡在诗心里的背影。

我们是多么熟悉的陌生人，一个人的忧伤会伤着两个彼此不见面的人，一声小小的咳嗽都能咳痛两个人。我要用多少温暖动人的词组，才能把你绝美绽放的样子，折叠在夜色里，安静地藏在我的心中。

身体陷在月光的深处，牵绊着另外一颗心的心，描画不出宋词里高楼赏月女子的清愁，心里想着，嘴里念着，也只能说月色如水。

月影在树荫里入梦的时候，蜷缩在墙上的影子，一定会布满相思的纹路，如若你再不来，我为你搭建的城堡，完满过后就将会荒芜。

你看，天空划过的流星有多美，风拂过塔尖的手有多温柔，枝丫上的小鸟睡得有多安详，一切行云流水，悄无声息，只等月色来陶醉清风。

二、菊香飘过是清秋

桃花开的时候，我爱上了桃花的爱情。沿着桃花的心事，我将诗句雕刻成彩霞的模样，让春风鼓荡我的衣袂，让落英缤纷着我的眼眸，在漫天的花瓣雨中，任一汪碧水带走我对你的思念。菊花开的时候，我爱上菊花丛中那点闪烁的火，那是你悠悠的魂魄，为了赴我们的千年之约，你默含心中之念，苦争一缕馨香，这是你划破清霜、自焚情愁的理由。

你说，为了缱绻心底的至爱，你要交出所有的时间，哪怕耗尽自己的生命，或者干脆变成菊花一朵，为我忽略人间的冷暖，在灿烂的秋光来临的时候，轰轰烈烈地开放这一季。我是否应该像今生这样去遵循内心的真实，击碎相思老去，还是会厮守我们的诺言，以你的到来作为花期，在月圆月半的渡口，拈着菊花一朵，为你守候。

可你知道吗？在聚如菊花开放的灿烂里，我还未来得及理清迷乱混淆的自己，还未来得及让你说清楚你的来历，打开的心焰还在燃烧，而刺骨的寒霜就在雁阵声中上岸，冬日的大幕又将来强行合拢，时间太短暂了，短暂到我们今生的相聚，只是一朵菊花开放的时间，这让我如何有足够的时间来好好地爱你呢？

寒露夜潜菊花薄凉，执一朵暗哑的芬芳，你就这样带着无法泅渡的心事飘上了天空，虽然你真的是不想离去。

静默无语，只得取一把紫砂壶，置一席小小的方桌，安坐于小院的菊丛里，静静地煮一壶菊花茶。看着干枯的菊蕾在沸水中翻腾，在壶中慢慢地舒展开来，滋润起来，复又开成一朵朵饱满的菊花，这使我想到了我们的爱情。如果我们没有遇见，是否也会像这干枯的菊蕾，什么时候才能让菊香溢满心房？而寂寞的小院，因为没有了你皓腕轻移、红袖添香，我的心也只能是一只金黄的琥珀，再完美的封闭，再完美的破碎，也不会在我的喉咙里发出一丝声响。

"让我再为你煮一壶菊花茶吧。"我听到空中传来你的声音和轻轻的叹息，我知道那是你一直的心事。执壶柄倾泻一道银线，看着眼前的这一杯滚烫的菊花茶，看着淡淡的白雾在夜风中袅袅飘荡。我知道，仅此一杯，就足够让我们抱紧菊花的心事，在它的清香里长出柔软的翅膀，来世再寻着菊花熟悉的味道和抒情的诗句。在小院中对坐，你会望着杯中泅染着旧时岁月的菊花，轻轻地对我说，菊，真好看；菊，真香！

"让我再为你续一杯菊花茶吧。"娇羞里，你依旧是那个菊花丛中为我走来的环佩叮当的女子。在菊花沸腾的身姿和翩然的诗句里，让你隔世的嫣然，点缀着水中的笑容。

菊色慢慢淡去，我怎能把那一声最轻的叹息，从我的灵魂深处彻底地剥离？难道我只能在一方素笺上用墨迹开出思念的花朵，让你零落空瘦、暗自飘零。菊香飘过是清秋，我又怎能够阻住这夜风的凛冽与寒凉，我可以用惆怅来垫高思念，却不能用目光去打开天涯。

九月夜央，打开噬心的蛊，望着倚在窗下的菊花，擎起前世的书笺，吟瘦菊香中无边的思念。月明风清，请不要打搅这卷曲回旋的依恋。爱，如果有来生，我会荒芜着时间的孤独，让忽近忽远的烛光去摇曳夜色，让温暖的两颗心相互偎依，让这一束菊丛盛开成夜空中最绚烂的烟火。

清泪一行，思绪绵长，谁懂我这刻骨的思念和感动，这幽幽的菊香就会伴你暗香盈窗与好梦！

三、望穿秋水

秋风起了，秋天来了。

我是秋风里匍匐着向你蔓延的藤蔓，而心，早已被一片落叶击中。

秋天的空中，有蒲公英飞过，有芦花飞过，有若隐若现的羽毛在风中游走。我深深地嗅着空气中的清香，那是田野中的风夹杂着泥土和稻花的香味。

秋天多情的风，来自一个秘密，来自一个脚步的轻响，把一个女子盛开的心思诱惑到极致。

在你转身离去的瞬间，我很想用一根藤的柔软缠住你，静卧在十月的腹地，数着星星，不知往返。

悬挂在脖子上的水晶吊牌，来自一个人的温度，可以用来慢慢蒸发夜的漫长。面对那些华美的辞藻，我忽然茫然，选不出最恰当的一句送给你。我只能把吊牌小心翼翼地取下，紧紧地攥在手心，如同握住一个忘瘦夕阳的背影。

我不知道如何释放这无端的忧伤，只想捕捉窗外那只纷飞的蝴蝶，让这腾空而起的温情，去感受时光的寂寞与荒凉。

今夜为你，我想瘦成一枚小小的星星，不发出一丁点的声响，悄悄落在一朵莲的梦里，在暗夜里静默地想你，断断续续地倾听一场有关风月的爱情。

感受过夏天的燥热，就应该知道这个秋天的清凉。午后的蝉鸣，丁香的幽怨，巧克力的香甜和声音的柔软，全部混杂在一起，拥堵在心间，还有那些眼泪、思念、喜悦和缠绵，一些动或静的词组，都会组成不相关的片段，纷至沓来，变成斑斑驳驳的文字，一点点地挤进一个人的诗行。

相遇太迟，爱上你是多么的不合时宜，就像是一场盛大的演出，我们却在散场的出口相遇。在人潮汹涌里，有多少说不出的话语。在彼此的双眸中，我悄声地问："你是谁？来自哪里？你多么像我在某个时空里，失散多年的亲人。"

第一次见面，就想拉着你的手，想让你那只娇小的手，一直感受到我的温暖是多么绵长有力，我会治愈你的麻木、冷漠、高傲和孤寂，让你嘴角上翘，爱上微笑。

也许爱一个人，就等于爱上了一个童话，把自己深陷在一个精心设计好的陷阱，无法自拔。

听着你在夜风中幽幽地述说，乌黑浓密的长发在夜风中凌乱飘飞。

这感觉是多么与众不同，说不出，道不明，就像一场热烈的花事刚刚展开，还没有走向时间的深处。你让我如何确定，如何说出？看着你低垂的眉眼，羞红的脸颊，我不能拥抱，不能亲吻，我只能在夜色里望着你，把风中的爱情揉成碎片，捂在心口，只能看着你的肩膀在轻轻地颤动，绝望哭泣。

我仿佛又看到那个夜色中的女子，站在窗下呢喃着："怎么办呢？我又想你了。"泪眼婆娑里，反反复复地去问自己。在分别的时光里，在想你的时候，只能嘟起嘴，恨恨地说道："你这个骗子，你根本不是什么骑白马的王子，你是夜夜偷心的妖妖。"

你说，你知道吗？只要想起你，我就会忍不住内心的悸动与战栗，我轻柔地沐浴，缓缓地躺下，就是想让你那声轻言软语，去缠绕夜的渺小和我的柔弱。时间，加深了我对你的依恋，徜徉在你的世界，许多丢失了的眼泪，柔软、纯粹、妩媚，在欣赏的目光里，都开始变得汁液饱满。你的目光，已把我的骄傲洞穿得支离破碎。我不要红、橙、黄、绿、青、蓝、紫这些暧昧不清的颜色，我只要黑，我只要白，因为我知道，爱上你，就等于爱上了决绝。我不是把爱当游戏的女子，我既不朝秦，也不暮楚，既不水性，也不杨花，我失眠为你，哭泣为你，微笑还是为了你。我不知道，除了你的安慰，还有什么能够止住对你的思念。请你也把想念我的样子告诉我，好吗？让你想我的样子，在秘而不宣的日子里，借助词组的魅力，在一个女人打开的忧伤里，如莲般温暖覆盖。

日子过于平凡，让人时刻惦念的人不多，付出纯粹的黑白与泪水的人也不多，那在消瘦中释放出的优雅与美丽，仍然让人觉得是一种自信。现在的感动也许就是最大的感动，遥远的凝目，淹没着一个人的孤独，使思念成为一株成熟的稻穗，我在想着，何时才能持一把镰刀逆风而去，把一个人的饱满和圆润打开。

我失去理智，走不出迷局，就像风中的竖琴响起，曲不成调，咿咿呀呀，乱成一团。为情所困，我想念远方；无力突围，我安静写诗；我不够深沉，修炼不够，语言没有穿透纸背的犀利，心只会在一张纸上发愣。我的目光所及之处，你的心是否也已走遍，我们之间的距离不是鱼与飞鸟的距离，我们之间的距离是没有距离。

那些飘零的花瓣，陶醉过谁一夏的温柔，一寸一寸逼近的秋风，凌乱着时光的脚步，面对无法返回的红尘，最初的渴望，正一点点向深秋走去，花朵偎着绿叶，展开诗意的翅膀，交换着彼此的怜惜，互相倾听，互相安慰，或泪水或喜悦，或忧伤或幸福，点缀着一派秋水天长。

只要心还会隐现一些缠绵的低语，一些温暖的感受，那么，我就会在文字里望穿秋水。

四、爱已冬眠

走过秋天，菊香在寒风中淡去，菊花在冷雨中枯败，冬天，就这样无法避免地来临了。

看到这棵我曾经如此熟悉的树，满树金黄的叶都悄然不见，现在只留下光秃秃的枝丫。偶尔，从树上飘下不知道是不是最后的一片叶子，打着旋，缓缓地飘落下来，浮动的身姿就像是我此刻的心，动荡，不安和惶惑。我伸出手，想接住这一片落叶，然而，猛地吹过一阵风，将那片落叶不知道又吹向哪里去了。寒风中，只有伸出的空荡荡的掌心还停留在那里，兀自微微地颤抖着、落寞着。

冷风阵阵地吹过脸庞，像刀割的一样。竖起了衣领，还是觉得寒冷，这是一种透心的冰凉，这个无雪的冬天难道带给我的就只是寒凉？抬头望望阴霾的天，没有温暖的阳光，快乐已经冰冻，浪漫即将终结，也许，一个美丽故事的开始，悲剧就在倒计时了，什么都是会有期限的，不是吗？

那一天，我怀揣虔诚走进佛堂，诚惶诚恐地祈求佛祖，赐我一段完美的爱情。站起身来，在我回眸的瞬间，阳光刚好照到你那张好看的脸上，反射出一圈炫目的光晕。你像是一朵初绽的桃花，看起来是如此娇美，电光石火的一瞬间，我爱上了你。虽然我们的相遇是如此偶然，但从此让我相信，什么是缘定三生。

我无法忘记你那娇媚的容颜，无法忘记你清亮如水的眼眸在灯下透出喜悦，无法忘记你一字一句地对着我背诵林徽因的诗："你是四月早天里的云烟，黄昏吹着风的软，星子在无意中闪，细雨点洒在花前……你是一树一树的花开，是燕，在梁间呢喃，——你是爱，是暖，是希望，你是人间的四月天！"你的欣喜中带着娇羞，春风拂面，春意无限。可如今，春光灿烂的四月天已经过去了，渐渐逼近的是无法阻止的别离和冷风刺骨的冬月。

你曾对我说，趁我的发丝还黑，青春还在，趁我还有勇气站在路中央等你。请怀揣上我的名字，越过冰上黄河，翻过万仞高山，来看我吧。让我如一朵折了翅膀的飞雪，就算是历经千年的飘荡，也只为今世在你的手中饱满消融。而如果这一切仅仅是一场梦，请不要留下你的姓名、你的味道，更不要让你的爱在一个人的体内深入滋生，有温暖的依赖。这个被你娇如花、宠如珠的女子，太蒙昧，怕别离，怕回忆，怕失血的肌肤，在迷失感动的时光里，终年浇灌忧伤的花朵。

你灵魂深处的独白，使我明白了你那颗水晶般的心，同时，令我痛彻心扉。我知道，一切都将尘埃落定，这是定数，怨不得谁。在这样的季节，爱已经冬眠，怎么做都无法挽回。别再说爱是那么艰难,就让爱在这个冬天里好好地冬眠吧。也许,爱也在期待着明年的春天。

现在,我只能在一个无法说出的意境里,与彼岸的那盏灯火隔空隔水地对望着,任由你憔悴。或者,我还会潜入夜的深处,拨亮曾经相爱的两个人心里的某个地方,如同拨亮一盏小小的橘灯。今后,不管我们是心意相牵,还是相忘于江湖,也许都会化作会心的微笑,柔软甜蜜地潜入回忆。

虽然故事的结局已经注定,我还会在心里一直疼惜那个我曾经深爱过的女子,不会让那个迎风而瘦的名字,打湿千年风月无力拯救的凄美。即使是童话结束,也会给她披一件御寒的风衣,带她从感动深处返回现实静止的岁月,告诉她——遗忘,是相思的救赎!

遗忘这两个字,对爱过的人来说又该是多么的残忍。就让我在文字里对你诉说吧,因为文字一旦打开,就不会让幸福轻易合上,而文字一旦合上,就不会轻易把伤口打开。如果有一天,我已经成为你人群中的背影,多少的记忆都会在时光中泛黄,你的眼泪会逐渐冷却,思念也会随风而去。但是,我知道,不管你在我心里写的那个字笔画是如何的繁杂或简洁,你今世都会是我胸口雪藏的一枚朱砂痣、心里一瓣永不褪色的胭脂红。

弱水三千,我只取一瓢饮。爱过了,便不可惜。不管结果如何,都会记在心底。就算是梦一场,醒来也会留恋枕边那一滴晶莹的泪。涅槃一次,心如止水,从此便可笑看红尘散场,不再说爱!

(选自2018年第5期《山东文学》)

珍惜苦难的馈赠

顾伯冲

"苦难"两字,现在许多人唯恐避之而不及,生怕被牵扯上哪怕一丁点关系。可是,生活在任何一个时代、任何一个地方,任何人究其一生而言,要想摆脱苦难就像用自己的手拔着头发要离开地球一样,是永远不可能的,只是程度不同罢了。关键是如何对待苦难。一个人的成功与失败,常常是从这里开始分道扬镳的。

对着困难摇头,就无权在胜利面前点头微笑

人与人的生命强度是不同的。有的人遭遇一点打击就会倒下,一蹶不振,甚至一切成了终结;有些人在一连串的打击面前,还是巍然挺立,不仅顽强地活着,而且不断绽放生命的异彩。其实,这里并没有什么秘密,说白了,就是你的心态才是自己真正的主人。正如一位哲人说的:"要么你去驾驭生命,要么是生命驾驭你。"你的心态决定了谁是坐骑,谁是骑师。当年楚汉相争,经过垓下之围,项羽虽然损兵折将颇多,但西楚没有失陷,还有东山再起的希望,且乌江亭长已经停船岸边接应。可他无法面对失败、无法面对江东父老,硬是带领二十八骑战死乌江。1300多年后,南宋词人李清照路过此地,触景生情,留下了"生当作人杰,死亦为鬼雄。至今思项羽,不肯过江东"的千古绝唱。

古罗马诗人奥维德有句名言:"值得做的事情必定是困难的。"成功不是一条捷径路,它需要拼搏、需要洒下汗水、需要从平凡中创造辉煌。凯旋的大门每时每刻都在迎接每一名想奋斗的人,因为奋斗的哲学道理体现在日常生活中就是"天道酬勤"。每一个人都不会随随便便地成功,每一个成功的人都不是靠寻找运气而改变命运,只有通过奋斗得到的果实,才会分外芳香。

新时代属于每一个人,每一个人都是新时代的见证者、开创者、建设者。今天,我们接过历史的接力棒,以实现中国梦为精神指引,接续奋斗,不断向前。在这

征程中,我们必然还会遇到这样那样的新情况、新问题,还要应对各种可以预料和难以预料的风险和挑战。这就需要我们每个人调整好自己的心态,作好攻坚克难的思想准备,以滚石上山的精神,不断积聚起实现中华民族伟大复兴的中国梦的磅礴力量。

谁经历的苦难多,谁懂得的东西也就多

唐人刘禹锡在《浪淘沙九首》中有吟:"千淘万漉虽辛苦,吹尽狂沙始到金。"同样,人经历了苦难之后,在客观上能提升精神品质,增强自我实现的能力,使得一个人可以最大限度地摆脱生命的庸碌,调适自己与天与人之间的和谐。从这个意义上讲,苦难也有它"功德"的一面:能刺激我们神志清明、性灵觉醒,在痛定思痛之后,教养我们的内涵,修正我们的行力;能打消我们盲目的优越感,收起我们不应有的傲气,多接"地气";能让我们对弱势群体和社会底层人员心生悲悯,进一步学会尊重、宽容他人;能让我们慢慢地看清事情的真相,明白什么应该做、什么不应该做,等等。正因如此,苏格拉底那句"患难及困苦,是磨炼人格的最高学府"的名言,才会流传了2300多年仍然历久弥新。

当然,苦难不同于主动的冒险。冒险有一种挑战的快感,而应对苦难总是迫不得已的。通常情况下,苦难毁坏了人的尊严,伤害了人的心灵,扼杀了许多的创造力。苦难并不总能导致人的成功,但成功的人必然是经历了苦难。因为,苦难是意志的催化剂,它使强者更强、弱者更弱、暴者更暴、柔者更柔、智者更智、愚者更愚。有人说,阅历就是能力,就是本钱,可这个阅历并不是顺风顺水地走了多少平坦的路,而是跨过了多少的坎坷,战胜了多少艰难困苦。

高尚的人总是默默地忍受痛苦

苦难不是财富,经历过苦难之后的那份成长,它才是我们人生的财富。那份在苦难中始终不放弃人生的梦想和信仰的决心与意志,以及历经苦难之后的那份成长与蜕变,才是生命馈赠给我们的最好礼物。修身齐家治国平天下,是中国士大夫人生价值的最高追求,但宦海有不测风云,贬官士人代不乏人。除了降职、贬逐前往荒远之地外,不少人还经历过囹圄之祸。经历了挫折的士人客观上打开了体察民情的渠道,打开了洞悉社会的窗口。重返政坛后,"先天下之忧而忧,后天下之乐而乐"的情怀自然地融入了他们施政的理念之中。在海南岛的海口有一个五公祠,祠内祭祀着唐宋两代被贬海南的五大名臣,他们分别是:李德裕、李纲、赵鼎、胡铨和李光。五公祠的对联能很好地概括他们的精神:"只知有国,不知有身,任凭千般折磨,益坚其志;先其所忧,后其所乐,但愿群才奋起,莫负斯楼。"卢梭曾

言:"磨难,对于弱者是走向死亡的坟墓,而对于强者则是生发壮志的泥土。"

20世纪70年代末,开启中国改革开放大幕的领导人,还有第一波勇闯改革大潮的经济精英、文化精英,相当一部分在"文化大革命"期间受到了打击迫害。当年,他们以非凡的毅力、超人的心智,深入群众、体察民情、广交"草根"朋友,掌握百姓所思、所求、所盼,号准了中国问题的"脉搏",深刻总结了过往的经验教训,思考中国的未来;包羞忍辱、笑对苦难,继续潜心投入自己的研究领域,发愤著书,完成了思想与学术的升级转型。穿过岁月的风尘,他们面对苦难时所展现的自信、放达、坚毅、智慧,全都化作岁月长河中晶莹的一滴,在历史的天空中熠熠生辉。这真可谓"玉经琢磨多成器,剑拔沉埋便倚天"。

苦苦苦,不苦何以通令古

也许有人会这样说,我平时过得好好的,也不准备干什么大事,干吗要主动承受这份苦难?即使被迫经受了一些苦难,何必东想西想琢磨这么多问题?没有苦难,风平浪静的人生永远是不完整的,除非你自己甘于平庸。

明代万历首辅张居正可谓是功成名就,尽管后人对他有许多评说,但其青史留名成为不争的事实。他12岁那年,省府有一个人出差到荆州,跑到了学校里找人写诗。已中了秀才的张居正也现场写了一首,湖广巡抚顾璘阅后顿时大惊:"此人天才啊!"后来当他见到张居正时,内心有一个直觉:这绝对是一个以后出阁入相的人物,但一定要让他受点挫折,人生太顺了恐怕对他能走多远反而不是一件好事。后来,张居正参加应试,顾璘认为如过早让他发达,易叫他自满,断送了他的上进心。如果让他落第,虽则迟了三年,但能够使他看到自己的不足,反而更能使他清醒,促其发愤图强。张居正后来成为中兴明朝的一代杰出政治家,他在险恶的环境中坚持革新政治、匡正时弊。这种不达目的决不罢休的坚韧精神,应该说与他少年"落第"的经历不无关系。许多年后,顾璘把自己当初的良苦用心告诉了张居正,张居正感动不已,十分感谢这位真正的贵人。

通古今,就是知晓事理,善于把握事物的规律,而非是一定要当多大的官、有多大的舞台,即使位高权重,也是以知晓事理立身的。要通古今,首要的是要认识自我,而认识自我,积极承受苦难是最佳途径。经历过苦难之后,才能更加深刻地认识自我。正如史铁生所说,"生命本身就是一场苦难的轮回"。回避人生中的磨难只能带来更多的苦难,并最终导致自己的失败与落后。只有勇于承受苦难,并在苦难中蜕变成长,才能将人生的变奏曲唱出高潮。

(选自2018年5月30日《学习时报》)

娘从老家来看我

张国领

娘一生出过两次远门,第一次是到部队来看我,第二次还是到部队来看我。

第一次来部队看我是1979年的夏天,那是我当兵的第一年,离家还不到一年时间,但她和父亲在没有提前告知我的情况下来队了。那天,我正在训练场训练,身上流了一身汗,脸晒得像非洲人,人也比较瘦。娘看到我的那一刻,大吃了一惊。她也不和我说话,一个劲儿地看着我,像不认识了似的,左看右看,看了许久,然后一把把我揽在怀里就哭了起来。不是父亲在一边提醒,她不知道要哭多长时间,边哭边说:"咋晒成这样?咋瘦成这样?咋累成这样?你不是写信说部队的生活都好吗?"

看着他们突然的到来,我也不知该说什么好,我就问父亲:"你们是咋找到这里的?咋也不给我说一声就来了?我才离开家半年,别的战友父母还没人来过呢。"

娘想我想得不行了才来的,再不来她的精神就可能会出问题。父亲说,我当兵走了之后,娘就天天站在院子里往东坡上的路口张望,我是从那里离家来当兵的,娘就以为我会从那个路口回去。父亲就让娘到部队来看我。当时家里没有路费,是把喂的两头还没有长成的猪卖掉,拿着卖猪的40元钱,一路辗转找到了驻守在安徽阜阳郊区的我们连队。一路上,饿了就吃从家带的干粮,渴了就喝白开水。为了省下住旅店的钱,他们带了一张席子,晚上就在候车室里凑合一宿。

那次我娘只在连队住了七天。七天里,我训练时,她就在操场边上看着我;我劳动时,她也在菜地边上看着我;我到监墙上的岗楼里站哨时,她就站在远远的地方看着岗楼,我不知道她是否能看清我,但她知道那几层楼高的岗亭上,站着的是她的儿子。

父亲说,看到我的生活训练情况和连队领导、战友们对我的关心爱护之后,娘的心放下了,最后是她提出要回家的,说看过了,放心了,再住就会影响我的工作。那次回到家,娘对东坡的路口不再痴迷般地张望,并且见了街坊邻居就告诉人家。说我在部队挺好的,天天都能吃上白米饭、好面馍。

我在娘身边生活了18年，刚离开半年她就想我想得要发疯了，儿子在娘心中是什么分量，我第一次有了切身的体验。

后来我几次写信让娘再来部队看看，父亲回信说，娘让我好好工作，她在家挺好，不要惦念。始终不说来看我的事儿。

直到1991年，娘才来到我这柴扉小院，那是她时隔12年后的第二次出远门。这次来合肥和上次到阜阳有所不同的是，那一次我是一名刚入伍的战士，住在集体宿舍里，没有自己的家，只能让娘住在连队的招待所，吃饭是从连队食堂里端的，食堂做啥她吃啥。但这一次我提干了，有了一个不大也不新，但是属于自己的家，住的虽不如招待所宽敞，但比招待所自由。饮食就更比连队方便了，想吃啥就可以按自己的口味做啥。

不过，这些还不是最大的不同，最大的不同是娘去连队看我时，她是那么年轻，没有一根白发，身体异常健康。这次，娘明显老了，头发斑白，额头上明显有了皱纹，身体也大不如前，而且因5年前做过一次大手术，走路有些蹒跚。但娘精神乐观，说她自我感觉没什么问题，我也就信了娘的话。天天我和妻子去上班，娘在家里待着，每天帮助妻子做饭干家务。只有到了星期天，我们一家三代人才能到公园游玩。就这样，娘在这里住了两个多月。突然有一天，娘说她的胳膊抬起时有点不舒服。第二天，我请假带她去武警总队医院检查，找的是外科主任，他看了之后当时就很严肃地说："今天就住院吧，肩膀下面有个包块，要马上做手术。"我一听就想到了5年前做的手术，问医生这两者是否有联系？他说是转移了，我听了心里当即就"咯噔"了一下。我没让娘回家，随即就办了住院手续。

住院之后，娘作了全面的检查，第三天就做了手术。手术是成功的，治疗一周后，医生建议到省人民医院做化疗。这时候，娘提出让父亲到合肥来一趟，我按娘的想法给父亲写了一封信。信中没有说到娘的病情，但父亲接到信立即赶到了合肥，他说估计让他来就是娘的身体出了问题。因为距第一次手术过去整5年多了，做手术时医生就说过，这类病可能还会复发，一般是在手术后5至8年时间里。

在做了半个月的化疗后，手术的伤口基本痊愈，本来还可以再住几天院，可娘坚持要出院。娘说住在医院里着急，其实我知道她的心思，她是怕我花钱。我多次给她解释这是部队医院，军人父母住院可以减免很多费用，但最后父亲说："尊重你娘的意愿，还是出院吧。"

这次娘来看我，在合肥住了半年，是她平生离家最长的一段时间，而这半年时间是她带着病体出来的。后来我想，娘肯定是在家就感到了身体的不适，而见了我却迟迟不愿把病情说出来，致使治疗耽误了两个月。

　　临离开合肥时，娘的伤口愈合得很好，精神状态也很好，都以为娘是完全康复了。但我心中清楚，娘的病复发过，以后就很难控制。

　　娘离开合肥一段时间了，政治部领导不知从哪里了解到我娘生病的消息，在负责工作的副主任王海瞳的主持下，总队政治部发起了一次募捐活动，政治部上到主任，下到干事，都献出了他们的爱心，总队领导听说后，也专门捐了款，使我非常感激。募捐的资金，我立即寄回老家给我娘治病。那次募捐并不是我所期望的，因为让领导和同志们掏钱为我娘治病，不合情，也不合理。我是做儿子的，砸锅卖铁为娘治病都是应该的。起初我听说领导要发起这样的活动，就赶紧找领导请求中止募捐，怎奈领导态度坚决，我也只剩下感谢的份儿。

　　出门在外，我最不愿做的事是亏欠别人，可那次不但欠了人情，还欠了所有同事的人情。那次募捐给我的思想上造成了很大的压力，后来我一心要调回河南，并不是我对把我从普通一兵培养成为军官的老部队没有感情，而是我总觉得在那个充满爱心的群体里，我欠大家的情太多，见了谁尽管人家不说，我都觉得不好意思。这情，不是光靠好好工作就能还上的。只有离开才能脱离精神上的樊篱，我知道这樊篱是我自己罩上的。

　　一生只出过两次远门的娘，回家之后再没走出过神后镇，因为回去半年不到，病情又一次复发，这一病就没再起来……

　　娘一生不爱照相，也很少有机会照相。在合肥期间留下的一组照片，除了我们一起外出游玩时拍摄的，就是在破旧的柴扉老屋里那几张留影。如今娘不在了，柴扉老屋也不在了，这几张照片也成了我记忆里的永恒。

（选自2018年9月29日《中国财经报》）

风雨瓦合

若 荷

灰墙青瓦，院墙低矮，屋脊曲折高挑……仅凭外观，很难看出主人的身份地位。我在院门外踌躇，见朱门半掩，院内无声，打量许久之后，终于怀着好奇将门推开，轻手轻脚跨入门槛。绕过青砖雕花的影壁，神秘的木窗，黝黑的老树干，爬满青苔的小桥，院中所有建筑展露无遗，古色古香的气息扑面而来。风雨吹打的陈迹告诉我，这是一座年代久远的宅院。

宅院名叫朱家楼院，也叫朱家大院，已有四百多年的历史。它始建于明代中末期，总面积约100亩，后经朱家近十代人的改建、扩建、修缮，鼎盛时期有楼房瓦舍两百余间。据朱氏族谱记载，当年的大院门前立着石狮子和高旗杆，有台阶五层，黑漆大门深锁，门额上挂着千顷匾，大院套小院，皆是古典楼院。或曲婉生姿，或错落有致，或深幽静雅。除住斋、柜房、客厅、书房之外，还设有花园、假山、溪水、荷塘。

朱家家境殷实，排场也大，大院青砖围墙，大门内接东南西北，小巷四通八达。各门角有双车道，打更巡逻，人员往来，轿子出行，皆打此处经过。看过朱家明清时期的还原图，那是一片庞大的古建筑群，房屋院落沉稳庄重，错落有致，只是形制不一，可能是随着主人身份、地位、财富的变化，新建房屋也随之改变风格，得以形成这样的格局。"楼壁使用水磨砖，下铺方基石，上覆鸳鸯瓦，楼檐皆五脊六兽，室内铺方砖……"就是当年朱家楼院的写照。

古时的建筑，有相当严格的形制要求，主人达何官位，便相应建造何种形制的房屋，既要恪守规矩，又要内观奢华，外观高贵，故而在建筑材料上十分讲究。比如水磨砖，就要求表面光滑，质地细腻，颜色均匀，棱角整齐，规格一致，抗压耐磨。砌墙时，要磨砖对缝，雕刻有花，水平灰缝不能大于三颗米粒的宽度，砌出的墙体才能匀称工整。砌墙的工艺多样，不同的工艺，体现的是主人不同的财力物力，经济地位，也体现了那个时代的技术水平和审美水准。

　　朱家历代建房，光动用能工巧匠就数百人，有运筹帷幄的泥瓦匠，匠心独具的木工。他们没有先进的电脑构图，电算化数据测算，仅凭匠心营造，就把一座座房屋次第建造起来，并且做到与整个大院形神合一，融为一体，将祖先流传下来的精湛筑造技术发挥到极致，这就不得不佩服古人的智慧，佩服工匠们精益求精的态度。是他们的精雕细琢，让时至今天的我们仍能感受到这些建筑的凝练厚重，古香古色，感受到当年劳动者的匠心与精神。

　　在古代房屋建设中，木工的作用不光制作家具，还要在建房筑屋时雕门刻窗，利用几把刨子和锯条，将木材构件精雕细凿，纵横穿插，层层叠叠，就让一座楼房瓦舍砖木结合。榫卯，是古典家具之魂；斗拱，蕴含着深刻的传统文化。在古典建筑和家具中，它们无一例外地凝结着中华几千年传统文化的精粹，沉淀着流光回转中的经典家具款式的复合传承。深通古建文化的朋友说，今人建房算计的是它的寿命，古人建房算计的是它的生命。

　　影壁是雕花的，隐约涌现竹、石和梅树的风姿。在古人的眼中，竹代表气节，石象征健康，而梅表明品德的高洁。影壁墙，是含蓄、内敛的反映，是我国传统文化中一种普遍的现象。古人以为院中的影壁，与风水相关，为使气流绕影壁而行，起挡煞冲邪的作用。邪气挡在外面，家里就会平静安宁。它最实用的地方，是遮挡住了门外不很和谐的事物，同时避免外面的人向院中窥视。影壁横现，院里院外生出区别，有如两个天地，就像形式上的屏风，故而砌出的影壁，不仅要美观大气，还要充分体现出它的文化内涵。

　　鸳鸯瓦又称仰合瓦，是我国传统建筑的屋顶形式。仰合瓦铺设时，先在椽木上将板瓦两端的瓦翅朝上放，再用板瓦瓦翅对准仰瓦朝下放，构成两种瓦翅上下合起的形状。现存的朱家大院的屋脊上，斗角分别有几只脊兽排列，这是古时社会等级制度的体现，说明朱家至少是官宦人家。能够代表身份地位的，还有一寸几攒的窗台石，雕刻花纹的门枕石，若有以上此物者，不仅象征着这户人家有丰盛的财富，还有显赫的地位呢。

　　竖旗杆是取得功名的象征。少时爱听老人们讲故事，内容多关乎才子佳人。穷苦的书生进京取得功名后，多半是先打马坐轿回家乡，在宗祠前面竖旗杆，报功名。如果中的是状元，朝廷还要给你封官加赏，鸣金开道，极尽风光。旗杆的样式必须是统一的，"文功名"旗杆顶部刻着一支笔，"武功名"旗杆顶上雕着一个戟，不同的功名，对应不同式样的旗杆。旗杆竖得越高，声名播得越远，不仅光宗耀祖，还能激励后辈，名垂族谱。

晚清时期，随着例贡生的人增多，主人愈加看重竖功名旗杆一事，有钱有势的人家要请石匠做旗杆夹，请乡里乡外著名木匠做旗杆，旗杆夹石上用朱笔描红，刻上何年何月获何功名，然后请官员，宴宾客，吹吹打打，热闹至极，成了整个家族的荣耀。朱氏楼院里面的"高旗杆"，或说明朱家子弟当中已经有人取得功名，且表示平步青云，受封为朝廷高官了。

朱家人除了获取功名，在财富上亦不可小觑，是明清时期的大地主，曾悬挂金字双千顷匾，自称"出城巡游数千里，车不轧外姓的地，靴不沾他家的泥"。"千顷"一词出自《淮南子·说林训》，"寻常之溪，灌千顷之泽。"土地百亩为一顷，朱家有双千顷土地，粗算应有数万亩。

抗战时期，日寇进入单县城，朱氏族人逃亡南方，房屋部分遭战火一劫，少有残垣断壁，几近荡然无存，幸有东西相邻的两院存留。几年前，经多方重视，在破败了的遗址上进行砖瓦修缮，便是我们今日所见的朱家大院。

眼前这座大院，是方方正正的三合屋。正房、左右厢房全为楼阁式，正房楼下一角设扶梯，从楼下的天井直通楼上的廊台，据说上面的房间是小姐的绣房。打量现存的院落，按封建社会森严的形制等级而论，属于次等普通富家民居，然而屋脊有兽，难以说清主人的身份与地位，可查的资料，是祖父朱廷焕做过大名府兵道副使，其后代朱叔琪凭祖荫财富，乾隆年间入了翰林院任孔目。与它毗邻的是豪宅，还是同样的庭院？冥冥中，时事更迭，宅院的风光不再。

和北方许多古老的民居一样，现存的朱家大院虽延续四百余年，却不外乎是乡村民居的中型的尺度。核心部分的格局，代表了住宅的形制和气派，我们现在看到的朱家楼院，缺失的正是这一部分，难以代表朱家的地位和身份。唯独屋脊上的六只兽，暗示着这所大院源远的背景。

朱家与文人墨客往来紧密，收藏古玩字画，明时郑板桥所画的风雨墨竹，就悬挂在朱家书房的正墙上，附有郑板桥的亲笔题诗："咬定青山不放松，立根原在破岩中，千磨万击还坚劲，任尔东西南北风"。闽侯林则徐书写的对联"退一步天空海阔，忍三分月霁风光"也悬挂左右，我们今天所见的古玩已与朱家毫无关系，所见到的书画亦不是当年的真迹。

楼下的正房摆放着太师椅，红木质烟榻，左右里间摆着双龙绞柱的封顶床．明清时期的花纹雕刻，刀工细腻、线条流畅，完美到无可挑剔。听老人们说，古时有钱的人家新婚，一定要置办封顶床，顶雕牡丹，柱雕龙，或雕凤，流苏装饰，富丽堂皇。雕刻它，也是需要官位等级的。就是不雕龙，也要有龙纹雕刻于床头。其纹样本身，代表的不仅是皇权和天神，它还是吉祥、好运的化身，是多重意义的集合。

还有那楼上的绣房，不知是当年小姐们的闺阁，还是后人对人物情节、房屋用途的演绎，引发人们怀旧的情绪。当这种情愫蓦然袭来，我迫不及待上楼一观。楼梯逼仄，提起裙摆，扶着栏杆，侧着身，才能窘身而上。想，那些住在里面的女孩儿，平日或研读史书，或抒情写意，或精进手艺，或困倦妩媚，也罢了，只怕如笼中的鸟儿，难得见深闺之外的春色。

一边引阶向上，一边在心里寒战，怪不得旧时，人们要把女孩的居所安排在楼上，她们下趟楼来，不知要使出多大的勇气。那楼梯的窄，楼梯的陡，怎是现在的女孩能想象？莽撞的、粗胖的、毛头小伙是上不了绣楼的。一阶一阶走上去，仿佛找回了樊笼的感觉。试想那伶仃的小脚，粉红的长裙，那弱不禁风的腰身……

是古时的你，抑或是前世的我。

你绾着秀发，你做着女红，你穿着曳地的红裙，你簪着沉重的珠玉，你戴着不敢摇动的耳环，纵有飞翔的心思，也没有挣脱羁绊的双翼。

绣房里，锦缎铺床，红毯铺地，流苏垂帐，不奢侈，却有一股华丽的萎靡。

客厅里，有一架古琴，泛音一拨，音泽浑然，勾剔连作，韵长清远。

有人说，建筑是凝固的音乐，音乐是舞动的建筑。我国的古建筑是有形的文化，象形的教科书，每一座都是中国文化的瑰宝，自然与人文的结合。古老的建筑，展示给我们的是高山流水般的古琴之声，铮铮淙淙，有如松根之细流。精美的砖雕上可窥得主人风采，门枕石里蕴藏主人的修养与内涵，老房子的每块砖都在向世人絮语曾经发生在这里的故事。指骨敲击，你会听到几千年历史的回声；指尖轻触，你会触摸到那无与伦比的结构之美。在木质家具古朴流畅的纹理上，你会看到蓝蓝的天空，清清的湖水，飘逸的白云，那是我们中华民族悠久文明的神韵。

当代人喜欢称古建筑上的砖瓦碎片为"瓦当"，凡是有古建遗址的地方，这样的瓦当到处可见。有的是在建房修路时，庞大的挖掘机从泥土深处挖出来，有的是农民整理地坝时，用锄头轻轻划拉出来。翻一翻庄稼地里的泥土，也能发现一两片残存，其中不乏造型精美的陶罐。曾经有人鉴定，那些精美的陶罐与碎片，不仅有清代的、明代的，还有宋朝汉代的……

数千年来，历代帝王不惜人力、物力和财力，用它们为自己建造金玉交辉、巍峨壮观的宫廷，宣示着至高无上、不容僭越的权威和等级。同样，平民百姓的生活伦理，也时时用它们作为符号和构件，渗透于中国古建筑的各个环节，象征家族兴旺、多子多孙，尊老扶幼，兄友弟恭，将中华民族最核心的社会规范——礼仪，置于人们举目可见的范围之内，提醒着与中华大地不可分割的每一位居住者，提醒着源远流长的炎黄子孙。

"如果朱家大院还完整的话，也许会像栖霞的牟氏庄园、山西的王家大院、乔家大院一样，成为极具文物价值的历史活体，民居建筑的重要代表。"当地朋友如是说。

它们载附着历史的灵魂，代表着不同阶段的道德规范与精神面貌，蕴藏着诸多深厚的历史文化信息，也是人们借以确定自己身份的文化背景。

如果你对我国古建筑略有所知，便不独看其房屋规模，你会抚摸着历经百年千年的一砖一瓦，一椽一木，从那斑驳的砖瓦看到湮灭的过去，从那雕花的窗棂追忆历史的传承。

它会用无声的表情告诉你，它是属于百姓的，乡村的，它们来自乡间，来自泥土，经过生命再造般的锤打、煅烧、时光的沉淀，已然修身如玉，不为任何阶层人士所占有。

在所有的事物进程、时事变幻中，唯有它不怕残缺，不惧苍老。

它用一种独特的方式存在着，延续着，也消失着。

它遗世独立，也不与繁华对峙。但往往，更喜欢那些山水清秀，让心灵得到沉静的环境，而不是有着热闹的、形形色色的人们和快节奏的都市。

（选自2018年第5期《躬耕》）

坚守6号哨位

王 昆

就任枣庄军区政委的第一个清明节，韦昌进给战友李书水打了一个电话："走，明天我们去一下滕州。"李书水从话筒声音里一下子就明白韦昌进是想去滕州烈士陵园，那里安葬着20多位当年和他们同在一个团服役、壮烈牺牲的战友。

下着细雨的清晨，曾经同在炮火硝烟中坚守阵地的两个老兵韦昌进和李书水，拎着一些烟酒拾级而上，轻轻走向"张延景"，静静陪陪"张泽群"……相对无言，韦昌进躬身拂去碑上的一片落叶，说："老哥哥们，韦昌进过来看你们了……"在这些老战友面前，韦昌进始终觉得自己还是普通一兵，身边的老班长李书水，当年曾带队把韦昌进救出来。李书水立过一等功，但因伤残一直在老家务农。

望着光洁而整齐的大理石墓碑，两位鬓发斑白的老兵内心难以平静，拨开岁月的风尘，仿佛又回到了枪林弹雨、生死与共的阵地上……

闷热潮湿的哨位上，年轻的士兵渴望建立功勋

33年前，边境线上那场战斗打响的前夜，韦昌进一直警醒地趴伏在闷热潮湿的6号哨位上。黎明时分，他换哨走回居住的溶洞，刚放下冲锋枪，报话机就传来一阵爆响。排长从指挥所急切地传来通报：敌人将于拂晓发动进攻，重点方向为6号哨位，在增援到达之前，你们务必守住，绝不能丢了阵地！

韦昌进赶紧摇醒战友张泽群和吴冬梅："穿衣服，准备战斗！"又通知在外面趴伏执勤的成玉山和苗挺龙注意放哨。就在这时，成玉山在外面大喊："不好了，敌人上来了！"韦昌进还没有来得及转身站稳，炮弹就飞过来了。炮弹不是一发，而是密集地进行地毯式爆炸。

震天炮火里，韦昌进和张泽群提着冲锋枪奔出溶洞投入战斗，负责报话机的吴冬梅守在洞里呼唤炮火支援。

韦昌进和战友驻守的哨位据点是一个天然溶洞。最近的位置距离敌人只有8米远。平时，他们在哨位里交流全靠耳语，不敢大声说话。晚上执勤还好些，如果是白天的岗哨，他们就只能趴伏，连躬身弯一下腰也很危险，对面的敌人随时在伺机射击。

在枪林弹雨中浸泡了几十个日夜的韦昌进，已经学会了判断炮点方向。他趁着第二发炮弹的火光，一头冲进第一发炮弹的落点位置。借助一块石头作掩体，韦昌进奋力向冲上来的敌人扔去几颗手榴弹；硝烟稍淡，又一拨敌人涌来，韦昌进抓起冲锋枪一阵猛烈扫射后，定睛观察下周围，没有退路，这个位置必须死守；他看了看身边，还有两具爆破筒，他迅速抡起，再次猛力扔向敌人……

第一轮攻防暂时结束，炮火稀落下来。趁着难得的间歇，韦昌进赶紧压着嗓子呼唤战友，然而呛鼻的硝烟中只剩苗挺龙还有回应。他正躲在另外一块大石头后面，枪筒子里还冒着青烟。韦昌进说："情况不妙，赶紧进洞，休息会再打，马上又一轮炮击就会开始。"两人刚回哨位，一个炸弹的气浪直接把他们掀到最里面，洞口岩石哗啦塌落下来。

在战斗进行的同时，排指挥部反复不停地呼叫6号哨位，但一直没有得到任何回应。师指挥所指令韦昌进所属的战地步兵6连务必派人前往6号哨位，侦察清楚状况。

师指挥所对6号哨位的重视，让6连压力巨大。韦昌进所在的某部6连，是抗战结束以后成立的，在解放战争和抗美援朝中都没有立功记录。这让6连在战斗资历方面明显逊色。

出发前，6连指导员发出动员令："平时英雄连队说咱不行，咱不服。不服不靠嘴，得打给人家看！当以后新的连队成员来到时，能不能自豪地拿我们做例子，说我们是战斗英雄老一辈！"战斗打响前，6连官兵都想着杀敌立功，为连队建立功勋。

侦察6号哨位的任务，落在曾在6号哨位坚守2个月的老兵李书水和张元祥身上。由于白天炮火太过密集，同时不明阵地上敌人情况，莽撞行动必死无疑，且毫无意义。于是指挥部将侦察6号哨位的时间定在天黑时分。

为了祖国，为了胜利，向我开炮！

哨位上，被炮弹气浪掀进洞里的韦昌进摔昏在地。醒来后，他摸索了一会儿，右手找到枪，支撑着勉强爬起来。刚一站稳，感觉一个黑影向面部飞来，韦昌进本能地抬手一挡，右手捂住了糊在脸中间的一个肉球似的东西。韦昌进想把它扯掉，却发现肉球连着筋，再一摸左眼窝空荡荡的，这才意识到想要扯掉的是自己的眼珠子。韦昌进迟疑一下，迅速把那团黏糊糊的眼珠子塞进眼窝。

战友吴冬梅撤回时，把倒在洞口的苗挺龙拖了进去。见苗挺龙和韦昌进都伤得厉害，吴冬梅赶紧取出急救包为他们包扎。这个时候，又一发炮弹炸雷般飞来。韦昌进觉得右胸一疼，弹片穿透了他的肋骨，再次被炸昏了过去。

再次醒来时，韦昌进发现眼前一片漆黑，炮弹已经炸塌了溶洞上方前伸的巨石，将洞口堵了个严严实实。韦昌进马上想到吴冬梅，他对着洞口焦急地呼喊着战友的名字，但再也没有了回音。奄奄一息的韦昌进，此时听到外面传来哇啦哇啦的叫声，他明白这是敌人又冲着6号哨位扑了上来。韦昌进屏住呼吸听动静，敌人并不是要继续进攻，而是打算搜寻我方哨位。

面对步步逼近的敌人，伤势严重的韦昌进冷静下来，他顺着洞口两侧悄悄扒出一个小孔，用右眼看到了七八个走来走去的黑影。在身边摸索了好一会，韦昌进终于找到一只弹药箱，他把弹药箱里的十几颗地雷保险轻轻拔掉，然后呈扇面形将地雷顺着洞口小孔一个个递了出去。这是韦昌进在6号哨位的第一道防线；如果这道防线失效，他做好了在第二道防线与敌人同归于尽的准备。韦昌进将仅有的几枚手榴弹用电话线绑一起，平静地等着敌人进攻上来、扒开洞口的那一刻……

韦昌进明显感觉到身体的几处伤口一直在渗血，身上的力气一点一点地在消失。洞内硝烟呛人心肺，氧气渐渐耗尽，韦昌进觉得这样坚持不了很久，便慢慢挪到洞口，用仅有的一点力气将一侧小孔扒开一个小小的缺口向外看去。外面炮火渐息，在表温度将近50摄氏度的战场上，散发着一股腐烂发臭的气息。

找不到目标，敌人开始胡乱地开枪扫射，子弹在洞口的石堆上蹦跳着嘶响。一发炮弹打来，但打偏了，弹片向着外围飞溅。韦昌进冷静判断了处境，他知道这样越来越危险了。而一旦哨位失守，6连守卫的高地就危险了。

看着弹药箱旁边的报话机，韦昌进一阵热血上涌，他迅速调整频道，向排长王国安申请："敌人上来了，为了祖国，为了胜利，向我开炮！立即开炮！"王国安一听就急了："韦昌进，这样就把你炸死了呀！"排长的犹豫让韦昌进百感交集，但战场上机会稍纵即逝，韦昌进大声高喊："是我的命重要，还是阵地重要？我已经不行了，敌人攻上来了！快打啊！快向我的位置开炮！"

正在前敌指挥所担任战时值守的团政治处主任一把抓过报话机："韦昌进，根据你的表现，我立即向师党委给你报请一等功！"

后方的野战炮火呼啸而来，覆盖了整个阵地，炮声的巨大震荡让溶洞摇摇欲坠。一丝亮光从石头缝隙里艰难地照了进来。弹药箱的一旁，苗挺龙躺在一旁昏迷不醒。韦昌进凭直觉，感觉苗挺龙应该还活着。他慢慢爬到跟前，使劲摇了摇苗挺龙，但没有动静。看了看苗挺龙干裂的嘴唇，韦昌进摸出一盒肉罐头，用枪刺把罐头盒扎了两个小孔，然后一滴滴把肉汁滴下去。

喉咙轻轻动了一下，血肉模糊的苗挺龙终于有了意识。苗挺龙说："我怎么看不见呀？"韦昌进知道苗挺龙双目失明了。韦昌进说："阵地上就我们两个了，必须坚守到底。"苗挺龙说："我看不见怎么办？"韦昌进大声说："看不见，你可以听，听到有敌人上来，你就用报话机喊向你开炮，敌人一个也活不了。"

韦昌进把报话机放在苗挺龙耳朵上，自己爬回洞口守着。趴在那里，韦昌进觉得，在寸土必争的军人责任面前，在祖国面前，他年轻的生命因为这场战斗有了新的价值和意义。

当兵就要打仗，为国战死，理所应当

守在溶洞口，筋疲力尽的韦昌进内心渐渐宁静。外面零零落落的炮声，对他来说，仿佛少年时代家乡的一场秋雨。

1965年出生时，韦昌进的老家江苏溧水生活条件相对比较落后。由于父亲得了甲肝疾病不能劳动，8岁时韦昌进就开始给村里放牛挣工分。韦昌进喜欢看书，从牛背上一路读到了白马镇中学高中毕业。

毕业后的韦昌进态度坚决地要去当兵。当兵那天，父亲说："南方正在打仗，今年的兵弄不好要去战场，你这娃仔就不怕？"韦昌进低着头回答："打仗，我更要去。"

1983年的冬天，成为解放军鲁中某部6连新兵韦昌进的一场特殊记忆。当时，连队驻地青州的雪下得有几尺厚，营房屋檐的冰凌有一米多长。从小在南方长大的韦昌进必须一动不动地趴在雪地里两三个小时，两手冻得像泡发的馒头，连军用手套也戴不进去。看到其他战士两手好好的，韦昌进还自责自己怎么还是像在家务农打猪草时那么笨，为什么只有自己的手冻成这样。

"当兵就要打仗"的少年壮志，在韦昌进入伍一年后实现了。开赴前线的命令下来后，韦昌进做了一个噩梦，梦里一颗子弹从暗处射来，正中自己颈动脉。于是，他辗转难眠，索性起来给正读高中的妹妹韦海燕写信："这次战场我必须得去……如果我没能回来，你就照顾好二老，嫁到哪儿带到哪儿，要像个男子汉一样替我把家顶起来。海燕你如果能答应做好，我就可以放心地扛枪走上战场了。"

信发出去，韦昌进还一直担心妹妹在家里会伤心哭得不知所措，但谁知妹妹很快就回了信。打开信就是一顿骂："浑蛋！哥哥，你真是浑蛋！还没上到战场就死啊活的，你还是个男人吗？还是个当兵的吗？当兵会死人，就一定是你吗？就是你又怎么样？你是当兵的，当兵就要打仗，为了国家战死，理所应当！"

韦昌进没想到还在读书的海燕会回给自己这样一封信，本有些惆怅的他完全呆住了。妹妹的一席话，把他骂到了另一种思维模式上去了。从那之后，韦昌进再也不恐惧战场，他觉得自己可以坦然面对了。

接下来的临战训练，拉练异常艰苦，几十斤物资的负重行军，让身材瘦弱的韦昌进时刻都要竭尽所能。韦昌进的脚几乎一直是肿的，有时候满脚掌会有十几个水泡。碰到雨天，两脚泡刺破了，皮都烂得不行，但是韦昌进从不掉队叫苦。那时候，对于前方怎么打仗，韦昌进和战友们并不知道，只知道战场在云南边境。至于怎么适应战场、怎么战斗、怎么保护自己更是遥远，但对于韦昌进来说，一切都要撇开不管，跑得快、能行军才是眼下最重要的事情。

6周后，韦昌进和几百名战友一起登上军用运输机，直奔云南平阳。在轰鸣的机舱里，韦昌进不再想着牺牲，而是暗暗盘算一定要战胜敌人活着回来，如果有可能，还要带着荣誉、戴着军功章回来。当然，这也是连队指导员在战前动员时的要求与期望。

短暂的休整之后，按照战地划分，6连抵达阵地前沿一个拳头状的突出口岸，负责坚守一处高地。在口岸边上，6连就此散开，韦昌进和另外4名战友被分到高地左边的6号哨位。

炮火断断续续，一直打到晚上6点。借着夜色，李书水和张元祥按照指令前往6号哨位搜索韦昌进。整个6号哨位的山头都炸平了，李书水感到汹涌的悲痛。

李书水不停呼叫，终于听到韦昌进的微弱回应。知道战友来救他了，韦昌进反复提醒：洞口两侧都有地雷，一定要从中间进来。按照韦昌进给出的位置，李书水和张元祥迅速扒开石堆。

看到是熟悉的老兵李书水和张元祥，韦昌进禁不住激动："你们两个来了，我就放心了。"李书水和张元祥赶紧去抬韦昌进撤离，韦昌进却用力推开，指着苗挺龙说："不用管我，他伤得重，你们先救他！"

李书水背着苗挺龙先行后撤，张元祥和韦昌进继续开始做战斗准备。张元祥的增援给了韦昌进突然迸发的力量，两个人互相协调，他们就像后方炮群的一双眼睛，牢牢把控着6号哨位阵地不落入敌手。大约晚上10点，李书水带着5名战友再次赶来替换坚守。在热炮与冷枪之间，张元祥一边爬行，一边拖拽着韦昌进。一二百米的距离，他们用了两个多小时才到达排指挥部。这个时候，距离苗挺龙下去已经4个小时了。

这位英雄的士兵，引导炮兵先后打退敌军8次连排规模反扑，独自坚守战位11个小时，牢牢守住了阵地。

被战友背下阵地的韦昌进,很快被转送进战地医院进行精心救治。1985年9月,伤势初愈的他,被选进全军英模报告团,并受邀参加了当年的国庆招待会。在蜂拥而至的鲜花和掌声面前,戴上英雄桂冠的韦昌进没有让自己飘起来,他选择继续扎根于部队基层。

1986年,韦昌进重返南疆战场并被提干。再之后,从连队排长到军校教员,一直干到军分区政委,韦昌进始终保持着一位老兵的风采,埋头实干、积极进取。30多年来,尽管韦昌进工作地点和岗位常有变换,但从未忘记6号哨位上一个个战友的生死托付,他义不容辞地履行着战火硝烟里的生死承诺。

当年,与韦昌进一起入伍的枣庄籍新兵有很多。就任枣庄军分区政委之后,韦昌进让人做了详细调查统计,一起参战的滕州籍牺牲战友还有12户父母健在。韦昌进特地抽出时间,一一登门拜访。而当年生死与共的战友们,无论活着的还是牺牲的,一旦是他或他们的家人开口说需要帮助的时候,韦昌进总是满怀热忱,能帮忙就帮忙,能出力就出力。韦昌进说,这在外人看来可能没有什么实质意义,但对于曾经炮火中并肩作战的战友来说,无论活着的,还是牺牲的,都是一份他人无法体会的特殊牵挂。

有一些东西必须坚守,我永远不能丢掉自己的6号哨位

两年前的一天傍晚,正在办公室阅读文件的韦昌进手机突然响了一下。主动添加他微信的是一位陌生女士,添加信息里写着一行字:韦大哥,我是王赛琴。

韦昌进惊得一下子站起来。他迅速通过添加,激动得有点不敢相信这是真的。王赛琴是韦昌进生死战友王和平的妹妹。韦昌进在连队当新兵时参加过"军地两用人才培训",王和平是韦昌进在学习烤面包时的师傅。和爱好唱歌的韦昌进一样,两人都是高中生,同是连队的文艺骨干,关系特别密切。在前沿阵地上,王和平被分到了相邻韦昌进不远的地方。就在王和平牺牲的前夜,韦昌进还曾去找王和平,两人彻夜长谈,并相互托付了后事。

1986年春天,王赛琴到部队处理哥哥的遗物时,韦昌进见过她。后来各种阴差阳错,韦昌进和王和平的家人渐渐失去了联系。

没过几天,王赛琴从微信里发来一段语音,说家里有事,需要借5万元钱。这个情况有点出乎韦昌进的意料,他一边答应着,一边赶紧回家去和妻子王萍商量这个事。

听说又是战友家属借钱,而且还不能确定对方身份是否真实就答应了,王萍心里对韦昌进多少有点不满,毕竟家里买的经济适用房还有几十万贷款呢。妻子说:

"我先和王赛琴沟通一下。"

韦昌进经常念叨王和平，王和平当年家里的那些事王萍早已烂熟。一番聊天后，王萍确认了对方的确就是王和平的妹妹王赛琴。韦昌进一看王萍脸上神情，知道借钱的事王萍心里还是有点不情愿。他懂得心地善良的妻子也不是心疼钱，而是纠结这"借"可能就是"给"。5万元对于双方父母家庭都在农村的他们来说，也不是小数字。确实，社会变得这么快，韦昌进只是在1986年见过一面的王赛琴，现在会是什么样子了呢？

为了彻底打消王萍的顾虑，韦昌进安慰她说："是这个人就行了。她变不变，咱们不用管，咱们不变就行了，我们当初在阵地上都发过誓，要照顾彼此的家人……你想想，假如是她哥哥和平还活着，会不会帮助她？我们就当成是和平还活着，帮助妹妹吧……"王萍两眼一红，抚了一把韦昌进的后背说："不用再说了，我现在就去银行转账给她。"

值得欣慰的是，现在的王赛琴还是当年的王赛琴。仅仅几个月后，她就还了钱。事后了解，在家做小买卖的王赛琴，那一年确实遇到不小的困难，想到韦昌进是哥哥生死与共的战友，没有多想就开了口。

韦昌进觉得他能走到今天，最应该的是要回报祖国和人民。除了接济众多战友，他还一直暗地里帮助那些自己了解到的困难家庭和残疾孩子。前段时间，韦昌进专门跑到济南章丘山区，看望了一位他们帮扶多年的残疾儿童。

韦昌进把自己的钱很大一部分花在了那些非常需要救济的人身上，父母在农村的房子却一直没有翻修过。女儿小学快毕业了，韦昌进还没有自己的房子。2004年，他们终于决定在济南买一套经济适用房，首付款还是找家里兄弟姐妹六七家凑齐的。

对此，妻子王萍也从来没有抱怨过什么。所幸两人都安于过普通的老百姓生活。平时下班或者周末的时候，韦昌进习惯顺路到菜市场买菜。他爱和那些卖菜的农民聊天，问他们家里盖楼没有，生活来源怎样。一阵唠嗑下来，韦昌进有时会问妻子："我怎么这么喜欢跟农民聊天呢？我怎么一见到他们就觉得亲近呢？"和他聊天的农民或许并不知道，眼前这个人是大名鼎鼎的英雄，1986年中央军委授予其"战斗英雄"荣誉称号，被誉为"活着的王成"。2017年7月28日，习近平主席亲自为他颁授"八一勋章"。

"无论走到哪里，无论做什么，我总要对得起当年战场上倒下的战友。有一些东西必须坚守，我永远是普通一兵，永远不能丢掉自己的6号哨位。"韦昌进经常这样说。

（选自2018年10月9日《解放军报》）

理发师何海航

汪 彤

一

走到"亮仔"美发店门口,锃亮的玻璃门,立刻映上人影。随即门打开,这门不是自动感应,门后站着一位侍者,看到外面有客人来,立刻拉开,招呼客人进来。

到陌生的地方,我心里总紧张,除了几个熟悉的理发店,我从没到过这里。我不是一个时髦的人,这里却是个很时髦的地方。女理发师穿着黑色束身衣,胸脯拢成一座小山,短发被发胶固定朝上,脸上堆满了热情的笑容,像火山已燃烧到沸点,只要遇到合适的顾客,随时准备"喷发"。不但如此,这里所有的理发师和服务生,他们的头发,都是短而直挺着朝上,仿佛与地球引力相反。

侍者是一个尖下巴、大眼睛的男孩,他侧着头,一副可爱幽默的样子,有礼貌地问我:"请问有预约吗?"

"没有。"我为自己没有预约而贸然闯入有些尴尬。

侍者带我来到一面玻璃展示台前,橱窗里是所有理发师的照片、特长、人生格言、喜好,被贴在装饰精致的墙面上。侍者请我选一个理发师。我一个个端详着他们的面孔,有个叫何海航的,他的人生格言只有简短的一句:"把握今天,随时去远航……"

何海航的照片是所有理发师里最丑的一个,他没有大眼睛,年龄也偏大,但他的眼神,让人觉得踏实和稳妥。

"就何海航吧。"随即我被带去洗头。我躺在带有按摩功能的洗头椅上,耳朵里响起流行音乐:"明天我要嫁给你了……要不是你问我、要不是你劝我、要不是适当的时候,你让我心动……"我陷入思考:生活的节奏,已经快到说嫁就嫁,而曾经被当作人生重大问题的抉择,已经变成歌曲里,随便想唱就表达的事物了。我正胡思乱想，服务生把我的湿头发，裹成一个发髻，随即轻轻一推，我便机械地站起来了。

何海航早早站在一张理发椅前等我。他小小的个子，瘦瘦的身子，脸上却是一圈大胡子，刮得足够干净，留下青梗，埋在皮肤下，一层黑茬。他虽然长得不高，眼神里的光，坚定而坦诚，他不直接看我，盯着镜子里我的眼睛问："姐，你是做个发型，还是剪一下？"

"请给我剪个刘海吧！"说完，我便沉默不语。但我时刻准备着，等待何海航给我随时推销烫头发的价格、染头发的价格、护理头发的价格，我在想自己说什么话，拒绝才好。我是个很不会对别人说"不"的人。理发的时候，我很想找个机会，练练自己拒绝别人的方式，但是这对于我来说，还是挺难。每次到了理发店，心里总会惴惴不安，我怕理发师给我推销，我不知道如何把拒绝的话说得那么圆滑，头发已经交给人家手里摆弄，一口回绝了，心里总觉得不安。

我在镜子里，盯着穿着黑色短皮夹克和小方格裤子的何海航，他手里的剪刀，咔嚓咔嚓地剪，一把细密的梳子，像拉伸、丈量头发的尺子。梳子和剪刀，在他手里，又像开垦小山的犁耙。何海航一旦工作，就不肯多说一句话，也不会去看旁边的热闹。只有老顾客来到他跟前，他才停下手里的活，嘴巴咧开，嘴角向上挑起，笑一下，便与来找他的老顾客搭上了讪。他说一句："您先洗头，等我一会儿。"话不多，老顾客却像是被接纳和恩宠，高兴地说："今天，终于能等上了。"

我不知道何海航的生意那么好，我来时，正好赶得早，是他的第一个顾客。我坐在理发椅上不到40分钟，旁边坐着等的人已经有四个。即便是这样门庭若市的生意，何海航还是一门心思，只在我的"刘海"上下功夫，他顺手还给我把齐耳的短发修剪得更整齐，我从那一瞬间，突然有了留长发的强烈愿望。我对何海航说："小何师傅，我准备留长发了，你看留成什么发型好。"

"现在太短，我给你剪几次就好留了。"这似乎是他唯一给我做的一次推销，而且和染发、烫发、买洗发水没有关系。此时，我已下定决心，把保持了十年的短发，在何海航这里留成长发，这似乎是我的一次发型史上的远航。

二

再去找理发师何海航，似乎成了很频繁的事。参加节目、做主持人、去讲课、打太极拳表演，只要和我生活中有关"出场"的事，我都把自己的发型设计交给何海航打理。甚至有时心情不好，我也去洗个头发，发上半天呆，给自己换个心情回家。

"亮仔"美发店离我的家也很近,出了巷道口,过了马路,上个台阶,手一推便进门。第一次理发时,何海航给我一张名片,我再去时,会提前预约时间。每次去,我也不用等,正好是他腾出时间给我剪和吹。他把剪刀插进黑色马甲的小口袋里,拿一把梳子,轻轻梳我的头发。他在研究,留一个怎样的发型,才能尽可能地剪得少,又美观,又能帮我把头发迅速地留起来。在这个空当,我们便谈论很多话题。他告诉我他的属相,他虽然长着全脸胡须,但小眼睛、小鼻子、小嘴巴,确实像个小孩子,没想到他已经35岁。唯有他的声音有些嘶哑,与他的年龄相仿。他也没有结婚,但他似乎并不发愁,与我聊熟悉了,趁着旁边没有服务生和其他理发师,他悄声地向我透露:他每天的老顾客太多了,他干不过来,但只领个工资,提成也不多,他想自己也开个理发店。

我以为何海航只是说说,他的小身板去"远航",我也只觉得他是随便说说。很多人都只是想安逸地生活,听洗头的大眼睛服务生羡慕地说:"何老师的工资每月六千多呢。只要何老师剪头发,我们都会认真地看。"

后来,我去"亮仔"理发,何海航总不在。洗头发的"大眼睛"别别扭扭地悄声说:"店长不让说,何老师不干了。"

听到何海航不干了,我觉得来"亮仔"美发店,似乎没有意义了。一个人去理发,不就是在寻找一个适合自己的理发师吗?我到这里来,就是冲着何海航来的。他不推销烫头、染头,他不推销各种洗发的商品,也没有那么多让你不知怎么回答和拒绝的话。他的心思,一直就在你的一根根头发上。他至多给头发要左边刘海还是右边刘海提个建议,或者问问吹个梨花头,还是夹个直发。没有何海航的理发店,似乎对我失去了吸引力。

我打电话给何海航:"小何,你怎么不在店里啊?我的头发都没人剪。"我把责任都推给小何,其实是我不让别人给我剪。

"汪姐,我自己开了家新店,叫'领秀坊',在西关……"何海航并没有特别高兴,可能刚开店,也没有什么人。

"那么远……那你怎么不早说呢!"听了离我家那么远,我已经打了半截的退堂鼓。

"我刚收拾好,还没来得及给老顾客打电话呢。中心地段的房价太贵,房子不好找啊。"何海航慢吞吞地说,似乎他找房子的这些日子,受尽了磨难。

"那好吧,我过两天来找你理发,我的头发都留到齐肩了。谢谢你,没有你,我也没耐心留住……"

"好，汪姐，这里好找。你来吧，我给你办张优惠卡。"

我要出四个月的远门，临走时去了一趟"领秀坊"，去让何海航给我剪刘海。"领秀"理发店，是前后两个套间，前面是一间理发店，后面是一间美容店。理发店里依然有两三个顾客在等，剪刀咔嚓咔嚓，不时有一些黑色碎发飞溅到地上。何海航很忙，他只是嘴角一挑，给我一个他正忙的时候，能挤出来的最热情的微笑。

美容店里，一位大个子、大眼睛、胖胖的女孩子，正在给顾客文眉毛。一只一个月大的小狗，卧在竹条编成的篮子里，吱咛咛地叫，发出很嗲的声音，惹得人心疼。

何海航给一个客人理完发，乘着换人的时候，扭过身子给我说："汪姐，给我的小狗起个名字，好吗？它现在叫仔仔。"

"多难听。"我笑着说，"就叫多多吧！"

何海航扑哧一下笑出声，他知道，我想让他有"多多"的客人……

（选自2018年第6期《红豆》）

第 一 读 者

王惠明

得，我花了一整天写成的《第一读者》，就被爱看书、懂文字的她毫不留情地给"枪毙"了，而且"毙"得很彻底，片甲不留。她说，她喜欢我娓娓道来的语言风格，不喜欢总结报告式的官样文章。

好吧，重打锣鼓另开张，再次等着过她的法眼。好在这样的事情，不是第一次，也不会是最后一次——我早已习惯了她对我的文章挑刺，甚至对她产生了依赖。

"一个成功男人的背后，一定有一个伟大的女人。"这话一点不假。我虽然算不上成功男人，但对这句话的体会很深。我背后的女人就是我的第一读者、最忠实的粉丝，更是最严厉的评论家。

她是我的妻子陈颖萍，和我一样，也是退伍军人。

如果说我的文学创作取得了些许成绩，那么完全是朋友、家人，特别是妻子支持、鼓励和鞭策的结果。

2003年，我第一篇对外公开发表的散文《父亲》，刚刚成稿便被妻子偷看了。那天，我走进书房，发现妻子在抹眼泪，我以为出了什么大事，没想到是被我的文字感动。她一边抹着眼泪一边说："你的这篇文章写出了儿子对父亲的真挚感情，是父子之情的自然表达，很感人。"

果然，文章刊发后，许多读者特别是我的家人读后无不感慨万千。自此之后，我发出去的文章，都要先请妻子过目把关。

我的每一篇文章，妻子都用心读过、点评过，从谋篇布局到遣词造句，她都有独到的见解。写得好的，她毫不吝啬赞美和鼓励；不好的，自然也不会留情面。有一次，我从外地采风回来，写了一篇散文《诺言》，讲述的是江苏徐州一对农民患难夫妻的爱情故事：主人公为了履行结婚时的承诺，细心照顾婚后患病瘫痪的妻子,几十年如一日,不离不弃——我被这个农家汉子的行为所感动。妻子看完文章后,却说写得不好,没有感动她的地方。我只好重写,直到她满意为止。有时,为了一个词、一句话,我和妻子要讨论很长时间;有时,为了搜集更多的写作素材,她陪着我走南闯北。平时,她喜欢把自己认为有价值的创作素材讲述给我听,我从中受到了很多启发。

散文《军驴》就是妻子提供的素材,也是由她陪我到实地采访后写成的。那是多年前,作为军队医护人员的妻子,随工作组到一个后方仓库调研时遇到的真人真事。仓库地处燕山深处,在离库区7千米的山峰上设了一个哨所,哨所里只有3名哨兵、1头毛驴和1只小黑狗。哨兵们的生活所需都要从库区配送,路不好走,运输较困难,毛驴是他们唯一的交通运输工具。每到冬季大雪封山时,常常断水断粮,更可怕的是哨兵患病和节假日的寂寞。妻子不止一次地讲述哨所、哨兵和毛驴的故事,每次都会情不自禁热泪盈眶。受她的感染,我和她专程到该哨所实地采访,听到了更多的感人故事,写成散文《军驴》后发表在军地杂志上,引起了强烈反响。

2017年暮春时节,我和妻子从湖南老家扫墓返京,半路上我想改变计划,绕道去一个我多年想去的地方——那里是战国时期楚汉交界之处,是战马嘶鸣的古战场,是老子著述《道德经》的地方,是"紫气东来""鸡鸣狗盗"等历史故事相传说的发生地——函谷关。虽然要绕道数百千米,而且正赶上下雨,但我始终相信读万卷书、行万里路的道理。妻子对我的要求感到很突然,我便一边开车,一边给她讲《史记》和《三国演义》中有关函谷关的故事。很快,她向往的心情比我还强烈,虽然雨很大,但我们没有停车歇息,而是一路隧道,过桥梁,任凭风侵雨袭。到达目的地后,我和妻子站在函谷关楼亭之上,就像当年的战将,聆听战马的嘶鸣,观看将士的厮杀。虽然几千年过去,飞尘人土、物是人非,但我还是心潮澎湃、感慨万千。返京途中,我和妻子多了许多话题,互相交流参观感受,犹如一对文学青年,行进在文学大道上。我的许多作品,如《屈原不屈》《一脚踏进火桶》等,都是此后在妻子的陪伴下完成的。

妻子是我文学作品的第一读者,更是我人生的第一读者。

我以为,一个人只有结婚成家才算进入了人生的正常运转轨道。我和妻子恋爱时,没有房子、没有票子,连落脚的地方都没有。办公室就是我的宿舍,床就在我的办公桌旁边,上班、起居共一室。

那时,妻子(严格地说是未婚妻)来我这里必须先到值班室登记,然后规规矩矩坐在我的办公桌对面,看会儿书、读会儿报,更多的时间是她痴迷地看着我埋头写作（加班写材料）。她说，她喜欢看我写字的模样，感觉踏实、稳重、帅气。这是她对我最初的印象和评价。

我也仅凭这一点，1987年用一辆自行车就把她娶回了家，没有婚纱，没有婚礼，没有婚戒，穷酸酸的。结婚半年多仍然各住其所，或者东租西借，像一对没有巢穴的鸳鸯。

婚后的第3个年头，恰逢春节，我们的女儿降生，家里的年味更浓、更喜庆了。可是，节后第一天上班，我便领受命令到外地任职。妻子也是军人，知道"军人以服从命令为天职"的道理，但在这节骨眼上，我纵是铁骨钢肠也难以开口。

妻子看出了我有心事，主动问我出了什么事。我只好实话实说。妻子问我，是不是已经定了？我说，命令都下好几天了，单位催着去报到。妻子长吁一口气，看着孩子，头也不抬："你去吧，孩子有我呢！"声音不大，但语气很坚定。那时的我，愧疚之心无以言表。

自此之后的一年时间里，妻子用弱小的肩膀承担起了所有家务。我几个月回来一次，孩子在茁壮成长，一次一个样。妻子心里虽有苦衷，但从不抱怨。

几十年风风雨雨，妻子总是我坚定的支持者。我的成长进步有她付出的辛劳，我的痛苦忧愁她主动为我分担，我的坎坷和挫折她与我一起面对。

我家兄弟姐妹多，父亲去世早，母亲身体不好，日子过得紧紧巴巴的。结婚很久，我们每年都要从拮据的工资收入中挤出一部分资助弟弟们上学，支付母亲的赡养费。

特别让我和家人感动的是，十多年前，我的一个弟弟出了一些状况，他七八岁的儿子无人照看，家人急得哭哭啼啼。妻子得知后，主动提出把孩子接来北京照看。同事、邻居和朋友都感到很惊讶，替人管一个未成年的男孩，那是一份什么样的责任和负担啊！有人劝她放弃这个"吃力不讨好"的想法，但妻子义无反顾。孩子接来后，妻子送他上学、教他做人、为他添置衣物、调养身体，适应城市生活。过了将近半年，弟弟一家渡过了难关，才把孩子接走。

2015年，就在我退休前，我提出想到鲁迅文学院学习。按照常理，一个快到退休年龄的人还上什么课、读什么书啊？然而，妻子的态度比我还积极。早我3年退休的她，毫不犹豫地辞去了单位返聘的工作，在家操持家务，陪伴我读书、写作。当我的文字一次次被印刷出来、一次次从电台里播放出来、一次次获得奖励和读者夸奖，当我的第一部散文集《妈妈的擂茶》出版发行，当我在工作和生活中取得一点点成绩、克服一道道艰辛、战胜一个个困难时，我便会想起"军功章里有我的一半也有你的一半"。于是，才有了在我的散文研讨会上，面对来自全国各地的一百多位作家，面对众多名家、名导，面对亲朋好友，我对妻子吐露衷情……

相濡以沫这些年，妻子不只是读我文章的第一读者，更是一个擅于读心的人生好伴侣。

（选自2018年第4期《军嫂》）

冷 叔 不 冷

杨勤良

冷叔，古市乡人。他十二岁就给党的地下组织当交通员，凭着他的机智和一身不俗的武功送情报，从未出过差错。

冷叔是个经历传奇的人，身高一米六，很消瘦。别看冷叔个子小，却力大无比，他是锻工师傅，专抡大锤；冷叔动作敏捷，很机灵。

冷叔小的时候家里穷，读不起书，八岁就下地干活。冷叔是1950年11月参军的，恰巧赶上抗美援朝战争爆发，前线急需兵源。当兵不到三个月的他，被补充到首批赴朝参战的志愿军第40军119师炮兵团1营机枪连。冷叔在朝鲜战场多次立功受奖，还光荣加入了中国共产党。冷叔在部队学习到了许多文化知识，提高了思想觉悟，成为一名忠诚的解放军战士。

冷叔1954年11月复员，回到家乡后在县城铁器社当工人，1963年12月调入位于本县的一家军工企业，与我的父亲是一个班的工友。冷叔比父亲的年龄大，父亲要我叫他冷伯，可他死活不答应。冷叔对我说："你爸爸虽比我年纪小，可他是从大上海出来的，是技术顶呱呱的老师傅，我就当他的老弟。"他很较真，我不得不喊他"冷叔"。这一叫就是一辈子。小的时候，只要父亲去冷叔家，我就跟着，听冷叔讲志愿军在冰天雪地里战胜敌人，讲他的那些不怕死的战友，讲在坑道里如何坚持斗争，但冷叔从来不讲他自己的战斗事迹。冷叔做的地方美食哨子好吃极了，一想起就要流口水。冷叔每天看报纸，早睡早起，生活有规律；他的被子叠得整整齐齐，他还长期当基干民兵，不服老，不认输，像年轻人一样充满活力，军人的气质十足。

1976年底，16岁的我应征入伍。临走的前一天晚上，冷叔来家里把我接到他的宿舍，教我如何打背包和扎绑腿带，手把手教我学习两种快速打背包的方法，他要我反复练习，直到熟练为止。接着，他摆上果子、花生、点心，倒上红酒为我送行。这是我平生第一次喝酒，我喝醉了，满脸通红，但心里亮堂。我要像冷叔一样当个好兵，为国效力。一到新兵连，班长看我打背包既快速又熟练，十分吃惊，还要我向其他新兵介绍经验。

1979年2月，我国西南边疆自卫反击作战打响后，冷叔坐不住了。他打起背包，扎好绑腿带，来到县人民武装部，要求上前线。政委和部长都认识这位老英雄，要他回家等通知，如果有需要一定让他去保家卫国；同时，也让他放心，人民子弟兵一定会出色完成战斗任务的。冷叔知道我在东线上了战场，十分高兴。第二年，我当满三年兵回家探亲时，特意去看了冷叔，他详细询问我们部队的战斗情况，听后很欣慰。他又拿出了红酒，给我庆功。他眉飞色舞的神情是满足的释放，我懂得那是责任和担当的延续。

我退伍后与冷叔同在一个单位工作，经常见面，每次都要聊上几句。再后来，我南下深圳，很少见到他了。2000年，冷叔病逝，噩耗传来，我很悲痛。没有能送冷叔最后一程，我一直感觉内疚。听说，冷叔的追悼会十分隆重，十里八乡的人都来了，县民政局派来两位干部，给冷叔敬献了花圈。父亲常对我说，你冷叔干活卖劲，不知疲倦，像个铁打的人。冷叔的班长刘金波叔叔也对我说："老冷几十年如一日，对党忠心耿耿。"

冷叔在入伍前，就参加过革命工作。他的革命领路人是大他九岁的本家侄儿冷郭仪。冷郭仪是当年湘鄂赣苏区著名的革命家，新中国成立后担任过人民政府的县长。冷叔自幼跟随族叔习武，练就一身过硬功夫，身轻如燕，猴拳是冷叔的看家本领，他的绝招是"金猴冲天"。冷叔的板凳拳也打得好，特点是出奇制胜，快速非常。抗战时期，冷叔去新四军平江嘉义通讯处送情报，路遇敌人设的关卡，他不仅机智通过，在返回的路上还成功摆脱特务的跟踪。

冷叔退休时，参加革命工作的时间是从1950年参军算起。为此，他的儿子有看法，要找组织上为父亲争取待遇，冷叔坚决制止了儿子。冷叔说，党是知道我的。

去年底，我在冷叔儿子家见到了冷叔的多枚军功章，还有许多证书及各类立功喜报，这些东西均保存完好。其中一本他在铁器社的工会会员证吸引了我的目光，上面清楚记录着他的工龄是从1939年开始计算的。看到这里，我忍不住热泪盈眶。我摩挲着发黄的证书，感觉到了冷叔那颗火热的心在激烈地跳动。

冷叔不冷，老兵不朽……

（选自2018年2月28日《解放军报》）

粥 的 记 忆

吴光辉

我的童年是喝大芦稀饭度过的。

那时，一日两餐，每餐一律大芦稀饭。上午头十点吃早饭，下午四五点吃晌饭。所有人都是呼呼啦啦地喝，极像黄牛饮水，声音很响，喝到全身发热，头顶冒汗，冬天能看见头上的热气直往上蹿。

我刚喝完大芦稀饭，小肚子胀鼓鼓的，像个圆球。这时，如果和嫡叔伯弟弟家迷和迷成一起去废黄河底疯，一路杠一路笑，还能听到自己的小肚子里发出咣当咣当的水声。杠是飞奔的意思，是我们苏北老家的方言。当杠到了废黄河底的苗花（棉花）地里，站在半人高的苗花下面泚一泡尿，小肚子立马就瘪了。这时，我童年的笑声就全都被吹进故乡的风里了。

我这里所说的"稀饭"，顾名思义就是稀的饭，也就是普通话里的粥。只是在我们老家，稀饭是一个特别的概念，一是很稀，可以稀到照见人影；二是煮稀饭的材料必须是大芦面，也就是普通话里说的玉米面。

当时的老家都是旱地，只能长大芦、沙芋（山芋）、苗花。秋天一来，从废黄河大堆一直延展到没有水的河底，一片接一片的金黄。大人小孩一起将大芦从秆上扳下来，由伯父用独轮车一趟趟地推回自家的土院子，然后祖母、伯母便坐在土场子上，将大芦外面的苞皮逐个撕开，露出里面已经饱满成熟的黄灿灿的大芦，再用苞皮扣挂在绳子上，让阳光尽情暴晒。这时，阳光也发疯地舔舐起我的童年时光。

此刻也是伯父和伯母吵仗的日子。

他们的口水战的焦点，是对于这批劳动果实的处置。伯父一门心思地盘算着怎样出售一部分，兑换成现金，好去隔壁周家看麻将，伯母当然坚决反对。祖母立场鲜明地站在伯母这一边，祖父的态度却很暧昧。结果伯父不再和女人们讲理，硬是卖掉了一部分大芦，最终也就使全家人碗里的大芦稀饭变得越来越稀。

我的童年是被土黄色调全部淹没的。老家的那座院子，就是一个全土结构的泥巴屋，它和村外的土地连为一体，一片黄土色。老家的这座土屋门朝西，正对着老陈圩小街，逢五逢十，小街上便有挤不动的人来赶集。老家西面是一排六间的土屋，东面也是六间土屋。西面的稍矮些，东面的是主屋稍稍高大些。老家称西面的土屋叫当门地，东面的主屋叫堂屋，或是桃屋。东西两排土屋的中间，有一个不算小的院子。这前六间后六间的土屋，是我嫡亲伯父和隔壁堂叔两家的，各占二分之一。因为两家同属一个老太爷，关系处得又十分融洽，两家人也就合在一个土院落过日子。

收获的季节到了，整个土院子被大芦们挂成了金色的世界，原本土灰色的院子装扮一新。我便感受到了秋天的太阳照晒在土院子里升腾起的清香味。

西屋南间建有一座锅灶，两口大锅，锅灶边有一个木板风箱，锅灶只能烧柴。北间的窗边则放着一架石磨，是专门磨大芦面用的。每当大芦被晒干之后，祖母、伯母又盘坐在土院子里，右手拿着一根大芦囊子，用力去搓左手拿着的大芦，大芦的粒子便一片一片地被搓落下来了。然后，他们再将大芦粒子放进这盘石磨里，拐成大芦面子，这才能做大芦稀饭。一直到今天，老家石磨发出的沉重的碾轧声，仍然在我的记忆深处回响。

拐磨和拉风箱是我儿时最喜欢的劳动。当然，我那时只有几岁，根本拐不动那么沉重的石磨，风箱也只能拉几下就拉不动了。我只能将自己又小又污的手，搭在拐柄上，做个样子，和大人一起做出拐磨的动作，有节奏地一来一去，一来一去，赢得特别喜欢我这个长孙的祖父祖母的一阵夸奖。

"拐磨拐，碰豆彩；请舅奶，舅奶没在家，请小丫，小丫没得裤，摸摸小丫肚！"我一边拐磨，一边和家迷、迷成齐声唱着儿歌。

当然，擦稀饭我就不会了，只能站在一旁观看。老家对煮稀饭叫擦稀饭，"擦"有反复煮、反复熬的意思。将一大锅水烧开了，再将已经用冷水和匀的大芦面，一点一点地放进开水锅里，然后用勺子舀起正在煮沸的稀饭，在锅的上方倾倒下去，这叫扬稀饭。就这样，不停地扬，不停地扬，一直扬到稀饭擦好为止。否则，稀饭就会结团子，或者磁底煳了。

擦稀饭时，还可以放进一批沙芋，叫作沙芋稀饭。沙芋在老家盛产。沙芋就是山芋，沙芋是老家的方言。有了沙芋还能做沙芋叶稀饭，将沙芋长出的叶子采摘回家，和大芦面一起擦，便是沙芋叶稀饭了。

那时，老家全都是旱地，不长水稻，大米也就成了稀缺的粮食，很少能够吃得到。因此，对于米粥的称呼，老家从不叫粥，而是叫米饭，显然这是对米粥有意识地加重分量。对于普通话里的米饭，老家则叫作干饭。那几年，我父母在外地阜宁县的东沟公社粮管所工作，要过年了通知伯父骑着自行车去二百里外的阜宁，驮一袋米回泗阳老家。伯父便乘机贪污，偷偷在半途就卖掉了一半，只将其余的一半驮了回去。我们过年时吃到的米饭，只能是米少汤多了。尽管如此，家迷还是高兴得手舞足蹈，一路吐字不清地高喊着："吃米饭啦！吃米饭啦！"他将"米饭"二字，咬得特别的重。我端起饭碗，看着碗里发白的米，和往常金黄色的大芦稀饭果然不同，赶紧伸出筷子去捞，好不容易捞到了几粒，放进自己嘴里仔细地咀嚼，米粒子还是硬硬的。

当然，我对于粥的记忆，最深刻的还是七八岁时祖父给我做的保温粥了。

在我上学的年龄，父母将我接到他们工作的阜宁去读书。他们原本都在阜宁县下面的东沟公社粮管所工作，我便进了东沟的胜利小学。谁承想，我刚刚入学，父母的工作都调动了，就将我留在了东沟，让祖父从老家过来照看我，这也就让我有了品尝保温粥的机会。

祖父的个头不算高，白皮，精瘦，胡须已经花白，眼袋很大，像是在眼睛下面挂着两个水袋子。他不抽烟，却好酒，每天都要喝几口沙干酒。他喝了酒，话就多起来，会滔滔不绝地给我讲故事，什么孙行者七十二变，什么诸葛亮未卜先知，什么十把穿金扇。他的记忆力特别的强，什么都能被他说得神灵活现。这个时候，他嘴唇上的胡须便沾满了鼻涕，在煤油灯下不停地闪光。

其实，祖父并不是个多话的人，只有喝了沙干酒才开讲。所谓沙干酒，是泗阳老家对用山芋干酿造的白酒的称呼。由老家向东整整二百里路的阜宁管沙干酒叫大头瘟，意思是喝下去头会发重，像是得了瘟病一般。由此可见，这种酒不是什么好酒，是酒中最便宜的一种，也是穷人的专属品。那时，我家不富裕，祖父只能选择沙干酒大头瘟了。

阜宁也是废黄河沿岸地区，但地处河东岸，旱改水比较早，农田里主要种的植物是水稻。因此，我离开老家泗阳到了阜宁之后，便开始喝上了小米粥。阜宁人说的小米，并不是我国北方的小米。北方的小米是指粟米，或者叫粟谷，是粟类植物。阜宁人说的小米，则是稻米中的比较糙的、米质比较差的一种，吃起来有点儿硬，有点儿涩，不像大米那样柔和清香。但是，这种小米涨锅，做出来的饭多，也就深受阜宁人喜爱。尽管我的父母都在粮食部门工作，家里也只能吃这种小米。这种小米按照户口定量供应，祖父的户口在泗阳农村老家，也就没有供应粮可吃了，一家五口只能吃四个人的供应粮，米粥也就成了我们的主食。由此，我在心底埋怨起祖父吃了我们的口粮。

当然，祖父为了弥补粮食的不足自有他的绝招。在头一天夜里睡觉之前，他将保温瓶里灌满开水，然后用杯子量一小杯小米放进保温瓶，再将瓶口塞严。爷孙俩便上床拱进被窝，在缠着他说了一个故事之后，我便慢慢地进入童年的梦乡。第二天一清早，被祖父叫醒起床，看到祖父已经吃过了，因为他的花白的胡须上，还残留着小米粥的汤汁。我看着祖父将保温瓶口朝下，小米粥便淌进我的碗里。

小米在保温瓶的开水里，经过一夜的浸泡之后，第二天就变成了稀花烂的粥。碗里的米粥看上去很稠，厚笃笃的，可吃上去便会觉得米粒已经沤化了，一点筋骨都没有，吃起来根本不用咀嚼，可以直接下咽。

我在东沟胜利小学读了一年级和二年级。在这两年时间里，我全都是喝着祖父的保温粥上学的。

记得我上二年级时，有一天早上，被外面的一阵鞭炮声吵醒，睁开眼睛便看到祖父在喝粥，胡须上依旧沾满了粥汤。这两年，祖父总是在我起床之前就喝过粥了，然后才叫醒我，我也就从没有看到过祖父吃早饭的样子。这一天，我还是第一次看到他喝粥时的凝重。

我从床上爬起来，走到他干瘪瘦弱的身边，他居然没有察觉，还在一个劲地喝粥，嘴里发出一阵呼呼啦啦的声响，这种声音使我立马想起了在泗阳老家时喝大芦稀饭的情景，我的心头随之咯噔了一下，再去看祖父碗里的米粥，居然全都是汤，连一个米粒也没有！

直到这时我才明白，祖父每天为什么一早就起床，他是生怕我知道他只是喝了保温瓶上半部的汤，而将保温瓶下半部稠稠的米粥全都留给了我。

此刻，我童年的泪水便在记忆里潸然而下。

当即我便发誓，等我将来长大了，一定好好孝敬他老人家。然而，后来还没等我长大，他就病故了。

（选自2018年第5期《散文百家》）

从笔架山到井冈山

支 贤

（一）十里云海

"大自然是崇高、卓越而离不开美的。"徐迟写黄山的句子放到这里也浑然天成。笔架山距江西省井冈山主峰北山麓的茨坪有13千米，海拔1357米。三大主峰高风峻骨，顶天立地；十七个峰峦次第排列，组成一个笔架形，故名笔架山。

深秋的一个上午，我们乘索道到山顶，一探这全球同纬度保存最完好的原始次生林的神秘与壮观。

笔架山索道全长5000多米，每小时可运送游客1000余人，听说还是单段驱动世界上最长的。索道如一道道流动的彩虹挂在天幕，五百里井冈，俱收眼底；山林云海，尽踏足下。缆车里视野十分开阔，无尽的画卷在我的面前缓缓地舒展开来：雄伟峻峭的山峦、绝壁千仞的峡谷、浩瀚无垠的森林、瑰丽灿烂的日出、雪浪滚滚的云海。俄尔，所有的画卷消隐，虚无缥缈的雾海把世间所有的万物团团包裹住，云里雾里的感觉竟如此的神秘。

半个小时的缆车，谈笑间已翻过几座山头。从高处索道站出来，沿着笔架山西侧山路前行，信步走上长约2800米的悬空栈道。悬空栈道为"井冈山一绝"，西起古柏峰，东至大小松岛，整个悬空栈道与五指峰仅隔笔架山峡谷遥遥相望。栈道上设有一个大观景台和四个小观景台。凭空伸出的玻璃眺望台，探入云海，我小心翼翼地偷窥脚下苍莽林海和千沟万壑的深渊，令人望而生畏。

站在一个小平台上，我眺望对面——栈道如盘云的游龙缠绕在悬崖上，随山势而旋转；又如凌空欲飞的鸟，古松从它头顶的崖壁中探出，也作凌空欲飞状。我的脚下，一侧是千尺奇峰，悬崖绝壁；一侧是深谷涧壑，万丈深渊。险要处仅容一人通过，好在有护栏横悬。至此，面壁贴腹，屏气挪步。一会儿，云海涌来，云雾从足底升起，云天一色，对面的栈道、崖壁和古松顿时消失。眼前的云雾，仿佛触手可及；前方曙日初照，浮光跃金。走在栈道上犹如踩在云端，有平步青云之感，恍惚间如入蓬莱仙境。

我们驻足览胜，在高山之巅俯瞰绵延数十里的云海，如临于大海之滨。波涛汹涌，浪花飞溅，场面蔚为壮观。漫天的云雾随风飘移，在山峦中游弋，时而上升，时而下坠，时而回旋，时而舒展，景色千变万化，稍纵即逝。

有时，被浓雾笼罩的山峰突然显露出来，层层叠叠。云海继续上升，远近山峦，在云海中出没无常，宛若大海中的无数岛屿，似孤帆远影，时隐时现于波涛之上。一会儿，烟云飘动，山峰似乎也在移动；一会儿，群峰完全消失。在云的点缀之下，厚重峻峭的山竟变得如此的扑朔迷离、奇秀婉约。动由静止，静由动活，虚实相济，云海表现出来的种种动态美，大大丰富了山水风景的表情和神采。

不在山巅，不在险峰，又怎领略得到山与云的幽邃、神秘和玄妙？笔架山栈道的建成顷刻间使蜀道变了通途，山水相连，人与自然合一。自然是伟大的，人们在它面前有时是如此的渺小，有时却更伟大。是谁于这万丈悬崖上搭建的栈道？又是如何搭建得了的呢？笔架山是玄武岩，悬空栈道的建设是多么的艰难。

明朝祁承濮曾有一诗描写登高险景："拔地五千丈，冲霄十八盘。径丛穷处见，天向隙中观。重累行如画，孤悬峻若竿。生平饶胜具，此日骨犹寒。"今天，借助缆车，一会已翻过罗霄山脉几座山头，这在古代是不可想象的。在井冈山革命斗争期间，革命先辈们是如何的翻山越岭，建立革命根据地，进行艰苦卓绝的革命斗争的，其中的苦与险，来到此地才深有体会。眼前的美景，眼前的平静，总能引发内心的不平静。这片土地曾经的热血沸腾，曾经的呐喊，曾经的灼烫，曾经燎原的星星之火，给人们的总是灵魂上的一次次的洗礼。

（二）十里杜鹃

"十里杜鹃十里松，十里苍松十里鹃"生动形象地概括了笔架山的独特景色。这里的森林覆盖率达到98%以上。沿着笔架山整条山脊线，生长着成片如茵如盖的台湾松，也长满了高大的原始杜鹃林。

有一部当年轰动全国的老电影——革命现代京剧《杜鹃山》，电影的故事原型，就发生在这片大山里。故事叙说的是，党代表柯湘历尽艰险来到杜鹃山，改编农民自卫军，开赴井冈山的故事。有人就说，这个故事和当年党代表何长工上山改编袁文才、王佐的历史事实，不正好有异曲同工之妙吗？为了传承革命历史文化，井冈山将故事发生地的"笔架山"又名为"杜鹃山"。

　　站在悬空栈道上的大观景台俯瞰，那险峰绝壁、奇松怪石如同一幅幅绝美的水墨画。栈道左侧下方不远处，矗立着一块巨大的"将军石"。石头神情威严，横刀立马，石缝纵横有致，恰似将军披上的戎装。怪石"弹指一挥间"直指苍穹，"一唱雄鸡天下白"豪饮晨曦……

　　这些奇松群树龄一般百至千年。由于年深日久，树身飞满铜钱厚的苍苔，蟠干虬枝，树冠偃伏如盖，显得老态龙钟；或出于悬崖，或出于石缝，凌空欲飞，盘根错节，高低参差，造型古拙，意味无穷。可以想象得出，一到冬天，成片的松林上凝结着一层雾霜，针尖下还挂着晶莹的冰滴。一盆盆天然的冰雕盆景，在银装素裹的世界里是怎样的一个冰清玉洁。

　　长长的杜鹃林带，绵亘在这十七里的山峰峰脊上，一直连着井冈山的主峰。"人间四月芳菲尽，笔架杜鹃当盛开。"每年暮春初夏，群花怒放，漫山遍野成了一望无涯的花海，映红了五百里巍巍井冈。红的、白的、黄的，还有三色相继的花，一朵朵一簇簇，蜂儿低吟，蝶儿翩舞，笔架山的秀美和壮观在此时展现得淋漓尽致。

　　由于高山气候，笔架山杜鹃林盛花期也较长，从每年四月上旬一直到五月底，花开一个半月。可惜，我们来迟了，只看到杜鹃树。这里的杜鹃品种众多，全部是大树。不知是古老的杜鹃树干不敌岁月风霜，还是新生的枝叶要争相揽取峡谷间蒸腾而起的云雾，以至于颀长的杜鹃树干多向北侧弯曲倾倒，或几株连生，或丛丛相接，似万马奔走，如龙蛇舞动，枝干遒劲而古朴，气韵流动。

　　从悬空栈道下来，在峰峦峡谷之下，架起了长达数千米的用木板铺就的蜿蜒攀升的游步道。这一人性化设施和环保措施，出乎意料。在此伫立，可以观赏到对面河西垅大峡谷成片的纯红枫叶林，从山顶到山脚都是一片红色的海洋。这与笔架山湛绿景观交相辉映，井冈山"红色"的气势与"绿色"的深幽就是这么的鲜明、和谐。

　　听说，可以徒步转入笔架山次原始林内观赏名贵野生动植物：秋实时节，稀有的红豆、白豆和常见的猕猴桃、野木棉等野山果……同行的井冈山人刘大哥说，这山中还有鹅掌楸、香果树、深山含笑等珍贵树种；树林里生活着短尾猴、穿山甲等珍贵动物。水鹿、野猪也时有出没，如果幸运的话，还有可能遇上金丝猴。

　　笔架山麓的行洲是个小村落，种满了杜鹃树。住在这里的老表大多姓李，都是客家人，这里保留着浑厚的客家文化。在井冈山革命斗争时期，毛泽东、朱德及众多的红军战士曾在这里生活和战斗过，这里保留有当年红军写下的60多幅标语，这是目前井冈山保存最完整、最集中的红色标语群。

几万革命烈士的鲜血染红了这片土地,烈士的灵魂化作一丛丛美丽的杜鹃在井冈山上怒放,每一簇杜鹃花都记录着一段红色悲壮的记忆。井冈杜鹃,如今已成为一种象征。它们与这里的红色标语群一样,一头连着历史的烽火硝烟,一头接着时代的火树银花。

笔架山的崇高和绝美,离不开她享誉内外纯天然的"十里云海""十里杜鹃长廊"绿色的生态环境和绚丽的自然风光,更离不开她特有的红色人文景观和丰厚的历史内涵。几十年来,艰苦奋斗、坚韧不拔与开拓创新,使这里换了人间。"细看不似人间有"是今天笔架山留给人们的印象。

(选自2018年第1期《福建乡土》)

外婆对我的文学影响

黄长江

我还算不上是一个真正意义上的作家、编辑、出版家，但我是一个长期以来一直跋涉在文学和编辑、出版道路上的人，却不置可否。就是说，我已经早已开始了文学人生。

说起我的文学人生，外婆对我是有影响的。在我很小的时候，外婆就鼓励着我读书和学写作了。

记得在我读一二年级的时候，一次外婆在我家与母亲一起做着什么针线活，我在一边调皮捣蛋，母亲一再警告我还不听，就吃了母亲的两块"耳块粑（当地的晚米粑也叫耳块粑，但这里指的是巴掌，即挨母亲揍了两个耳光）"，才浑身火辣辣面红耳赤地去拿书来读，在一边朗诵小白兔和小灰兔的故事。母亲听后说我是读"白眼书"，只见读，却不认得书上的字。其实我是基本上认得的，已经读熟了，故意在外婆和母亲面前赌气炫耀、高声朗诵。外婆却不计较。她说："孙仔，你读这个故事很好玩，你能不能编一个和这个故事一样好玩的故事给我们听呢？"

我一时来了劲，即刻掩卷思考，也不知是哪里来的灵思，一会儿的工夫就编出了个"外婆和妈妈的故事"讲了出来，让外婆和妈妈都笑得前仰后合，甚至都笑出了眼泪，我却狡黠地站着看看她们，发一会儿呆后操起一根拐棍长的小竹竿，去找小朋友打仗玩去了。

"外婆和妈妈的故事"是怎么讲的具体我已记不起来了，现在回想起来，那才是我的第一篇作文，只是没有写成文字罢了。大概内容是妈妈小时候也是个调皮的孩子，她如何不听外婆的话，如何被外婆打，然后如何逃走遇到个小豺狗，小豺狗问她："我和你妈妈哪个厉害？"妈妈没回答，返身就往家跑，一边跑一边摔跟头，每摔一跟头啃一嘴地上的稀泥，啃着啃着却啃到了一嘴蜂蜜一样甜的，吐出一些像树叶一样咽不下去的东西来，才知道原来自己是吃到了不知是谁掉到路上的一颗水果糖。

这以后一直到如今我已过不惑之年，仍还时常想起那一幕：母亲和外婆都笑得前仰后合，以致母亲的针还扎了手。母亲忙把手指放到嘴里吸，吐出血来，还把丝丝的甜意挂到笑颜上继续手中的活儿。

上三年级时的一次，我和三弟去外婆家看她，我们到达她家时，她正在楼梯上爬着要上楼去呢，见我们来了听我们兄弟俩异口同声的一声"外婆"，高兴得一跃，差点从木楼梯上摔了下来。

她忙一边给我们做饭一边问我们的学习情况，并要求我们要好好读书，说好好读书将来可以多见一些世面。她现身说法地说："你大姨爹上过大学，去过好多地方，哪点像个唧子样子有些个哪样都晓得。你大姨妈读过师范，当过知青也去过一些地方，回来讲起我们听到都新鲜。你妈和你舅舅小时候没有好好读过书，天天就在家里面和苞谷、豆豆打交道，出门上坡跟泥巴、石头交感情，到现在还汽车都没得坐过。"

我一直以为外婆是个文盲，因为我从来没有看到她写过一个字，也从来没有看到过她读过一篇文章，甚至认识一两个字词，但她那时教导我的这一段话至今已三十多年了，却仍还鲜活地存储在我的大脑里。

回来的时候，外婆听我和弟弟说，我们这段时间放晚学回家后就去树林和山上爬树摘冻青子卖，就说："你舅舅去年摘的都还没有卖呢，你们拿去卖了吧。"说着就去楼上把半口袋干冻青子提下来，见长绵虫了，便择拣了择拣，又用簸箕和筛子团筛和簸掉了杂枝和虫屎，把干净的冻青子装回口袋，放到我们的背篓里让我背着，同时给了我三角钱，说是给我们买本子写字。

打发我们出门了，外婆送我们，我们不要她送，她却执意要送，后来干脆回身背了一个背篼，说将就去看她路边那块地。走着，外婆问我开始学写作文了没有，我说开始学了，老师教我们写爬树、游泳、跳大海（一种儿童游戏）和帮助父母亲干活路什么的。外婆听后说："现在马场也有班车了，从城头（兴仁县城）到百屯的班车（公共汽车）三天一趟走马场过，从马场到百屯三角钱一个人，过了马场如果碰到了，你们就转身招手，把那三角钱给驾驶员让他帮忙带一下。"我说："那三角钱拿留着买本子写字吧，我们走路回去。"外婆说："本子可以回去卖冻青子买，只要遇到了班车，人家愿意拉，就把那三角钱坐车，回去还可以写一个坐车的作文。"

果然，也不知几天一次的机遇，让我们赶上了。刚过了马场街走到马场到百屯的马路上，就听后面有车的声音，回头一看，班车来了，忙招手，车就停到了身边开了门，一个头从车窗伸出来问："到哪点？"我说："百屯。""快上车。"我和三弟上了车，紧紧地握着前座靠背上方的铁扶手，开始颠簸起来。

"好多钱哦？"我问驾驶员。

坐我身边刚才探出头问我们到哪点那人说："三角钱一个。"

"我们两个人只有三角钱可以不？"我一边摸出钱来。

"可以。干脆不要你们钱喽，小娃娃们。"那人又说。

我坚持要把钱递给他，他还是不收，一手扶住我那装着半口袋冻青子的背篼，一边说："算喽，你们好好扶好，怕摔倒。"车经过一颠一簸的颠簸了半个小时左右，到达百屯。下了车，三弟说头有点昏，我头不昏，但感觉地上哪点都在转、晃动，在街边定定地蹲了一会儿才恢复了正常感觉。

后来，我真写了一篇第一次坐车的作文，还被老师拿到课堂上念给同学们听。

记得是我上四五年级的时候吧，大表哥和二表哥先后从高中和初中考取了外省湖南长沙的一所大学和省城的一所中专，据说都是当时的重点学校，更是成了外婆教育我们的活教材。她说："像你老表哥们那样好好读书，考个学校，将来有了工作，就不用像我们和你家爸爸妈妈们这样靠种地缴了公粮自己就吃不饱饭了。另外像你王启龙老表那样大学毕业了在兴仁教书拿工资，还写文章发表拿稿费……"

印象当中这是我生平第一次听到"写文章发表拿稿费"，心中生起景仰之情。

如今想来，外婆在当时就是一位裹足的农村老太太，而且是一个文盲，可她却对我步入文学路途有着深刻的影响。如今，她早已于近20年前就离我们而去了。我每每想起她，都会觉得她不是文盲，而且应该是一位非凡的知识女性，一位教育家。因为在那个年代，在没有了外公的情况下，大姨妈能去读师范、当知青，能去教书；下一代的表哥表姐（姨妈家）、我们兄弟（我们家）和表弟（舅舅家）都先后不同程度地考上了大学或中专，或许与她的言传身教有着一定干系吧。

外婆究竟是不是文盲？我很想问母亲，可至今没有问，母亲已是花甲之人了，况且，恐怕她也未必知道吧。可在文学这条路上，我是时时会想起外婆来的。

（选自2016年8月12日《中国国门时报》副刊·绿地）

繁 星 点 点

仇秀莉

一

李芳离去一个月后，正值七月中旬，骄阳似火，我来到大山深处的河南信阳浉河区董家河镇绿之风希望小学校的大门前，两排鲜红的大字映入眼帘："高高兴兴来上学，平平安安回家去。"此时，"平安"两个字在我心底的分量格外沉重。这一天，信阳最高气温达34℃，太阳毫不客气地炙烤着大地，汗珠不断从皮肤表层渗出。坐在教室内，接受采访的是小学校长王斌和洪艳、张艳云、孙亚丽、杜丹丹四位老师，他们神情凝重，沉默的气氛令人窒息，阵阵凉意直注心底，与室外的骄阳天气形成强烈反差。只有教室内那台电风扇匀速转动着，发出"哗哗哗"的声响，我默默听他们讲述着那惨痛的一幕。

6月11日17:30，是董家河镇绿之风希望小学的放学时间，按照惯例，学校集中千余名小学生在操场上排队、整队、进行安全教育后，在路队老师的带领下，有序护送学生从不同方向回家。

这一天，二年级3班语文老师李芳负责护送由西向东回家的学生，出了校门向右转50米，是一个不算繁忙的十字路口，学校每天都安排两名老师在路队一头一尾护送学生。只要把学生们安全送到主干道至分叉路口，再往前走几十米，基本上就没什么危险了。

那一天，走到十字路口的李芳老师亲切地提醒每一名学生："同学们，注意看着绿灯，我们走过这个十字路口，就可以安全回家啦。"爱美的李芳上身穿着一件小花褂，下身是她最爱的白裤子，手里还打着一把里黑外花的遮阳伞。性格开朗活泼的她再加上时尚的打扮，显得格外年轻。

然而，这一天，一场意外的车祸毫无征兆地降临了。

17:50，绿灯亮了，东路领队的老师带大部分学生顺利通过。当队尾还剩4名学生正沿着斑马线行走的时候，突然，一辆满载近400千克西瓜的深红色无牌照三轮摩托车，由北向南在约45°角的斜长坡上快速行驶。毫无刹车迹象的车轮飞速转动着，发出"突突突"的响声，向队尾4名小学生急速撞来。三轮车司机惊慌失措地喊着："车闸失灵了！"4名小学生睁着惊恐的大眼睛，吓得不知如何是好。

眼看车子就撞向4名小学生了，情况万分危急，紧跟在路队尾部的李芳老师没有丝毫犹豫，大声喊着："有车，快走开！"她向前猛跨半步，扔掉手中的遮阳伞，奋力将4名学生向前推去。

"咚"的一声沉闷巨响，三轮车巨大的惯性重重把李芳撞飞十多米远后，继续行驶100米，车头撞在路边的台阶上，终于停住了。从歪倒的车里滚落了满地的西瓜，有的摔碎了，流淌着如血般鲜红的汁液。

事情发生得太突然了，现场的老师、学生和群众惊恐地看着眼前发生的一幕，连带剐倒的4名学生不同程度受了伤。他们如同从噩梦中惊醒，看到不远处，李芳老师仰面朝天躺在水泥路面上。

校长王斌负责检查自东向西的路队，他刚出校门没几分钟，就接到了东路队陈燕老师急切的电话："王校长，不好了，李芳在十字路口被车撞了！"王校长脑子"嗡"的一声，转身向出事路口跑去。

随后，另外两名学校领导也先后赶到车祸现场，他们看到陈燕抱着紧闭双眼昏迷不醒的李芳，并用右手大拇指掐着李芳的人中，紧张地喊着："李芳，李芳，快醒醒，快睁开眼啊！"现场老师第一时间拨打了120急救电话和110报警电话。

因董家河镇离市区医院较远，情况万分紧急，校长王斌很快请一辆面包车先把李芳和一名头部被撞流血的学生送往信阳急救中心指定的解放军154医院，另外三名受了皮外伤的学生由后来赶到的120救护车送到医院。浉河区教体局负责人接到电话后，派相关工作人员迅速赶到医院，提前与院方协调受伤师生救护事宜。

这一刻，才真正体会到时间就是生命的真谛！司机师傅载着受伤的李芳和学生向医院疾驰而去，这一段路共花了40分钟。陈燕老师紧紧抱着李芳，张静老师用大拇指掐着李芳的人中，大声呼唤着："李芳，你醒醒！快睁开眼睛看看我们。"何华修老师着急地喊着："李芳，李芳，再坚持一下，马上就到医院啦！"几位老师的衣服湿透了，已分不清脸上流的是泪水还是汗水。她们的嗓音几乎嘶哑了，但是李芳没有再睁开眼睛，没再看一眼她热爱的世界，大家只看到从她的眼角里流出两滴无声的泪。

王斌校长在给我描述那一刻的时候,双眉紧皱,语调低沉:"当时李芳虽然没有睁开眼,没再说出一句话,我想,她的大脑还是有意识的,她一定知道大家都在为她担心,在全力以赴抢救她,那两滴泪是对这个世界充满了不舍的泪啊!"

一天两夜的全力抢救,还是没能挽回李芳的生命。2018年6月13日凌晨4:40,李芳终因伤势过重,导致重度颅脑损伤,自主呼吸渐渐衰竭,平静地离开了这个世界。

事件发生一个月后,我来到那个曾写满哀伤的路口,据说这样的十字路口在山村很普遍,如今,这里正常行驶着车辆与行人。

路口东南角有家小餐馆,门前几位中年汉子坐在凳子上聊天,从餐馆里走出一位短发中年妇女,看到我们在路口拍照,她直接问我:"你们是来了解前段时间发生的车祸吧?"我随口问道:"你认识李芳吗?"话刚出口,她怔怔地看着我,神情黯然:"我们镇上的人都知道李芳,她长相很排场(当地话指漂亮)。别看她是知识分子,但从不摆架子,每次看到我们都微笑着打招呼。每天放学,她都护送学生安全走过这个十字路口。没想到,那天,会出车祸……"这位与李芳非亲非故的妇女眼里噙着的泪水流了下来,她用衣襟擦了擦泪,嘴里念叨着:"好人啊!要是没有那场车祸就好了!"

餐馆前,几名中年汉子说:"如果李芳自私一点,站在原地,别迈出那半步,自己就能活下来,但那几个小学生的性命就难保了,唉……"他们嘴里传出一声声叹息。

是啊,谁也无法预料下一秒将会发生什么。在生与死两难选择的紧急关头,李芳毅然以教师最高尚的责任担当换取了四名稚嫩的生命。

二

一只干净的水杯、工工整整的教案、厚厚的字典和批改后的作业本整齐有序地摆放在李芳老师生前的办公桌上。拉开抽屉,4个塑料皮笔记本的上面有一枚耀眼的党徽,只是这枚党徽再也等不到被主人光荣地戴在胸前了。

1986年7月23日,年仅17岁的李芳在报考定向志愿书上郑重写下这句话:"我自愿报考信阳师范学校,毕业后愿意到边、偏、远、穷、山区学校任教,一定服从组织分配!"她是这样说的,更是这样做的。20岁的李芳从信阳师范学校毕业后,被分配到远离信阳市区偏远的董家河镇黄龙寺学校,从此开始了三尺讲台的生涯。

由于这所乡村小学地处大别山腹地，山里缺教师，李芳一个人同时教几个年级的多门课程，但她从不抱怨什么，每天骑着自行车沿着乡间小路去学校。只要看到学生们稚嫩的笑脸，听到学生们恭敬地向她道一声："老师好！"那种当老师的快乐就油然而生。她决心让乡村的孩子多学点知识，哪怕在这干一辈子，也要活出精彩的人生。

1990年，李芳被调整到董家河镇的谢畈小学，担任语文老师和班主任。2008年，谢畈小学因为山里生源减少被合并到绿之风希望小学，李芳来到希望小学任教至今。毕业至今，她从未离开董家河这个偏远的乡镇，在山村这方讲台上度过了29个春秋。

"李芳是一位非常热心的'好大姐'，是我们学校的顶梁柱。"希望小学的老师脸上充满了悲恸，只要提及李芳，都有说不完的话题，他们对李芳的评价没有任何恭维与虚假，每句话里都饱含着对李芳的怀念、崇敬与爱戴。

90后年轻教师杜丹丹清楚地记得，有一次，她看到李芳戴着老花镜伏在办公桌前认真批改作业。李芳虽然看上去年轻时尚，但毕竟是近50岁的人了，背略显有点驼，看着让人心疼。杜丹丹劝说道："李老师，您也是快退休的人了，该关心一下自己了。"李芳却笑着说："这些学生的家长大多数在外地务工，跟着爷爷奶奶生活，没办法管孩子的学习。小学阶段是培养学习习惯的关键期，如果不打好基础，考高中考大学的希望就会很小，将来在社会上很难有所作为。"

杜丹丹听了这番话，内心感觉羞愧，她知道李芳是真心为这些山里孩子的未来着想，而且想得如此长远。从此，杜丹丹在教学中不敢有任何的懈怠。

二年级3班班主任罗银森，是一位年轻的男数学教师。2017年9月，学校领导为了让他尽快进入状态，让经验丰富的李芳跟他搭班子。罗银森面对一群活蹦乱跳的小学生，一时摸不着头脑，很发愁。没多久，罗银森便发现了一个细节：学生们见到李芳后，跟她很礼貌地打着招呼，而李芳也总是面带微笑问候着每一名学生。罗银森不解地问："学生们这么尊重您，是怎么做到的呢？"李芳笑着说："你看这些孩子多么可爱呀！知道吗？他们的自尊心很强，老师一个鼓励的眼神或是一句鼓励他的话，就能激励他一辈子向前。相反，你若是流露出厌烦的情绪，就会影响学生的心情，也很影响学习成绩。现在的孩子很聪明，你把小学生当成自己的孩子，他们能感受到你是真心爱他们，自然会听你的话，学习也会有动力。"

李芳主动给罗银森传授经验。在李芳和罗银森的共同努力下，不到一年时间，这个原本在同年级最让老师们头疼的一个班，整体成绩居然拿了全年级第一，硬是给带成了尖子班。

在人们眼里，李芳漂亮，也注重仪表，服装得体，总喜欢配一双高跟鞋，神采奕奕走在校园里，看上去很时尚。然而，每天中午，李芳到教室里察看学生午休情况时，她担心高跟鞋行走在静静的走廊里发出响声，总忘不了换上一双软底鞋。

在李芳的档案里，记载着她先后获得22项由各级教育行政部门表彰的优秀班主任、教学能手、优秀辅导员等荣誉称号。然而，2010年后，档案里没再增添一项荣誉。对此，校长王斌解释说："这并不是因为她的工作成绩不突出，相反，近8年来，她一如既往，在工作中表现仍很优秀，从不懈怠，她把唾手可得的荣誉全都让给了年轻的教师。"

有同事说她"傻"，她却笑着说："山里的孩子要想受到良好教育，就需要有一批在这里踏实工作的教师，我过去已经有许多荣誉，也评封最高职称了。让年轻的老师获得这些荣誉，对他们也是一种激励。"光是近5年，李芳就先后带出20多名"教师徒弟"，这些"徒弟"们大多也获得过各种奖项，亲切地称呼她为"好大姐"。

李芳的爱人代业明，一位身高一米八的中原汉子，是国家电网信阳供电公司变电检修公司的一名职工。在遭遇失妻之痛的沉重打击后，他原本高大魁梧的身躯，如今略显驼背，神情疲惫，被泪水浸泡过的双眼依然红肿着。

在李芳家宽敞明亮的客厅内，被代业明抚摸过无数遍的三本家庭生活相册摆放在茶几上，李芳那一张张青春靓丽的照片，呈现在我眼前，让我感受到她那种发自内心深处的善良之美。不难想象，这原本是一个幸福温馨的家庭。

代业明把沏好的茶水递到我的手里，一阵沁人的香味升腾着。即使仍沉浸在悲痛中，他也没忘记为我们远道而来的人着想。他的言语中流露出中原汉子敦厚与质朴的个性，他说的第一句话是："我们结婚29年来，我太了解她了，面对危难时刻，她选择救学生，我一点都不意外。"

我静静地听着代业明讲述与李芳那一幕幕美好的回忆，他的眼里充满了对妻子的思念与心痛。1989年，代业明在亲戚的介绍下，第一次见到李芳，一见钟情。1990年，两人在亲人的祝福声中结婚了。一年后，女儿代雨辰出生，李芳每天忙着带孩子，还要上课，一家三口住在40平方米的简陋房子里。那时，代业明暗暗发誓，今后一定要给妻子美好的生活。2004年，他调到市里工作，单位给他分了套140平方米的新房子。他精心装修一番，希望弥补对她多年的亏欠，但事实上，分到新房的14年里，李芳每周一至周五都吃住在学校，只有周末一家人才能相聚，夫妻几乎过着两地分居的生活。

市区的新房子距离李芳所在的学校有30千米，学校要求教师7:40到校报到。那时，市区通往郊区的路不好走，公交车也少，需要坐十多站公交到达终点，再倒一趟去董家河的长途车，才能辗转到希望小学，去一趟需要一个半小时。但这么多年，李芳从没迟到早退。代业明不忍看到妻子的奔波之苦，2009年初，他把家里所有的积蓄拿出来，给妻子买了一辆二手车。

就在年初，代业明还和爱旅游的李芳约定："等我们退休了，我陪你游遍天涯海角。"但，这个约定永远无法实现了。

李芳的独生女代雨辰是信阳明港公安分局的一名辅警，今年刚刚参加湖北广水公务员笔试，取得第一名的好成绩。6月11日清晨7点多，代雨辰接到妈妈的电话，询问她是否已经在上班路上？是否堵车？没想到，这竟是母女俩的最后一次通话……

李芳的二哥李广斌谈及五妹时，数度哽咽："李芳从小就胆小，看到小虫子都会吓得大叫，生病也害怕打针。但她在危急时刻能勇敢地冲上去，那一刻，完全出于她人性善良的本能，出于她对学生如母亲般的关爱。"

1969年6月5日，李芳出生于董家河镇一个贫穷的家庭，上面有4个姐姐、3个哥哥，她在家排行老八，下面还有一个小妹。小时候，李芳曾经把姐姐给她缝制的布娃娃送给了村里的小伙伴。要知道，对那个年代的孩子来说，这是相当珍贵的物品了。几个姐姐很不理解，李芳却说："她喜欢就给她玩吧。"

真是个与世无争的傻丫头。李芳在姐妹中排行老五，因此，家人给小妹起了个外号"傻老五"。李芳听到这个称呼，非但不生气，反而憨憨地笑出了声。后来，这个雅号在她的同事中传开了，伴随着她度过了一生。现在大家回想起来，都觉得李芳"傻"得可爱，"傻"得让人心疼。如果她自私一些，就能保全性命，但她选择把生的希望给了学生们。

6月16日上午8点，李芳的追悼会在董家河镇举行。她的亲人来了，学生来了，同事来了，信阳师范学校的学弟学妹们来了，自发吊唁的群众来了，4000余人的送别队伍，在蜿蜒数十千米的路上，向这位优秀的乡村人民教师作最后的道别。

李芳的事迹，让她的名字如一颗能量无比的炸弹，短时间内在互联网"爆屏"，点击量迅速攀升到1亿多。她被追授"全国优秀教师""河南省优秀共产党员""河南省三八红旗手""河南省五一劳动奖章"称号，只要在网络上输入"信阳教师李芳"的文字，就能看到一行行饱蘸深情的赞扬与扼腕痛惜的文字。

不知是巧合？是红色基因早已深深植根于大别山腹地的信阳？还是无私无畏的精神早已融入老区人民的血脉？就在李芳殉职后的7月5日，信阳小伙张皓峰在泰国旅行时，遭遇风暴，游船倾覆，他把生的希望先后让给了未婚妻和一对落水老夫妇。7月9日，河南信阳新县第二初级中学化学教师金诚救出一名落水女子。这几件事立刻引发社会热议，得到网友们的一片赞声。

离开信阳市的前夜，我来到这个城市最负盛名的百花园广场，炎炎夏日，这里是人们纳凉的好去处。坐在广场的长椅上，微风拂面，传来人们的欢笑声。仰望天空，无数的星星眨着眼。我忽然想起，"繁星点点"是李芳从未更改过的微信名。她经常在朋友圈里分享精彩文章和温馨照片，一朵花、一片云、一棵树……都是她所发现的生活之美。为什么叫"繁星点点"？这个名字的来历已无从考证，但我想，这位教了近三十年语文课的美丽女教师，一定记得冰心名篇《繁星》的辞章："繁星闪烁着——／深蓝的天空／何曾听得见他们对语／沉默中／微光里／它们深深的互相赞颂了。"我猜测着，或许，李芳是把那些有着美好心灵的人们比作满天的星斗；或许，她是把自己教过的学生喻为天上一颗颗闪亮的星，这些平凡又不平凡的人们，在祖国各地默默做着贡献，如同繁星点缀着浩瀚的夜空。每一颗星星都有一个动听的故事吧？我相信，那故事里，一定有着与李芳有关的美丽传说。

（选自2018年9月7日《光明日报》）

路上的它们

简　默

河上漂下一群羊

　　河是黄皮肤，叫黄河。

　　站在岸边，黄皮肤的河照黄皮肤的我，河比我黄。

　　我要渡河到下游去看石林，它藏匿于一条深深峡谷中，时光之手漫不经心，甩出一记记耳光，留下一个个印记，响亮至今，惊艳至今。

　　河，阔面苍黄，如一匹肤色最深的黄表纸，黏稠稠的波浪堆卷，一口一口地，仿佛你我头顶上的旋儿，旋转不动了，成了河的旋儿。

　　来前我便被告知了，今天将乘羊皮筏子渡河。我没乘过筏子，但我见过被胶片定格的筏子，竹筏子、木筏子、橡胶筏子，唯独没见过羊皮筏子。据说，这种出没于黄河胸膛的筏子，只会说这条河的方言，仅识得这条河的水性。

　　羊皮筏子来了，居然，是被一条中年的肩膀扛来的；居然，只有一面床板那么大；居然，由几排鼓胀的皮囊亲密串联而成。那些皮囊，是它们留在尘世的躯壳，瞧上去像一头头猪仔，咋看都不是一只只羊。

　　在我童年的山坡上，青草是土地茂盛的毛发，野花是月亮遗落的露珠。一群羊离我是如此近，它们悠闲地踱着步子，埋头咀嚼着青草，像在给土地理发，用不了多久，或许就一场雨后，毛发又参差不齐地生了出来；翠绿的汁液流淌在它们雪白的牙齿和粉红的舌尖上，一朵朵的花拧身闪过不同色彩的身影，空气中泛滥着草根的清香。它们中的一只，长着两个尖尖的角，像扎着两个朝天辫，偶尔抬起头，与我对视了一眼，就这么一眼，我看见了它潮湿的眼睛里，掩饰不住的怯弱、安静与善良，它金褐色的双眼好似两枚金色小钉，将我钉在了忧伤上头。我向前一步，它退后两步，我抓住它的角，就像攥着它的命，它哞哞地大声喊救命，我头一次听见一只羊可以像一个孩子一样，拼了命地叫自己的母亲。面对比自己小不了多少的它，我心软如水，罢手了，它恢复了平静，继续埋头吃着青草，一动不动，像一块纯白的石头。

它们走下山坡，望河兴叹，命运就被篡改了。先是一柄被清水濯洗锋利的刀子，刃口向外贴着舌尖衔在齿间，一刀引出了一支血箭，接着它变成了一个动词实验工厂，撕、拉、撑、扯、挫，等等，这一连串动词只为赶在它人世的余温尚未冷却之前，剥下一具完整如初的皮囊。

对待这些皮囊，如对待一个意志坚定者，在烈日下暴晒，在盐巴中腌渍，在清油里洗澡，直至透明光洁，成为一个个扶不起的口袋。它们会被人嘴对嘴地吹满气，这是一桩考验人的肺活量的活儿，吹满一只羊皮筏子所用的皮囊，至少需要七个以上汉子的肺活量，他们呼出今生的空气，它们吸入来世的气息，借一口气，还回了魂。

然后，它们会被赶入河中，上头载着我和我的同伴——一群曾经像它们一样四脚奔跑，后来学会两条腿直立行走的动物。它们是一群不死的魂灵，像真正的灵魂一样，没有重量，身轻如燕，没有感觉，不会喊疼，贴紧河的胸膛，注定只能顺水漂流，向下向下向下游，无法回头。但正是它们，的的确确地，叫一整条河流称不出自己的重量，感到了挫骨削皮的疼。

一辆牛车进城了

一辆牛车，不是牛拉的车，而是拉牛的车，进城了。

条条道路通县城。县城不大，像个螺蛳壳，就那么纵横几条路。有外地朋友来了，点上一支烟，自东走到西，又点上一支烟，从南走到北，临走再点上一支烟，憋住吐一大口烟雾，像一朵小小的云彩，算是挥手告别了县城，不忘说"这整个儿一乡村"。我像一头牛反刍着他的话，觉得他说的有道理，道路纵横如阡陌，我们都是偶数肢体的动物，路上不时可以看见拉着车子的驴子和骡子，埋头吃着草的羊群，除了红绿灯和斑马线这些散发着城市气息的东西，可不看上去就像个乡村。

这辆牛车，我至今说不清楚它是啥时从哪一条路开始进城的，这么些年，我一天一天地看着县城像一张水饺皮，越擀外延越大，内涵却越少，单薄得千疮百孔，一株一株挺拔如戟的玉米被连根拔除，一片一片浓绿似泼的麦子地被封存在了水泥下面，一棵一棵灿若云霞的桃树被电锯突突伐倒，木屑四溅如唾沫横飞，但两条腿的人代替了四条腿的牛羊猪驴子骡子，赶集似的越来越多。他们都是一台会直立行走的机器,有着旺盛的胃口和非凡的消化能力。这辆牛车大概就在这时进城了。

　　细细思量,这辆牛车像一条线索,清晰而单纯,一路串起了我的县城生活,牛哞声声仿佛响自我的体内。最初在沿河,这儿新开张了一家牛肉汤馆,离我家不远,出门向右穿河堤,过一座桥,往桥下走就是沿河边了。每天天还没亮,牛车会借着最后夜色的掩护,将牛卸到沿河边上的荒地,我没见过这辆牛车,因为我起不了这么早。待我循着沉沉牛哞找到它们时,它们或许已告别一生中最后一个黑夜,迎来了一生中最后一个黎明,朝阳正挣脱束缚一点一点地攀升,它们站在披头散发的柳树下,一动不动,仿佛被谁施了定身法,其实是一条食指粗的绳索穿过它们的鼻孔,又拴在了碗口粗的柳树上。它们只能在绳索的距离间动一动,干脆就不动了,这也符合它们隐忍内敛的性格。一眨眼工夫,朝阳已跳至固定高度,撒下万千道金光,镀亮了它们身上每一根牛毛,它们眼中圆睁着一个太阳,晶莹剔透,像泪珠,噙住了,久久地不肯落下……

　　出门,到马路对面去,那时整条临山路尚未被蓝白相间的铁栏杆一隔为二,从我家到马路对面,没有红绿灯,也无斑马线,我只要瞅准空儿,躲开奔跑的汽车和摩托车,就能来到那家马家牛肉店。庆幸的是,我刚刚与一场杀戮或征服擦肩而过,身为庞然大物的牛,无论体格抑或重量看上去都比人强大,它手无寸铁,甚至不如一匹脚底钉着铁掌的马,偏偏就败于一柄铁器,准确地说,是败于人刀子似的心。我看见一人多高的铁架子上,并排挂着一个个钩子,钩子上穿着一大块一大块的肉,分别对应着牛不同的部位。一个牛头仍穿着牛皮,嘴巴点地地趴在那儿,像睡熟了一样;一张牛皮胡乱地堆砌到一起,粘连着血肉,却再也不能起身走和跑;牛蹄,一共四只,被齐膝剁下,仍裹着毛茸茸的绑腿……我躲得过杀戮或征服,却躲不开血腥的它们,我仍是一个不在场也无力还原真相的看客。

　　天天听见或看见上述这些,我想捂紧耳朵,紧闭眼睛,你也许会笑话我矫情,但我就是这样想的。从小我的小伙伴们在年关围观杀猪,那头猪被白刀子进去红刀子出来,一股血泉索命似的追随着刀子喷涌出来,然后它被刮得光溜溜的,惨白的肤色泛着不易察觉的青光,我却躲得远远的。我知道这辆牛车一路颠簸地拉来它们,只为了在县城的某个角落,在它们活蹦乱跳时,当众宰杀它们,人们只在乎它们新鲜与否,只关心它们渐渐凉却的体温,至于其他,都与他们无关。但叫我困惑的是,这座螺蛳壳里做道场的县城,咋就每天都有这么旺盛的消化能力,像一挂隆隆作响的履带,源源不断地将它们输送上餐桌,进入肠胃,新陈代谢掉呢?

　　这辆牛车追逐着我举家搬迁的路线图,或者说,是我家追随着它逐渐开辟的新路线，从城南到城北，又到城东，我始终逃不脱那声牛哞，躲不开那些血腥。我应该感谢黑夜，是黑夜，给这辆牛车和车上的它们，披上了一件硕大无边的黑斗篷，又赶在黎明到来之前，结束了对它们的杀戮或征服。

终于有一天，在县医院路边，我不可避免地遇见了这辆牛车，我先闻到早晨的风吹送来的牛粪味儿和牛呼出的气息，然后看见这辆拉满牛的车子，这是一辆四周圈着铁栏杆的敞篷货车，铁栏杆有半人多高，粗壮的钢铁臂膀亲热地挽在一起，这样的高度和密度叫任何一头牛都无法中途跳车逃脱。此刻，它们摩肩接踵，并排站在车厢里，看上去秩序井然，天真无知，像一群儿童。这辆牛车每天都会拉走它们的同伴，一直是有去无回，今天轮到它们了，明天将是它们的同伴，谁都别庆幸，都会有那一天。它们看得多了，都已习惯了，也没怎么多想，踩着倾斜的木板，乖乖地就上了车，仿佛是到一个陌生的地方旅行一样。有的清楚是要赴一个死亡之约，却当作是自己与生俱来的宿命，一声不吭，兜住眼泪不叫它砸下来。这儿是人民的医院，不是它们的医院。我不清楚这辆牛车进城后不去它该去的地方，为何逗留在了这儿？是驾车的人病了，还是它们集体病了？

我这样想时，它们齐刷刷地低头哞哞叫了一声，又齐刷刷地抬头望了我一眼，湿润的眼睛里映出许多个不一样的我，我听见一面镜子掉到地上，碎成了许多块……

在半则成语中

我不是一个胆小如鼠的人。

我的胆子小得不如一只老鼠。

比如，一只螳螂，论体量，肯定不如一只老鼠，但我偏偏就怕了它。那天，我走在路牙石上，左脚落地，右脚抬起。就在我踏下那一刻，我瞥见自己右脚的阴影下覆盖着一只螳螂。我抽回右脚，这叫我重心不稳，差点跌倒。这是一只黄土肤色的螳螂，趴在土黄色的地面上，就像一滴水跳入一口塘中，高高在上的目光忽略了它，为数不多路过的脚步无意中错过了它，一次次地成为劫后逃生的那一只螳螂。但它暂时还不想离开这儿，也许它是迷路了，也许它就想待在这儿，也许它不知往哪儿去，因此，危险对它继续存在着，来往脚步继续裹挟着风飞越它的头顶……

我必须承认，如果我不可救药地踏上那只脚，它将被从天降临的重量，压迫为一小团模糊血肉，像洇开的一摊墨迹。我为这个突然涌至的念头而感到可耻，我可以一脚消灭它的肉体，大洋彼岸不会因此刮起龙卷风，世界甚至连一丝最轻微的颤动都没有，但我忘不了它曾经给我的恐吓和疼痛。

那棵桑树漂亮极了，没有风，片片叶子正面朝上，阳光筛过更高的枝叶，花花点点地撒在这些叶子上头，紫红的桑葚像一枚枚心形纽扣，点缀在叶子中间，自然而然地吸引了我。我踮起脚尖，扯过树枝，探手去摘桑葚。就要摸到那一刻，我的手背被结结实实地砍中了，疼得我丢了树枝，眼泪差点儿淌了出来。是一只螳螂，肤色碧绿，大腹便便，正挥舞着一对"镰刀"，瞪着眼睛，轻蔑地俯视着我。任何美妙的事物冥冥之中注定自有其保护神，这只螳螂便是桑葚的保护神。当它看见我仰脸盯着桑葚，心里打着桑葚的主意时，悄悄地躲到了那颗最大的红到发紫的桑葚旁。它了解一个人，知道他的全部弱点，贪婪的本性叫我果真先向那颗桑葚下手，它担负起了保护神的职责，在我的手背上割出了两条深深浅浅的血印，火辣辣地疼。我本忌惮它，看它举起两条前肢像两枚刀形币，仿佛随时会砍向我，而这次，叶子给它提供了最好的伪装，使它藏身其中不被发现，从容地袭击了我。

院子里有一棵白杨树，高高的身材，身上睁着许多大眼睛，彻夜不眠。有一只土黄色的螳螂趴在树身上，只有这样肤色的它才接近苍老的树的肤色，不容易被它的天敌（比如黄雀）发现。一只蝉飞了过来，寂静的空气中张着一面虚拟的网，微微地荡起了一圈涟漪，它早已瞄上了这棵相貌堂堂的树，想着将尖尖的吸管刺入树的身体，吸出一小口甘甜的泉。螳螂看见了它，躲到一边一动不动，待它迎面飞来时，猝然现身，探出"刀子"一把攫住了它。它受了惊吓，转身想逃，却被螳螂自背后如胶似漆地搂定了。我曾经觉得蝉生着一张猫头鹰的脸，我也愿意尽量将它想象成一只猫头鹰，但此刻，面对比自己体量小不了多少的螳螂，它只会挣扎，不会搏斗，如果挣扎不算一种被动防御的话。它被两把"刀子"拦腰狠狠地抱住了，这"刀子"太锋利了，穿过它的铠甲，嵌入了它的肉。它背对螳螂，拼了整条命哭着喊着。它是真的想不到今天会遇见这样一个狠角色，它徒劳地振动着两扇翅膀，反而暴露出了它内心的恐惧与绝望。螳螂是一个行动主义者，坚定而彻底，不思考，也不怜悯。天哪，它开始在背后啃噬蝉的肉了，它的牙齿是另一把"刀子"，甚至更锋利，它边咬边嚼，一小口一小口地，在它们的世界惊心动魄，但我被麻木和冷漠层层包裹的心风平浪静。渐渐地，蝉的哭声喊声弱了，翅膀低垂如战败的旗……

有那么一瞬间，我渴望变作一只黄雀，展翅飞到螳螂背后，那样它也许为了自己保命，不得不放过这只可怜的蝉。

但我清楚，我与这只蝉和这只螳螂之间，不仅是半则成语与另半则成语之间的距离，我与它们遥不可及，覆盖了所有的繁华与荒凉。

如何送走一只"蝠爷"

说实话，下笔前，我最初的题目是《如何杀死一只"蝠爷"》，这题目借了那只"知更鸟"的光儿，杀气腾腾了些，但我却从未有过"杀死"它的念头，就放弃了。

接着，我想到了《如何赶走一只"蝠爷"》，它是户外来客，尽管不请自来，我也想叫它走，但赶走它毕竟不是待客之道。

最后，我选择了这个《如何送走一只"蝠爷"》。请神容易送神难，我没请它来，却要费尽心思地送它走，目送它扑入茫茫黑夜，找回属于它的黑暗。

"蝠爷"就是蝙蝠。我母亲属鼠，我儿子也属鼠，她却比他大了四轮。儿子幼时母亲带他，跟他说蝙蝠是老鼠偷吃了我们炒菜的盐变成的，这说法当然不是母亲的发明，它就像一首童谣，一代又一代地，在摇篮里和床头边，到处流传着。儿子当然也毫无疑问地相信了，逢人便说，我奶奶说了，蝙蝠是老鼠偷吃了我们炒菜的盐变成的，稚嫩的表情和腔调，叫人看了和听了都心疼。

小时候，在夏天，天欲黑未黑时，楼群间的空地上，我们像一群被放出的病菌，跑着喊着，活力四射。在我们头顶上，密密麻麻的蚊子织成一张网，勉强透得下天光。不知啥时，蝙蝠现身了，我们从没想过它是从哪儿飞来的，也想不到沿着它薄如蝉翼的翅膀去寻找它的家。同样都是黑夜的孩子，萤火虫耀若繁星，飞翔在我们眼前，漾开浓如老抽的黑暗，就那么一星一点，却引领着我们，漫山遍野地奔跑，甚至走近坟墓，触摸死亡的体温。眼瞅着数不清的萤火虫，环绕着一座座大大小小的坟茔，像一条条光带，秩序井然，你不必担心它们会相撞，即使偶尔碰到一起也是一次美丽的空中事故。这感觉奇异极了，就像穿越生死隧道的旅行，是萤火虫以它一粒米似的花环，叫死亡绽放出了迷人的光芒，也叫我们觉得平时退避三舍的坟茔不再可怕，而是可亲可爱了起来，这成功地抵消和移开了我们白天对死亡重若磐石的恐惧。但对于蝙蝠，我们提不起兴趣去追逐它，我们只当它是乘着夜色猝然降临的黑斗篷，是趁火打劫的投机分子，是黑暗的同谋者和粉饰者。我屈指可数地见过它几次，随着尘埃落定了，在暴风雨之后，黑乎乎的一团，看上去是那么小，浑身毛茸茸的，就像一只老鼠。那一刻，我就要相信了母亲的话，天上的它与地下的它似乎真有着某些割不断的血缘。

仿佛是一眨眼和一转身，它就飞上了天，扩张开连体斗篷，俯瞰着貌似强大的我们，习惯直立行走的我们。我们气不过了，想着法子羞辱它，戏弄它。在这上头，人的手段永远比动物高明，哪怕对方是与自己一样的哺乳动物。我们脱了鞋，这些鞋是一汪小小的水库，曾经蓄满了我们的汗水，干涸后留下了我们的气息，熏得蚊蝇绕着躲着飞。我们提起它们，扬起手臂，将它高高地扔向空中，它们追撵着它们，有些竟扑了进去，重重地摔了下来。

那次我带着儿子去爬山，车子转来转去，来到了一个小山村，听人说村边有一座焦山，山上有一个钟乳石洞。我们好奇，手脚并用地下到洞里，脚还没踩到地上，首先惊起的是一群蝙蝠，它们有十数只，大概是极少有人进洞，它们也已熟稔了黑暗中的日子，当我们带着人类的气息和外面的风进来时，它们显然是受了打扰抑或惊吓，没头似的胡飞乱撞，有的险些撞中了我们，幸好它们及时刹住了自己。洞里漆黑如史前，同行者取出火机，啪地摁亮了，照开一小片光明，我的头皮发麻了。只见在我们头顶，贴着岩壁上，一溜儿蝙蝠将自己倒挂起来，头朝下地盯着我们，不错眼珠地盯着我们。它们一律浑身雪白，衬得两粒小眼珠愈加黑了，钟乳石仍在生长，听得见水滴自石上，啪嗒啪嗒地击打在水洼中，就像我们掩不住的心跳。这是它们的天堂，是它们颠倒的世界，我们是冒失的闯入者。我们一刻也不敢逗留了，按原路手脚并用地爬了回去，身后似乎传来了它们尖细的嘲笑。

但我万万没想到它居然在深夜闯入了我家，我不知道它像我曾经一样冒失，还是有备前来？我眼下疑惑的是如何送走它。是我的疏忽给了它可乘之机，我忘了关好前阳台的窗子，我的窗子是那种推拉窗，它们一扇扇地像一颗颗牙齿，肩并肩地咬合在一起，可以称得上天衣无缝，一旦手忙脚乱了，弄错了它们之间的顺序，它们中就出现了缝隙，风儿能够夹着尾巴钻进来，它也能够学着风儿敛起翅膀挤了进来，悄无声息地没有一丝破绽。我住在八楼，这也说明了它超强的飞翔能力。现在城市里高楼越来越多，天空越来越窄，我已很少在楼群间发现它了。我不经意地仰脸看天，四面高楼纷纷向我倾斜下来，仿佛要将我挤压至虚无，这样压抑的环境不适合它自由的天性，它渐渐地淡出了我们被喧闹和尘嚣托起的生活。

它从阳台到客厅，又到卧室和书房，一一飞了个遍，到处都留下了它的气息与影子，似乎这儿是它的领地，它也好久没来了，恰好趁机巡视了一圈。最后，它被光线迎头击中了，误入了这间灯光通明的卧室，我这才发现了它。我的第一反应是惊慌与恐惧，但它不喜欢光明，它本是黑暗之子，它很快飞到了对面的房间，那儿漆黑如夜。趁这空儿我赶紧上网去查，有人说它进家是个好兆头，意味着送福上门，家中好运将至。好兆头我暂时顾不上了，我总不能听任它躲在黑暗中，眼神炯炯地盯着我酣然入睡，我必须送走它，我知道它身上和血液里潜伏着许多病菌和病毒，说出来会吓我一跳，它尖利的牙齿也会在我裸露的身体上印下细碎的痕迹。我敲起了脸盆，它听见却装作没听见，趴在墙角一动不动，后来嫌烦了，飞进了厨房，将自己倒挂在北墙角上方，头朝下地盯着我，像我看见过的一样，我在它眼中也是颠倒的，头颅向下地立着。昏黄如豆的灯光驱赶不走它，它就那样倒挂着自己，似乎还在吱吱地聒噪着，像老鼠在叫。我无可奈何了，扫视四周，抓过一只空酒瓶，拿来一根艾条插在瓶子里，我点燃艾条，放到它下头，烟雾扭腰袅袅地向上升腾，浓浓的艾味散发了出来。它肯定没经过这阵势，也不清楚我要干啥，只是饶有兴趣地盯着我，我退出厨房，关闭那一豆昏黄，黑暗沦陷了，艾条瞪着一只血红的眸子，这环境适合它，也叫它如鱼得水，我却感觉要被它逼疯了。我在黑暗中侧耳捕捉着它的动静，它仿佛入定了，死一样寂静。厨房里弥漫着艾味，是那种烟熏火燎的气息，仍在颓废地燃烧着，缠绵地升腾着，它被熏晕了，掉了下来。它黑乎乎的一团，缩成大拇指那么长，身上毛茸茸的。我不敢正视它的眼睛，取来一沓纸，小心地包裹起它，打开窗子，将它送走了。窗外，步行街上，夜色浓黑，我想象着它被风儿吹醒了，翻一个身，飞入黑夜中。

  当夜，我躺在床上，辗转难眠。不知咋的，我眼前老是出现年轻如花的海燕上身穿着蝙蝠衫，自六楼猫腰，纵身一跳，原本折叠的身体打开后，就像一只张开黑斗篷的蝙蝠……

  那一刹那，夕阳坠地，大地血红……

（选自2018年第2期《雨花》）

谁 的 手 机

唐　明

隔壁铺位打扑克的四人终于收摊了。

那个一路哭闹的小鬼也终于睡着。

连那对从上火车开始就腻腻歪歪的情侣的悄悄话也说完了。

列车员关了大灯，车厢里总算是安静了下来，下铺的老王心想终于可以睡觉了。他检查了一下自己的行李，然后跟和他一起出差、此时睡在中铺的同事小刘打声招呼："刘，睡了哈！"

小刘居然没有回音。这家伙，这么快居然就睡着了！刚刚不是还忙着给女朋友发短信吗！

老王和小刘是林业局的同事。最近有好几个地区美国白蛾成灾，本市虽然没闹起来灾害，但为防患未然，单位还是派老王和小刘去灾区考察一下，看看人家是怎么应对的，万一本市也闹起蛾灾，也不至于束手无策，这是他们林业局局长的远见和英明。

老王今年五十二岁，再过两三年就退休了。小刘可是刚刚才分到局里来的大学生，新派时髦，充满了活力。特别喜欢追求新鲜事物，就像这次出差，主动要求的，说想看看美国的白蛾长啥样儿，为啥飞咱国来？老王一听这话说得就外行，那"美国白蛾"原产南美，最早分布在美国和加拿大不假，也因此得名，但1979年就从中朝边界传到了中国，这经过了几十年，这"美国白蛾"早已经是中国籍了，可不是才飞来的。再者说，来的时候多半是以虫卵的形式来的，跟飞没啥关系。不过，这有什么可计较的呢？年轻人吗，再说，他也压根儿不是学农林的，咋进了这单位的，鬼才知道。

老王去上了趟厕所，回来又整了整铺，把随身的小包取下来细心地压在枕头底下，躺下，准备正式睡觉。

谁的手机

侧身躺好，突然借着车厢边侧底部的微弱灯光，看到对面铺位下有个东西，仔细看下，是手机。

谁的？

手机算得上是时髦物奢侈品，方便是方便极了的，但太贵了，普通一个小手机就要两千多，那可是老王两三个月的工资。而且这东西如果是一次性投资，咬咬牙也是可以买的，但那家伙是个无底洞，月月都要交电话费，每月好几十块，都可以养半个儿子了，这可不划算。办公室里有座机，有事的时候也能联系上，挺方便的，过去没有电话，不也照样过日子吗？因为是这样的想法，所以，老王一直没舍得买部手机，只有像中铺的年轻同事小刘、对面铺上的胖老板才会买那东西。

可是，地下的手机是谁的？

手机是黑色的，比烟盒还要窄一点点，小巧可爱。

是小刘的？还是对面铺上的胖子的？

老王努力地回想小刘的手机，他倒是常见小刘把手机拿在手里爱不释手的样子，但自己还真没有好好看过，前天倒是借用了一下，但也只在手里停了一分多钟，感觉上，也许，小刘的手机似乎要大那么一点点吧。胖子的手机，更不熟悉了，从上车到现在看他打过两个电话，接过三个电话，但火车上的信号不好，他就扯着嗓子冲着电话"喂喂喂"个不停，最后还气急败坏地想砸了那劳什子，他对那东西没那么宝贝，十之八九是他的，而且，正好就是在他铺下，定是他的了吧！

那只落在地上的手机，很安静，像个睡着的旅人。但老王却一直盯着它，睡意全消。

谁的手机，其实老王只需稍一欠身，捡起来，问一下："这是谁的手机掉了呢？"手机就立即有了主人。但他没有。

胖子再过一个多小时就要下车了，下站停车只有三分钟，胖子一定会匆匆拖着行李离开，手机……或许，会被忽略，那么……

现在就捡起来，藏起来？不不不，我老王可不能做那样的事！再说，万一它在我怀里突然有来电怎么办？谁会相信是我从地上捡的，那不成是我偷的了？那可就太丢人啦！这样的事，要是被小刘回去传开，半辈子的清誉就完蛋了，毁在一部小小的手机上，不值得，老王不做这么不划算的事。

老王的脑子里像养了一窝鸡，有点乱。他收回目光，转身不再看那东西。

但他还是睡不着，听着身边的动静，对面的胖子开始打鼾。这蠢家伙，体胖心宽,还真是能睡得着!嗨,人家是老板,这两三千块的小手机,丢了就丢了呗,不当事儿!

老王再次把身子转过来,看着那地上睡着了的手机。

有个手机真的很好啊!联系多方便,其实节约着用,也没有想象那么贵了,没有急事,就发个短信,一条短信才一毛钱,每月交十几块的月租费,这费用里包括100分钟免费电话呢,那么,长话短说,控制在这个范围内,那一个月最多二十来元钱,也不是负担不起的……

那胖子哼哼叽叽,翻了个身,接着打呼噜。

老王思绪飘在这黑寂的火车厢里,不肯停歇,他又想起多年前发生的一件伤心事。

老王是个苦命人,不到两岁,母亲就离世了,父亲又当爹又当妈地把他拉扯大,拼了老命供他上了个中专,离开了农村,成了城里人、国家公务员。虽然老婆没有工作,但贤惠能干,还给他生了两个儿子,日子体面而滋润。他一直想把含辛茹苦养育了他的老父亲接到城里跟自己住,但老爹固执,说乡下住着敞亮舒心。不过,老王还是常常接老爹来家里住几天。有时,老爹也会主动把家里的蔬菜啊、豆子啊什么的往城里送,借着送东西,老王也要留下父亲住两三天。

可是那年秋天,乡下刚收完玉米,父亲跟往常一样,把新玉米用石碾子磨成玉米糁子送来,老王和他两个儿子最爱喝这玉米糁子粥,父亲也是每年都要送。老王留父亲只住了一晚,老爹说家里正忙,要回去赶快把麦子种上。老王把父亲送到车站,没等他上车,就急着回来了,单位有事。

再见到父亲的时候,已经是半个多月之后了。老王那可怜的爹已是面目全非,支离破碎地被冻在医院的殡仪馆里。

原来,老父亲为了节约那五元钱的车费,几十里的路要走回家。却没有想到半路被车轧了。交警、刑警处理事故,但这老人的身份直到半个多月之后才确认,才找到老王。

老王以为父亲跟从前一样平安到家,忙着地里的活儿,家里的亲戚乡亲还说呢,这老王头儿这回真沉得住气儿呢,在儿子家里住了这么久。

老王看着父亲的惨状,如万箭穿心,又悔又恨。

那时候要是有手机,肯定会打电话问下父亲到了没有?就算电话不通,就算事故无法避免,但他也会在第一时间赶到现场,及时找到肇事者,更不至于让父亲在那冷冰冰的冰匣子里待那么久!

老王想到往事，满眼老泪。这半辈子，没享受到母爱不难过，早年家穷吃不饱肚子也不难过，但唯有父亲的这件事，是老王心里永远也抚不平的伤。

那地上无主的手机，仍然安静地躺着，不知道它有没有看到老王的泪，懂不懂老王的痛，沉默着。

车停了，三分钟。

老王索性转过身去，不去看胖子下车。只听见胖子穿上鞋，拉着自己的行李箱，走了。

三分钟何其短暂，当火车再次"哐哐当当"走起来的时候，老王转身看那对面的铺下。

那只手机不见了！

"嘿，老王啊老王，你看你都瞎想了些啥呢！"老王在心里嘲笑自己，然后，反倒觉得格外安心，很快就进入了梦乡。

天亮了，火车也终于到达目的地，老王和小刘准备下车。

"啊！"小刘摸遍全身和整个床铺，检查了行李箱和背包的每一个口袋，最后终于发出惊叫："手机呢？我的手机丢了！"

老王愣住。然后淡淡地说：

"嘿！咋这么不小心？真是可惜了的！"

（选自2017年12月青海人民出版社《心无杂念》）

岁月中的一件事

李志亮

我和老马有十多年未见面了,风霜高洁之季出差便可以顺便看他一下了。听说他家乡是柿子产地,柿林多得很呢。

下了车,我信步向老马的家走去。一条曲曲弯弯的小河流过,杨柳依依,河上青青草。我眼前出现了一片柿林红叶,一片叶子就像一团火苗,一大片柿林在秋风里灿燃。走近它,心里热乎乎的。我想到杜牧《山行》诗,若杜牧能看到此景他会改为:"停车坐爱枫林晚,柿叶红于二月花。"

蓦然,一阵阵山歌传来,一位小姑娘迎面走来。这时我才想到这清脆山歌原来是她唱的。看上去才十四五岁,头上扎一双小辫子,穿件乳白色上衣很是显眼。我问:"到马钟家怎么走?"她没有回答,用一双不大而有神的眼看了我一下,"你说的是马钟吗?""对,就是他。""顺着小路一直走,过了小桥,穿过柿林就到了。"

顺着小姑娘指的方向我慢慢地走去。瓦蓝色的天飘浮着白云,幽静的小道和野花散发出浓郁的芳香。到了,一座不大的土墙围了一个小院,两扇黑黑的大门紧闭着,上面贴着一张纸条,写着:"收柿子去了,有事请到柿林找我。"我心里想,怎么从柿林经过就没有见到他呢?为了能见到老朋友,只有回头去柿林了。

到了柿林,抬头望,每一棵树上都挂着上百个火红的柿子,像个小灯笼似的。重重染着碧空,载满了丰收的喜悦。火红的柿子仿佛是一片片朝霞浮动在原野上,红霞千缕。红日照着柿林,风萧萧斗着霞光,柿林如画。此时,我感受到了大自然温暖之美。

在一棵柿子树上,只见一位穿白色上衣的小姑娘攀在梯子上面摘柿子。那不是在路上见到的小姑娘吗?她一边忙着,一边唱着小曲:"一片叶儿一片心,心齐废铁变成金。金山银河哪里来?全靠党是好母亲。"

我被这浓郁的民歌吸引住了。我鼓起勇气问小姑娘:"你见到老马吗?""见到了！一会儿就来，耐心地等吧。"

　　我正在欣赏着这飞彩流丹的柿林，突然，只听得"啊——"一声，那摘柿子的小姑娘从高空坠落下来。我离她远无法抢救。在这千钧一发之际，见一人冲到树下，等人从空中落下，他先是一推，身体跃将起来，把姑娘接住，姑娘平安无事。我忐忑的心也从空中落了下来。我快步跑到面前一看："噢，是你呀！"此人正是我要拜访的老朋友老马。我拍着他的肩膀说："真是高人不露相啊！多年不见还是老作风呀！"他笑着对我说："无名小卒干些小事算啦！""是啊，过河卒顶半个大车呀！"说话间老马紧紧握着我的手，我有点受不了："你是摽力气呀，还是要比武呢？"此时，老马才松开手，"哈哈"一阵大笑。

　　"这一带人都知道老马！"小姑娘说话了。还是古人说得好：山不在高，有仙则名。水不在深，有龙则灵。这片柿林有了老马，就有了安全与保障。我这次拜访老马收获了不少。

（选自2018年6月4日《三亚时报副刊》）

缝补的时光

温 洁

缝补的时光是珍贵的。

我生活的陕南安康,是一个温暖的小城,享有南方的北方、北方的南方之美誉。随着全球变暖,寒冬好像也没北方那么冷,仅仅是比秋天更冷一点而已。而今年有点异常,寒冷来得更早一些。刚到小寒,温度一夜之间就降到零下6摄氏度,为了御寒,我给女儿找出了最厚的加绒保暖裤,并且温馨提示:今天特别冷,穿上加绒裤保暖。女儿并没有反对,摸了摸,就穿上了。已经读初三的大孩子,早已开始爱美了,在镜子面前晃了晃,看着本来粗壮的大腿更粗了,冲着我只吐舌头。天空灰蒙蒙的,清晨的风,格外凛冽,雪花飞舞着,寒到彻骨。女儿坐在我的摩托车后面,紧紧地抱着我,我能感觉她腿的温度。

下晚自习回家,已经是十点钟了。每天准时接送女儿是上初三以来我必须做的事,学习压力伴随着青春期的冲动和叛逆,只有浓浓的爱才可以稍稍缓解。

今天亦是如此,我和女儿迎着风和雪一起走进家门。她放下书包,走进卧室,就开始叫我:"妈妈,我的裤子破了一个小洞洞,请你给我缝补一下。"我以为是她在开玩笑,全然无动于衷,还完全不相信地冒出一句:"是真的吗?"

"当然了,不信你来看看吧。"我连忙走进她的卧室,裤子已经捧在她手里。

我接过来,左手捧着裤子,右手开始翻找破洞的位置,女儿一直眼睛顶着我。想起我小时候积累的经验,裤子破洞的位置一般是三处,屁股、膝盖、大腿内侧。果然如此,女儿的裤子两个大腿内侧都破了几个小洞,看起来是磨破的,附近还有磨得快要破洞的痕迹。

家里的针线盒,从来没有用过,竟然不记得它躲在哪里。给母亲打电话,她说在大卧室柜子最里面的角落里。我走进卧室,打开柜子的门,看着遗忘的针线盒,眼前浮现出母亲为我缝补的时光……

缝补的时光

我出生在二十世纪七十年代末期,成长在八十年代。那时候,大雪是寒冬的名片。白的树,白的草,白的房子,白的麦苗,微微露出一点绿色,便成为寒冬里最顽强的生命。求学的必经之路,全是蜿蜒崎岖的山路,雪花常常在一夜之间覆盖了全部。山村小路的积雪有时超过二十厘米厚,怎么上学全然是不用我思考的。我的母亲一总是早早为我准备了早餐,有时是鸡蛋炒黄金米饭,有时是酸菜面条,起床就有热气腾腾的早餐吃。

那时候,母亲三十多岁,穿着外婆给她缝的碎花棉袄,我穿着母亲给我缝的碎花棉袄,在洁白的雪地里,成为冬季最漂亮的母女装。母亲每次把我送到兴隆寺小学门口,看着我走进教室,走到座位上,踮起脚跟看看窗外,用眼睛给母亲示意,或者点头示意。看着母亲转身,离开,我才坐下,取出语文书,开始晨读。

乡村的冬雪,永远是孩子们的最爱。上课时,雪花偶尔从木格子窗,钻进教室,大伙儿立即伸手去抢,常常是谁也没抢着,却被老师逮着正着。"你们在干啥?"一声质问,教室立即恢复平静,我们屏住呼吸,不敢抬头,不敢回答。老师停顿片刻,继续教生字,组词,造句,领读,或者继续讲加减乘除的奥秘。下课的铃声响了,老师刚开始往外走,我们就往外跑,争先恐后地跑出去玩雪。吃雪,这是一二年级学生的最爱;打雪仗是三四年级孩子的最爱;堆雪人是五六年级孩子的最爱。这些事儿,我们都干过,也都乐过,都不曾忘记。

印象最深刻的是四年级时的那个冬天,雪特别大,持续了一周。有天中午放学了,我们这些因为路远,不回家吃饭的孩子,就在一起堆雪人,雪人堆得又高又肥,就是找不到红色的东西点缀嘴唇。和我住一个小院的六年级大哥哥黑娃提议,把我的花棉袄口袋里的布剪一小块,我毫不犹豫地答应了。雪人堆成了,白色的外套,两个拇指大小的石炭做成的眼睛,红色碎花布做成的小嘴巴,头顶是稻草做成的帽子,静静地站立在学校的小院子里,成为师生们眼里的艺术品,也是我们童年生活最美的记忆。

那天回家,我战战兢兢的,害怕母亲发现了,那是新棉袄。越是害怕,越是糟糕,口袋里露出了雪白的棉花,直逼母亲的眼睛。坦白从宽,这是母亲的规矩。实话实说,就等着母亲惩罚吧。母亲睁大眼睛,盯着我的眼睛,我丝毫不敢转移视线,直到交代完毕。奇怪,母亲竟然没有扬起宽厚的手掌,也没有愤怒地呵斥,只是冷静地说:"以后不要这么糟蹋东西了,要爱惜!"

就是那个晚上,煤油灯下,我写作业,母亲就在灯下为我缝缝补补,用一块相同的花布修好了口袋的缺口。那一晚,我始终没有心思写作业,偶尔抬头,眼里全是母亲一针一线有序地交替，那是缝补幼稚的童年，也是缝补童年的纯真。

母亲拼接布块的别具匠心是最让我折服的。我的花书包是母亲缝补而成的，妹妹的花棉鞋是母亲缝补而成的，弟弟的枕套也是母亲缝补而成的，就连扫帚把上握手的地方也有母亲缝补而成的布套子。母亲的缝补就像今天的一日三餐，成为习惯；那时候感觉她毫无目的，就是为了打发时间，现在才明白那是为了陪伴我们写作业。等我们写完作业，她逐个认真检查，全部正确了，才让收拾书包。她就给我们端来洗脸水，按照从小到大的顺序，依次洗脸，形成规矩，谁都不曾破坏，然后一起睡觉。

记忆里，外婆的针线活是村里出了名的。我出生三个月后，就一直住在外婆家，每天跟着外婆，寸步不离。自我记事开始，外婆的时光也与缝补紧密相连。母亲是老大，有两个妹妹、三个弟弟，家里的衣服都是阶梯式地换着穿。母亲结婚都很多年了，衣服都是外婆缝的。小姨穿的衣服，很多都是母亲和二姨的旧衣服，小舅穿的衣服也是大舅二舅的衣服改制而成。外婆如果生活在今天，一定是极有天赋的服装设计师，她能把黑色和蓝色的布缝制成复杂的中山装，也会用碎花布缝制圆领或V领的无袖衫。尤其是她用小姨穿旧的白衬衣，为我缝制的"小衣服"，贴身穿着，十分舒适，还让我一下子明白，傻傻的小屁孩开始长大了。

我不知道，缝补技术是遗传，还是天生就会。母亲的针线技术也不错，她为我们缝制的衣服，在小伙伴的眼里，都是漂亮的。比起有的孩子，衣服的扣子掉的只剩一两颗，遮不住前胸的有之，最搞笑的还是裤子的破洞，尤其是屁股那块磨破了，露出一点点别样的风景，常常成为同学们的笑料，甚至不经意间，还有小淘气在后面追着吆喝："漏气了，漏气了……"当事者回头时，众人都用目光灼伤他。羞得其如受惊的小鸟，倏忽间跑远了，消失了。

在我上中学时，家里终于有了第一台现代化机器，那就是缝纫机。那是母亲一年养了三季蚕宝宝，卖了两头肥猪，省吃俭用，攒下的385元钱，为家里添置的宝贝。摆放在堂屋里，屋内是灰白的墙壁，屋外是青黑的瓦顶，大门敞开着，缝纫机就是房子里最好的装饰物，又是母亲缝补的最好工具。正是有了缝纫机，缝缝补补的事儿都有它帮忙，手工针线渐渐地淡出了人们的视线。

自从家里有了缝纫机，母亲缝缝补补的事儿就增多了，邻居们大婶大叔家的衣服剐破了，裤子磨烂了，都是拿到我家，由母亲踩着缝纫机缝补。缝纫机是半自动的，靠双脚有节奏地踩踏，踏板带动皮带，转动机头，密密麻麻地行走，缝补的针脚，细而密，看起来整齐，穿起来更结实。

再后来，母亲还专门去参加了缝纫培训班，学会了裁剪各种样式的衣服，乡亲们都把新布料拿到我家去做衣服。母亲抽空做好了，给他们送到家，还要让他们试一试，一般都很满意。

而此刻，拿着女儿破洞的裤子，让我缝补，我竟然不知从何下手。目光凝视着柜子里红色爱心形状的铁盒，这是结婚时母亲为我准备的针线盒。慢慢打开铁盒，红黑灰蓝，绿白褐黄，各种颜色的线，各种型号的针，都藏在这里面。除了多年前自己钉过扣子外，我从没有缝补过任何物件。这些针线，看起来很亲切，也很陌生。

女儿的裤子是灰色的，我拿出灰色线，取出一根三厘米长的较细的针，针引线，线头好像故意和我玩游戏，一次次都拒绝我。女儿看我笨手笨脚的样子，主动提出帮我针引线。她戴着150度的近视眼镜，一次就成功好了。我接过针线，把裤腿翻过来，缝补在里面，才不会露馅。在线的末端打个结，把破洞的位置尽量对整齐，然后轻轻把针穿出加绒的边缝，一针一线，慢慢地，笨笨地，从破洞的最右端缝补到最左端，再从最左端缝补到最右端。这样缝补过后，应该不会再破了。再把裤子翻到正面，检查一遍，几乎看不清线头，分不清是手工的，还是机器缝补的。

女儿接过裤子，细心地看了又看。我猜想，她是在寻找遗漏的缝隙，或者是在寻找某种记忆。我没有问她，也没有打扰她，只是静静地拿走针线盒，放回柜子里。

针与线，缝补的最佳搭档，就像锅与铲，脸盆和毛巾，碗与筷，丈量着时光的脚步，记录着岁月的点滴风尘。针与线，连接着远去的时光，在情感里繁衍。针与线，缝补的是堪惜的记忆，在岁月里升华，抚摸针与线，时光几乎沉默了，耳畔仿佛想起了它们的轻轻絮语。我想，它们谈论的，无非是日子的匆匆流逝。生活的日趋富有衍生的铺张浪费，淹没了节俭和朴素，丢失了不该丢失的东西。

看着女儿穿上我缝补的裤子，我忍住了调侃，她也不再做鬼脸。曾经，衣服裤子不小心划破一丁点小口子，她就坚决不穿；即使拿到缝纫店，用最漂亮的图案贴住残损，也只是周末在家里，偶尔穿一下。大道理讲过无数次，小道理磨破嘴皮子，都是一样的结果。而今天，女儿竟然想起来缝补这种方式，着实是让我震撼，让我警醒。

缝补，与我是一次良好的开端，是最珍贵的记忆。这是一个母亲，天生应该会做的事儿，也是必须会做的事。

缝补，留下生活的印痕，融合情感的冷霜，见证残缺与完美，考验懵懂与成熟。在缝补的时光里，可以品味生活的酸甜苦辣，可以交织岁月的冬去春来。

缝补的时光,无关贫穷和富有,那是传承一代代人的品格,捡拾一个个动情的故事,衔接一代代人的记忆,折射一个个时代的生活缩影,愈是久远,愈是堪惜。缝补的时光,总会流淌在岁月的每个针脚里,风带不走,云遮不住,就连时光也消遣不了。

(选自2016年6月《百花》)

红 绳 结

章熙建

一袭血凝征衣，被时光拧成缀满结头的红绳，穿越八十载风雨飘零而愈加光华灼灼。那是一束穿越烽火硝烟的血色记忆，丝丝缕缕浸润着战火的记忆。

1983年5月，我参加师教导队集训回连队，刚放下背包就被窗外风景所吸引：海堤下狭长平整的生产地，垄头上有一组如哨兵矗立般的石头，黢黑的礁石像士兵刚毅的脸庞，班排落款的石刻蔬菜栩栩如生，鎏红的字痕在暖阳照耀下喷吐艳红，犹如一簇鲜艳绽放的杜鹃花。

海防连队菜地多遭盐碱侵蚀，战士们用卵石围筑保护，改良土壤在广袤盐碱滩成为一道旖旎的风景。我入伍之初，菜地都插着用油漆标示班排的木牌，日晒雨淋让木牌时隔不久就斑驳破裂，常常被肆虐海风掀得不见了踪影。

四川籍新兵就此走进我的世界。指导员赋予我一项重任：出一期墙报，挖掘宣扬咱连的"小能人"！可新兵内敛而寡言，过了许久才道出原委。新兵下连不久，常常围着菜地转圈子，或而远眺迤逦海堤，或而凝视菜地沉思。几个周末后，新兵从海边挑回几块礁石，在海堤下一字排开，取出参军就装在行囊中的钢凿铁锤。此后数个黄昏，海堤下回荡阵阵脆响，与拍岸惊涛汇成绝美协奏。

不经意间出手不凡，让新兵陡然膺获响名——錾刻师。有战友问是否为祖传绝技，腼腆新兵憨笑不语。但这手不凡功夫确实让新兵命运出现转机，时隔两个月，新兵突然被调往百里外的团部。后来，我从指导员口中得知，当时团队正推进海防文化建设，新兵以石匠绝活担当团部海防苑的镌刻手。

翌年秋天，我考上军校离开海防连，但海堤錾刻深嵌记忆。两年后的实习期里，我怀着一种莫名冲动回到海防团，当年的指导员已是团里的宣传股长。别后重逢自是情浓言畅，没说两句便聊到錾刻新兵，可谈兴正酣的股长突然打住话题，拽我直奔海防苑。大雪初霁的海防苑银装素裹，最先吸引我的是高耸石林的四个遒劲的大字——碧海赤魂。远远看去，那抹鲜红仿佛烙印于洁白素笺，亦如一簇燃烧的火炬光耀夺目。

股长突然手指红字问我，你看那字的颜色像什么？没等我思索回答，股长猛然抽回手指戳点我左胸，口蹦钢珠似的吐出两个字——是血！

股长说，新兵镌刻用的是细功慢活。没想到，那天晌午团里突然接到命令，紧急抽调20名战士赴南疆轮战，新兵报过名就匆匆赶回海防苑工地。其实，此前两个月新兵就已凿好林荫道的上百块石刻，看着早已吊装到位的苍鹰造型海魂石，却对着军旅书法家题字左比右画揣摩，直到一周前才将题字放大描出轮廓，说海魂石是海防苑的点睛之笔，得攒足劲道一战功成哩！未承想军人渴望的战场搏杀机遇倏然降临，可点睛之笔才落笔"海疆"二字。许是焦虑工期耽搁会影响入选轮战，錾刻中一锤砸中手指，汩汩鲜血陡然激起心底血性，新兵索性脱下白衬衣，以伤指作笔酣畅淋漓地写下血书。

孰料阴差阳错，这个意外插曲竟助他一臂之力。党委研究轮战人选时，衬衣血书被带进会议室。政委凝视血书良久，点名排上新兵。原来，这个不眠之夜马灯映着月光，新兵独自在脚手架上苦战通宵，几乎是披着旭日光芒开始描红，在朝霞辉映中一气呵成。清晨，政委出操回来走进海防苑，晨曦中一簇艳红蓦然闪入眼帘，恍如红日射线镂刻的天工神笔。政委说，他的心迅即被深深打动，他坚信新兵上战场定会成英雄。

股长的叙述令我心灵震撼。新兵此去不复还，把生命忠诚镌刻成祖国版图的鲜亮坐标。他是在修凿国界线界碑时遭炮击牺牲的，躬曲的身躯抵挡着弹片，却让喷涌的鲜血洒满青石界碑。当夜团队发起强攻，一举摧毁敌炮阵地和数座暗堡，攻破暗堡战斗又有6名海防团的战士血洒阵地。激战凯旋的战友到国界碑祭奠烈士，蓦然发现一夜风蚀雨浸，洒落界碑的新兵鲜血竟注入字槽，那抹艳红在旭日照耀中透出凛然庄严。

当时的指导员作为团队代表，远赴南疆参加烈士善后工作，整理新兵遗物时带回一根褐红布绳。他从保密柜取出说，新兵可把红绳看得比性命还珍贵，自从上前线起就一直拴在腰间，这些绳结看似藏着很沉的哑谜，将来得跟血书衬衣一起存进团史馆。

那一瞬，或许正经受强烈的情感冲击，我竟忽略这根神奇红绳对于一个烈士生命轨迹的串联，仅粗略瞥了一眼缀着8个结的红绳，便茫然若失地仰望天空。时光洗涤，营房门窗油漆都渐渐褪色，唯独镇海石刻字仍然鲜亮如初。蓦地，一种磅礴的力量骤然弥漫周身。我知道，那一刻牵挂情感的是对新兵战友的追怀，而投射内心的则是领略生命忠诚的永恒。

至此，圣洁的血书似已凝固，那份生命感动也沉淀记忆深处。2005年秋天，我出差成都正待踏上归程，脑海忽然浮出一张面孔，那是海防团的錾刻新兵。我随即登车奔往通江恩阳古镇，没想到的是，此行竟会邂逅悬念心头20年的谜底。

伫立巍峨高耸的红云崖前，令我恍如置身梦境。巨大崖壁上"赤化全川"四个巨字一线铺展，楷魏糅合，碑意浑厚，在赤红崖体和苍翠林木映衬中恢宏壮观。

史载，1932年12月，李先念、徐向前率红四方面军经数月苦战，翻越大巴山经两河口入川。次年5月空山坝战役后，川陕革命根据地迅速扩大到20多个县，红军发展逾8万，红旗漫卷如闪电撕裂川东北的黑暗夜幕。毛泽东称赞："川陕苏区在争取苏维埃新中国伟大战斗中，具有非常巨大的作用和意义。"

秋日云高日朗，数十红军战士立于高若天梯的竹架，叮当脆响中岩屑飞扬字迹渐显。那一刻，川陕省委宣传部部长刘瑞龙恰巧策马路过，面对崖岩上"国民党是帝国主义走狗"的石灰字坯，勒缰沉吟片刻，提出一个响亮的口号——赤化全川。现场的苏区模范小学张教师当即挥毫书写，这条旷世巨作由此诞生。

这是中国革命的战争奇迹。千百年来石山窝百姓一锤一凿，把生命梦想錾进冰冷石头渴望奇迹降临。唯当雕刻技艺与红军精神结合，沿袭千年的金石碰撞终于绽放耀璨光芒。在川陕革命根据地，尚存红军石刻标语、石刻图画、石刻楹联2200余幅，以通江地区保存得最完整、字符面积最大。

我还获知一个珍贵细节：一天黄昏，巨幅标语錾刻时，两架敌机突然出现在红云崖上空，盘旋俯冲中以机枪猛烈射击，8名正在錾刻"全"字的战士中弹，鲜血浸红硕大的撇捺字槽。

残阳如血，红云崖如血浴般通体赤红。8个红军战士7人牺牲，仅有那个皖西金寨籍战士腿中两弹，命悬一线。军医就在崖顶施行手术，因山高路险决定寄养山腰狩猎棚。黝黑寡语的石姓猎户愣瞅着伤员半晌，突然抓起担架上鲜血浸染的军装上衣，一把塞给16岁的儿子，骤然厉吼："走，今起你就做红军！"

这个猝发之举为一段壮烈埋下伏笔。翌日清晨，猎户的儿子背着伤员的钢凿铁锤加入錾刻队伍。红军开拔北上，猎户把伤员背进红云崖山洞，而穿着伤员血衣参军的小红军，最终于红三十军向北远征的首场战斗中牺牲。那个红军战士伤愈后，即与猎户的女儿成婚留在红云崖。许是为躲避国民党军搜捕，抑或为报恩而改随猎户的石姓，终其一生默默守护着红云崖石刻标语。

疾风掠过危崖发出訇然啸声，如击鼙鼓叩击我心弦——当年红军是以怎样气吞山河的气魄，在苍茫大地书写震撼乾坤的誓言？那些单薄身躯又是怎样拢成开山裂石的巨掌，拓印新生共和国的血色基因？

思绪间阵雨飘落，秋雨冲刷让擎天巨字愈加亮艳。转眼氤氲飘浮苍山如海，红云崖忽又回归神秘威凛。自然变幻拨动心绪，我的眼前倏然浮现一个泛黄场景——

红军北上抗日，敌军势必对苏区展开篦子式清洗。那个凌晨，红军伤员带着几个年轻赤卫队员，在晨曦中腰系缆绳缒下崖壁，用稻草灰调米汤将巨幅标语细细涂掩。数日后，崖壁字迹荡然无存，伤员这才盘腿端坐山洞口陷入痛苦沉思。良久，取出血迹斑驳的军裤，用匕首割下被子弹撕碎成缨条状的裤管，咬牙搓成两尺长的拇指粗布绳。那一刻，红军战士涨红的脸庞满是激愤。

结！这一瞬心智灵光突闪，那个渴红的绞丝球状体，宛如霹雳惊雷从弹雨硝烟中荡来——就像把仇恨的子弹压进滚烫枪膛，红军战士咬牙在红绳上打下一串结。那绳头串珠相连的7个结，是牺牲于红云崖云梯的錾字战士；相隔半掌宽的第8个结，当是身穿血衣雨夜参军的猎户的儿子！

谜团云开雾散，我决意去寻访錾刻新兵石继红的家人。俊秀的导游姑娘善解人意，很快把我带到镇东一间老屋跟前，那是间青砖黛瓦的三厢平房，窗下墙体都是红石砌筑，足见主人当年的勤劳。姑娘说曾听镇上老辈讲起过，这家伢子去南疆打仗牺牲了，后来烈士妹妹也让部队接走参了军，跛脚石匠过世后就没再见后人回来。

我默默地听着，目光凝落百年老屋木门的铜锁，意外遭遇的凋零清冷让我陡生悲怆，唯有抚摸门框上的残缺字迹，才让心底生发些许热血激荡的回暖，那是当年敌军铲凿苏区楹联的遗痕。蓦然抬首，一抹艳红倏然撞进我的双眼，是一块"光荣之家"牌匾，虽落满灰尘却难掩曾经的庄严。跛脚石匠——錾刻新兵，红绳扣结——浴血南疆，那一瞬脑海迸射血火激扬的叠合碰撞，苍穹仿佛传来清脆声音：这就是錾刻新兵的根！

辞别古镇后，我径直赶回海防团。血浸红绳已陈列新建团史馆的玻璃展柜中，血书衬衣也静静侧卧相随。瞩目凝视，褐红布绳在壁灯照映中显得悲壮凝重，静默无语的8个绳结闪烁幽幽光泽。但我仿佛正触摸8个鲜活生命，那般瘦削却坚韧的背影耸成一组醒目的路标。蓦地，我想起远古祖先留下的绳结、贝串，那是人类文明的肇始之光，而这血浸的红绳结，何尝不是一缕红色基因的血脉源头？

思绪峰回路转，我想对身侧的新任团政委说——这根红绳还应再打上7个结……但翕动嘴唇终究没说出来，因为那个瞬间，血书衬衣寒光一闪，有个信息直达我心间：岁月或许有天也会把它搓成绳缀上结，那将又是一道血铸的辉煌！

（选自2018年10月27日《人民陆军》）

敦煌，我虔诚地走进你

李玉真

还是懵懂着青春的20世纪70年代初，热血之浪让我越千里河西，第一次走进你。那是落脚即绽开尘花的小街，是与尘土一色的土屋群。我本是为了却对莫高窟的暗恋而来。是一种因缘让我必经一段心灵之路。

那天我看见了传说中只有敦煌才有的李广杏，满满地装在柳条筐里，金黄如宝。筐旁有一位中年男子，他有尘土一样的皮肤，那神情就像在等待丢失宝物的主人。我与几位同路人走了过去，才两角钱一斤，太便宜了，于心不忍。有人问，一斤两角五分行不行。那人说，不行啊不行啊，你们先尝尝，好吃再买嘛。

几人尝着，一个又一个，满脸陶醉。我凝视着卖杏人的悦色，没有品尝，情不由衷地捍卫那尘土般的质朴与善良。我付了钱，小心地捧起金黄之宝，说声谢谢。

几次回望。难舍那个神情，那个心灵。

我去了书店，去了大街小巷、民宅寺庙，去了莫高窟。敦煌，我要寻找你的心灵。

上古的羌戎把尊土地水草为神圣的游牧心性留给了子孙。从初民到大迁徙，到张骞出使西域开通丝绸之路，再到你有了敦煌这个名字，开始了"咽喉之地"的兴衰之旅，你一直在等待灵魂的落脚处。

莫高窟，第一次走近你，我想起了山顶洞人，一个上古时期原始人集体祭祀的场景在阳光与阴影的闪动中隐现。山洞离天近，他们祭祀心中的神，神在天上。面对九层楼，我想起苏美尔人的古城中名叫齐古拉特的梯形塔，那是用来祭拜神灵的，塔离天近。千佛洞的建造，有浓郁的宗教意味。

石窟……饿鹰在追捕一只鸽子，为了拯救鸽子，尸毗王割下自己身上的肉去喂老鹰。太子萨埵那见母虎和七个小虎饥饿难耐，他担心母虎饿极吞食小虎，就舍身饲虎，因而成佛。这是令人揪心的最为彻底的慈善。佛教经变故事教化的力度直刺观者的灵魂。我无言以对。

带着女性慈善面容的佛像似乎在告诉我，慈善是千年掘洞人的寄托，也是敦煌民众的心灵依附。

"禅定消长夜，心中不觉寒"，我仿佛听见参悟诗。寺庙僧人讲论，民间禅音绕梁，静修至德的崇尚在空气里，与氧气一样为人所需，延续不断。

丝绸之路，在必经的土地上播撒着新的种子和雨露。敦煌，你原本就是生命繁衍的土壤。当外来文化与你的地气相接，你就像莫高窟壁画和藏经洞的收藏一样，图景纵横，内容丰繁。

我抚摸着古城的形状，是"向往美好、从善如流"宛若阳光四射，让我透视你的内里。

我循着敦煌曲子词遥远的吟诵之声，仿佛看见夕照下飞扬的尘土里折射出男女束装上阵的身影："大丈夫汉，为国莫隐身。单枪匹马盘阵。""女人束装有何妨？装束出来似神王。"

行商"无数铃声摇过碛"，坐贾"要者相问不须过，交关市易任平章"。来往的不仅有诗意的驼铃声，还有商家对买者相问的不厌其烦，更有交易平等不欺诈的民风。

敦煌，那是民众守卫家乡的博大情怀和飒爽英姿；那是街上商家的遗传基因。唔，李广杏金黄如宝，那是爱国将士盔甲的金光，那是闪着金光的纯朴之心。卖杏人是自然的传承人。传承已是敦煌民众自然而然的习俗。

千佛洞、白马塔、西云观、阳关烽燧残丘……任性的岁月摧毁她想摧毁的一切，所剩无几的是岁月的恩赐。但见文学艺术和民风习俗携带着敦煌的厚德载物，无视风暴、自强不息，跨过岁月的高岭深壑，行走不停。

从青丝到白发，我时而来看你。阅读你。阅读石窟艺术无名画师的心胸和艺术表达；阅读从常书鸿开始几代艺术家对石窟艺术的挚爱；阅读变得繁华却依然从善如流积极进取的古城；阅读从张议潮归义军时期的文坛领袖、名僧悟真到当下诗人方健荣等敦煌人的诗词歌赋；阅读高山、杜永卫等一代画家雕塑家的风格与新意。

真可谓浩如烟海。只能大海里捞针，捞上一针也是喜。尤喜于我阅读的喜。

读不尽的敦煌，我又走向你。此时，心里的浮尘向外飘落，世间的噪声八方消散。

在莫高窟、博物馆、图书馆、书店、寺庙，我感觉自己的肉身如此渺小，而精气神被强风鼓动。

在鸣沙山下月牙泉边，我情不由衷地问自己是否真正的爱着，永不枯竭，永不放弃。

　　站立在阳关千年不倒的烽燧残丘旁，我羞愧于不曾有持之以恒的伟岸的孤独。

　　面对莫高窟无名画师无私的魂灵，我暗问自己是否在乎虚荣的名分。

　　走进画室倾倒于新的敦煌艺术，我禁不住催促自身空白的填补。

　　我寻找着卖杏人。我对每一个商贩以及所有本地人都带着敬意。

　　一位叫非我的朋友对我说：一步一禅。我惊讶地发现，这就是我感知的莫高窟，感知的敦煌古城。莫高窟，你从公元4世纪开掘第一个洞窟开始，就坚守禅的艺术、艺术的禅，千年不变。敦煌，上古时你还在孕育中就开始积蓄这个禅意了。你在沧桑巨变中动形而静心，虔诚的子子孙孙总是与你牵着手，走着修炼之路，一步一禅。

　　一步一禅，这是我不惑以后企望的人生之旅。原本我以为我的天地已经辽远雄阔。我胸怀帕米尔高原和塔克拉玛干沙漠组合的雄浑西部，蒙古草原和瀚海戈壁铺就的辽阔北部，横断山脉和云贵高原精雕的绿色南部，青藏高原世界屋脊和喜马拉雅傲立于世的西南部。敦煌，是你的禅音在我的心里回旋成充满善与美的无垠的圆，越过大地。我感觉那就是你的心胸，是你的灵魂搁放的地方。

　　人生不过百年，能行走于博大而纯净的心胸里，最是幸运。

　　敦煌，我虔诚地走进你，继续阅读，沐浴心灵，为静心前行，一步一禅，如你。

（选自2018年8月敦煌文艺出版社散文集《诗与远方 如梦敦煌》）

危房里的贫困户

申瑞瑾

我不知怎么形容向长青的家，与其说是房子，不如说是棚子。若非他的邻居告知，我甚至以为是谁家废弃的杂屋。年久失修的平房靠些水泥砖糊弄成一座所谓的小院，中间的外墙露出一点破旧的红砖。门口靠几根旧木梁撑着，胡乱搭着些雨棚，房顶也是青瓦、红瓦和塑料瓦混搭，墙边胡乱码着些干树枝。

邻居帮我从地里找回了向长青。他蓄着花白的山羊胡，平头，矮个，模样周正，翘鼻子，抬头纹很深，猛一看像个特型演员。他招呼我在门口的长凳上坐下，我跟他边核对资料边交谈，得知他61岁，本是外乡入赘的上门女婿，前妻二十几岁因病去世，后好不容易在外县娶到现在的妻子，智力有些障碍。第一任岳父岳母都是他送的终。

他的妻在一旁冲我笑。邻居插话，别看她不算聪明，帮他生了个好儿子！说到儿子，向长青的神情活泼了，儿子17岁了，初中毕业就去浙江打工了。

他脚蹬一双烂胶鞋，穿一件破旧的黑工作服，右上方还挂着胸牌，露出"深圳"两个字，衣服敞着，里面没穿背心。我有些心酸，委婉地问，下次我带点旧衣服来，你嫌弃不？他忙说，哪会嫌弃，村里人也时不时给我旧衣服呢。

当地村民一般家家户户门口打有摇井，他家没有。其实他打过一口井，出来的水是浑的，喝不得，只好在邻居家挑水吃。等他时我围着他的屋子转了一圈，从一处空隙望进去，确实看到方寸小院里的一口废井，井边有两棵树。

次月，入户登记产业奖补情况。他是低保兜底户，不用登记。我专程去了他家，带了几大包旧衣物。

进了他的屋，进门两张横竖挨着摆的木板床，不知睡了几十年的。右侧的床该是他儿子在家住的，床上胡乱堆着些衣物。我问，衣服怎么不放柜子？他不好意思地笑了：家里没柜子，就这一间睡房，还有间杂屋。我在里屋待不住，到侧门口，拿出些衣服要他妻子试，她一脸的快活。邻居逗她，伸着大拇指夸她，你穿上去漂亮多了！她喜滋滋地摸摸衣裳，又望望我，对着向长青伸出小指，又对我伸大拇指。邻居笑，她在怨他不给她买新衣穿。

告辞时，他执意留我吃午餐，说家里养有鸭子，杀只给我们吃。哪敢麻烦他，我们赶紧道谢走人。

又去，已到深秋。他的妻在家。邻居喊她：上次给你送衣服的同志来了！她闻讯奔出来，跑近我，亲热地拉着我咿咿呀呀。邻居说，她认得你哎，早两年她都不认得人！向长青又是从地里被找回来的，他还帮外出打工的邻居做着几亩地，可以多挣些粮食。我说，这次是帮他来注册社会扶贫APP的。他有些手足无措，说，村里以前发过一部手机，从没用过。我要他找出来充上电，我给充点话费。他跑回屋里，在床边的矮柜抽屉里找到一张纸条，上面写着个手机号码。我拨过去，打不通。问，确定号码没错？他说，是这个号码呀！我想，一直没缴费，估计手机号过期了。只好将情况反映给单位的驻村扶贫队长，队长说，年前单位会给贫困户每人赠一部手机，预存两百元话费，到时就能帮他注册了。

再入户，他家屋前的芭蕉树叶子已泛黄，几只鸡在树下觅食。这回，他和妻在家。他站在芭蕉树下怯怯地问，听说对贫困户有危房改造的扶持？我说，有的。你儿子将来要成家，是得建个新房。向长青开心地笑了。

近日，参加某县的文化扶贫。在山寨公路边，数栋一模一样的三层楼拔地而起。村支书说是给易地搬迁的贫困户住，有四十多套。我问，住进去要收钱吗？她说，人均25平方米，每人收1000元。有三居室，也有一居室、二居室的。

那会儿，我想起向长青的家。2018年是推进脱贫攻坚的农村危房"清零"年，听说，他家也快住上新房了。

（选自2018年9月3日《中国纪检监察报》）

一季荷风醉心香

卢慧君

六月的风，温热中携着淡淡的荷香，穿过小溪、越过田野、翻过山冈，扑面而来。鼻翼轻启，那细细的、略带苦涩的香息缓缓地流入心田，沁人心脾，生动了身上每一处因繁忙而倦怠了的细胞。美好的情愫在心底氤氲开来，诗意地随风舞动。

微闭着双眼，想象着你亭亭玉立、娇羞俊俏的模样。心再也无法平静，终是放不下对你的挂念，不愿错过这一季的花开。带着懂你的如雪初心，与风相携，浅行在夏的深处，走进荷盛开的方塘。

方塘四周，草木清幽、溪水潺潺、杨柳堆烟、黄鹂深鸣、素花淡淡、彩蝶翩跹。给荷塘勾勒了一条精致的花边，像展开的一轴巨幅画卷。

连绵的荷塘里，挨挨挤挤的荷叶像一个个碧绿的大圆盘，又如一把把撑开的绿色小伞，有的乖巧地贴着水面，有的张扬地高高挺起，撑着一夏的清凉和幻想。

"红白莲花开共塘，两般颜色一般香。恰似汉殿三千女，半是浓妆半淡妆。"田田的荷叶深处是那白的红的恣意欢颜的莲，如碧空中散落的星辰，白的如玉、红的似霞。有的含苞欲放，羞涩地涨红了脸；有的微微绽放，似满腹的心事，欲说还休；有的开到荼蘼，可见里面嫩黄的花蕊，及花蕊下藏着的嫩绿的莲蓬。

蝶恋花，花恋蝶。有蜻蜓、蝴蝶在荷花深处翩跹飞舞，亲亲这朵，又吻吻那朵。是在寻找旧年的故知吗？是在诉说别离的相思吗？还是在约定下一季的重逢？

蝶全然不顾我的存在，肆意表达对花的爱恋。就这样，我不小心窥探了蝶与花在这个夏日午后的私情，偷听了她们在这个夏日午后的密语。我静立一旁，屏气凝神，生怕惊扰了她们的美梦。

风乍起。满池的荷叶随风翻起阵阵绿浪，此起彼伏，一顺儿划过去，荷花随之轻歌曼舞，娉婷优雅。荷韵深处，繁花似锦，芳菲四溢，暗香涌动。

一声惊雷，雨翩然而至。这真是一场难得的及时雨啊！雨在风中纷纷乱乱，

"叮叮咚咚"作响，惊得青蛙"呱呱"大叫，四处逃窜。一时，雷声、雨声、蛙声响彻一片，搅翻了这个宁夏的午后。很快，雨点连成了雨帘。荷塘上空轻烟袅袅，荷花、荷叶氤氲在乳汁般的雨雾里，如出浴仙子。有少年扯起荷叶顶在头上，奔跑在回家的途中。

夏雨微凉，丝丝入心。就喜欢这样隔着迷蒙的雨幕，听雨打荷叶如珠落玉盘的声响，又似悠远的梵音在耳边兀自浅唱：看莲"那低头一笑，千种风情绕眉梢。香腮冰洁，胭脂无染去粉饰"的娇羞。更喜莲出淤泥而不染，濯清涟而不妖；绽放，不疯狂；凋零，不慌乱。与莲并肩，相顾无言，参着莲的禅意：弃浮华，淡名利，抛杂念，绝世俗，潇洒达观。

"雨馀无事倚阑干，湄水荷花粉未感。十万琼珠天不惜，绿盘擎出与人看。"风住雨歇，荷叶更加碧绿通透，荷花更加鲜艳润泽。荷叶、荷花上的露珠似洒下的万千琼珠，在阳光下熠熠生辉、明亮耀眼。

"我是你五百年前失落的莲子，每一年为你花开一次，多少人赞美过莲的矜持，谁能看懂莲的心事。我是你五百年前失落的莲子，每一年为你心碎一次，多少人猜测过莲的心事。慢慢风干变成唐诗宋词。"善感的心漫过一阵疼痛，人们只看莲的美丽，赞莲的纯洁，谁能懂得莲为了这一世的绽放，在黑暗中的漫长等待和污泥里的痛苦挣扎。"玉雪窈玲珑，纷披绿映红。生生无限意。只在苦心中。"生活中，有多少如莲的女子，我们只见她人前的明媚笑颜，几人知道她欢颜下的隐忍？我是那个懂莲心事的女子，更愿做池中的浮萍、鱼儿，守候莲的一生。

六月，注定是荷的季节。门里门外，都是莲的倩影，荷的清香。花枝鼎盛，清荷满池，是夏日里最明媚的色彩。那曾诗意地撑起我们欢乐童年的荷叶，那曾装点我们素淡流年的荷花，都是我心中最曼妙的风景。

（选自2018年6月25日《华商报》）

你的浩然正气

唐志强

你，自幼聪颖好学，才华出众。你家道殷实，为人忠厚。

你，乡里誉为"过目不忘，开口成章"；你也有应对如流的神童奇才。

你就是扶风县知事为你竖碑两通，皆为高约丈许的青石神道碑的明代南京浙江道御史，扶风县南阳乡鲁马赵家村人赵志孟。

十岁那年，学馆老师给你起了一个叫"思孟"的学名，意思是常思孔孟之道以为人。你听后，并不以为然，你说：常思孔孟之道以为人，何如立志做个孔孟那样的人呢？不如改为志孟更好。

随着时间的推移，到了明朝晚期，朝纲败坏，民怨载道。此时，你任南京巡按、浙江道监察御史。在朝廷劳役、赋税的重压下，云南、广西等几个省的少数民族聚兵反抗朝廷，连破数州，朝廷下诏欲合兵讨之。

你，得知情况后，上书朝廷，给皇帝上报了一份平息叛乱的策略书。

你认为，直接征讨胜负没有把握，大明朝还不如安抚叛臣，若他们不愿安抚，再用兵征讨也为时不晚。

你，愿意骑马前去，充当这个危险的安抚大任。

我不知道你用如何美妙的言语打动了没有主见的皇帝。皇帝听到你的汇报之后，欣然允许，他居然同意了你这真切的请求。

那一天，你不顾个人安危，没有带领一兵一卒，走进滇军军营，平息了事态，安定了地方，使民众免受了兵灾之苦。

明朝皇帝看到了你的能力和胆识之后，委任你为江浙监察御史。

你上任之后，主张"惩恶扬善"，倡导"以富济贫"以解民众生活困苦与积怨。你的好心没有得到好报，结果引起江浙一带一些恶绅的不满，便勾结朝廷奸臣，给你罗织罪名，上书朝廷诬告，陷害忠良的你。

无知的皇帝听信了奸党谗言，于崇祯十六年下诏将你处死于南京。

那一天，你的儿子赵铁镐泪流满面，站在南京的土地上，仰望着遥远的家乡扶风，满心的悲切和无助。此时的你突然想起父亲生前常说的一句话：落叶归根。

为了完成父亲的心愿，丝路古道，马蹄飞扬，你就把父亲的尸体运回老家，安葬在家乡扶风的鲁马村金嘴。江浙一带的老百姓知道你被皇帝处死后，自发地加入拉运尸体的队伍，流泪送行。

你在黄昏中独自哀怨。你的儿子赵铁镐在漆水河边形影相吊，他呼喊着你的名字，却依旧没有任何回音，也没有人应答。

从春天到秋天，从秋天到春天。

时间到了清朝，此时已到了你的一百周年纪念日，这天是1743年2月。时任扶风县知事为你竖碑两通，一通立于扶风县城东大街驿馆门前，一通立于你家乡的天度镇鲁马赵家村东大路口，两通皆为高约丈许的青石神道碑。

民国时期的扶风县衙西院花池内，陈列奇石做假山，高八尺，正面刻有"岐东石"三个大字，下刻明代邑人赵仲玉赞文："尔形则瘘，尔貌则陋。胡为重尔，尔心则透。"示意人们应当心地坦荡，虚心待人接物。这块奇石来自江南，北方罕见，色墨黑，似片石连接而成，接连处多陷孔洞，有的全透，有的半透，类似"太湖石"。这块"太湖石"是你在任南京浙江道御史，喜此石，由南方运回，因过重分作两块，一块留在扶风县衙，一块运回故居赵家村。

你也许不知道，新中国成立后，你们赵氏家族将珍藏的"御史笏板"交给扶风县博物馆。1983年正月，你的后裔家族120余户500余人将在"文革"中埋葬于地下的"御史碑"和"太湖石"挖出，又耸立于赵家村口。

我知道，现在立在鲁马村游园广场中央的"御史碑"之上蕴含的一个村庄的厚度；我知道，三百多年之后，你等到了幸福的喜悦，你等到了你的子孙对你的思念；我知道，你在野河山前最后一次的回眸；我也知道，你在天庆河边的最后一次翘首；我也知道，你在明朝皇帝面前的最后一次低头。

你就是赵志孟，那个让贼匪奸臣吓破胆的扶风豪士。

扶君子之风，你走的时候，只留下一身的浩然正气！

（选自2018年1月5日《文化艺术报》）

在眉山，仰望一个灵魂

徐祯霞

在没来眉山之前，竟然不知苏东坡是眉山人，这个，想想，自己都不禁哑然失笑。

是啊，这么多年来，一直喜欢苏东坡的诗词，熟读他的诗文，只知他是大宋名震朝野名贯古今的文人才子，却少关注他是哪里人，出生地在哪里？自小有一个习惯，喜欢一个作家，就只读他的文本，少关注他的奇闻逸事，有时，觉得杜撰的成分太多，所以，便也不以为意。

坐拥眉山之境，忽听苏轼生自眉山，顿觉寡闻之感，不禁自嘲，虽自诩苏粉，却是一个完全不合格的苏粉，竟然连苏轼的出处都没有认真地了解和确认过。

苏轼生自眉山，我打量着这片土地，不由肃然起敬，突然间，心中生出种种疑问和慨叹，眉山，眉山，这是一片怎样的土地？会诞生如此一个伟大的灵魂！这是一片怎样的灵山秀水？会诞生此等的一个旷世奇才！这里有着一个怎样的了不起的妇人？会孕育出了这样一个文学巨匠！我不禁生出了想追根溯源的愿望。

哦，苏轼生于眉山，具体时间为宋仁宗景祐三年十二月十九日，1037年1月8日。其父，苏洵，育有三子。兄景先，早亡，卒时，年仅八岁。苏轼为次子，似乎是还有妹妹的，生世不详，其下还有一个弟弟，名为苏辙，这我倒是清楚地知道的，唐宋八大家，苏洵、苏轼、苏辙父子三人均列其中，可谓一门奇才，锦绣文章，人说"好花开一树"，用在苏轼他们家，是最合适不过的。

说到苏轼，这里不得不说到一个人，他的母亲，一个伟大的女性。苏轼幼时，父亲苏洵游学四方，母亲在家主持事务，教育子女，她对苏轼要求很严格，经常让他读经史子集之类的书。一次，在教苏轼读《后汉书》时，读到了《范滂传》。苏母为范滂母子不畏强暴，为正义视死如归的崇高精神而深深感动，慨而叹之。年幼的苏轼，也被深深打动，遂问母亲："假如我长大后，和范滂一样，不惜舍身就义，母亲允许吗？"苏母慨然道："你能像范滂一样，难道我就不能做像范滂母亲一样的母亲吗？"母亲的言传身教，给了苏轼一个超乎常人的世界观和人生取向，做人的境界决定着做人的格局和情怀。苏轼的文辞能有那样恢宏高畅的气势，这和苏轼从小形成的三观是有一定的关系的。而这，不得不说，苏母的教育起着举足轻重的作用。

另一个对苏轼影响大的人，当然是他的父亲。苏洵二十七岁起步，才觉得读书的重要性，自此闭门苦修，广读古今文章。苏洵虽晚学，但沉得下心，静得下性，一头扎进诗书五六载，终于一举及第。而苏轼和弟弟苏辙，同年参加科举考试，同台应试，同时中榜，被当朝人誉为美谈。在父亲勤学苦修的影响下，苏轼也喜欢上了文学，加上自己自小在母亲的影响下，饱读诗书，博学经史，年纪轻轻，世界万物在自己心中已成丘壑。因此，说苏轼的异军突起，是迟早的事。将门无犬子，其弟苏辙后来也成了大宋朝杰出的文学家，苏氏一门，英才辈出，三杰同辉，后被人称为"苏门三学士"。可见，家庭环境对个人的成长的影响还是很大的。

巴蜀之地，多出奇才，古有司马相如、李白、李密、苏轼等，这是一方神奇而又未知的土地，不定哪一天，这儿又向人间放出一颗卫星，而苏轼，便是眉山向大宋朝放出的一颗卫星，他一到京城，就惊艳四座，文压群儒，成为当世文坛的佼佼者。在大宋朝那样一个人才济济的社会，苏轼能迅速脱颖而出，足见其才华过人。在当世，有欧阳修、王安石等文化名人，他们的文学修为已经相当的高，而苏轼一现身京城，便被二人看好，并惺惺相惜。乌台诗案，多亏王安石向皇上上书说："安有圣世而杀才士乎？"这场诗案因王安石一言而决，苏轼得到从轻发落，在当时社会，王安石与苏轼虽然政见相佐，但是作为文人能够惺惺相惜，爱护对方的羽翼。在这样的一个时代，苏轼又是有幸的。

一个人一生，能将一件事情做好，都已经很了不起了，可是苏轼的才华，纵横驰骋，诗、词、散文俱佳，可以说都达到了中国文学的高峰，这不由得让人叹为观止，惊为天人。他一生写下诗词三千多首，创下令人望尘莫及的奇迹，其在文学上的高度与成就，后世几千年也无人超越，这不得不说是一座令人仰望的高地，一个数世难觅的奇迹。

年少的时候，曾非常喜欢苏轼的一首词《蝶恋花》："花褪残红青杏小。燕子飞时，绿水人家绕。枝上柳绵吹又少。天涯何处无芳草。墙里秋千墙外道。墙外行人，墙里佳人笑。笑渐不闻声渐悄。多情却被无情恼。"一幅多美的人间生活图景呀！初读时，不知何人所作，后见是苏轼，便喜欢他了，后又寻得他的诸多的词读了，方知他的境界远非如此。有人间佳景，更有高天流云，旷世惊鸿，而这首词仅仅是苏诗文学才华的冰山一角。因为喜欢，这首词被我背得滚瓜烂熟，常常揣味其中，可不同的年龄段，对它的体悟和感受又是一样的，少女思春，成年了，明白人生即是如此，多情总比无情恼，活自己的，开心就好，不必非要苟同，或者刻意讨好与谁。

今天，当我站在眉山这片土地，仰望一个灵魂，心潮是跌宕起伏的。苏轼的一生，因为坚守一份信念与政见，几经磨砺，饱受坎坷。可正是因为放之四海的这些经历，成就了他，让他的人格与精神更加通达与完美，精神上更加趋向于自由，因而写出了那些无人企及的诗词。他开辟了中国词文化豪放派的先河，其词以意境高远，气势恢宏，汪洋洒脱，直抒胸臆为主要特点，让人读了如品佳酿，酣畅淋漓。如此丽日，仰望一个文学巨匠。

其实，我曾数次邂逅苏轼，在江苏的常州，专程去了东坡公园，在宝鸡凤翔县，专门去了东坡祠。每次走近他，我都是以一种朝圣般的虔诚，去感知一个灵魂的大与精深，去品评一代文学巨匠的悲欢人生。一个不为仕途所拘的人，必然身心是自由的，最起码可以过一种天马行空的生活，纵然没有当大的官，但是一直在做自己喜欢做的事，这未尝不是一种幸福。有人说，苏轼一生仕途坎坷，那又有什么关系呢，当再大的官，终究一日，要从官位上走下来；而走上文学的圣殿，将会获得万民景仰，万世流芳，就包括君王也会高看一眼。苏轼去世后，宋高宗追赠他为"太师"，谥号"文忠"。这何尝不是一种无上的荣耀？

苏轼一生颠沛流离，经过了多少州，走过了多少的县，似乎太多太多。而这，也让他得以有机会览尽天下风物与风情。有道是，读万卷书不如行万里路，便是这个道理。书本上的东西是死的，生活才是活生生的百科全书。我相信，苏轼在生活中学到的远远要比在书本上学到的多，万物览于胸，笔下如行云，才能出万千气象。因此，苏轼的成就，是得益于他人生如此丰沛而又跌宕多变的人生经历。对于一个作家来说，磨难是人生最大的财富。倘若当初苏轼顺利地升任丞相，那么他的一生会如何？可能多在政治势力中周旋了。可是，他现身江湖，行走五湖四海之间，淡泊名利，心阔地宽，对酒当歌，人生几何，闲来赋诗弄词，岂不逍遥快哉！

纵观苏轼的一生，在官上，官不大，但深得民心，广受百姓拥戴。在文学上，一飞冲天，登上了中国文学的最高圣地，博得了千古苏轼第一人。人生如此，又如何不是成功的人生呢？

有朋友说，咱们去吃吃东坡肉、东坡肘子吧？我说，多叫几个人，吃得热闹！

其实呀，我是不擅长吃肉的，但既然来到了眉山，这儿的东坡肘子、东坡肉，也是该尝尝的。人少，吃不了；多叫几个人，吃得热闹尽兴，也省得浪费。

吃着东坡肉，品着菊花茶，在竹风清韵中，仿佛苏轼已飘然而至，静静地坐在我们其间。他不说话，已诗香俨然。在悠悠的肉香中，我想到了他的《食猪肉诗》："黄州好猪肉，价贱如粪土。富者不肯吃，贫者不解煮。慢着火，少着水，火候足时它自美。每日早来打一碗，饱得自家君莫管。"

这是苏轼在黄州任团练时赋就的一首《食猪肉诗》，在北京鲁院上学的时候，听得康震说到这首诗，因为有趣，便记住了。此诗流传到民间，一传十，十传百，人们开始争相仿制，并把这道菜戏称为"东坡肉"。其实，在全国各地都有。不久前，在江西修水，就见到了这道菜，它被修水人奉为一道美食，凡来贵客，必是要上这道东坡肉的。可见，在民间，苏东坡真是深入民心。当然，修水与苏轼结缘，也有黄庭坚的因素在里面，两个大宋朝的文人少不了以诗煮酒。

岁月是一条长河，在这条滚滚奔涌的河流中，大浪淘沙，淘来淘去，过了数千年，苏轼仍然是中国文学史上一颗璀璨的巨星，正可谓："大江东去，浪淘尽，千古风流人物！"而苏轼，于文墨纸香中孑然一立，尽得旷世风流。

（选自2018年第8期《都市》）

司马懿的隐忍大戏

汪清龙

司马懿，字仲达，光和二年（179）生于河内郡温县的名门望族，司马八兄弟个个出类拔萃，排行老二的司马懿更是其中的翘楚。

司马懿一出场，便在一代枭雄曹操面前，上演了一出隐忍大戏。

建安六年（201），曹操因感念司马懿父亲司马防的举荐之恩，加之看中司马懿的出众才干，便欲招二十出头的司马懿到其手下做官，谁知这种打着灯笼也难找的机会，却被司马懿以"患有风瘫、无法赴任"的牵强理由回绝了。随后司马懿隐居不出，这一隐居就是漫长的七年。曹操既感到司马懿不识抬举，又怀疑被他戏弄，便派人明里暗里打探。不料演技高超的司马懿装得跟真的似的，竟没让曹操发现一丝一毫的破绽。

七年之后，已高居东汉丞相之位的曹操再招司马懿为文学掾。这一回，司马懿感觉时机成熟了，当然也不敢再次冒犯"挟天子以令诸侯"的曹大人了，便毫不迟疑地加入了曹氏军团。

谁知司马懿进入曹营后的处境，并没有想象的那么乐观。由于司马懿之前隐居骗曹留下的阴影难以抹去，加上曹操无意间发现其长着一副心存异志的"狼顾之相"。尽管司马懿极力讨好曹操，在关羽伐魏、无计可施的曹操欲以迁都避敌时，司马懿有建议让孙权出兵，导致关羽被孙权的大将吕蒙设计击杀，帮助曹操成功化解危机的重大立功表现，但曹操对他的防范要远远大于信任。

司马懿深知无论自己再怎么努力，也难以消除曹操对他的戒心，便急于在曹氏军团内部找到别的靠山。正所谓"瞌睡遇上了枕头"。适逢曹丕和曹植争夺曹操的接班人之际，被曹操指定为曹丕跟班的司马懿，帮助曹丕顺利战胜了曹植。之后，在曹丕被立为魏王世子、继承魏王和丞相之位、曹丕代汉和建立魏王朝等一系列重大事件中，司马懿可谓立下了汗马功劳，成为曹丕当之无愧的铁杆心腹和左膀右臂，曹丕早已将曹操"司马懿非久居人下之人，将来有可能坏老曹家大事"的忠告抛到九霄云外去了。曹丕两次攻打东吴，均派司马懿留守重镇许昌，足见对其器重和信任。

黄初七年（226），魏文帝曹丕驾崩。司马懿作为四位顾命大臣之一，继续辅佐曹丕的儿子曹叡继位。

这一时期，吴、蜀两国屡屡兴兵伐魏。特别是蜀汉丞相诸葛亮六次北伐，摆开了一副与曹魏战略决战之架势。被推上军事统帅位置的司马懿，在先后击退东吴大将军诸葛瑾对襄阳的进攻、平息降将孟达的叛乱之后，统领魏军抗击蜀军。

从双方大战的过程来看，面对"智慧和谋略化身"的诸葛亮，司马懿进入了一生中军事上处于下风的时期。尽管司马懿不乏指挥魏军夺取街亭、导致诸葛亮挥泪斩马谡等成功的攻伐袭扰，虽然他有离间蜀汉君臣迫使诸葛亮退兵的出彩计谋，却因屡次在战场上带领军队像"缩头乌龟"一般坚守不出而遭人嘲讽，尤其是"空城计""死诸葛走生仲达"等战例，让司马懿留下了"畏蜀如虎"的形象，"司马懿不是诸葛亮的对手"固化为普遍的历史认知。

然而，战争从来都是以胜负论英雄的。回眸当年的两位军事大家导演的系列战争经典，不难看出，那是司马懿唱的第二出隐忍大戏，展现的是其不逊于人的军事谋略。司马懿抓住蜀军长途奔袭、粮草不济、欲求速胜以及诸葛亮健康每况愈下等软肋，运用"坚守不出"这个将隐忍之术发挥到极致的作战策略，让拖不了、熬不住、耗不起的蜀军，始终无法找到魏军主力决一雌雄，导致诸葛亮"北伐未竟身先死"，"北定中原、兴复汉室"的战略意图归于夭折。诸葛亮没有倒在与曹操、孙权的对阵中，却被司马懿耗死于北伐之中。因而，司马懿才是诸葛亮真正的对手，遇上司马懿是诸葛亮的噩梦。此后，三国鼎立的天平开始向司马懿主导的方向倾斜了。

景初三年（239），魏明帝曹叡病逝，熬死了曹魏三代主子的司马懿，再和大将军曹爽共同辅佐曹叡的养子曹芳。

面对欲把他排挤出曹魏权力核心、咄咄逼人的曹爽，司马懿唱起了第三出隐忍大戏，他又一次装病隐退家中，从此闭门"不问"朝政，让出前台让曹爽尽情表演，并且绝对沉得住气，这一隐退又是更漫长的十年。要知道，此时司马懿已年逾花甲，他的身体能支撑多久、十年内会发生什么均不可预测，但他就是超级自信。他用四十年前对付曹操的办法，再次玩弄起了曹操的族孙曹爽，方法手段并没有什么创新，只是死装硬扛、隐忍不出，却同样让曹爽上当受骗。后来，当不满曹爽专横的大臣，请求司马懿出面制衡曹爽时，司马懿非但没有理会，反而更加装出一副病入膏肓、行将就木的老朽模样，让曹爽彻底放松了警惕。

嘉平元年（249），司马懿趁曹爽等重臣陪同皇帝祭拜高平陵之机，突然卸掉隐忍面具，指挥其提前安排儿子训练的三千死士，果断发动"高平陵之变"，假传郭太后懿旨，诛杀曹爽并灭其三族。它不是一般孤立的夺权事件，而是一个极其危险的信号，标志着司马懿动手剪除曹氏宗亲和曹魏忠臣，开始全面接管曹魏政权了。

两年后，73岁的魏国太傅司马懿驾鹤归西了。司马懿完成了他的使命，将大权交到其长子司马师和次子司马昭手中。尤其让他欣慰和放心的是，经过多年的耳提面命，隐忍这个屡试不爽的秘籍要术已经传授给了他的儿孙们，渗透到了他们的骨髓里。在平息"淮南叛乱"、废曹芳、弑曹髦、消灭蜀汉政权、"谈笑灭三贤"等重大事件中，隐忍之术都被发挥得淋漓尽致，确保了司马家族薪火相传、大业推进。到司马懿的孙子司马炎手上，篡魏立晋已是水到渠成。雄心勃勃的司马炎，发扬光大隐忍传统，再经过十年精心准备，一举灭了东吴，最终完成了西晋统一。隐忍的司马家族，成了纷乱的三国时期最后最大的赢家。

（选自2018年5月15日《西安日报》）